Michael Frayn
Sonnenlandung

Roman

Aus dem Englischen
von Irmela Erckenbrecht

Rowohlt

1. Auflage März 1994

Die Originalausgabe erschien 1991 unter dem Titel
«A Landing on the Sun» bei Viking, London

Redaktion Siv Bublitz
Umschlaggestaltung Bernhard Kunkler

Satz Bembo (Linotronic 500)
Gesamtherstellung Clausen & Bosse, Leck
Printed in Germany
ISBN 3 498 02072 2

Sonnenlandung

1

Auf dem Schreibtisch vor mir liegen zwei menschliche Hände. Sie leben, aber sie rühren sich nicht. Die eine hockt da wie ein Krebs, der jeden Moment davonkrabbeln will; die Finger ruhen auf einem frischen Regierungsaktendeckel. In der anderen Hand lauert, reglos wie eine Eidechse, ein grauer Regierungskugelschreiber, bereit, sich pfeilschnell auf den unbeschrifteten Aktendeckel zu stürzen.

Diese Hände und die gestärkten weißen Hemdsärmel, aus denen sie ragen, sind die einzigen Zeichen meiner Anwesenheit im Raum.

Ordentlich nach hinten geschoben, um für den leeren Aktendeckel Platz zu machen, liegen zwei andere, ziemlich umfangreiche Akten, die ich ebenfalls bearbeiten muß. Beide sind mit den kleinen akkuraten Buchstaben beschriftet, die für diesen grauen Stift und diese rosigen Hände so typisch sind. *Betrifft:* Jährliche Einschätzung der abteilungsinternen Arbeitseffizienz – Vorschläge zu Zeitplan und Methodik. *Betrifft:* Gemeinsame Lagebesprechung von Kabinettskanzlei und Finanzministerium, Sunningdale. Jenseits des Schreibtisches erstreckt sich ein schlichter rotbrauner Teppich. An seinem Ende stehen ein Aktenschrank, ein Kleiderständer und zwei einfache Stühle. An einem Haken des Kleiderständers hängt das Jackett eines hellgrauen Sommeranzugs. Vor den Fenstern sind Stores angebracht; sie mildern die Schärfe der Außenwelt. Diese besteht aus einem

Luftschacht und weiteren Fenstern mit Stores auf der anderen Seite.

Das Zimmer hat nichts Persönliches. Deshalb fühle ich mich hier so zu Hause.

Manchmal sehe ich, wie sich hinter den Stores auf der anderen Seite des Luftschachts Gestalten bewegen. Manchmal höre ich das Klingeln von Telefonen und gedämpftes Gemurmel. «Bartlett», melden sie sich klar und knapp, weder Stolz noch Scham in der Stimme. Oder «Kyle», «Milmo» oder «Gedge».

Manchmal klingelt auch mein eigenes Telefon, und die Stimme, die sich meldet, befindet sich hier im Raum, hat ihren Ursprung etwas oberhalb des Berührungspunktes meiner beiden Hemdsärmel. Denn natürlich ist meine Stimme hier bei mir, genau wie meine Hände. Ich hatte es nur vorübergehend vergessen. «Jessel», sagt meine Stimme, knapp und wahrheitsgemäß. Dann schweigt sie eine Weile, antwortet mit «Ja» oder «Nein» oder «Vor der Kabinettssitzung am Donnerstag... Auf ministerieller Ebene... Eine Angelegenheit von höchster Dringlichkeit...»

Erst wenn ich den Hörer aufgelegt habe, findet sie zu ihrem natürlichen Fluß zurück, strömt wieder durch meinen Kopf, so klar und wohlmoduliert, wie es nur eine innere Stimme kann.

Gleich werden meine Hände ein einziges Wort auf den leeren Regierungsaktendeckel schreiben. Natürlich weiß ich längst, welches Wort das sein wird. Wenn es auf der Pappe erscheint, wird meine neue Aufgabe unwiderruflich begonnen haben. Noch hält er an, der kurze Augenblick der Ruhe, ehe die Reise beginnt.

Meine Hand regt sich. «Summerchild», schreibt sie in der vertrauten Schrift. Die linke Hand gleitet zu der Rubrik *Geheimhaltungsstufe*, die rechte legt den Stift ab und zieht die oberste Schreibtischschublade auf, nimmt ein kleines blaues

Etikett mit der Aufschrift «Nur für den Dienstgebrauch» heraus und klebt es auf den Aktendeckel.

Im Zimmer ist ein leises Geräusch zu hören. Ich erkenne es als ein Seufzen, kann mich aber nicht daran erinnern, seine Herausgabe bewilligt zu haben.

Montag. Eine neue Woche, ein neuer Bericht.

2

Summerchild. Ja. Und sofort ist im Zimmer eine seltsame Beklemmung zu spüren, eine Spur von Verlegenheit, ein Hauch von Persönlichem. Plötzlich hat die Außenwelt Fuß gefaßt. Die Welt der Unordnung und der Zusammenhanglosigkeit, die Welt des Siebzehnjährigen, der im Elternhaus lebt, die Welt der unerkannten Gefühle und der ungelösten Fragen.

Schon als Ken Hurren am Morgen in seinem Büro diesen Namen erwähnte, war ich innerlich zusammengezuckt.

«Eine dieser alten Kamellen, die von Zeit zu Zeit wieder aufgekocht werden», sagte er. «Einer dieser angeblich mysteriösen Todesfälle irgendwelcher Leute, die mit dem Verteidigungsministerium zu tun hatten. Summerchilds Fall wird besonders gern zitiert. Ein unbescholtener Staatsbeamter, scheinbar ohne jegliche Verbindung zu heiklen Einsatzbereichen, und plötzlich findet man seine Leiche auf dem Gelände des Verteidigungsministeriums.»

Er wartete, ob ich die Stirn runzelte oder sonstwie zu erkennen gab, daß ich mich an den Fall erinnerte, aber ich sagte nichts. Genaugenommen hatte man Summerchilds Leiche auf der Straße außerhalb von Whitehall gefunden. Doch lag diese direkt vor dem Verteidigungsministerium; offensichtlich war er aus einem der Fenster gesprungen.

«Es muß irgendwann in den siebziger Jahren gewesen sein», sagte Ken. «Vermutlich gingen Sie damals noch zur Schule.»

Er lächelte auf die wohlwollend väterliche Art, die er sich seit seiner Beförderung zum stellvertretenden Leiter der Abteilung angewöhnt hatte. Ich erwiderte sein Lächeln. Es war 1974 gewesen. Im Sommer 1974. Ende Juni, um ganz präzise zu sein. Ich war damals gerade mit der Schule fertig. Ken, vermutete ich meinerseits, mußte gerade mit dem Studium fertig geworden sein.

«Gehen Sie der Sache nach, und erstellen Sie einen internen Bericht. Das Fernsehen zeigt Interesse an dem Fall. Vermutlich wollen sie uns weismachen, Summerchild habe an einem geheimen Projekt des Verteidigungsministeriums gearbeitet. Man munkelt, nach seinem Tode sei jemand aus seinem unmittelbaren beruflichen Umfeld auf rätselhafte Weise verschwunden. Sogar irgendeine russische Verbindung soll es gegeben haben. Ich glaube nicht, daß da was dran ist, aber ich hätte gern eine kurze Zusammenfassung des Vorgangs parat, falls in der Downing Street plötzlich Panik ausbricht.»

Geheimes Projekt – mysteriöses Verschwinden – *Fall.* Meine flüchtige persönliche Bekanntschaft mit dem Menschen, um den sich diese Mutmaßungen rankten, erschien mir vergleichsweise lächerlich. Also hüllte ich mich weiter in Schweigen und fragte nur, warum wir von der Kabinettskanzlei uns mit dieser Angelegenheit befassen sollten. Die Antwort beunruhigte mich noch mehr: Summerchild war in der Kabinettskanzlei tätig gewesen. Bis dahin hatte ich nicht geahnt, daß ich so unmittelbar in seine Fußstapfen getreten war. Er arbeitete in Whitehall, mehr wußte ich damals nicht, und diese Auskunft hatte mir stets gereicht. Im Alter von siebzehn oder achtzehn wußte ich nichts von irgendwelchen Ober- und Unterabteilungen in diesem undurchsichtigen Verwaltungspalast, diesem großen weißen Tempel der Bürokratie. Dabei war es genau dieses Gebäude, zu dem er sich jeden Morgen auf den Weg machte, und genau so ein Büro wie meines, von dem aus er jeden Abend wieder nach Hause fuhr. Durch die Stores auf der anderen Seite des Luftschachts sehe ich, wie jemand sich an seinem Schreibtisch zurücklehnt, den Telefonhörer am Ohr. Das könnte er sein. Er wäre jetzt Mitte Fünfzig, Ministerialrat vielleicht oder sogar Ministerialdirigent mit einer eigenen Abteilung. «Summerchild» könnte er sich melden, knapp und klar – als wäre er niemals zu einem *Fall* geworden, als hätte es an ihm nie etwas Mysteriöseres gegeben als an irgendeinem anderen, x-beliebigen Staatsbeamten.

Allerdings hatte sein Büro nicht an diesem Luftschacht gelegen. Ken sagte, er arbeitete in der alten Regierungskommission, der man irgendwelche Hinterzimmer zugewiesen hatte, bis die jetzige Regierung sie auflöste und die Kabinettskanzlei ihre Aufgaben übernahm – und damit auch die Verantwortung für eine fragwürdige Hinterlassenschaft aus Geheimnissen und Peinlichkeiten.

«Der Bericht wird Sie bestimmt nicht allzulange in Anspruch nehmen», sagte Ken. Meine Zurückhaltung war mir offenbar deutlicher anzumerken, als ich beabsichtigt hatte. «Ich weiß, Sie haben noch andere Akten auf dem Tisch. Ende der Woche vielleicht?»

Er hätte den Vorgang an das Personalamt drüben in der Great George Street weiterleiten sollen, dann hätte die Sicherheit sich damit befassen müssen. Aber er wollte ihn nicht aus dem Haus geben. Er wollte etwas parat haben, das seine eigenen Leute vorbereitet hatten, falls die Downing Street Alarm schlug. Eigentlich sollten die beiden blinden Krebse auf dem Schreibtisch vor mir froh sein über die Abwechslung. Sie sollten sich von der Einschätzung der abteilungsinternen Arbeitseffizienz, die sogar ihnen ab und an ein wenig eintönig erscheint, erleichtert abwenden und sich mit Elan den historischen Forschungen widmen. Sie sollten begeistert sein von der Chance, ein wenig Detektiv spielen zu dürfen. Aber sie zeigen keine Anzeichen von Begeisterung.

Selbst ihnen ist das Thema irgendwie unangenehm. Vielleicht liegt es daran, daß sie nicht wissen, wie sie es anpacken sollen. Sie haben ihr bisheriges Berufsleben damit verbracht, mit Menschenklassen umzugehen, mit repräsentativen Querschnitten und Bevölkerungsgruppen, nicht mit Individuen. Sie sind darauf trainiert, Fakten über die Gegenwart zusammenzutragen und in die Zukunft zu projizieren, sie haben nicht gelernt herauszufinden, was vor fünfzehn Jahren mit einem bestimmten Menschen geschah – schon gar nicht mit einem Menschen, mit dem mich eine flüchtige Bekanntschaft verband.

Ich schiebe den leeren Aktendeckel zur Seite und hole einen Regierungsschreibblock aus der Schreibtischschublade. Ich denke nach und schreibe:

1. George Street: S.s Personalakte.
2. Archiv: Sonstige Hinweise.
3. Westminster Coroner's Court: Ergebnisse der gerichtlichen Leichenschau.

Ich greife zum Telefon und schaue Kyle (oder Gedge oder Henning) auf der anderen Seite des Luftschachts zu, wie er mit der Hand durch sein schütteres graues Haar fährt. Ich muß an Summerchilds Haar denken. Es war fein und kupferfarben und stand um seinen Kopf herum wie der brennende Busch oder eine riesige, stets erstaunt hochgezogene Augenbraue. In den Büros rund um diesen Luftschacht hat niemand rote Haare oder Sommersprossen, und auch sonst fällt mir auf Anhieb kein höherer Beamter mit roten Haaren ein. Gibt es keine rothaarigen Staatsbeamten mehr? Wirklich sonderbar.

Ich erinnere mich, daß einer der Ministerialräte im Innenministerium zur alten Regierungskommission gehörte. John Killick. Ich wähle seine Nummer. Auf der anderen Seite des

Luftschachts nimmt Kyle sein Telefon ab. «Killick», sagt Kyle. Das ist also Killick! Oder ist es reiner Zufall, daß Kyle sich, den Telefonhörer am Ohr, in seinem Stuhl zurücklehnt und den kahlen Fleck an seinem Hinterkopf reibt, während ich mein Anliegen vorbringe? Killick weiß nichts von irgendeiner Verbindung zwischen Regierungskommission und Verteidigungsministerium. Soweit er sich erinnern kann, arbeitete Summerchild gemeinsam mit Michael Treacher, der inzwischen an einer Verwaltungsfachschule in Kanada lehrt, an einer vergleichenden Studie über die Einkommensentwicklung im Staatsdienst und in der verarbeitenden Industrie. Killick legt auf. Wenige Augenblicke später hängt auch Kyle den Hörer ein.

Ich gehe ins Archiv hinunter und denke an Summerchild. Ich erinnere mich an unsere allererste Begegnung, sehe ihn aus der Dunkelheit eines Winterabends auf der ungeteerten Straße vor seinem Haus in Greenwich auftauchen. Ich stand dort mit seiner Tochter Millie. Es muß nach einer Probe des Schulorchesters gewesen sein, irgendwann zu Beginn seines letzten Lebensjahrs. Ich hatte meinen Posaunenkasten unterm Arm und scharrte verlegen mit den Füßen im Kies, und Millie spielte mit einer Strähne ihres Haars – das dicker war als das ihres Vaters, doch ebenso rot –, während ihr Cellokasten, den ich für sie getragen hatte, an einem der morschen Zaunpfosten lehnte wie ein rundlicher, kleiner alter Mann, der nach dem langen Aufstieg so außer Atem war, daß er kein Wort herausbrachte. Irgendwann während unseres stockenden Gesprächs kam Summerchild die Straße herauf. Nur daß er damals für mich nicht Summerchild war, sondern *Mr.* Summerchild – ein großer Unterschied. Und für Millie war er dem Wesen und der Erscheinung nach wahrscheinlich *Daddy*. Er kam von der Arbeit nach Hause – zu typisch später Stunde, wie mir jetzt, wo ich ein ähnliches Arbeitspensum zu absolvieren habe, deutlich wird. Er blieb stehen und stellte umständlich seine Aktentasche ab. Er lächelte Millie an. Sie lächelte zurück. Er nickte mir zu. Ich nickte zurück. Er seufzte und sah das Cello an. Offenbar erinnerte es ihn an seine eigene Erschöpfung. Und so standen wir alle vier da und schwiegen einen endlosen Augenblick lang. Das feine Rotgold seiner Haare wirkte vor dem Licht der Straßenlaterne wie ein Heiligenschein. Wäre ich nicht dagewesen, hätte er es vielleicht riskiert, ein paar Worte an Millie zu richten. Sie war weitaus jünger als ich und als Musikerin so glänzend wie ihr Haar. Sicher hätte er gern von ihren neuesten Triumphen gehört. Und ich glaube nicht, daß er sehr erfreut darüber war, an seinem Gartentor einen alternden Posaunisten vorzufinden, der seine Tochter von ihrer strahlenden Zukunft abhielt.

Schließlich seufzte er noch einmal, hob seine Tasche auf und erklomm die Stufen zu seinem Haus. Nein, er muß vorher noch etwas gesagt haben, denn seine Sprechweise ist mir deutlich in Erinnerung. Die Worte schienen sich einzeln aus seinem Innersten herauszuquälen wie Gefangene, die in schweren Fußketten aus dem Gefängnistor schlurfen. Was er sagte, ist mir entfallen. Wüßte ich es noch, wäre das ganze Rätsel vielleicht schon längst gelöst.

In den folgenden Monaten sah ich ihn noch ein paarmal langsam die Straße vom Bahnhof heraufkommen, während ich mit Millie am Gartentor stand. Ich hörte das gleiche Seufzen und die gleiche zögerlich-erstaunte Sprechweise, obwohl mir nichts von dem, was er sagte, im Gedächtnis blieb. Im nachhinein wird mir klar, daß dabei mehr im Spiel war als Müdigkeit und Mißbilligung. Aufgrund meiner allwöchentlichen Konfrontation mit der vollen Bandbreite der Psychopathologie diagnostizierte ich eine depressive Grundeinstellung. Um wieviel depressiver wäre er gewesen, hätte er gewußt, daß der wortkarge Posaunist fünfzehn Jahre später in seinem Büro sitzen und in den spärlichen Überresten seines

Lebens herumstochern würde. Während die arme Millie, weit davon entfernt, in großen Sälen Cellokonzerte zu geben oder archäologische Expeditionen nach Kleinasien anzuführen – oder was auch immer er für Pläne für sie hatte –, statt dessen... Tja, welcher Beschäftigung mag sie wohl nachgehen? Vermutlich wohnt sie immer noch bei ihrer Mutter in dem kleinen Haus in der ungeteerten Straße. Ich werde entsprechende Erkundigungen einziehen.

Sie verließ das Orchester, nachdem ihr Vater starb. Ich glaube nicht, daß ich sie danach noch einmal gesehen habe.

Inzwischen bin ich im Archiv angekommen, und Mrs. Tamm unterbreitet mir stumm die Ergebnisse ihrer Recherchen. Mrs. Tamms Schweigsamkeit gefällt mir fast so sehr wie die unpersönliche Atmosphäre meines Zimmers. Wenn irgend möglich, läßt sie die riesige Sammlung langweiliger Fakten für sich sprechen, ohne weitere Zusätze. Jetzt wartet sie schweigend darauf, daß ich begreife, was sie für mich aufgetan hat. Es ist ein großer, stabiler Band, der an ein altmodisches Geschäftsbuch erinnert und mit seinem leicht vergilbten Dekkel und den abgeschabten Ecken eindeutig in jenes graue Zeitalter gehört, das zu weit zurückliegt, um noch aktuell zu sein, aber auch noch nicht lang genug her ist, um als veraltet zu gelten. Sie läßt mir Zeit, die Aufschrift auf dem Deckel zu lesen: «Regierungskommission, Presseabteilung, 1974». Dann schlägt sie das Buch auf und blättert langsam hin und her, um mir zu zeigen, daß es sich um eine Sammlung von Zeitungsausschnitten handelt, von dem für Öffentlichkeitsarbeit zuständigen Beamten zusammengestellt, um die Ergebnisse seiner Verlautbarungen, Erklärungen und gezielten Indiskretionen zu dokumentieren. Schließlich blättert Mrs. Tamm zu einer Seite, auf der sich ein einziger kleiner Ausschnitt befindet. «Todessturz», lautet die Überschrift.

«Vielen Dank», sage ich zu Mrs. Tamm, und sie geht schweigend zurück an ihre Arbeit.

Nach der handschriftlichen Eintragung über dem Zeitungsausschnitt zu schließen, stammt er von der Seite drei der *Times* vom 25. Juni 1974.

Die Leiche eines Mannes, die gestern nachmittag in Spring Gardens im Londoner Bezirk SW1 gefunden wurde, konnte am Abend identifiziert werden. Es handelt sich um den 39jährigen Regierungsbeamten Mr. S. J. L. Summerchild. Ein Polizeisprecher sagte, der Tod sei durch einen Sturz aus großer Höhe eingetreten. Anhaltspunkte für ein Gewaltverbrechen gebe es nicht.

Ich muß zugeben, ich bin ein wenig erstaunt. Ein paar kurze Zeilen auf der dritten Seite? Nach meiner Erinnerung hatte es Schlagzeilen und hektische Spekulationen gegeben. Eine ganze Schar von Journalisten hatte sich auf der Straße vor seinem Haus versammelt und darauf gelauert, daß jemand herauskam. Und wieso Spring Gardens? Wo liegt das überhaupt? Ich dachte, er sei vor dem Verteidigungsministerium gefunden worden, in der Horseguards Avenue. Deshalb doch überhaupt die ganze Aufregung.

Ich blättere um. Wir befinden uns wieder in den grauen Gefilden der Dezentralisierung des öffentlichen Dienstes und anderen wichtigen Verantwortungsbereichen der Regierungskommission. Es müssen jedoch auch andere Zeitungen über Summerchilds Tod berichtet haben, denn ein paar Seiten weiter findet sich ein zweiter Ausschnitt aus der *Times* vom 27. Juni. Er ist offenbar auf der ersten Seite erschienen und wendet sich gegen hitzige Spekulationen und Sensationsberichte. «Whitehall-Leiche – kein Spionagefall», lautet die Schlagzeile, und darunter steht:

Berichte, nach denen Mr. Stephen Summerchild, der Regierungsbeamte, dessen Leiche Anfang dieser Woche in Whitehall gefunden worden war, Verbindungen zu Geheimdiensten unterhielt, wurden gestern in Westminster mit Nachdruck dementiert.

Die Regierung bleibt bei ihrer offiziellen Linie, Behauptungen dieser Art grundsätzlich nicht zu kommentieren. Inoffiziell wurden sie jedoch als gegenstandslos bezeichnet.

Mr. Summerchild sei in der 1965 von Harold Wilson eingesetzten Regierungskommission tätig gewesen, deren wichtigste Aufgabe darin bestand, die Arbeit der verschiedenen Ministerien zu koordinieren. Er selbst sei mit so wenig aufregenden Angelegenheiten wie der Integration abteilungsinterner Kommunikationswege beschäftigt gewesen, um die Computerisierung des öffentlichen Dienstes vorzubereiten.

Zu den Spekulationen kam es, weil Mr. Summerchilds Leiche auf dem Gelände des Verteidigungsministeriums gefunden worden war – in einem Hinterhof in Spring Gardens, hinter der Admiralty, dem früheren Marineministerium. Ein Sprecher des Verteidigungsministeriums sagte gestern, Mr. Summerchild sei offenbar aus einem der Büros im dritten Stock gestürzt, konnte jedoch keine Auskunft darüber geben, zu welchem Zweck sich Mr. Summerchild in dem Gebäude aufgehalten habe.

Mr. Summerchild lebte mit seiner Frau und seiner siebzehnjährigen Tochter in Greenwich. Seine Frau war gestern abend nicht zu sprechen, doch seine Nachbarn beschrieben ihn als zurückhaltenden Mann und treusorgenden Familienvater mit einer besonderen Liebe zur Musik. Bei verschiedenen lokalen Anlässen sei er auch öffentlich mit seiner Violine aufgetreten.

Ein Nachbar sagte: «Er war nicht der Typ, den man mit irgendwelchen James-Bond-Geschichten in Zusammenhang bringt.»

Es beunruhigt mich, daß ich den Fundort der Leiche falsch in Erinnerung hatte. Die Vorstellung, daß ein Mensch am Fuße des großen weißen Mausoleums in der Horseguard Avenue sozusagen als Opfer für den Kriegsgott zu Tode kommt, war mir immer auf schreckliche Weise angemessen erschienen. Doch vom ehemaligen Marineministerium herabzustürzen und auf einem dunklen Hinterhof zu sterben wie eine altersschwache Katze...

Warum ausgerechnet dort? Die Admiralty ist weder Fisch

noch Fleisch, weder unscheinbar genug noch pompös genug, weder naheliegend noch unerklärlich. Doch falls er sich – wie jedermann annahm und höchstwahrscheinlich auch weiterhin annehmen wird, wenn die gegenwärtigen Gerüchte erst einmal wieder aus der Welt geschafft sind – das Leben nahm, falls *sein seelisches Gleichgewicht gestört war*, jener eigenartige Zustand, der den Freitod eines Menschen begleitet, ist es müßig, nach Gründen für die Wahl des Ortes zu suchen.

Ich blättere weiter in dem dicken Album mit den Zeitungsausschnitten. Änderungsvorschläge hinsichtlich der Einstellungsbedingungen für den Staatsdienst, Probleme bei der Vernetzung von Whitehall und der europäischen Verwaltung in Brüssel, Leitartikel aus *Guardian* und *Telegraph* zur geplanten Dezentralisierung... Erst am 5. Juli findet sich wieder ein Artikel über Summerchild. Der zweispaltige Bericht befaßt sich mit der gerichtlichen Untersuchung der Umstände seines Todes. «Keine Klarheit über Todessturz», lautet die Überschrift. Ich stelle fest, daß Summerchild auf die Seite zwei der *Times* zurückgefallen ist. Da ich die gesamten Unterlagen beim Gericht angefordert habe, überfliege ich den Artikel nur flüchtig.

Sieh an, Mr. F. K. A. Tite, der für Summerchilds Abteilung zuständige Staatssekretär, sagte persönlich aus. Ich frage mich, ob mein Staatssekretär in den Zeugenstand treten würde, wenn man mich tot vor dem Landwirtschaftsministerium fände. Nein, er habe Summerchild nicht als depressiv empfunden... Ein wenig verschlossen vielleicht... Er habe keinerlei Anhaltspunkte für ein Motiv... Er wisse nicht, was Summerchild am Morgen des 24. Juni in der Admiralty gewollt haben könnte, aber Summerchild sei mit den allgemeinen Arbeitsbedingungen im öffentlichen Dienst befaßt gewesen, und in dem Zusammenhang sei die Verbindung zu anderen Ministerien nichts Überraschendes...

Dann Mrs. Summerchild. Kaum lese ich ihren Namen, sehe ich sie auch schon vor dem Richter stehen, korrekt, verschlossen, undurchdringlich. Sie hält den Kopf trotzig gesenkt, so daß man vor allem ihr graues Haar sieht und die wachsamen Augen mit den dunklen Schatten. Sie betrachtet den Richter mit der gleichen hintergründigen Feindseligkeit, mit der sie Millie und mich vom Küchenfenster aus beobachtet hat, wenn wir schweigend am Gartentor standen. Sie wiegt ihre bedächtigen Antworten ebenso sorgfältig ab wie einst den von der obersten Treppenstufe heruntergerufenen Vorschlag, Millie könne mich doch kurz ins Haus bitten. Ihrem Mann sei seine Arbeit sehr wichtig gewesen, erzählt sie dem Richter, aber zu Hause habe er selten darüber gesprochen. Er sei abends oft recht spät nach Hause gekommen. Sehr spät? – Manchmal. – Hat er depressiv oder ängstlich gewirkt? – Nein, eher müde. – Ist Ihnen, als er am 24. morgens zur Arbeit ging, irgend etwas Besonderes aufgefallen? – Nein, nicht daß sie wisse.

Der Gerichtsmediziner: Summerchilds Leiche weise die für einen Sturz von einem der oberen Stockwerke des Gebäudes typischen Verletzungen auf, zur Zeit des Auffindens könne er noch nicht länger als eine Stunde tot gewesen sein...

Eine Schreibkraft aus der Admiralty: Sie habe die Leiche etwa gegen 9 Uhr 50 beim Hinaustragen von Abfällen auf dem Hof gefunden, und zwar neben den Mülltonnen und Kartons mit Altpapier, direkt hinter den verschlossenen Toren zum Innenhof.

Ein Mitarbeiter des Sicherheitsdienstes im Verteidigungsministerium: Er habe keinerlei Hinweise, wann Summerchild das Gebäude betrat. In den Büroräumen, deren Fenster zum Hof hinausgehen, erinnert sich niemand daran, ihn gesehen zu haben...

Ein Polizist: Es sei schwierig, genau festzustellen, von wo

Summerchild heruntergestürzt sei, da es kurze Zeit später zu regnen begonnen habe. Im dritten Stock habe ein Fenster offengestanden, doch Spuren, die mit den Gummisohlen seiner Schuhe übereinstimmten, legten nahe, daß er von der Brüstung vor den Mansardenfenstern im Dachgeschoß heruntergestürzt sei. In diesem Fall habe sich der Punkt des Aufpralls wahrscheinlich etwa sechzehn Meter vom Fundort der Leiche entfernt befunden. – Könnte jemand die Leiche bewegt haben? – Möglich. Aber es hat geregnet, und auf dem Hof konnten keine Spuren gesichert werden. – Wäre es möglich, daß er den Sturz überlebt und sich selbst zum Fundort geschleppt habe? – Ja, dies sei als wahrscheinlichste Erklärung anzunehmen.

Danach finde ich keine Artikel über Summerchild mehr, bis ich einen Zettel bemerke, der ein Stück weiter hinten aus dem Buch ragt – eine von Mrs. Tamms wortlosen Hilfestellungen. Der Zettel markiert den Bericht der *Times* über die Sitzung des Parlaments am 20. November unter der Überschrift «Anfragen»: «Mr. C. S. Jones (Labour), Leicester NW: ‹Beabsichtigt die Regierung, in absehbarer Zeit den Bericht zu veröffentlichen, an dem Mr. S. J. L. Summerchild zur Zeit seines Todes gearbeitet hat?› – ‹Der Bericht ist bereits veröffentlicht worden, und zwar unter der Kennummer 4078.›» Ich schaue auf. Mrs. Tamm legt schweigend ein Dokument neben den dicken Band mit den Zeitungsausschnitten. Es ist die Regierungsveröffentlichung mit der Kennummer 4078: *Auswirkungen von Einkommensdifferenzen auf Einstellungs- und Verlustquoten in vier ausgewählten Bereichen der Regierungsverwaltung und der verarbeitenden Industrie.* Ich blättere die Seiten um. Lebenshaltungskosten ... Sonderleistungen ... Tabelle VII ... Anhang C ... Ich brauche den Bericht nicht durchzulesen, um zu wissen, daß ich hier nichts Geheimnisvolles finden werde, keine Anzeichen für Verzweiflung oder Depression, keine Spuren von Erschöpfung, keine Anspielungen auf ungewöhnliche Haarfarben, keine Vorahnungen von geplatzten Adern oder gebrochenen Rippen.

Ohnehin muß ich meine Nachforschungen vorerst unterbrechen, denn nach der Mittagspause werde ich mit meiner Kollegin Jane Showell im Finanzministerium erwartet, um die gemeinsame Lagebesprechung vorzubereiten; vor dem Finanzministerium hat nichts Vorrang, nicht einmal der Tod. Doch während Tony Lesser zum wiederholten Male die Einwände des Finanzministeriums gegen die von mir und Jane vorgeschlagenen Tagesordnungspunkte erläutert, drängt sich mir mit schmerzlicher Intensität ein schauriges Bild auf: Summerchild, der sich am Morgen des 24. Juni 1974 mit letzter Kraft über den harten, regennassen Hof hinter der Admiralty schleppt. Es ist, als wären die grausamen Worte in meinem Kopf plötzlich zum Leben erwacht. «Wäre es möglich, daß er den Sturz überlebt und sich selbst zum Fundort geschleppt hat?» *Sich selbst zum Fundort geschleppt.* Ich spüre die Worte beißend kalt in meinen Nasenlöchern, spüre die Nässe des Bodens, auf dem ich liege. Sie streichen wie ein eisiger Hauch über meinen zerschundenen Körper, über meine zerrissenen Kleider, meine Hände, meine gebrochenen Knie, mein blutiges Gesicht. Sie schmerzen in meinem Innern wie die zerplatzten Gefäße und zertrümmerten Knochen. Wäre es möglich, daß er sich selbst zum Fundort geschleppt hat? Es wäre möglich. Er hat es getan. Er tut es jetzt.

Ich bemerke betretenes Schweigen im Zimmer. Tony Lesser hat aufgehört zu sprechen. Er sieht mich stirnrunzelnd an, irgend etwas an mir scheint ihn zu beunruhigen, ja ihm fast schon peinlich zu sein. Jane schaut von ihren Akten auf. Desgleichen Lyell, der zweite Verhandlungsführer des Finanzministeriums. Sie sehen aus, als wollten sie mich jeden Moment fragen, ob mit mir alles in Ordnung sei. Ich verspüre einen Anflug von Panik. Was hat mein Gesicht verraten? Dann fällt mir ein, daß es nichts verraten haben kann, jedenfalls nichts, was sie hätten sehen können, denn mein Gesicht ist sicher hinter meinem Bart versteckt. Mein sonderbarer, wundervoller Bart! Die dicht gewachsene, wohlbeschnittene Hecke, die mich so trefflich gegen alle fragenden Blicke der Außenwelt abschirmt! Ich streiche dankbar über mein Barthaar, während ich Gegeneinwände gegen Lessers Gegenvorschläge erhebe. Die Frage bleibt ungefragt, der heikle Moment ist überstanden.

Nach der Sitzung gehen Jane und ich zurück zur Kabinettskanzlei, an den Touristen vorbei, die außerhalb der Sicherheitsschranken am Ende der Downing Street warten. Der Juninachmittag ist drückend heiß, und ich verspüre ein seltsames Gefühl der Fremdheit, als würde ich neben mir stehen. An der Tür zur Kabinettskanzlei sagt Jane: «Ich glaube, es war alles in Ordnung, oder?» Ich schaue sie fragend an. «Ich meine die Besprechung», fügt sie hinzu. In ihren Augen ist eine Spur Besorgnis zu erkennen. Ich sage, ich würde mir gern noch ein wenig die Beine vertreten, und lasse sie allein an der Tür stehen. Sie schaut mir nach und glaubt, sich Gedanken um mich zu machen. Und ich glaube, sie ist ein bißchen verärgert, weil sie meint, sich Gedanken um mich machen zu müssen.

Ich weiß nicht, wohin ich gehen will – ich bin es nicht gewohnt, mitten am Tag Spaziergänge zu unternehmen. Ich schiebe mich durch den Touristenpulk vor dem Gebäude der Horse Guards und gelange auf den großen Paradeplatz, der dahinter liegt. Die Tribünen für die Geburtstagsparade der Königin stehen noch immer dort und verdrängen die sonst hier übliche Parade parkender Autos. An der Straße, die an den St. Jame's Park grenzt, bleibe ich stehen. Ich drehe mich um und betrachte die großartigste Stadtansicht, die London zu bieten hat: meine Welt, von außen gesehen.

Von hier aus wirkt sie nicht wie die zentrale Schaltstelle der Regierungsmacht, sondern wie ein riesiges Open-air-Theater. Der Paradeplatz ist die Bühne, und die Ministerien, die ihn an drei Seiten umschließen, bilden die Kulissen. Zu meiner Rechten sehe ich die fünf hohen Platanen, die die Gärten hinter der Downing Street beschatten. Ganz in der Ecke liegt die Kabinettskanzlei mit der eleganten klassizistischen Kent-Fassade des Finanzministeriums, flankiert von zwei Anbauten aus dem neunzehnten Jahrhundert. Irgendwo im Innern des hinteren Anbaus wartet mein leeres Büro auf mich. Und irgendwo im Innern des vorderen Anbaus ging die Regierungskommision ihren wichtigen Aufgaben nach; dort verbrachte Summerchild sein berufliches Leben.

Es kommt mir in den Sinn, daß die Welt in Dinge aufgeteilt ist, die in Ordnung oder nicht in Ordnung sind. Die Sitzung war in Ordnung. Summerchild war nicht in Ordnung. Und was ist mit mir? Ist mit mir alles in Ordnung, wie die anderen während der Sitzung fast gefragt hätten? Was bedeutet es, *in Ordnung* zu sein? Die ganze Betrachtungsweise erscheint mir plötzlich ebenso seltsam wie die Vorstellung vom seelischen Gleichgewicht. Ich versuche, mir das Gleichgewicht meiner Seele vorzustellen. In der einen Waagschale liegt die unbekannte Substanz, in der anderen halten kleine glänzende Messinggewichte die beiden Schalen auf gleicher Höhe.

Ich fahre fort mit der Begutachtung der Welt, in der ich lebe. Neben der Kabinettskanzlei liegt das Scottish Office, daneben das Gebäude der Horse Guards. Alles ist ruhig und diszipliniert. Niemand stürzt aus irgendeinem Fenster. Ja, man sieht noch nicht einmal jemanden aus dem Fenster lehnen. Selbst an einem heißen Sommernachmittag wie diesem ist niemand am Fenster zu sehen. Es gibt keinerlei Anzeichen von menschlichem Leben. Alles ist *in Ordnung*.

Ich drehe mich weiter. Ganz am linken Ende des Paradeplatzes steht das großartigste Gebäude von allen – die Admiralty, das ehemalige Marineministerium, das jetzt zum Verteidigungsministerium gehört. Die langgestreckte, mit würdevollen Säulen verzierte Fassade glänzt in der Nachmittagssonne. Die grünen Kupferkuppeln und pompösen Antennenanlagen auf dem Dach recken sich großspurig in den blauen Himmel. Jetzt weiß ich, wohin mich mein Spaziergang führen wird.

Ich gehe an dem von Kletterpflanzen bedeckten Bunker vorbei und folge der langgestreckten Fassade, bis ich die Mall und Admiralty Arch erreiche. Zwischen Hauptgebäude und Arch verläuft eine kleine namenlose Seitenstraße, an der ich schon hundertmal vorbeigegangen sein muß, ohne sie bewußt wahrzunehmen. Sie wirkt wie eine kleine Verteidigungsanlage, denke ich, während ich in die schmale Gasse einbiege. Die Fahrbahn ist durch eine Schranke für den Verkehr gesperrt und führt unter einer Art Seufzerbrücke hindurch, die Hauptgebäude und Arch verbindet. Dahinter bilden mehrere schmiedeeiserne Tore eine weitere Sperre, und dann folgt noch eine zweite Schranke, bevor die Gasse in eine größere Straße mündet. Ich folge ihr nach links bis zu ihrem Beginn am Trafalgar Square und suche das Straßenschild: Spring Gardens. Dann kehre ich wieder um und erforsche die Straße, in die sie mündet. Auch die Querstraße ist durch große Eisentore versperrt. Sie führen zu einem Hof, der auf drei Seiten von Bürogebäuden eingeschlossen ist – wie eine kleine Version des Paradeplatzes. Die linke Wand scheint zu einer Bank zu gehören, die Wände rechts und in der Mitte gehören zur Admiralty. Im Dach dieser dritten Wand befinden sich vier Mansardenfenster mit einer Brüstung davor. Von dieser Brüstung ist Summerchild an einem regennassen Junimorgen vor fast fünfzehn Jahren heruntergestürzt. Ist quer über den Asphalt auf diese Tore zugekrochen. Ist zwischen Mülltonnen und Abfallsäcken unbeachtet gestorben.

Die Tore sind verschlossen. Ich lege meinen Kopf an die Gitterstäbe und blicke in den Hof wie in einen Käfig. Aber die Szenerie sagt mir nichts. Der asphaltierte Boden erscheint mir weniger hart als die Worte, die ich noch vor kurzer Zeit während der Sitzung im Finanzministerium am ganzen Körper zu spüren glaubte.

Eine ganze Stunde lang hat er hier gelegen, ohne daß ihn jemand gesehen hat. Ich schaue zu den Fenstern hoch. Die mittlere Wand ist drei Stockwerke hoch, jedes Stockwerk hat vier Fenster, dazu kommen noch die vier Mansardenfenster. Die rechte Wand ist drei Stockwerke hoch und hat in jedem Stockwerk zehn Fenster. Insgesamt also sechsundvierzig Fenster. Vor allen hängen Stores, nirgendwo ist jemand zu sehen. Sechsundvierzig Fenster, und keine Menschenseele sieht hinaus. Während ich hier stehe und von außen hineinschaue, begreife ich zum erstenmal, wie abgeschottet die Welt ist, in der wir unsere Arbeit tun.

Ein anderes Bild von Summerchild kommt mir in den Sinn, eine andere Begegnung in der dunklen, ungeteerten Straße. Doch diesmal sind die Rollen anders verteilt. Diesmal bin ich derjenige, der die Straße hinaufkommt, und er steht vor dem Gartentor. Er hält seinen Geigenkasten im Arm und steht regungslos da, ist in irgendeinen Anblick völlig versunken. Doch er betrachtet nicht die Lichter Londons, die über den Dächern der Häuser am unteren Ende der Straße aufblinken. Er betrachtet sein eigenes Haus. Als er meine Schritte auf dem Kies hört, schaut er mich an, dann geht er schweigend auf seine Haustür zu und schließt sie auf. Vermutlich wollte ich Millie zu irgendeiner Probe abholen, aber ich gehe weiter, am Haus vorbei, beschämt, ihren Vater in einem Moment überrascht zu haben, in dem er sich unbeobachtet wähnte. Und während ich am Haus vorbeigehe, wird mir klar, was ihn so in den Bann gezogen hat. Es war der Anblick seines eigenen Wohnzimmers, dessen Gardinen noch nicht geschlossen waren. Es waren Millie und Mrs. Summerchild, die sich stumm in dieser hell erleuchteten Welt bewegten.

Ich gehe zurück zur Kabinettskanzlei. Ich verspüre eine deutliche Abneigung gegen die Aufgabe, die man mir zugeteilt hat. Ich stehe vor einem Tor, vor einem Fenster und schaue in ein Leben, das nicht mir gehört, und ich habe das Gefühl, ich sollte lieber wegschauen. Es gibt in diesem Fall keine Staatsgeheimnisse zu entdecken, da bin ich mir ziemlich sicher, nur heimliche Peinlichkeiten, nur traurige Ungleichmäßigkeiten und Risse in dem kleinen grauen Haufen in der einen Waagschale, welche die unbekannte Substanz enthält.

Ich komme zurück in mein Büro und setze meine Recherchen telefonisch fort. Es ist ein mühsames Unterfangen. Wie auch immer ich versuche, der Substanz ein wenig näher zu kommen, sie entzieht sich hartnäckig meinem Griff. Sir Francis Tite (wie er sich jetzt nennen darf) lebt noch, ist dem Vernehmen nach jedoch senil. Den Untersuchungsbericht erhalte ich nicht vor Ende der Woche. Und das Personalamt in der Great George Street teilt mir mit, Summerchilds Personalakte sei nicht aufzufinden. Laut Register sei sie am 5. September 1974 zum letztenmal bearbeitet worden, danach sei sie offiziell nicht mehr aus dem Haus gegangen. Das heißt, es könnte sich um ein mysteriöses Verschwinden handeln. Sie könnte aber auch genausogut einfach verlegt worden sein.

Meinen einzigen Erfolg erziele ich mit einem Anruf bei Michael Treacher, von dem Killick sagte, er habe gemeinsam mit Summerchild an der vergleichenden Einkommensstudie gearbeitet. Ich spüre ihn an der Universität von Saskatchewan auf und habe das Glück, ihn noch vor der Arbeit zu Hause zu erwischen. Aus den weiten Ebenen Zentralkanadas dringt die knappe Antwort so klar und deutlich zu mir wie von der anderen Seite des Luftschachts. «Treacher.»

Ich erläutere ihm mein Anliegen. «Merkwürdig», sagt Treacher. «Vor kurzem hat schon einmal jemand in dieser Sache angerufen. Auch von der Kabinettskanzlei.»

«Wirklich?» frage ich. Ich vermute, es war das Fernsehen.

«Ja, wir haben über die alten Zeiten geplaudert. Ich konnte mir nicht verkneifen zu fragen, ob die Kellnerinnen in der Kantine immer noch diese schrecklichen grünen Overalls tragen.»

«In der Kantine der Kabinettskanzlei gibt es keine Kellnerinnen», entgegne ich verständnislos.

«Das wollte ich nur hören», sagt Treacher. «Tut mir leid, daß ich solche Tricks anwenden muß. Ihr angeblicher Kollege hatte gegen die grünen Kellnerinnen nichts einzuwenden. Ja, ich habe mit Stephen Summerchild zusammengearbeitet. Zumindest eine Weile lang. Fertigstellen mußte ich die Studie natürlich allein.»

«Sie meinen, nach seinem Tod?»

«Nein, nachdem Tite ihn abberufen hatte.»

Ich verspüre in mir ein vages Rumoren. Eine plötzliche Wachsamkeit, eine Spur von Adrenalin in meinem Blut. Eine kleine Ungleichmäßigkeit hat sich aufgetan, ein feiner Riß in der Normalität der Dinge. Tites Aussage vor Gericht war also nicht ganz korrekt. Ich bemühe mich, möglichst gelassen zu klingen.

«Und wann war das?»

«Ich kann mich nicht mehr genau erinnern. Schließlich sprechen wir über das Jahr 1974, das ist lange her. Heath ist irgendwann im März gegangen, glaube ich. Ich weiß noch, daß es kurz nach Wilsons Amtsübernahme war. Wahrscheinlich hatte es irgend etwas mit dem Regierungswechsel zu tun. Tite wollte Summerchild für die Spezialeinheit haben, die Wilson ins Leben gerufen hatte.»

Eine Spezialeinheit? Der Riß wurde mit jedem Augenblick größer.

«Diese Einheit...» beginne ich vorsichtig. «Könnten Sie etwas mehr darüber sagen?»

«Leider nicht», erwidert Treacher. «Ich nehme an, es war etwas Vertrauliches. Ich glaube nicht, daß viele Leute davon wußten. Jedenfalls ist mir aufgefallen, daß Tite die Sache vor Gericht nicht erwähnt hat.»

«Das habe ich auch bemerkt», sage ich. «Und Summerchild selbst hat Ihnen nichts von seiner neuen Arbeit erzählt?»

«Stephen?» Treacher lacht. «Ich weiß nicht, ob Stephen jemals irgend jemandem etwas erzählt hat. Er war schrecklich depressiv. Meist war es schon schwierig, zwei zusammenhängende Worte aus ihm herauszuquetschen.»

«Und Sie haben keine Ahnung, womit diese Einheit beschäftigt war?»

«Ich habe Stephen später noch ein paarmal in der Kantine getroffen», sagt Treacher. «Irgend etwas hat er wahrscheinlich schon gesagt.»

Ich warte.

«Aber ich kann mich nicht mehr daran erinnern. Ich weiß nur noch, daß ich ziemlich schockiert war, als ich hörte, man habe ihn auf dem Gelände des Verteidigungsministeriums gefunden. Ich hatte schon die ganze Zeit über vermutet, daß seine Einheit in dem Bereich tätig war.»

«Verteidigung?» Ich verspüre eine gewisse Hemmung, das Wort auszusprechen.

«Oder irgend etwas in dieser Richtung...» Treachers Tonfall verändert sich. «Wird in der Kantine immer noch *Cabinet Pudding* serviert?»

Ich glaube nicht, daß hinter dieser Frage mehr steckt als pure Nostalgie. Doch selbst die Nostalgie kann falschen Erinnerungen aufsitzen; ich glaube nicht, daß es in der Kabinettskanzlei jemals *Cabinet Pudding* gegeben hat.

«Heutzutage gibt es meist Äpfel oder Joghurt», antworte ich.

Ich lege auf und schaue zu Kyle auf der gegenüberliegenden Seite des Luftschachts hinüber. Auch er legt den Hörer in die Gabel und sieht nachdenklich aus seinem Fenster. Ich habe den Eindruck, daß er eine ziemlich unangenehme Nachricht bekommen hat.

Also doch Verteidigung. Ich habe mich geirrt. Eine Welt voller Rätsel und Geheimnisse. Und alle haben mit der stumpfsinnigen Aufgabe zu tun, Menschen zu Tode zu bringen.

3

Ich könnte ohne weiteres an diesem Punkt meine Ermittlungen einstellen, denke ich. Ich könnte – und sollte es vielleicht auch – morgen früh zu Ken Hurren gehen und ihm sagen, daß der Fall offenbar doch Sicherheitsfragen berührt. Er wäre gezwungen, die Sache an die Great George Street abzugeben, und ich könnte mich in allen Ehren auf das langweilige, aber sehr bequeme Terrain der jährlichen Einschätzung abteilungsinterner Arbeitseffizienz zurückziehen.

Aber lächerlicherweise geht mir der *Cabinet Pudding* nicht aus dem Kopf. Vielleicht wurde damals wirklich noch *Cabinet Pudding* gegessen. Die Treachers und Summerchilds gehören schließlich zur älteren Generation. 1974. Heath. Wilson. Ich hatte vergessen, was damals in der Welt los war, bis Treacher diese alten Zauberformeln meiner Kindheit aussprach. Der Bergarbeiterstreik und die Dreitagewoche. Kälte und Dunkelheit. Ich erinnere mich, wie seltsam aufregend es war, durch unbeleuchtete Straßen zur Orchesterprobe zu gehen und in dicken Mänteln und Schals *Mars the Bringer of War* zu spielen. Ja, ich erinnere mich sogar an die Panzer, die in Richtung Whitehall rollten; oder zumindest erinnere ich mich an das Bild, das ich mir ausmalte, als Tilly Tilling die Geschichtsstunde unterbrach, um uns von dem Militärputsch zu erzählen, der nun unweigerlich auf uns zukäme. Ich erinnere mich an das Beben in seiner Stimme, an die schaurige Lust am Vergeltungsschlag.

Ich erschrecke, als mir klar wird, daß die Panzer in meiner Erinnerung genau durch die friedliche Straße rollen, in die ich jetzt auf dem Nachhauseweg meine Schritte lenke. Ich habe bis halb acht an meinem Schreibtisch gesessen, habe den Bericht über die Sitzung im Finanzministerium fertiggestellt und sogar noch ein paar wichtige Recherchen vorbereitet, die ich morgen wegen der jährlichen Einschätzung der abteilungsinternen Arbeitseffizienz in die Wege leiten muß. Warme, lange Schatten fallen über die Straße: Die Touristen sind längst aus Whitehall verschwunden. In den Seitenstraßen, die zum Fluß hinunterführen, sind Theaterbesucher auf Parkplatzsuche, doch auf den Bürgersteigen sieht man nur ein paar verspätete Bürokraten wie mich zu den Zügen und Untergrundbahnen eilen. Keine Panzer. Die Panzer sind nie gekommen.

Ich mag diese Straße. Ich mag all die unverbindlichen, grauen Fassaden mit ihrer unaufdringlichen Würde und diskreten Extravaganz, die so wenig darüber verraten, was hinter ihnen vor sich geht. Ich hoffe, ich sehe selbst ein wenig aus wie eines dieser Regierungsgebäude. Mit ruhiger Fassade, vielleicht einem Hauch von Vornehmheit. Mit meinem hellgrauen Sommeranzug, einem Konfektionsanzug zwar, der aber perfekt sitzt; mit meinem ordentlich zurückgekämmten Haar, das sich bereits der Farbe des Anzugs anzupassen beginnt; und, was mir am besten gefällt, mit meinem gepflegten, zu allem anderen so trefflich passenden Bart, der den größten Teil der Lücke zwischen Anzug und Kopfhaar überbrückt. Wenn ich in schwierigen Augenblicken die Fingerspitzen über meinen Bart gleiten lasse, beruhigt mich seine faserige Glätte ebenso wie meinen Sohn früher, als er noch kleiner war, die Weichheit seiner alten Wolldecke. Ich weiß, daß meine Gedanken und Gefühle hinter diesem Bart so sicher sind wie vertrauliche Berichte der Kabinettskanzlei. Meine gesamte Persönlichkeit ist auf anständige Weise verdeckt. Ich glaube noch nicht einmal, daß ich ohne weiteres als Regierungsbeamter zu erkennen bin. Ein wenig eigen mag mein Äußeres schon sein – aber wenigstens habe ich keine roten Haare und Sommersprossen.

Ich bin tatsächlich ein wandelndes Ministerium. Denn im Innern... Ja, ich habe meine Luftschächte, und hinter den undurchsichtigen Stores wird fleißig gearbeitet. Es werden ständig Akten gesammelt – die Gebäude, der Verkehr. Es wird an einem unendlichen Bericht geschrieben – hier ist er. Der Bericht wird ständig mit Randnotizen versehen – ich bin gerade dabei. «Das erste Anzeichen von Wahnsinn», witzeln Leute, die bei Selbstgesprächen ertappt werden, in dem zuversichtlichen Glauben, weit von der Wahrheit entfernt zu sein. Ein spätes Anzeichen von geistiger Gesundheit, meine ich, wenn man seine Selbstgespräche so führt wie ich, stumm, mit reglosen Lippen und vorgezogenen Stores. Denken heißt sprechen. Klar denken heißt, den eigenen Redefluß in Sätze und Absätze zu gliedern, Sätze und Absätze in Abschnitte und Kapitel, Abschnitte und Kapitel in einen stimmigen, zur Vorlage reifen Bericht. Stumm sprechen heißt, sprechen zu können, ohne die Zeit oder das Mitgefühl anderer Menschen in Anspruch nehmen zu müssen; ohne andere zu kränken oder ihren Glauben zu untergraben; ohne die Schweigepflicht zu verletzen oder gegen die Geheimschutzvorschriften zu verstoßen. Mit sich selbst sprechen heißt, ohne Auflagen sprechen zu können, einen Bericht aufsetzen und ihn einem Minister vorlegen zu können, der ihn nie lesen wird.

Ich habe die Kabinettskanzlei so verlassen, daß mir genau sieben Minuten bleiben, um zum Bahnhof Charing Cross zu gehen, und zwei weitere Minuten (keinesfalls mehr!), bis mein Zug einläuft – vorausgesetzt, er fährt planmäßig. Sieben Minuten dauert es abends; acht, manchmal neun Minuten, wenn ich am Morgen aus der umgekehrten Richtung komme, denn die beiden Fußgängerüberwege und die Menschenmenge, die aus dem Bahnhof strömt, müssen in diese Kalkulation natürlich einbezogen werden. Um meinen Zeitplan einzuhalten, muß ich zügig gehen, wie jeder Pendler in der Kabinettskanzlei bestätigen wird. Summerchild muß morgens und abends mindestens eine Minute länger gebraucht haben; ich kann mich gut erinnern, wie er vor fünfzehn Jahren von der Arbeit nach Hause kam, in einem sehr viel zögerlicheren Tempo, wie von einem inneren Gewicht beschwert. Ich frage mich, ob er, wie ich, zwei Minuten einkalkulierte, um von der Fahrkartenkontrolle zum Bahnsteig zu gehen, ob er sich lieber drei oder fünf Minuten Zeit ließ oder ob er gern im allerletzten Moment auf den Bahnhof kam und die damit verbundene Unsicherheit genoß. Wie oft mag er mit diesem Zug gefahren sein, den ich jetzt nehme? Wie oft mit all den anderen, die davor und danach verkehren? Abend für Abend muß er in einem dieser Züge gesessen haben, und im letzten Sommer seines Lebens war das Wetter ähnlich wie jetzt.

Der Zug fährt los und rumpelt auf der Brücke über den Fluß. Die Regierungsgebäude am Themseufer bleiben hinter uns zurück, und ich finde mich in einer anderen Welt wieder, in einem anderen Leben. Südlondon. Jeden Abend schaute Summerchild von demselben Bahndamm hinab auf dieses ausgemergelte Labyrinth aus Backsteinbauten, sah dasselbe Lagerhaus... dieselbe verrußte Markthalle... dieselbe Fabrik... In seinem Kopf, unter dem glühenden Haarschopf, hinter den aufreizend glühenden Sommersprossen, entfaltete sich derselbe niedrige Horizont, dieselben Sozialbauten, Wohnungen wie Milchkisten übereinandergestapelt, erschienen im Osten, drehten sich, genau wie jetzt, langsam zur anderen Seite, um schließlich im Westen zurückzubleiben. Ich nehme diese Hochhäuser schon seit Jahren nicht mehr wahr, und auch jetzt bin nicht ich es, der sie sieht, sondern Summerchild. Obgleich er sie natürlich auch nicht bewußt wahrgenommen hat. Ich verleihe ihm Augen, die er nie hatte. Ich setze Berichte auf, die er nie aufsetzte. Einen Moment lang verändert sich sogar die innere Stimme, die diese Berichte verfaßt. Die helle, distanzierte Tonlage wird langsam tiefer und schleppender, als hätte ich ein Tonbandgerät auf eine langsamere Geschwindigkeit geschaltet.

Ich steige sogar in Greenwich aus dem Zug, wie Summerchild es Abend für Abend getan hat, fahre nicht mit der gleichen Linie weiter zur nächsten Station, wie Jessel es zu tun pflegt. Ich steige ohne zu überlegen aus, so selbstverständlich und so müde und erschöpft, als würde ich jeden Abend an diesem Bahnhof den Zug verlassen. Ich bin – wie sagten es meine Nachbarn doch gleich? – ein zurückhaltender Mann und treusorgender Familienvater mit einer besonderen Liebe zur Musik. Gemeinsam mit einem guten Dutzend heimkehrender Pendler gehe ich langsam durch den Tunnel unter der Bahnlinie hindurch, überquere die Straße mit zehn von ihnen, biege mit acht in die alte Straße gegenüber dem reichverzierten Rathaus ein und beginne mit den verbleibenden fünf den Anstieg auf die steilen Südlondoner Hügel. Auf dem halben Weg den Hügel hinauf biege ich ab und bin nun ganz allein.

Ich befinde mich in einer kleinen Straße, die an der Vorderseite des Hügels entlangläuft. Die schadhafte Teerdecke verwandelt sich allmählich in eine Kiesfläche, aus der unzählige Kanaldeckel ragen. Ich bin seit Jahren nicht mehr hier gewesen – seit vierzehn Jahren, um genau zu sein, und doch kenne ich diesen Weg fast besser als meine eigene Straße. Ganz selbstverständlich, als hätte ich ihn immer im Kopf gehabt, fällt mir jetzt auch der Name ein: Hyde Hill Lane. Ich gehe langsam, so langsam wie Summerchild an jenem dunklen Winterabend, gehe an den Blechschuppen und rußgeschwärzten Schildern vorbei, die zu einer kleinen Autoreparaturwerkstatt gehören. Zu meiner Linken fällt der Hügel ab, mein Blick schweift über unbestimmbares Gestrüpp, Gärten und rote Dächer. Zu meiner Rechten beginnt unvermittelt eine kleine Siedlung mit großzügig angelegten Häusern aus den frühen dreißiger Jahren. Sie warten wohl noch immer darauf, daß diese zurückgebliebene Landstraße endlich erwachsen wird, sich mit einer ordentlichen Teerdecke versehen und zur Durchfahrtsstraße erklären läßt. Aber sie ist nicht erwachsen geworden. Sie hat sich den Kräften von Raum und Zeit und aller stadtplanerischen Kontrolle entzogen, hat sich die schwer faßbare Intensität eines Traumes bewahrt.

Als ich ein Stückchen höher komme, erscheint plötzlich London jenseits der Dächer; breit, blau und sanftmütig liegt mir die Stadt zu Füßen. Ich lasse den Blick über das Häusermeer schweifen, versuche, meine Reise von Westminster nach Greenwich nachzuvollziehen. Dann drehe ich der Stadt den Rücken zu. Ich weiß genau, was mich auf der anderen Seite der Straße erwartet, den Blick über meine Schultern hinweg auf London gerichtet. Und tatsächlich, da steht sie – eine seltsame kleine Häuserzeile, die, vor anderthalb Jahrhunderten erbaut, eine bunte Mischung aller Stile jener Zeit in sich vereinigt. Sie hat die gleiche schwermütige Ausstrahlung wie die Siedlung ein Stückchen tiefer. Auch diese Häuser hatten wohl einmal die Hoffnung gehegt, aus ihrer Straße könnte etwas Anständiges werden. Den Summerchilds gehörte das dritte Haus, an der abblätternden Holzverkleidung und dem schäbigen grauen Putz sofort zu erkennen. Ich glaube, Millie und ihre Mutter wohnen noch immer dort. Und ich stehe hier, wie Summerchild damals gestanden hat, als ich ihn dabei überraschte, als er in sein eigenes Leben wie in einen Schaukasten blickte. Eines der großen Fenster im vorderen Zimmer steht offen, wohl um die warme Abendluft hereinzulassen, doch in der Dunkelheit des Zimmers dahinter ist nichts zu erkennen.

Einen Moment lang spiele ich mit dem Gedanken, die Stufen hinaufzugehen und an der Haustür zu klingeln. Ich stelle mir vor, wie die Tür aufgeht und eine Frau mit rotem Wuschelkopf, zugleich schmerzlich vertraut und schmerzlich verändert, auf der Schwelle erscheint und mich erstaunt ansieht. «Brian... Brian Jessel... Ich bin in Greenwich aus dem Zug gestiegen... Es ist ein so schöner Abend, ich wollte noch ein bißchen spazierengehen... Ich habe mich gefragt, was du so machst, wie es dir geht... Und ob du mir etwas erzählen könntest über... Nein, das ist nicht der Grund. Aber ich habe zufällig heute an dich gedacht, weil... na ja, wie soll ich das erklären?»

Unmöglich. Ich gehe weiter den Hügel hinauf und kehre in die Welt geteerter Straßen zurück. Ich bin nicht mehr der verstorbene Stephen Summerchild, ein zurückhaltender Mann und treusorgender Familienvater mit einer besonderen Liebe zur Musik. Ich bin Brian Jessel, ein zurückhaltender Mann und treusorgender Familienvater mit... ja, einem gewissen Interesse an Musik – einem Interesse, das ich fast vergessen hatte, bis der Gedanke an Millie mich wieder daran erinnerte. Ich durchquere den Park, den ich früher so oft durchquert habe, und biege jenseits von Maze Hill in eine bescheidene Straße mit einer Reihe von Häusern im Stil der Jahrhundertwende ein. Als ich den Schlüssel ins Schloß meiner eigenen Haustür schiebe, überkommt mich der übliche Ansturm ungewisser Ängste und Befürchtungen. Noch ehe ich den Schlüssel umdrehen kann, springt die Tür auf. Cheryl hat in der Diele gestanden, aus dem Fenster geschaut und auf mich gewartet.

«Es tut mir leid...» beginne ich wie üblich.

«Na ja, es ist nur... Meine Schwester will heute abend noch ausgehen», sagt sie und greift nach den Plastiktüten, die sie bereits neben der Tür bereitgestellt hat. Sie bringt manchmal ihre Kinder mit, was mir nicht sonderlich gut gefällt, und manchmal läßt sie sie bei ihrer Schwester, was mir noch weniger zusagt, denn daß jemand auf ihre beiden Kinder aufpaßt, damit sie auf mein Kind aufpassen kann, ist völlig verrückt. Die ganze Situation ist verrückt. Und falls Cheryls Mann zu ihr zurückkehrt, wie er es offenbar in letzter Zeit wieder häufiger andeutet, oder falls sie woanders hinzieht und sich eine Arbeit sucht, was sie ihm für den Fall angedroht hat, daß er nicht zu ihr zurückkehren sollte, oder falls meine Kollegen vom Sozialamt herausfinden, daß sie von mir eine Bezahlung erhält, wird selbst dieses verrückte Arrangement zu Ende sein, und ich werde mich wieder mit Agenturen und Anzeigen, Vorstellungsgesprächen und Referenzen herumschlagen und fremde Menschen in meinem Haus ertragen müssen.

«Er hatte heute in der Schule einen kleinen Unfall.»

Mein Herz setzt aus. «Einen Unfall?»

«Ich habe gleich gemerkt, daß irgend etwas nicht stimmte. Als ich herkam, wollte er mich gar nicht anschauen. Mrs. Lewis hat seine Shorts in eine Tüte gepackt. Ich habe sie ausgewaschen. Sie hängen auf der Leine.»

Ach ja, einen *Unfall.* Die Haustür schließt sich hinter ihr. Ich gehe nach oben ins Kinderzimmer. Mein Sohn schläft natürlich. Wie immer. Und wie immer empfinde ich bei seinem Anblick eine unbezähmbare Qual. Er liegt, wie so oft, über der Decke, den Kopf am Fußende, die Füße auf dem Kissen. Scharfkantige Legosteine sind im Bett verstreut, ein alter Pappkarton liegt auf seiner Brust. Ich räume die Spielsachen beiseite. Zu sehen, wie er daliegt, schnürt mir vor Verzweiflung die Brust zusammen. Sein Leben ist so in Unordnung geraten wie sein Bett. Das Haus, in dem wir leben, ist eine Farce, doch ich sehe keine Möglichkeit, diese Farce jemals zu beenden.

Ich gehe nach unten, ein zurückhaltender Mann und treusorgender Familienvater, und hole die Reste des Sonntagsbratens, den ich gestern für meine Schwiegermutter, Timmy und mich gekocht habe, aus dem Kühlschrank. Das Fleisch sieht hart und dunkel aus, und ich finde kein frisches Gemüse, das ich dazu essen könnte. Alles in diesem Haus ist persönlich. Alles wurde von mir ausgewählt, von mir getragen, von mir gekocht, von mir repariert. Deshalb fühle ich mich nicht zu Hause hier.

Gleich morgen früh werde ich zu Ken Hurren gehen und ihm mitteilen, daß Summerchild an einer Sache arbeitete, die mit dem Verteidigungsressort zusammenhing. Wenn ich daran denke, wie Summerchild auf der anderen Seite des Parks an seinem Gartentor stand und seufzte, weiß ich, er ist dem Persönlichen viel zu nahe, ist viel zu eng mit den schwierigen Dingen im Leben verquickt. Ich möchte aber nicht, daß sich das Chaos bis in meine Arbeitswelt ausbreitet. Ja, ich werde morgen mit Ken Hurren sprechen. Und morgen abend werde ich früh genug nach Hause fahren, um meinen Sohn noch wach zu erleben, früh genug, um eine ordentliche Mahlzeit zu kochen, früh genug, um das Leben in den Griff zu bekommen.

4

Im Aktenregister der alten Regierungskommission finden sich vierzehn Einträge unter dem Stichwort Verteidigung, und ich habe bereits die ersten anderthalb Stunden meines Arbeitstages damit vergeudet, diesen Stichworten nachzugehen.

Ich habe meine Entscheidung, mich dieses Falles zu entledigen, nicht widerrufen. Ich versuche nur, meinen Beitrag durch den Nachweis – oder, wie ich hoffe, durch den nicht zu erbringenden Nachweis – irgendwelcher schriftlich festgehaltener Spuren von Summerchilds Arbeit abzurunden. Ich glaube, zu dieser letzten Geste habe ich mich entschlossen, als mein Zug am Morgen in Greenwich hielt. Ich war am Bahnhof davor als letzter eingestiegen und stand mit dem Rücken zur Tür, als sich in Greenwich noch jemand hinter mir in den Zug zwängte. Er tat es zögerlich, mit einem müden Seufzer, und als die Tür sich hinter ihm schloß und seine Brust sich gegen meinen Rücken preßte, wußte ich, daß sein Haar leuchtete wie ein Wald aus kupferroten Ausrufezeichen. Und während wir gemeinsam weiter nach Charing Cross ratterten, dieser zum Körper verdichtete Geist und ich, übertrugen sich die Mattigkeit seines Seufzers und die Röte seiner Haare auf mich. Ich war wieder Summerchild und befand mich auf dem Weg zu unserem gemeinsamen Arbeitsplatz. Ich wollte das, womit ich mich in den letzten Monaten meines Lebens abgemüht hatte, vor mir sehen. Und wenn nicht das, so wenigstens seine Abwesenheit. Hatte man meine Arbeit ebenso sorgfältig aus den Akten gelöscht wie mich selbst und meine berufliche Laufbahn, könnte ich mich getrost zur letzten Ruhe betten und mich vergessen.

Akte um staubige Akte breitet Mrs. Tamm vor mir aus. Einige enthalten maschinengeschriebene Memoranden, andere Bündel handschriftlicher Berichte, die von Regierungsaktenklammern zusammengehalten werden. Nach etwas zu suchen, von dem man erwartet, daß man es nicht findet, stellt eine demoralisierende Aufgabe dar; sie erfolgreich zu bewältigen bietet nur eine schale Befriedigung. Zivile Verteidigungsmaßnahmen und regionale Planungsverfahren... Veränderungen im Verteidigungshaushalt... Die Akten bergen keine großen Geheimnisse. Es findet sich kein Fingerzeig für die Existenz irgendeiner Spezialeinheit. Ich kann mir reinen Gewissens den Staub von den Händen wischen und das Jakkett anziehen. Ich habe nichts erwartet und völlig ordnungsgemäß nichts erreicht.

Aber was ist das? Schweigend schleppt Mrs. Tamm zwei weitere Aktenstapel heran. «Kriegsspiele... Kriegsgräber... Krieg, Zweiter Welt-, offizielle Geschichte...» Ich schaue sie erstaunt an, doch sie zuckt mit den Schultern, als weigere sie sich, die Verantwortung für den eigenen Eifer zu übernehmen. Sie hat recht. Das Wort «Verteidigung» braucht nicht unbedingt Teil des Namens dieser rätselhaften Spezialeinheit gewesen zu sein. Aber wenn Verteidigung auch Krieg war, dann konnte sie ebensogut Militär oder NATO, Armee, bewaffnete Einsatzkommandos oder Rüstungspolitik sein. Mein Mut sinkt. Die Unbestimmtheit der Welt breitet sich durch die Akten aus wie Feuchtigkeit. Ich höre mich seufzen, wie Summerchild in dieser Situation geseufzt haben könnte. Mrs. Tamm macht auf dem Absatz kehrt und geht an ihren Schreibtisch zurück. Mein Seufzen hat sie offenbar beleidigt. Ich ziehe mein Jackett wieder aus und setze mich hin, um die Akten zum Stichwort «Krieg» durchzusehen.

Kaum bin ich bei «Kriegsschäden, Belastung des Regierungshaushalts durch» angekommen, als mir bewußt wird, daß Mrs. Tamm wieder vor mir steht. Ich schaue auf und lächele sie an, um die unheilsame Wirkung meines Seufzens wieder wettzumachen. Sie sieht zur Seite, aus dem Fenster, sorgfältig darauf bedacht, jedes Interesse an meinen Bemühungen zu leugnen. Diesmal hat sie mir nur eine einzige Karteikarte gebracht. «Strategie» steht links oben. Ja, warum nicht? Aber wenn Strategie, dann auch Taktik oder Logistik oder gar Ballistik... Mit einem wachsenden Gefühl der Hoffnungslosigkeit lasse ich den Blick über die Stichwörter auf der Karte gleiten. Strategie Luft, Strategie Asien (inkl. SEATO)... Ich muß aufhören, ehe ich meinen ganzen Arbeitstag mit dieser sinnlosen Suche vergeude... Strategie Marine, Strategie NATO, Strategie Nuklearwaffen...

Plötzlich bleibt mein Blick an den vier in Klammern gesetzten Wörtern am Ende der Spalte hängen: «(Siehe auch Strategie-Einheit)».

Ein, zwei Sekunden lang starre ich völlig verständnislos auf die Karteikarte. Dann rinnt eine plötzliche Wärme durch meine Adern. Zwei Adrenalinstöße in ebenso vielen Tagen – diese Aufgabe könnte dauerhafte Schäden für meine Gesundheit mit sich bringen. Ich habe die grauen Weiten des Atlantiks nach einem Zeichen des Schiffswracks abgesucht und erwartet, nichts zu finden, jetzt plötzlich erspähe ich etwas in den Wellentälern. Es ist nicht viel. Vier Wörter, und die auch noch in Klammern gesetzt.

Ich schaue auf zu Mrs. Tamm. «Ich habe schon nachgesehen», sagt sie mit ausdrucksloser Stimme, ehe ich fragen kann. «Es ist nichts da.» Daß sie überhaupt gesprochen hat, läßt vermuten, daß die Entdeckung auch in ihrem Blut ein paar Tröpfchen Adrenalin freigesetzt hat.

Es gibt jedoch noch einen Raum, in dem ein Teil der alten Papiere der Regierungskommission lagern sollen. Und da Mrs. Tamm ihren Arbeitsplatz nicht verlassen kann, mache ich mich selbst auf den Weg. Anstatt in mein eigenes Büro zur höchst wichtigen Einschätzung der abteilungsinternen Arbeitseffizienz zurückzukehren, lenke ich meine Schritte in den rückwärtigen Teil des Gebäudes, in dem ich noch nie gewesen bin, suche mir einen Weg durch planlos verwinkelte Korridore, steige willkürlich auftauchende Treppen hinauf und hinab, in der schwachen Hoffnung, die Wörter «(Siehe auch)» mit Leben füllen zu können. Hier zwei Stufen hoch, dort sieben Stufen hinunter, ständig den Kopf einziehend, um nicht an die niedrige Decke zu stoßen... Die Strategen der gleichnamigen Spezialeinheit hätten diesen Teil des Gebäudes ein umkämpftes Gebiet genannt – ein Territorium an der Grenze zwischen verschiedenen Einflußsphären, das über die Jahre immer wieder den Besitzer gewechselt hat. Früher einmal hatte hier eine Reihe einzelner Häuser gestanden, durch dicke Wände sorgfältig voneinander getrennt. Lakaien waren auf den winzigen Hintertreppen auf und ab gelaufen, Hausmägde hatten, vor Kälte zitternd, in den kleinen Mansarden geschlafen. Ehe das Finanzministerium ans Ende von Whitehall zog, hatten seine Schreiber hier ihre Hauptbücher mit säuberlichen Zahlenkolonnen gefüllt. Nach ihnen zogen die Lagerverwalter ein. Bauchige Tintenfässer standen hinter den Türen aufgereiht, braune Holzfederhalter und graue Stahlfedern ruhten in Schubladen und Kisten. Während des Krieges wurde das Lager ausquartiert; in den verlassenen Räumen wurden statt dessen abstruse Geheimdienstprojekte ersonnen, abgeheftet und wieder vergessen. Mit viel Getöse wurde dann an der gleichen Stelle die Regierungskommission aus der Taufe gehoben, um wenige Jahrzehnte später wieder im Dunkel zu versinken. Summerchild kannte sich aus in diesen Fluren. Irgendwo, ein paar Stufen hinauf, ein paar Stufen hinab, lauerte die (Strategie-Einheit) in ihren schützenden Klammern. Inzwischen haben wir von der Kabinettskanzlei das umkämpfte Territorium kolonialisiert und zu unserem Interessengebiet erklärt. Ich öffne eine Tür ohne Schild und sehe... ja, wieder Büromaterial. Aber diesmal nicht Tintenfässer und Federn, sondern Farbbänder und Computerpapier... Das Schild an dem Schlüssel, den Mrs. Tamm mir gegeben hat, ist vergilbt und trägt keine Aufschrift. Ich suche eine verschlossene Tür ohne Türschild im vierten Stock. Doch welche dieser Ebenen zählt als vierter Stock? Bin ich eine Treppe zu hoch oder zu niedrig? Ich öffne eine andere Tür, und ein junger, kahlköpfiger Mann schaut erschrocken von einem mit meterlangen Computerausdrukken bedeckten Schreibtisch auf. Wahrscheinlich bin ich das erste menschliche Wesen, das er seit seiner Verbannung auf diesen Außenposten zu Gesicht bekommen hat.

Ich bücke mich, um in einer dunklen Ecke unter einem niedrigen Torbogen hindurchzusehen, und schaue auf eine schmale Wendeltreppe, offenbar für kleine, unterernährte Dienstmägde erbaut. Ich zwänge mich die Stufen hinauf und stecke meinen Schlüssel in das Schloß der schiefen, ziemlich ramponierten Tür. Der Schlüssel dreht sich, die Tür springt quietschend auf, und mein Blick fällt in ein kleines Zimmer direkt unter dem Dachvorsprung, mit Fenstern, von denen aus man über die Dächer Whitehalls in den Himmel blickt. Das Zimmer scheint jedoch eher als Lagerraum für die Kantine zu dienen, denn alles, was ich entdecken kann, ist ein Durcheinander aus braunen Kartons mit Aufschriften wie Vim, Heinz und Tate & Lyle. Ich schlage den Deckel eines Kartons zurück. Der Tomatenketchup, den er einst enthielt, ist verschwunden. An seine Stelle ist menschliches Denken in seiner komprimiertesten Form getreten – eine dichte Masse aus beschriftetem Papier, zum Teil in Aktendeckeln, zum Teil in Briefumschlägen und losen Bündeln zusammengeschnürt.

Ich ziehe das Jackett meines hellgrauen Sommeranzugs aus. Doch wo soll ich es aufhängen? Es gibt keine Möbel im Raum. Schließlich lege ich es ordentlich zusammengefaltet auf einen Essigkarton. Dann krempele ich die Ärmel meines gestärkten weißen Hemdes hoch, denn in alten Gedanken zu kramen wirbelt eine Menge Staub auf. Ich klaube ein paar Zettel zusammen, die aus den Kartons gefallen sind, Seiten mit unbekannten, durch den fehlenden Zusammenhang völlig bedeutungslosen Zahlen, und wische mit ihnen den dikken Staub von einer bis oben hin mit Papier gefüllten Haferflockenkiste, um daraus einen Stuhl zu machen. Dann öffne ich den nächstbesten Karton, der laut Aufschrift ursprünglich einmal zehn Flaschen Spülmittel enthielt. In diesem staubigen Durcheinander (siehe auch) die Spuren einer (Strategie-Einheit)...?

Die Themen, die auf den alten Aktendeckeln stehen, sind längst tot und vergessen. Gemischte Regimenter und multilaterale Streitmacht, Nationaler Wirtschaftsrat und Nationale Wirtschaftskommission... Wer schert sich heute noch um gemischte Regimenter? Wer weiß noch, was die multilaterale Streitkraft war? Und wer könnte noch zwischen Nationaler Wirtschaftskommission und Nationalem Wirtschaftsrat unterscheiden? Das Denken, überlege ich, während ich immer neue Aktendeckel herausziehe und neben dem Karton stapele, ist ein ebenso fundamentaler Bestandteil der Welt wie Dosenbohnen oder brauner Zucker. Und Gedanken, die vor langer Zeit gedacht wurden, sind so tot wie leere Spülmittel- oder Ketchupflaschen, auch wenn es in vielen Fällen ebensolange dauert, bis sie biologisch abgebaut sind. Ich denke an den halbfertigen Bericht auf meinem eigenen Schreibtisch im vorderen Teil des gleichen Gebäudes, an die Vorbereitungen für die gemeinsame Lagebesprechung mit dem Finanzministerium. Mein Bericht ist lebendig, weil er seine Funktion noch nicht erfüllt hat und die ungelöste

Spannung zwischen den Vorstellungen des Finanzministeriums und unseren eigenen Interessen ihm eine gewisse Brisanz verleiht. Durch die Arbeit des kommenden Jahres wird er sogar in Zukunft noch Früchte tragen. Doch dann werden eben die Ereignisse, die er formt, ihn veralten lassen. Er wird ebenso tot und vergessen sein wie die Akten im Spülmittelkarton. Das Denken ähnelt dem Geißblattstrauch, der rund um meine Haustür wächst. Die neuen grünen, reichlich blühenden Ranken strecken sich immer höher der Sonne entgegen und werden während ihres Lebens und Wachsens zu totem Unterholz. Und so wird auch mein Bericht verbrannt werden, kompostiert oder zu Mulch zerstampft, zu Humus, zu Torf, zu harter Kohle – bis eines fernen Tages auf den unterirdischen Förderbändern einer heute noch unbekannten Grube die glänzende Schwärze aufbricht und sich im Abdruck eines Blattes der letzte schwache Umriß meines Lebens und meiner Arbeit zu erkennen gibt...

Zehn nach zwölf, und noch immer kein Zeichen von dem Abdruck, nach dem ich suche... sieben vor eins... sieben *nach* eins... Ich muß gehen. Ich muß mir die Hände waschen und zu Mittag essen. Ich habe um Viertel nach zwei eine Besprechung mit Vertretern der Staatsdienstkommission über eine mögliche Neugliederung der Dienstränge... Ich werde nur noch diesen einen letzten Karton durchsehen... Aber das ist lächerlich. Wenn ich jetzt nicht gehe, werde ich nicht mehr genug Zeit fürs Mittagessen haben... Nichts... Nichts... Nichts... Drei Minuten nach zwei. Ich habe Magenschmerzen vor Hunger, mein ganzer Körper ist von der gebückten Stellung völlig verkrampft, und meine Hände sind so schmutzig, daß ich meine Hemdsärmel nicht herunterkrempeln kann... Ich presse mein Jackett vorsichtig zwischen beide Handrücken und öffne die Tür. In dem Moment fällt mir auf, daß es einen Karton gibt, in den ich noch gar nicht hineingeschaut habe: die Haferflockenkiste, auf der ich die ganze Zeit über saß. Vier Minuten nach zwei... Ich klappe den Deckel der Kiste hoch und schaue auf ein entmutigendes Durcheinander aus losen Blättern. Willkürlich ziehe ich eine Handvoll heraus... Nichts... Eine zweite Handvoll... Und plötzlich springen mir, handgeschrieben am Anfang einer Mitteilung, die gesuchten Worte ins Auge: *Strategie-Einheit: Einsetzung.* Die Mitteilung ist unterschrieben mit: *S. Summerchild.*

Es scheint um Fragen der Unterbringung und personellen Ausstattung zu gehen. Die Mitteilung datiert vom 11. März 1974 und ist an einen Dr. Serafin adressiert. Durchschriften gingen an Mr. Tite und die Organisationsabteilung. Ich nehme nichts von dem auf, was zwischen Über- und Unterschrift steht. Mir wird nur eins bewußt, während ich auf das Blatt in meinen Händen starre: Beide Ziele meiner Nachforschungen, Strategie und Summerchild, sind hier auf demselben Stück Papier vereinigt. Und zwar auf einem Schriftstück, das aus Summerchilds eigener Feder stammt. Es ist, als hätte aus dem Nichts heraus plötzlich seine Stimme zu mir gesprochen – so wie damals, als ich mit Millie am Gartentor stand. Seine Handschrift ist größer als meine, stelle ich fest, und so fein wie sein Haar. Den langgestreckten Linien ist eine gewisse Anmut eigen: Über und unter der Linie flattern die «g» und «d» wie Wimpel im Wind. Diese Schrift hat etwas *Verträumtes*, denke ich.

Fünf Minuten nach zwei... Ich lege die Mitteilung quer zwischen die Papiere im Haferflockenkarton, um die Stelle zu markieren, an der ich sie gefunden habe. Dann klappe ich den Karton zu und hebe ihn an. Die Vorstellung, ihn hier zurückzulassen, könnte ich nicht ertragen. Ich werde ihn mit zur Sitzung schleppen müssen... Aber er wiegt mindestens eine Tonne... Und ich werde mir unweigerlich das Hemd schmutzig machen... Und wo soll ich ihn lassen, während ich zur Toilette eile, um mir die Hände zu waschen...?

Ich stelle den Karton auf den Boden zurück. Er wird auf mich warten müssen, wie ein gerade geöffnetes Geburtstagsgeschenk an einem Schultag. Ich eile aus dem Zimmer, drehe den Schlüssel im Schloß... Was ist das? Autsch! Kopf! Decke – niedrig – vergessen! Und jetzt? Treppe – hinunter – schmal – Wendel – ich erinnere mich – sie kreiselt ihre Bahn unter meinen hilflosen Sohlen.

5

Überschrift: *Strategie-Einheit: Einsetzung.* Unterschrift: *S. Summerchild.*

Ich habe die ganze Nacht über wachgelegen, habe es kaum erwarten können, zu diesen Worten zurückzukehren, und habe sie inzwischen wohl ein dutzendmal gelesen. Es ist Mittwoch morgen, ich sitze in dem kleinen Zimmer unterm Dach und erforsche Seite um staubige Seite den restlichen Inhalt des Haferflockenkartons.

Auch den handgeschriebenen Text zwischen Über- und Unterschrift habe ich eingehend studiert:

Bezugnehmend auf unsere Besprechung vom 7. dieses Monats gehe ich davon aus, daß der Zuständigkeitsbereich der neuen Einheit etwa in dem von Ihnen umrissenen Rahmen liegen wird, und habe daher in der Anlage zu den folgenden Punkten einige Vorschläge erarbeitet:

A: Unterbringung.
B: Personelle Ausstattung.
C: Zu konsultierende Gremien.
D: Materialermittlung.
E: Form der Berichterstattung.
F: Bezeichnung.

Was den letzten Punkt angeht, war ich genötigt, einen provisorischen Titel zu finden, der bei den Verhandlungen über die Unterbringung und personelle Ausstattung etc. verwendet werden kann.

Wie Sie aus der Überschrift ersehen können, habe ich beschlossen, uns den vorläufigen Titel «Strategie-Einheit» zu geben. Die – sehr vorsichtige! – Formulierung «Einheit» schließt keinesfalls aus, das Gremium später, wenn Sie Ihre Vorstellungen etwas konkretisiert haben, in ein Komitee, eine Kommission oder einen Ausschuß zu verwandeln. Der – ebenfalls sehr vorsichtige! – Begriff «Strategie» ist gleichermaßen rein provisorisch. Alles in allem hoffe ich, daß beide Begriffe mehr verbergen als verraten und uns bis zur präzisen Formulierung unseres Zuständigkeitsbereichs gute Dienste leisten werden. (Zu den verschiedenen Formen und Funktionen regierungsamtlicher Gremien siehe Anhang F.)

Ich schlage vor, die Presse erst dann über die Existenz der neuen Einheit zu informieren, wenn die Namensfrage geklärt und eine präzisere Formulierung der Funktion gefunden wird. Alle Verlautbarungen an die Presse sollten kurz und unmißverständlich sein. Sie sollten keinen Anlaß zu weiteren Spekulationen und Nachfragen geben – oder gar irgendein weitergehendes Interesse wecken.

Die Mitteilung war offenbar aus der Regierungsklammer gerissen worden, die sie mit den folgenden Seiten verband – von den versprochenen Anlagen keine Spur. Auch unter den restlichen Unterlagen im Karton kann ich sie nicht finden ... Ich sollte längst in Ken Hurrens Büro sein und nicht in dieser verstaubten Dachkammer hocken. Ich sollte meine Erkenntnisse unverzüglich an die Sicherheit weiterleiten. Weitere Verzögerungen ließen sich durch nichts rechtfertigen. Ich hätte längst mit Ken Hurren sprechen und an meinen eigenen Schreibtisch zurückkehren sollen, hätte mich in die Einschätzung der abteilungsinternen Leistungsfähigkeit vertiefen, ja dabei vielleicht sogar die rasche Reaktion erwähnen sollen, mit der ich selbst einen fachfremden Fall an die richtige Abteilung weiterverwiesen hatte.

Doch Summerchilds Stimme läßt mich nicht los. Bis heute hatte ich von ihm nur ein paar zögerliche Worte am Gartentor gehört. Doch hier ist der volle Klang seiner Stimme, sein ungehemmter Redefluß. Seine Worte sind natürlich nicht an mich gerichtet, aber gerade das macht einen Teil der Faszination aus. Er kehrt mir den Rücken zu, weiß nichts von meiner Existenz, spricht mit einem leichten Anflug von Humor – «daß beide Begriffe mehr verbergen als verraten» –, was sicherlich zu seiner Zurückhaltung und seinem tiefen Seufzen paßt. Aber die schwungvollen Ausrufezeichen sind eine Überraschung. Ebenso seine vertrauliche Art, uns «uns» zu nennen. Ich glaube nicht, daß ich etwas so Verwegenes riskiert hätte.

Und dann die Art der Mitteilung. Der respektvolle Ton und die direkte Anrede lassen vermuten, daß sie an eine Person außerhalb des Staatsdienstes gerichtet ist. Die Adresse ist nicht aufgeführt, aber ich stelle mir unter Dr. Serafin einen Akademiker vor. Einen jungen Mann, wahrscheinlich jünger als Summerchild. Denn in Summerchilds Respekt schwingt eine Entschiedenheit mit, die er gegenüber einem älteren Menschen wohl kaum zu zeigen gewagt hätte. Dr. Serafin ist jemand, der in der Welt der ministeriellen Komitees und regierungsamtlichen Ausschüsse offenbar nicht zu Hause ist. Aber er muß sich außerhalb dieser Welt einen Namen gemacht haben, wenn man ihn nach seiner Meinung fragt. In meinem Kopf entsteht das Bild eines noch recht jungen Militärhistorikers. Es dürfte nicht allzu schwierig sein, ihn ausfindig zu machen.

Auch das abschließende Diktum über die Presse verrät eine Spur Humor, und, wie ich meine, den leisen Wunsch, den anderen zu schockieren, den nüchternen, zynischen Verwaltungsbeamten zu markieren. Ja, auf seine eigene, stille Weise präsentiert sich Summerchild einem Publikum.

Zu der angekündigten Verlautbarung an die Presse ist es vermutlich nie gekommen. Hat sich die Strategie-Einheit nie auf eine Beschreibung ihrer Funktion verständigen können, die schlicht genug war, um sie den neugierigen Journalisten anzuvertrauen? Mir selbst ist die Funktion der Spezialeinheit nach der Lektüre von Summerchilds Mitteilung unklarer als je zuvor. Der Begriff «Strategie» ist «rein provisorisch», die Worte «Strategie-Einheit», schreibt er, «verbergen mehr, als sie verraten». Und doch hat der Adressat der Mitteilung sich offenbar nicht für eine der in der fehlenden Anlage F aufgelisteten Bezeichnungen entschieden, sondern sich von dem ursprünglichen Vorschlag überzeugen lassen.

Vielleicht kann das Datum etwas mehr Aufschluß geben. Summerchild und Serafin haben sich, vermutlich zum erstenmal, am 7. März getroffen. Das war, wie mich verschiedene Schriftstücke in den Lebensmittelkartons erinnert hatten, zwei Tage nach Harold Wilsons Einzug in die Downing Street. Der von Heath ausgerufene Notstand war noch in Kraft. Immer wieder stoße ich auf interne Anweisungen darüber, welche Büros ihre Heizungen während des Vormittags und welche sie während des Nachmittags auszustellen haben. Ich finde eine Dienstanweisung über die Funktion der Aufzüge bei Stromausfällen und eine andere, in der die Zusammenarbeit mit dem Militär angeordnet wird, falls Truppen angefordert werden müßten, um die Regierungsgebäude zu schützen. Die Einsetzung der «Strategie-Einheit» muß eine der allerersten Amtshandlungen der neuen Regierung gewesen sein. Bezog sich die «Strategie» auf mögliche taktische Erwägungen bei der Ausübung von Notstandsbefugnissen? War die Spezialeinheit deshalb so geheim? Mir geistern noch immer Tilly Tillings dröhnende Panzer im Kopf herum.

«An Dr. Serafin.» Wieder springt mir die feine, romantische Handschrift aus dem allgemeinen Brei im Haferflockenarchiv entgegen. Eine Mitteilung, datiert vom 12. März:

Strategie-Einheit: Unterbringung

Bezugnehmend auf Ihr Schreiben vom 11. dieses Monats versichere ich, daß mir Ihre Abneigung gegen die Räumlichkeiten in Croydon und Kilburn durchaus verständlich ist. Ich habe sie jedoch der Vollständigkeit halber in die Liste aufnehmen müssen, woran Sie sehen, wie begrenzt die Auswahl verfügbarer Räumlichkeiten derzeit ist. Jeder Regierungswechsel führt zur Einsetzung zahlreicher neuer Gremien, was wiederum Engpässe bei der Unterbringung mit sich bringt. Wie mir mein Kollege in der zuständigen Abteilung mit einem weisen Kopfschütteln sagte, ist es «nicht gerade die günstigste Zeit, um einen Hausstand zu gründen».

Für Ihren nächsten Besuch in London habe ich daher einen Besichtigungstermin in der Northumberland Avenue arrangiert. Die Räumlichkeiten liegen zentral und haben, wie man mir sagte, schon früher verschiedenen Regierungsgremien als Unterkunft gedient.

E 12

Auch der Tonfall dieses Berichts hat für mich etwas Überraschendes. Er ist höflich und korrekt – und doch schwingt etwas Persönliches, ja fast Gönnerhaftes mit. Langsam meine ich zu verstehen – und verhehle dabei keinesfalls ein gewisses berufliches Interesse und kollegiales Mitgefühl –, wie Summerchild diesen hochintelligenten jungen Außenseiter steuert. Er hat eine Liste völlig inakzeptabler Adressen zusammengestellt, aus der die Worte «Northumberland Avenue» beruhigend herausstechen müssen. Aber ich frage mich, ob er wirklich vorhat, die Einheit in der Northumberland Avenue unterzubringen. Ich kenne nämlich die dortigen Büros – ich habe zweimal vor königlichen Kommissionen referieren müssen –, und ich kann mir einfach nicht vorstellen, daß der Besichtigungstermin besonders erfreulich verlaufen wird. Ich muß davon ausgehen, daß Summerchild die Räumlichkeiten ebenfalls kennt. Ich male mir aus (und ganz bestimmt hat es sich Summerchild ebenfalls ausgemalt), wie die beiden die Whitehall überqueren; wie sie, gewärmt von der schwachen Märzsonne, in der schon die Hoffnung auf den nahenden Sommer spürbar ist, Great Scotland Yard hinaufgehen; und wie sie dann eintauchen in die muffige Finsternis der Jahrhundertwende, in die weder das Sonnenlicht noch die Hoffnung auf den Sommer jemals Einlaß finden. Ich sehe (und Summerchild sieht ebenfalls) den jungen provinziellen Historiker immer schweigsamer werden, während sie über verblichene Teppiche schreiten und die wenig einladenden Räume besichtigen. Summerchild klopft gegen die Papptrennwände, um zu zeigen, wie stabil sie sind. Er reckt sich zuversichtlich zu den Fenstern hinauf, um zu demonstrieren, daß man sogar den Himmel sehen kann, wenn man sich nur weit genug nach hinten lehnt. Er führt Dr. Serafin zu den Wasserhähnen und Toiletten, die nur drei Stockwerke tiefer, nämlich im Keller liegen. Und ich möchte wetten, er hat den Besichtigungstermin auf die Tageshälfte gelegt, in der die Gebäude in der Northumberland Avenue nicht beheizt sind.

Ich sehe die beiden anschließend Great Scotland Yard herunterkommen. Der Historiker zieht eine düstere Miene, und Summerchild fragt ihn dienstbeflissen, ob er sich vielleicht doch noch die Räumlichkeiten in Croydon oder Kilburn anschauen will. Und so führt Summerchild, wie ich inzwischen glaube, seinen neuen Vorgesetzten Schritt für Schritt genau dorthin, wo er ihn haben will und wo er am ungefährlichsten ist – ins Gebäude der Regierungskommission, in den Einzugsbereich der Kantine der Kabinettskanzlei, in die Kontrollzone von Francis Tite. Wahrscheinlich sind dort längst Räumlichkeiten für die neue Spezialeinheit reserviert. Weiß Dr. Serafin von diesen Räumen? Und ist ihm klar, daß er – wie mir jetzt zu dämmern beginnt – in Tites Plan, die an Einfluß und Macht erlahmte Regierungskommission wiederzubeleben, nur eine Schachfigur ist?

Denn das scheint mir hinter dem ganzen komplizierten Manöver zu stecken. Die Regierungskommission, 1965 von der Labour Party eingesetzt, um den restlichen Beamtenapparat zu umgehen, hat unter den Konservativen einen schleichenden Niedergang erlebt. Heath gründete zu dem gleichen Zweck bei seiner Amtsübernahme den Zentralen Planungsstab, der neben der Kabinettskanzlei einquartiert wurde. Jetzt ist Labour wieder an der Macht – und in Whitehall kursiert das Gerücht, Wilson wolle innerhalb der Mauern der Downing Street Nr. 10 einen eigenen Planungsstab ansiedeln. Die Regierungskommission hat jetzt also zwei Rivalen, wird von beiden Flanken attackiert. Doch wenige Stunden nach Wilsons Amtsübernahme am 5. März schlägt Tite zurück. Irgendwann in diesen Tagen gibt der neue Premier bei einem Experten, der von außerhalb kommt, eine Strategiestudie oder eine strategische Studie zu irgendeinem anderen Thema in Auftrag – und schon am 7. März hat man ihn, wie wir aus Summerchilds erster Mitteilung wissen, davon überzeugen können, daraus eine neue Spezialeinheit zu machen, die der Regierungskommission angegliedert wird. Es kommt zu einem ersten Treffen zwischen Summerchild und Serafin, und am 11. gibt Summerchild dem neuen Gremium eine vorläufige Bezeichnung, die sich später als endgültig herausstellt, und macht Vorschläge zur personellen Ausstattung und zur Unterbringung. Am 14. wird Serafin aus der Märzsonne über Whitehall durch die bedrohlichen Korridore der Kabinettskanzlei in das friedliche Quartier der Regierungskommission geführt, wo die von vornherein für ihn reservierten Räumlichkeiten warten. Ich bin immer amüsiert, wenn sich Außenseiter den Beamtenapparat von Whitehall als schwerfälliges Gebilde vorstellen; in Wirklichkeit sind wir eine Schlange, deren gewundener Körper reglos dazuliegen scheint, während sie doch stets in Bewegung ist. Doch selbst nach unseren Maßstäben bewegt sich Tite erstaunlich schnell. Er muß ein bemerkenswerter Staatssekretär gewesen sein – ich würde gern mehr über ihn erfahren. Die Chancen dafür stehen, glaube ich, nicht schlecht. Sein Schicksal – und das Schicksal seiner Abteilung – war sicherlich eng mit der neuen Spezialeinheit verbunden. Und als Summerchild schließlich vom obersten Stock der Admiralty zu Tode stürzte, müssen auch Tites Aussichten einen bösen Absturz erlitten haben.

Es fasziniert mich, Summerchild bei der Arbeit zuzuschauen. Das soll Millies Vater sein, der am Abend so müde und matt die Hyde Hill Lane heraufgekrochen war und sich ein paar mühsame Worte abgerungen hatte? Jetzt gleitet er mit schlangengleicher Geschmeidigkeit und bewundernswertem Einfallsreichtum vor mir durchs Gras. Wie ist er wohl mit den anderen Listen verfahren, die er seiner Mitteilung beigefügt hatte? Hat er sie ebenso raffiniert angelegt wie die Liste möglicher Adressen? Wird Serafin sein unabhängiges Urteilsvermögen unter Beweis stellen, die Listen Punkt für Punkt zurückweisen und sich am Ende genau für die Mitarbeiter, Arbeitsweisen und Methoden entscheiden, die Summerchild längst für ihn ausgewählt hat?

Und wie geht es in der Frage der Unterbringung weiter? Wie stellt Summerchild es an, daß Serafin genau in die Büros einzieht, die für ihn vorgesehen sind und die, wie ich mir vorstelle, irgendwo ganz in der Nähe meines jetzigen Standorts liegen?

«An Dr. Serafin.» Eine weitere Mitteilung in Summerchilds Handschrift, datiert vom 15. März, dem Tag nach dem Besichtigungstermin in der Northumberland Avenue. *Strategie-Einheit: Unterbringung* lautet auch diesmal die Überschrift.

Bezugnehmend auf Ihren gestrigen Brief nehme ich Ihre ernsten Bedenken gegen die Räumlichkeiten in der Northumberland Avenue zur Kenntnis. Ich muß Sie ordnungshalber darauf aufmerksam machen, daß es dort normalerweise wärmer ist als während unseres

Besichtigungsrundgangs, zumindest in der anderen Hälfte des Arbeitstages...

Genau, wie ich es mir gedacht hatte!

... Dennoch habe ich Verständnis für Ihre Bedenken und werde natürlich mein Bestes tun, um die Räumlichkeiten in unserem eigenen Gebäude, die Sie anschließend besichtigt haben, für uns reservieren zu lassen...

Er hat ihm die Räume also schon gezeigt. Aber *wie*?

... Ich muß mich entschuldigen, falls ich den Eindruck erweckte, Ihnen diese Räume vorenthalten zu wollen, wie Sie scherzhaft bemerkten. Nach meiner Erinnerung erwähnte ich die Räume gleich, nachdem Sie Ihrer Unzufriedenheit über die Büros in der Northumberland Avenue Ausdruck verliehen hatten. Bis dahin war ich allerdings stets davon ausgegangen, Sie würden es vorziehen, zu den möglichen negativen Einflüssen der übrigen Abteilung einen gewissen Abstand zu wahren...

Der Mann hatte Stil. Kein Wunder, daß er erschöpft war, wenn er am Ende eines langen Arbeitstages den Hügel zu seinem Haus hinaufstieg.

Ich habe den leisen Verdacht, daß die Heizung zu der Zeit, als sie ihren neuen Bestimmungsort erreichten, angestellt war. Doch wie hatte Summerchild es geschafft, Dr. Serafin auf die Büroräume der Regierungskommission neugierig zu machen?

... Weiterhin muß ich mich entschuldigen, falls ich den Anschein erweckte, Ihnen diese Räume ausreden zu wollen. Ich hielt es für meine Pflicht, Sie von vornherein darauf hinzuweisen, daß es sich im Prinzip um nicht mehr als ein paar verwinkelte Dachkammern handelt...

Er hatte sie als verwinkelte Dachkammern bezeichnet. Dieses Stichwort hatte ausgereicht, um Serafin auf einer Besichtigung der Räume beharren zu lassen. Verwinkelte Dachkammern – das ließ ihn an etwas Vertrautes und Intimes denken, an sein eigenes Büro in Oxford vielleicht, aus dessen Fenster er auf irgendeinen ruhigen Collegehof blickte. Und so wird der hochintelligente junge Dozent des King's oder All Souls College von meinem sommersprossigen Kollegen an einer unsichtbaren Leine herumgeführt. «Im Prinzip nicht mehr als ein paar verwinkelte Dachkammern ...» Einfach genial. Wahrscheinlich hat Summerchild die Räume erwähnt, um die Northumberland Avenue zu verteidigen, vielleicht schon auf dem Rückweg in Great Scotland Yard. Zumindest sind es keine verwinkelten *Dachkammern*, hat er wahrscheinlich gesagt, so wie die Räume, die man uns im Gebäude der Regierungskommission angeboten hat. Ich stelle mir vor, wie sie eine Weile lang schweigend nebeneinander hergingen; eine neue Idee in das Gehirn eines anderen Menschen einzupflanzen, auch wenn es sich bei diesem Gehirn um eines der klügsten des ganzen Landes handelt, ist wie das Anstellen eines Fernsehapparats – es dauert eine Weile, bis das Gerät warm wird. «Verwinkelte Dachkammern?» fragt Serafin, als sie bereits das Ende von Scotland Place überqueren. «Was für verwinkelte Dachkammern?» Summerchild zuckt mit den Schultern. «Ein paar verwinkelte Dachkammern eben.» Wenn Serafin wirklich so intelligent ist, wie ich vermute, fragt er Summerchild, was man vom Fenster aus sehen kann. Summerchild fährt mit der Hand über seinen glänzenden Heiligenschein und runzelt die Stirn, als fiele es ihm schwer, sich zu erinnern. «Dächer, größtenteils», sagt er mit zögernder Stimme. «Dächer und Schornsteine.» – «Ich glaube, ich würde mir die Räume gerne mal anschauen – das heißt, wenn es keine allzu großen Umstände macht», erwidert Serafin höflich. Und Summerchild beugt respektvoll den Kopf. Dr. Serafin wird ein sehr entschlußfreudiger Vorgesetzter sein. «Wie Sie möchten», sagt Summerchild, scheinbar widerwillig. «Wenn Sie mir bitte folgen würden. Es ist ein ziemlich weiter Weg.»

Denn wenn sie tatsächlich zu einer Dachkammer im Gebäude der Regierungskommission gehen, müssen sie irgendwo ganz in der Nähe des Raumes sein, in dem ich jetzt auf meinem Spülmittelkarton sitze.

... Selbstverständlich bin ich dazu da, Ihre Arbeit zu unterstützen, nicht, sie zu behindern. Ich habe daher angefragt, ob das Zimmer im vierten Stock freigeräumt und für unsere Schreibkraft zur Verfügung gestellt werden kann, und ob, entsprechend Ihrem Wunsch, unsere Schreibtische und Schreibtischstühle in den kleineren Raum über der Wendeltreppe gebracht werden können...

Der kleine Raum über der Wendeltreppe – das muß dieses Zimmer gewesen sein. Ich kann die beiden schon auf der schmalen Treppe hören. Summerchild tritt mit betonter Vorsicht auf die Stufen und duckt den Kopf tiefer, als es angesichts der niedrigen Decke tatsächlich nötig ist, während Serafin durch seine ruhige Gelassenheit zu erkennen gibt, daß solche pittoresken Unterkünfte für ihn durchaus nichts Neues sind. Der Schlüssel dreht sich quietschend im Schloß. Die Tür geht auf, und Summerchilds zweifelnder Blick fällt auf mich und die alten Lebensmittelkartons. Höflich läßt er Serafin den Vortritt. «Tja, man müßte ein wenig aufräumen», sagt Summerchild zögerlich. «Und sicherlich ließen sich auch ein paar Regale an den Wänden befestigen.» Tatsächlich, es hat Regale gegeben. Jetzt, wo ich genauer hinschaue, sehe ich eine Reihe von Löchern in den Wänden zu beiden Seiten des alten Kaminvorsprungs.

Serafin betrachtet die schrägen Wände und die leicht schiefe Decke. Er öffnet die kleine, halb in einer Ecke versteckte Tür und findet... was? Ich gehe zur Tür und schiebe sie vorsichtig auf. Dahinter befindet sich eine winzige Küche mit Spüle, Abtropfbrett, Gasring und uraltem Wasserkessel. Es sieht aus wie das Zimmer des Pedells in einem der alten Colleges in Oxford. Hinter einer zweiten Tür verbirgt sich eine uralte Toilette. Es sind also alle Voraussetzungen gegeben. Man könnte sich den ganzen Tag über in diese Dachkammer zurückziehen, ohne jemals herunterkommen zu müssen. Serafin verläßt die winzige Küche und geht zu einem der beiden Fenster. Ich folge ihm und sehe über seine Schulter hinaus.

Wir schauen in nördlicher Richtung. Im Vordergrund sind die Schornsteine der Kabinettskanzlei zu sehen – dicke, vielschichtige Säulen im verwitterten, düsteren Londoner Einheitsgrau, die sich von den bläulichen, schieferbedeckten Dachausläufern abheben wie ein majestätisches Hochgebirge. Dahinter sieht man eine weitere Bergkette, die aller Wahrscheinlichkeit nach zum Scottish Office gehört, und schließlich, fast schon am Horizont, das feine Spinnennetz von Antennen auf dem Dach der Admiralty. Serafin geht zum anderen Fenster. Wieder folge ich ihm. Das zweite Fenster zeigt nach Westen, so daß man direkt in den Garten von Downing Street Nr. 10 schauen kann. Dahinter blitzt ein Teil des Paradeplatzes auf – und fast sehe ich mich selbst, wie ich vor einigen Tagen dort unten stand, den Blick auf diese Fenster gerichtet, ohne zu wissen, was ich dort eigentlich sah. Hinter dem großen Platz wogt das grüne Meer der Baumwipfel im Park, dahinter sieht man den Palast. Auf dem Dach weht die königliche Fahne. Weiße Schönwetterwolken ziehen über den Himmel.

Serafin weiß jetzt, warum Summerchild so gezögert hat, ihm diesen Ort zu zeigen, warum er ihn in die schmuddelige Abgeschiedenheit der Northumberland Avenue verbannen wollte. Diese Dachkammer befindet sich mitten im Herzen der Regierungsmacht. Von hier aus hat man die Hinterfenster von Whitehall im Blick. Wenn der Premierminister an einem schönen Sommervormittag in seinem Garten spazierengeht, könnte man das wacklige Schiebefenster nach oben bewegen – so, wie ich es jetzt tue – und ihm einen Gruß zurufen. Wer möchte schon, daß sich hier ein Außenseiter einnistet und seine Forschungen betreibt?

Summerchilds Miene signalisiert tatsächlich große Zweifel. «Einige Ihrer älteren Mitarbeiter könnten Schwierigkeiten mit der Treppe haben», sagt er. Und auf einmal sehe ich Anlage B, Summerchilds Personalvorschläge, so deutlich vor mir, als hätte ich sie geradewegs aus der Haferflockenkiste gezogen. Die Liste umfaßt Industrielle, die kurz vor dem Pensionsalter stehen, und ältere Armeeoffiziere, die es bereits überschritten haben. Ich meine sogar, die Namen einiger arbeitsloser Kolonialbeamter lesen zu können. Auch Serafin denkt an Anlage B. Er weiß ebensogut wie Summerchild, daß es sich um großgewachsene Männer handelt, die früher für ihre Colleges gerudert sind. Sie würden sich an dem niedrigen Türrahmen die Köpfe stoßen und wären wegen der schiefen Decke zu einer unvorteilhaft gebückten Stellung gezwungen, was für alle Beteiligten nur unangenehm sein könnte.

Ja, ich glaube, Summerchild verfolgt hier ein doppeltes Spiel. Er benutzt die Adressenliste in Anlage A dazu, Serafin in der längst für ihn vorgesehenen Dachkammer unterzubringen, und er benutzt die Dachkammer dazu, die Einstellung der in Anlage B vorgeschlagenen Mitarbeiter unmöglich zu machen. Hat Serafin – gegen alle vernünftigen Einwände – erst einmal darauf bestanden, in der Dachkammer Quartier zu nehmen, wird er feststellen, daß er Personal braucht, das jung und beweglich ist, sich auf den Hintertreppen verwinkelter Regierungsgebäude auskennt und längere Zeit gebückt und mit eingezogenem Kopf dastehen kann. Wer entspräche diesen Anforderungen mehr als ein paar junge Staatsbeamte aus der eigenen Abteilung? Wenn Serafin ihn drängt, wird Summerchild nicht umhinkönnen, ihm ein paar Namen vorzuschlagen.

Doch all das liegt noch in der Zukunft; Serafin überlegt zunächst, wie er – ungeachtet aller Einwände – die Dachkammer mit Beschlag belegen kann. Und Summerchild läßt kein Gefühl des Triumphes erkennen. In seinem Kopf wird, ähnlich wie in meinem, ein unendlicher Bericht verfaßt, den ich, wie ich erstaunt feststelle, fast so deutlich wie meinen eigenen lesen kann. Nichts deutet darauf hin, daß er bewußt zu einer Kriegslist Zuflucht nimmt. Ja, er weiß nicht einmal, daß ein Krieg herrscht. Er ist kein hinterhältiger Mensch, er hat nicht vor, sich als Schauspieler zu beweisen. Er glaubt, daß die Dinge so sind, wie sie Serafin erscheinen, glaubt, daß er nach bestem Wissen und Gewissen Vorschläge macht, die er aufgrund der Einwände, die von Serafin kommen, wieder zurückziehen muß, so daß er gezwungen ist, neue Vorschläge zu formulieren, an die er bisher noch gar nicht denken konnte, weil sie erst durch den Meinungsaustausch mit Serafin zustande gekommen sind. Für Summerchild ist dies kein Grund zur Genugtuung; es macht ihn verdrossen, daß Serafin all seine Ratschläge zurückweist. Natürlich unterdrückt er seinen Verdruß – und er könnte ihn nicht unterdrücken, wenn er ihn nicht vorher verspürt hätte.

Seltsam jedoch, daß meine innere Stimme bei ihrem Bericht so großzügig aus dem Bericht zitieren kann, der in Summerchilds Kopf geschrieben wird. Ich glaube nicht, daß mir das bisher schon einmal passiert ist. Ich kann nicht umhin, mich in ihn hineinzuversetzen, während er versucht, jemanden zufriedenzustellen, den wir beide als Außenseiter betrachten. Ich kann nicht umhin, zwischen den Zeilen seiner Mitteilungen an Serafin zu lesen. Lägen mir auch Serafins Antworten vor, hätte ich vielleicht einen besseren Eindruck von seiner Seite der Geschichte... Ja, das ist merkwürdig.

Was ich bisher verstreut im Haferflockenarchiv gefunden habe, scheinen ausschließlich Antworten auf Serafins Briefe zu sein, ohne daß bisher einer dieser Briefe selbst ans Tageslicht gekommen wäre. Ich lese zwei weitere Mitteilungen, die vom 18. und 20. März stammen... Die Frage der Unterbringung scheint inzwischen geklärt zu sein; statt dessen geht Summerchild auf das Problem der Methodik ein. Doch wo sind die Briefe, in denen Serafin ihn auf dieses Problem aufmerksam machte? Summerchild muß sie doch irgendwo abgeheftet haben?

Kaum hat sich die Frage in meinem Kopf geformt, liegt schon die einfache, einleuchtende Antwort auf der Hand. Die Papiere, die ich unter all den anderen Unterlagen in der Haferflockenkiste gefunden habe, stammen nicht aus den Akten der Spezialeinheit, denn diese Unterlagen sind – ebenso wie Summerchilds Personalakte – spurlos verschwunden. Worauf ich hier gestoßen bin, sind die Überbleibsel einer ganz anderen Akte – einer Akte, die von *Serafin* geführt wurde und daher nur die Mitteilungen enthält, die er bekam. Deshalb kann ich Summerchilds Gedankengängen folgen – ich stehe da, wo *Serafin* stand.

Und ich sitze mehr oder weniger wo er saß, denn inzwischen ist er in sein neues Büro eingezogen. Ich staube einen zweiten Karton ab, um ihn auf den ersten zu hieven. Damit habe ich die Höhe eines normalen Stuhls erreicht. So kann ich aus dem Fenster schauen, die Dächer und den offenen Himmel sehen. Ich schiebe meinen Stuhl unter das Fenster und baue mir mit Hilfe zweier weiterer Kartons einen Schreibtisch auf. Das Licht des Westfensters, das auf die Downing Street hinausgeht, fällt direkt auf meine Schreibtischplatte, und wenn ich mich umdrehe, kann ich im Norden die Antennen auf der Admiralty sehen. Hier bin ich also, in meinem neuen Büro, und beginne mit meinem Tagewerk. Ich öffne meine Aktentasche, nehme mehrere Bücher und Papiere heraus und suche nach dem Aktendeckel mit Summerchilds Mitteilungen. Da klopft es an der Tür. «Herein», rufe ich. Rufe ich wirklich? Ich kann die Worte nicht hören. Ich weiß nicht, wie meine Stimme klingt. Während ich die Stimme von Summerchild, der inzwischen eingetreten ist und mich mit eingezogenem Kopf vorsichtig anlächelt, mühelos hören kann. «Guten Morgen», sagt er. «Ich habe inzwischen weiter über das Problem der Methode nachgedacht. Ich frage mich, ob es nicht möglich wäre, unsere eigene Methodik zu entwickeln. Wir würden den entsprechenden Entwurf unterschriftsreif ausarbeiten. Die Unterschrift ist dann ja erfahrungsgemäß das geringere Problem.» Seine Stimme klingt zögerlich und leise, als wäre die Maschine, die sie erzeugt, noch nicht ganz warmgelaufen. Ich deute auf den Stuhl, der meinem Schreibtisch gegenübersteht, und er nimmt in einer Haltung Platz, die darauf schließen läßt, daß er länger als eine Minute, aber kürzer als eine halbe Stunde bleiben will. Wie ich bemerke, hat er einen Aktendeckel unter dem Arm. Wahrscheinlich enthält er unter anderem die Briefe, die ich ihm geschrieben habe. Betrachte ich die Akte mit unguten Gefühlen? Ahne ich bereits, daß sie eines Tages aus den Archiven verschwinden wird? Was habe ich in meinen Briefen geschrieben? Und was sage ich jetzt, während wir hier sitzen und über diese rätselhafte Methodik sprechen, unter der ich mir, ohne Kenntnis meiner eigenen Briefe, nichts Rechtes vorstellen kann?

Aber ich bin Jessel, und ich muß Jessels Leben führen. Ich lege alle Dokumente, die ich gefunden habe, in meine eigene Summerchild-Akte. Als ich meine Jacke von dem Essigkarton nehme, den ich zwischenzeitlich zum Kleiderständer erklärt habe, bleibt der Deckel daran hängen und wird mit hochgezogen. Der Karton ist voll von losen Blättern, die ich schon bei meinem ersten Besuch durchgesehen habe. Doch jetzt fällt mein Blick auf einen Zettel, weil ich die Handschrift erkenne. «Anlage A», heißt es oben. Es ist die fehlende Adressenliste, aus irgendeinem Grund unter Essig anstatt unter Haferflocken abgeheftet. Was Summerchilds Taktik angeht, hatte ich recht, wie ich mit Genugtuung feststelle: Die Dachkammer fehlt in seiner Auflistung. Als ich Anlage A in meinen Aktendeckel schiebe, bemerke ich am unteren Rand einen handschriftlichen Vermerk.

Es ist eine weitere Liste, aber sie trägt keine Überschrift und ist in einer anderen Handschrift festgehalten. Die Buchstaben sind klein und wurden mit einem ungespitzten Bleistift geschrieben. Mit einiger Mühe entziffere ich:

1. Maggi

Maggi? *Maggi . . . ?* Ich verspüre ein undeutliches Gefühl von Scham und Verwirrung darüber, das Wort Maggi auf einem Regierungsdokument zu lesen – auch wenn dieses Dokument in einem Essigkarton lagerte. Es ist ein Wort, das sich auf jene andere Welt bezieht, in die ich jeden Abend zurückkehre, auf die große, elende Verwirrung außerhalb dieser Wände, auf Timmy und Cheryl, auf meine Schwiegermutter, die an den Wochenenden kommt, um im Haushalt zu helfen, auf alles, was im Leben ungelöst und unbefriedigend ist. Ich glaube nicht, daß Summerchild und sein neuer Vorgesetzter in ihrer Spezialeinheit die Finanzstruktur des Maggi-Konzerns oder die Wettbewerbsfähigkeit der Suppenwürfelindustrie diskutierten. Nein, die Liste ist in einem ganz anderen Tonfall abgefaßt. Ich vermute, es ist eine Einkaufsliste. Welche Punkte enthält sie noch?

2. 2X35L 1X32M.
3. Sohlen.
4. Syntax.
5. Plektra.

Sohlen, ja. Ein Paar Schuhe mußte neu besohlt werden. Die anderen Punkte geben mir Rätsel auf. Gibt es ein Reinigungsmittel der Marke Syntax? Und Plektra klingt wie der Name einer Margarine... Es muß eine Einkaufsliste sein.

Aber wer hat sie geschrieben? Hat Summerchild seiner Frau das Blatt mit Anlage A gegeben, damit sie ihre Besorgungen notieren kann? Unmöglich. Außerdem hatte er das Blatt gar nicht mehr – er hatte es gemeinsam mit seiner ersten Mitteilung an Serafin abgeschickt. Nein, was ich hier vor mir sehe, sind die ersten direkten Funksignale von dem unerforschten Sternbild namens Serafin.

Ich empfinde diese Signale als seltsam beunruhigend. Sie entsprechen nicht dem, was ich von einem Mann wie Serafin erwartet habe.

Ich lege die Liste in meinen Aktendeckel, verschließe die Tür und steige vorsichtig die schmale Wendeltreppe hinunter. Maggi, Sohlen... Wie hieß noch der zweite Punkt? Auf dem Weg zum Hauptausgang werfe ich einen kurzen Blick auf die Liste. 2X35L 1X32M. Ich glaube, Motorenöle und Radioersatzteile werden unter solchen Codenummern verkauft. Maggi und Motorenöl? Maggi und Radioteile? Den Namen Plektra glaube ich bei meinen wöchentlichen Einkäufen im Supermarkt gesehen zu haben...

Als ich in mein Büro komme, klingelt das Telefon.

«Jessel.»

«Cryer, Innenministerium.»

«Cryer» sagt mir überhaupt nichts. «Innenministerium» bedeutet in den meisten Fällen mehr Arbeit. Ich stehe da, das Telefon in der Hand, und denke daran, daß ich noch immer nichts zu Mittag gegessen habe.

«John Killick meinte, Sie seien an Informationen über Stephen Summerchild interessiert.»

Das Mittagessen ist vergessen. Ich setze mich.

«Leider kannte ich ihn nicht besonders gut», sagt Cryer.

«Ehrlich gesagt, ich habe immer geglaubt, er sei im Wirtschaftsministerium beschäftigt. Das war schon ein Schock, als ich in der Zeitung las, er könnte in irgend etwas anderes verwickelt gewesen sein. Ich kannte ihn vom Beamtenorchester, wissen Sie. Er hat drei oder vier Jahre lang neben mir gesessen. Er spielte Geige.»

Ich halte den grauen Regierungskugelschreiber in der Hand, bereit, neue Hinweise sofort zu notieren. Aber wir scheinen bereits am Ende von Cryers Geschichte angekommen zu sein.

«Das ist leider auch schon alles, was ich über ihn weiß», sagt Cryer. «Er war kein sehr mitteilsamer Mensch. Ich dachte nur, es würde Sie vielleicht interessieren, daß er Geige spielte. Ich habe das immer für eine überraschende Seite an ihm gehalten.»

«Danke», sage ich. «Ein hilfreicher Hinweis.»

Ich lege den Hörer auf und versuche mich zu erinnern, ob die Kantine um diese Zeit noch geöffnet hat. Aber... im Wirtschaftsministerium? Wieso gelangt jemand, der neben diesem schweigsamen, rothaarigen Geiger im Orchester sitzt, zu dem Schluß, daß er im Wirtschaftsministerium beschäftigt sei?

Ich werde plötzlich von lächerlicher Neugier verzehrt. Ich nehme den Höhrer ab und wähle die Nummer des Innenministeriums.

«Na ja», sagt Cryer. «Er schien bei seiner Arbeit mit solchen Dingen befaßt zu sein.»

«Mit was für Dingen?»

«Mit... Waschmaschinen.»

Waschmaschinen? Sie haben also doch miteinander gesprochen. Nach drei, vier Jahren des Schweigens haben sie, als sie in irgendeiner gemieteten Schulaula nebeneinander standen, ihre Bogen lockerten und in die Deckel ihrer Geigenkästen zurücklegten, plötzlich Worte ausgetauscht.

Über Waschmaschinen.

«Na ja», sagt Cryer. «Es gibt einen bestimmten Ausdruck dafür. Lebensqualität. Das war damals so eine Art Schlagwort. Er sagte, damit sei er dienstlich beschäftigt. Ich dachte, es hätte etwas mit Haushaltsgeräten zu tun.»

«Danke», sagte ich noch einmal. Doch diesmal meinte ich es ernst.

Denn mir war dieses Schlagwort erst gestern begegnet. Irgendwo in einem der Pappkartons in der Dachkammer, eingezwängt zwischen Nationalem Wirtschaftsrat und Regionaler Entwicklungsplanung, hatte ich einen Aktendeckel mit der Aufschrift «Lebensqualität» gesehen. Jetzt weiß ich, wo ich die restlichen Papiere der Einheit finden kann. Ich weiß, womit sich die beiden in ihrer Dachkammer beschäftigt haben. Und ich weiß auch, warum das Gremium Strategie-Einheit hieß.

Als Harold Wilson das Amt des Premierministers übernahm, bestand seine erste Amtshandlung darin, eine Spezialeinheit zu gründen, die ihren Sitz in der Downing Street hatte und mögliche Strategien zur kurzfristigen Bewältigung alltäglicher Probleme entwarf. Die zweite Amtshandlung muß, wie mir jetzt klar wird, darin bestanden haben, eine ergänzende Einheit ins Leben zu rufen, die sich mit langfristigen Zielen befaßte. Downing Street hatte sich die eine Einheit gesichert; Francis Tites Geniestreich war es, die andere an Land zu ziehen. Vielleicht hatte er dem Premierminister sogar selber vorgeschlagen, diese zweite Einheit einzurichten. Ich stelle mir vor, wie er das Wahlprogramm der Labour Party durchforstete, während die hereinkommenden Zahlen das Wahlergebnis immer deutlicher werden ließen. In irgendeiner vergessenen Ecke des Textes hat er vielleicht ein vages Versprechen gefunden, das außer ihm niemand ernst genommen hat. Wahrscheinlich einen Satz wie: «... wollen wir über die Lösung täglicher Probleme hinaus die Verbesserung der Lebensqualität unseres Volkes erreichen.»

Es war also keine militärische Operation, es waren keine staatlichen Todeswerkzeuge, die Summerchild in jenen kleinen Hinterhof in Spring Gardens brachten. Nein, es war das Leben selbst – oder vielmehr die Qualität des Lebens. Leider muß ich feststellen, daß ich nur eine sehr vage Vorstellung davon habe, was das Wort «Lebensqualität» bedeutet. Und offenbar wußte auch Summerchild nicht so recht, wo er beginnen sollte. Waschmaschinen? Ich dachte immer, Lebensqualität habe etwas mit Saunabädern und Golfschlägern zu tun. Oder mit bleifreiem Benzin und autofreien Straßen. Aber unsere Vorstellungen verändern sich. An einem Tag wollen wir Champagner, am nächsten muß es Alka-Seltzer sein.

Ich kann nicht vor morgen in die Dachkammer zurückkehren. Aber spätestens morgen abend werde ich wissen, was Lebensqualität ist – werde vielleicht sogar entdeckt haben, warum sie Summerchild das Leben kostete. Ich werde alles wissen, was es darüber zu wissen gibt. Heute bleibt mir gerade noch genug Zeit, ins Sekretariat zu laufen und nachzuschlagen, wer Dr. Serafin war oder ist.

Im *Who's Who* finde ich überraschenderweise gar nichts über ihn. Aber in dem entsprechenden Jahrbuch der britischen Universitäten müßte er doch... Ja, es gibt dort einen Serafin, aber es muß ein anderer sein, denn er ist 1963 geboren. Ich gehe davon aus, daß mein Serafin, mag er auch noch so intelligent gewesen sein, mehr als elf Jahre alt war, als er vom Premierminister zum Leiter eines beratenden Regierungsgremiums berufen wurde. Serafin ist verschollen. Seine Laufbahn, die 1974 noch Anlaß zu großen Hoffnungen gab, fand offenbar ein jähes Ende. Ist er ums Leben gekommen wie Summerchild? Ist er in die Vereinigten Staaten ausgewandert?

Oder hat er sich in die Sowjetunion abgesetzt...?

Ein dummer Gedanke. Aber ich kann nicht umhin festzustellen, daß der Serafin im Jahrbuch britischer Universitäten mit Vornamen Vladislav heißt und Slawistik studiert hat. Serafin, so nehme ich an, ist ein russischer Name.

6

Mit der linken Hand noch immer die Stirn meines Sohnes streichelnd, strecke ich die rechte Hand aus und taste in der Dunkelheit nach der kleinen Uhr auf seinem Nachttisch. Einen Moment lang leuchtet das Ziffernblatt auf, und Timmy bewegt sich unruhig. Es ist schon Viertel nach zwei, und er ist immer noch nicht wieder eingeschlafen. Ich muß mindestens eine halbe Stunde lang hier auf seiner Bettkante gesessen, ihm etwas vorgesungen und ihn gestreichelt haben. Er hat wieder einmal geweint. Es ist immer das gleiche. Ich wache auf und höre ihn weinen. Ich komme herein und stelle die Nachttischlampe an, und er liegt da, mit halb geöffneten Augen, wach, aber regungslos, als hätte er etwas eingenommen, das ihn vollständig lähmt, unfähig, mir zu erklären, was ihm solchen Kummer macht, unfähig, zu nicken oder zu lächeln oder seinen Traum abzuschütteln.

Ich nehme an, er hat von seiner Mutter geträumt. Sie erscheint auch mir von Zeit zu Zeit in meinen Träumen – lächelnd und ruhig, als wäre überhaupt nichts geschehen. Einmal streckte sie mir ein kleines, bunt eingewickeltes Geschenk entgegen. Weihnachtsstimmung lag in der Luft. Deshalb ist die Nacht so schrecklich. Die Gedanken streifen ganz allein durchs Gebäude. Sie wühlen ohne jegliche Sicherheitsprüfung brisante Akten durch, ziehen Schubladen auf, durchwühlen alte Papiere, erstellen ihren eigenen Bericht.

Gerade jetzt macht sich wieder einer dieser undenkbaren

Nachtgedanken in mir breit: Summerchild ist schuld, daß ich hier sitze und Timmys Kopf streichele. Wenn ihm damals nicht zugestoßen wäre, was bis heute ungeklärt ist – wenn man ihn nicht zwischen Mülleimern und Plastiktüten tot in Spring Gardens gefunden hätte – wenn Millie nicht aus dem Orchester ausgetreten wäre – wenn ich sie weiterhin jede Woche gesehen hätte – wenn ich mit ihr älter und langsam vertrauter geworden wäre – wenn ich sie geheiratet hätte – dann brauchte Timmy nicht ohne Mutter aufzuwachsen. Nur daß in diesem Fall Timmy nicht Timmy wäre, und der Gedanke, daß es Timmy nicht geben und eine völlig andere Person seinen Platz in der Welt einnehmen könnte, erfüllt mich mit einem so großen Schreck, als hätte ich aus meinem Schlafzimmerfenster geschaut und festgestellt, daß die Erde unter dem Haus verschwunden ist. Nachtgedanken...

Doch was auch immer zu seinem Tod in Spring Gardens geführt hat, es ist *Summerchild* zugestoßen. Hin und her streicht meine Hand, die weiche Stirn meines Sohnes hinauf, über sein weiches Haar. Mein Handgelenk schmerzt; meine Augen sind geschlossen. Hin und her gehen meine Gedanken, über die einzelnen Punkte auf einer Einkaufsliste hinauf zur Lebensqualität. Ich verstehe die Liste nicht, sooft ich sie auch durchgehe, während ich mit der Hand über die Stirn meines Sohnes gleite. Schließlich drehen sich bedrohlich die Gedanken im Kreis, bringen alles zum Vibrieren, bis die Waschmaschine über den Küchenfußboden zu wandern beginnt, in einer steigenden Flut aus heißem Seifenwasser...

Timmy stöhnt; meine Hand hat aufgehört, sich zu bewegen. Ich beginne von vorn, über seine Stirn hinauf zu seinem Haar. Ich bin jetzt hellwach, die Formel 2X35L 1X32M erscheint plötzlich in meinem Gehirn wie die leuchtendgrüne Digitalanzeige des Videorecorders, dann löst sie sich sanft und mühelos in ihre einzelnen Elemente auf. Der Videorecorder wird zum Radio, L und M erweitern sich zu den Worten Langwelle und Mittelwelle. Das X löst sich still von den Zahlen und wird zum Multiplikationszeichen. Ich suche zweimal 35 auf dem Lang- und einmal 32 auf dem Mittelwellenband. 35 und 32 was? Meter? Megahertz? Ich weiß nichts über Radios – und ich brauche auch nichts darüber zu wissen, wird mir klar, denn vor meinen Augen ziehen sich die Wellen sanft von ihren Bändern zurück wie das Wasser bei Ebbe von einem ruhigen Strand. Ich sitze in der Dunkelheit des Kinderzimmers und schaue auf drei Hemden. Zwei von ihnen haben Größe 35 *Large*, das dritte Größe 32 *Medium*.

Hemden. Ja. Ich lächele in der Dunkelheit. Timmy – ich wünschte, du könntest mich jetzt sehen. Maggi, Sohlen, drei Hemden, ein halbes Pfund Plektra und irgendein Produkt namens Syntax. Vielleicht hat es etwas mit der Weizenkleie namens Bemax zu tun, die sich mein Vater immer über seine Cornflakes streute. Serafin ißt Syntax zu seinen Cornflakes. Syntax sichert Serafins Lebensqualität.

Ich lasse meine Hand vorsichtig ruhen. Timmy bewegt sich und stöhnt. Ich streichele weiter.

Aber schon tut sich ein neues Rätsel auf. Warum hat eins der Hemden eine andere Größe? Weil es für jemand anderen ist. Ich, Serafin, schreibe meine Einkaufsliste auf das erstbeste Stück Papier, das mir zwischen die Finger kommt. Ich brauche drei Hemden, zwei für mich und eins für meinen Sohn. Trägt mein Sohn Größe 32, ist er fast so groß wie ich selbst. Großzügiger wäre es, ich würde nur ein Hemd für mich selbst und zwei für meinen Sohn kaufen. In diesem Fall wäre mein Sohn größer als ich. Vielleicht ist aber auch *keines* der Hemden für mich... Natürlich. Ich habe nicht einen Sohn, sondern zwei Söhne. Aber warum sollte ich für den einen Sohn zwei Hemden und für den anderen nur ein Hemd kaufen? Weil ich *drei* Söhne habe und jedem ein neues Hemd besorgen will. Drei junge Männer, alle alt genug, um sich selbst Hemden zu kaufen, und ihr Vater schreibt ihre Hemden auf seine Einkaufsliste. Seltsam. Aber vielleicht bin ich gar nicht ihr Vater. Ich bin ihre Mutter.

Ich bin eine Frau. Langsam verändert sich in der Dunkelheit meine äußere Gestalt; wie die Radios, die zu Hemden verschmolzen, verwandele ich mich in ein anderes Wesen. Meine Hand liegt weicher auf der weichen Stirn meines Sohnes. Meine Hüften sitzen breiter und schwerer auf dem Bett. Und mit mir verändert sich die gesamte Strategie-Einheit. Eine gewisse Verlegenheit schleicht sich in Summerchilds Pose auf dem Stuhl jenseits meines Schreibtisches. In seinem höflichen Lächeln schwingt ein Anflug von Verachtung mit, Feindseligkeit liegt in seinen zurückhaltenden Worten, eine Portion männliche Aggression in der geschickten Manipulation meiner Entscheidungen. Daher also der väterliche, leicht gönnerhafte Ton in Summerchilds Mitteilungen. Es liegt nicht am Altersunterschied; es liegt am Unterschied zwischen den Geschlechtern.

Ich gleite aus meiner neuen glatten, weiblichen Haut hinter die rotbraunen Sommersprossen auf der anderen Seite des Büros, um meine Hypothese zu überprüfen. Ja, die Weichheit, auf die ich von hier aus blicke, verstört mich irgendwie. Ich glaube, diese Frau mit den drei erwachsenen Söhnen ist gar nicht jünger als ich, ist vielleicht sogar älter. Ich verspüre eine vage Ablehnung gegen ihre weiche Mütterlichkeit. Und doch gerate ich fast unweigerlich in die Rolle eines weiteren Sohnes – eines guten Sohnes, der höflich und rücksichtsvoll ist, ihr die Tür aufhält und sich allen ihren Wünschen zu beugen scheint. Ich lächele nachsichtig, während ich zusehe, wie sie auf ein von mir verfaßtes Regierungsdokument ihre Einkaufsliste schreibt. Aber mein Lächeln ist nicht aufrichtig.

Ich streiche vorsichtig immer leichter und langsamer über Timmys Stirn. Diesmal regt er sich nicht, als ich mit dem Streicheln aufhöre. Die Wellen haben ihn endlich vom Strand getragen, jenseits der Untiefen aufs stille Wasser hinaus. Ich schleppe mich zurück in mein Zimmer, lasse unsere beiden Türen angelehnt. Ich weiß nicht, ob ich selbst wieder einschlafen werde; im Dunkeln ist der Schlaf manchmal schwer zu erkennen. Plektra, denke ich, muß eine Waschmaschinenmarke sein, die ich rüttelnd und rotierend über den Boden des Büros wandern sehe. Und Sontax ist eine Schlaftablette namens Spantax oder ein spanisches Taxiunternehmen namens Taximax...

Ob ich geschlafen habe oder nicht, ein paar Stunden oder Minuten später bin ich zweifelsfrei wach. Das Zimmer ist erfüllt von Vogelgezwitscher und Morgensonne, und ich weiß, was Syntax ist. Ganz einfach: Syntax ist Syntax. Mein Freund Kevin Rice, der mit mir in Manchester war, hat ständig davon gesprochen. Syntax und Semantik. Syntax und logische Form. Kevin redete über Syntax, weil er Philosophie studierte, es gehört einfach zu den Dingen, über die Philosophen gerne sprechen. Und jetzt weiß ich auch, warum es auf meiner Einkaufsliste steht. Nachdem ich meinen Söhnen neue Hemden gekauft habe, gehe ich in eine gutsortierte akademische Buchhandlung, um für mich selbst etwas zu erstehen – ein Buch mit einem Titel wie *Syntax und Signifikanz: Eine kognitive Annäherung.*

Ich bin eine Frau. Ich bin eine Mutter von drei Söhnen. Ich habe Philosophie studiert.

7

Das Rätsel *Plektra* löse ich, als ich auf dem Weg zurück in meine kleine Dachkammer die schmale Wendeltreppe erreiche. Ich komme vom Morgenzug aus Oxford oder Cambridge, in Gedanken noch bei Maggi und Oberhemden. In meinen Ohren hallt ein schreckliches, metallisches Heulen wider. Einer meiner Söhne spielt auf seiner elektrischen Gitarre. Er benutzt dazu ein Plektron. «Gehst du heute noch einkaufen, Mum?» fragt er, als er mich, schon halb auf dem Weg zum Bahnhof, hastig meine Einkaufsliste kritzeln sieht. «Bring mir doch aus dem Laden in der Charing Cross Road ein paar Plektrons mit!» Trotz aller Eile kann ich, als ich seinen Wunsch notiere, nicht umhin, seinen Fehler zu korrigieren. *Plektra*, schreibe ich auf.

So bin ich also. Gelehrt, belesen, mit drei jungen Riesen zu Haus. Ich muß gestehen, ich bin ein wenig enttäuscht darüber, daß sich hinter den vielversprechenden Geheimnissen der Einkaufsliste ein so hausbackenes Wesen verbirgt.

Ich schließe die Tür zur Dachkammer auf, lege mein Jakkett auf den Essig-Kleiderständer und vertiefe mich in den Spülmittel-Aktenschrank. Ja, hier ist sie – eine dicke braune Akte, mit Summerchilds inzwischen so vertrauter Handschrift sorgfältig etikettiert. Ich verspüre eine seltsame Enttäuschung. Bald werden keine Rätsel mehr zu lösen sein, und ich werde zu der jährlichen Einschätzung der Arbeitseffizienz zurückkehren müssen.

Ich trage die Akte zu meinem improvisierten Arbeitsplatz am Fenster, um sie in Ruhe durchzulesen, doch plötzlich zögere ich. Ein weiteres Rätsel ist natürlich, wieso die Akte in dieser Form überleben konnte. Warum wurde ihr Inhalt nicht von der gleichen Hand zerstört, die alle anderen Akten der Strategie-Einheit verschwinden ließ? Verwirrt sehe ich aus dem Fenster. Vielleicht wußte niemand, daß es diese Akte gibt. Vielleicht wurde sie nie katalogisiert. Dann bin ich außer den unmittelbar Beteiligten der einzige Mensch, der erfahren wird, womit die Einheit überhaupt beschäftigt war...

Jenseits des großen Paradeplatzes hat sich eine kleine Gruppe von Menschen um ein seltsames Tier versammelt. Es hat drei gespreizte Vorderbeine, zwei Hinterbeine, die in Hosen stecken, und ein einziges, großes Auge, das aus der Mitte der Stirn herausragt. Vor diesem seltsamen Wesen steht ein Mann wie ein Matador vor einem Stier und läßt es keinen Moment lang aus den Augen. Er zeigt auf das Gebäude hinter sich, als wolle er die Aufmerksamkeit des Tieres darauf lenken. Der Stier hebt den Kopf ein wenig und schaut zur Admiralty hinauf. Dann weichen die behosten Beine langsam Schritt für Schritt nach links, und der Stier dreht langsam und bedächtig seinen Kopf herum. Er scheint den Matador völlig vergessen zu haben, hat sich jetzt ganz den großen Gebäuden zugewandt. Erst mustert er das Gebäude der Horse Guards, dann läßt er seinen Blick langsam über das Scottish Office gleiten. Er ist kein dummes, gequältes Tier. Und während er seine gründliche Begutachtung fortsetzt, beginne ich hinter seinem Blick eine unerbittliche menschliche Absicht zu spüren. Jetzt kommt er mir vor wie ein feindlicher General, der mit dem Feldstecher unsere Linien absucht, oder wie ein dreister Einbrecher, der bei Tageslicht nach einem Schwachpunkt sucht, den er im Dunkeln nutzen kann. Er dreht sich weiter, wendet seinen Kopf jetzt der Kabinettskanzlei zu. Die kleine Gruppe von Stabsoffizieren, die den General bei seiner Inspektion begleitet, weicht respektvoll zur Seite, um ihm nicht den Blick zu versperren... Er dreht den Kopf noch ein Stückchen weiter, und mir fällt ein, daß dies die Leute sein könnten, welche die Sendung über Summerchild vorbereiten. Mit beängstigender Bedächtigkeit hebt die Kamera ihr großes rundes Auge zum Dach empor und starrt mich an...

Abrupt wende ich mich vom Fenster ab, schockiert darüber, beobachtet zu werden, ärgerlich, beim Zurückschauen ertappt worden zu sein. Es erschreckt mich, daß mir der Feind so dicht auf den Fersen ist. Kann es wirklich sein, daß er das Geheimnis der Dachkammer bereits entdeckt hat? Von einem sicheren Platz im Schatten aus schaue ich vorsichtig nach draußen... Das Tier schaut verzagt zu Boden, seine architektonischen Studien sind offenbar abgeschlossen. Seine Hinterbeine haben sich zu dem Begleitkommando gesellt, das jetzt in eine heftige Diskussion verwickelt ist. Vielleicht hat die Gruppe nur zufällig hier heraufgeschaut und Spekulationen angestellt, so wie ich am Montagnachmittag. Vielleicht geht es in ihrer Sendung gar nicht um Summerchild. Vielleicht dreht sie einen Dokumentarfilm über die Geschichte der britischen Regierung oder die Architektur der Londoner Innenstadt.

Der Vorfall erinnert mich daran, daß noch längst nicht alle Geheimnisse gelüftet sind. Das wichtigste Geheimnis, das, womit ich begonnen habe, ist völlig ungeklärt: Ich habe noch immer nicht die geringste Ahnung, wie oder warum Summerchild gestorben ist. Jetzt, wo ich von Maggi und Plektra und Serafins großgewachsenen Söhnen weiß, erscheint mir sein Tod rätselhafter denn je.

Lebensqualität, ja. Ich schlage die Akte auf...

Ich stoße auf ein dickes Bündel von Papieren, die am Rand ziemlich zerknittert und auf staatsdienstübliche Weise mit einer großen Regierungsklammer zusammengehalten sind. Die erste Seite enthält eine kurze Mitteilung der Personalabteilung vom 18. April 1974, in der die Versetzung einer Mrs. L. Padmore von der Strategie-Einheit in die Wirtschaftsabteilung angeordnet wird. Aber ich greife mir selbst vor. Das oberste Dokument einer jeden Akte stellt – genau wie die oberste Schicht einer archäologischen Ausgrabung – stets das jüngste zeitgeschichtliche Zeugnis dar. Ich möchte die Akte in chronologischer Reihenfolge durcharbeiten, also drehe ich den Stapel um und wende mich der untersten Ablagerung zu, dem ersten Bericht der neuen Spezialeinheit.

Ein solches Dokument habe ich in einer Staatsdienstakte jedoch noch nie gesehen. Der Bericht ist in schwacher, unregelmäßiger Maschinenschrift mit engem Zeilenabstand auf einfaches, dünnes Durchschlagpapier im inzwischen veralteten Quartformat geschrieben. Viele der Buchstaben schweben in der Luft über ihren Weggefährten, andere sind unter die Zeile gerutscht, und immer wieder wird das Tutti der verschiedenen Buchstaben von ausgiebigen Soloauftritten der X-Taste unterbrochen. Ich hebe die erste Seite ein wenig an und sehe Licht durch die vielen kleinen Löcher fallen, wo das Papier von Punkten durchbohrt oder von runden Buchstaben wie Plätzchenteig ausgestochen ist. Auf allen Seiten zeigt die letzte Zeile schräg nach unten und endet in der rechten unteren Ecke des Blattes.

Der Bericht hat neun Seiten. Eingequetscht zwischen letzter Zeile und letztem unterem Rand, so daß ich sie auf den ersten Blick kaum entziffern kann, finde ich vier handschriftliche Worte, die mein Herz schneller schlagen lassen: «Hochachtungsvoll, Ihre Elizabeth Serafin.» Dieses Dokument ist mein eigenes Werk. Und ich bin tatsächlich eine Frau. Ich stelle mir vor, wie ich in North Oxford oder einer der ruhigen Wohnstraßen hinter der Universitätsbibliothek in Cambridge, meine alte Reiseschreibmaschine unter dem Arm, hastig zur Haustür eile. Meine Jungen rufen mir nach: «Mum! Vergiß meine Plektrons nicht!» Und jetzt höre ich auch die Stimme eines Ehemanns, der mich daran erinnert, daß in der Küche Maggi fehlt. «Übrigens, Elizabeth...!» ruft er. Ich bin also eine Elizabeth. Was ich davon halten soll, weiß ich noch nicht so recht.

Ich blättere zur Seite eins zurück. «15. März 1974», steht in der ersten Zeile. Und darunter: «Lieber Premierminister...»

Ich höre auf zu lesen. Lieber Premierminister? Das ist eine Überraschung. Besonders, wenn darauf neun dichtbeschriebene Seiten folgen. Ich verspüre schmerzliches Mitgefühl für meinen verstorbenen Kollegen, den diese Zeilen ebenso peinlich berührt haben müssen wie mich. Lieber Premierminister...

Die Organisation, die zu gründen Sie mich gebeten haben, existiert inzwischen, wenn auch vorerst nur im Keim. Heute morgen nahm ich, gemeinsam mit Mr. S. Summerchild und unserer Schreibkraft, Mrs. L. Padmore, in den Räumlichkeiten, die uns die Regierungskommission zur Verfügung stellte, meine Arbeit auf. Meine allererste Handlung – denn irgendwo muß man ja beginnen – bestand darin, mir über die Form meiner Berichte klarzuwerden. Wie Sie sehen, habe ich mich dafür entschieden, Sie mit kurzen, informellen Briefen auf dem laufenden zu halten und mich dabei eines einfachen, direkten Stils zu bedienen, wie er in Briefen an einen Freund gewählt werden könnte.

Ich lege die Akte hin und streiche über meinen Bart, um Trost zu finden – so wie Timmy früher mit den Fingern über seine alte Wolldecke strich. Wo steckt Summerchild, während ich diesen unsäglichen Brief verfasse? An seinem Schreibtisch vermutlich, im gleichen Zimmer, geplagt vom ungleichmäßigen Geklapper meiner kleinen Schreibmaschine. Sein Schreibtisch kann eigentlich nur direkt gegenüber gestanden haben, so daß das Licht über seine linke

Schulter fiel. Ich schaue zu ihm hinüber. Was tut er, während ich meinen kurzen, informellen, neun Seiten langen Brief an den Premierminister tippe? Er ist zweifellos mit eigenen Aufzeichnungen befaßt, beugt sich schweigsam und gewissenhaft über seine Papiere und versucht, seiner Miene nichts anmerken zu lassen. Er wird derjenige sein, der später all diesen Unsinn in Ordnung bringen muß.

Wo war ich? Ja...

... wie er in Briefen an einen Freund gewählt werden könnte. Ich habe mich aus zwei Gründen für diese Form entschieden. Die Untersuchung, um die Sie mich gebeten haben, ist, soweit ich Sie verstanden habe, in erster Linie philosophischer Natur, und eine philosophische Untersuchung sollte nach meiner Überzeugung von ihrem Wesen her offen und frei von formalistischem Beiwerk sein. Außerdem glaube ich, sie wird keine Antworten erbringen, die man in einem Schlußbericht zusammenfassen kann. Die von der Philosophie erbrachten «Antworten» sind die Fragen, die sie stellt. Der Schlußbericht über eine philosophische Untersuchung ist die Untersuchung selbst.

Als nächstes werde ich entscheiden müssen, wie diese Untersuchung durchgeführt werden soll. Doch ehe ich das tun kann, muß ich noch etwas Grundsätzliches klären: was genau der Gegenstand meiner Untersuchung ist. Ich habe versprochen, meine Briefe kurz zu halten, doch scheint mir ein historischer Exkurs an diesem Punkt unumgänglich, um Ihnen den Hintergrund dieser fundamentalen Frage deutlich zu machen.

Ich habe bisher erst eine Erklärung darüber bekommen, welche Aufgaben dem beratenden Gremium, das ich aufbauen soll, zukommen. Diese Erklärung gaben Sie mir bei Ihrem ersten Anruf in Oxford am Abend des 6. März. Unter normalen Umständen hätte dies wahrscheinlich völlig ausgereicht, aber die Umstände waren leider nicht als normal zu bezeichnen. Sie müssen wissen, daß ich in meinem Arbeitszimmer kein Telefon habe, um nicht ständig in meiner Tätigkeit unterbrochen zu werden, und daß ich deshalb meine Anrufe im Eßzimmer entgegennehmen muß.

Ich kann nicht weiterlesen. Der arme Summerchild! Er sitzt dort drüben, keine vier Meter von mir entfernt, ohne Zweifel irritiert vom Geklapper der Schreibmaschinentasten, aber noch in seliger Unkenntnis all der Peinlichkeiten, die sie zu Papier bringen. Was wird er sagen, wenn er entdeckt, daß ausgerechnet ihm die unehrenvolle Aufgabe zukommt, zum erstenmal in der Geschichte der britischen Regierung den Bericht eines beratenden Gremiums zu übermitteln, der sich mit den häuslichen Angelegenheiten der Leiterin dieses Gremiums befaßt? Ich bin fein raus. Ich kann einen Moment lang die Augen schließen, über meinen Bart streichen und ein paar ungehörte Seufzer der Empörung ausstoßen. Er darf sich nichts anmerken lassen und muß gleichzeitig nach einem Weg suchen, die unmögliche Situation zu retten.

... und daß ich deshalb meine Anrufe im Eßzimmer entgegennehmen muß. Das Eßzimmer aber liegt auf der anderen Seite des Flurs. Ich habe mir angewöhnt, Stift und Papier mitzunehmen, wenn ich ans Telefon gehe. Doch als Sie anriefen, war ich gerade mitten in einem Kolloquium, und in unserem Haus herrscht die Regel, daß in diesem Fall einer meiner Söhne ans Telefon geht. Und ich fürchte, als Alexander an die Tür meines Arbeitszimmers klopfte, war ich mit meinen Gedanken in einer völlig anderen Welt. Mit einem Ohr lauschte ich dem Essay über sinnliche Wahrnehmung, den der junge Student mir gerade vorlas, und obgleich seine Ausführungen weder neu noch besonders interessant waren, lösten sie bei mir, wie dies bei den Essays meiner Studenten häufig geschieht, neue und interessante Gedanken aus – eine Tatsache, die ich als eine der angenehmen Begleiterscheinungen des Lehrberufs schätze. In Gedanken also noch mit dem Thema des Essays beschäftigt, eilte ich ans Telefon, wobei mich Alexanders Hinweis, der Premierminister wolle mich sprechen, zusätzlich verwirrte. Ich habe bis dahin noch nie einen Anruf von einem Premierminister bekommen und wollte Sie auf keinen Fall warten lassen. In all der Eile und Aufregung stolperte ich jedoch über eines der Fahrräder auf dem Flur (meine Söhne stellen sie dort ab, damit sie nicht gestohlen werden, und normalerweise komme ich auch ohne allzu große Schwierigkeiten an ihnen vorbei), so daß ich bei meiner Ankunft im Eßzimmer noch verwirrter war als beim Verlassen meines Arbeitszimmers.

Doch es sollte noch schlimmer kommen. Bis dahin hatte ich nämlich angenommen, Sie wollten in Wirklichkeit nicht mich, sondern meinen Mann, E. J. Maitland, sprechen, denn seine Reputation als Philosoph schien den Anruf eines Politikers von Rang viel eher zu rechtfertigen als meine bisherigen wissenschaftlichen Bemühungen. Ich dachte also, Alexander hätte mich nur deshalb ans Telefon gerufen, weil mein Mann nicht zu Hause war. Als Ihr persönlicher Referent mich jedoch nicht als Mrs. Maitland ansprach, sondern meinen Mädchennamen benutzte, unter dem ich die Ergebnisse meiner Arbeiten publiziere, wurde mir klar, daß mir der Anruf galt, woraufhin es mir plötzlich notwendig erschien, Stift und Papier bei mir zu haben. Nun hatte unser Eßzimmer während der kurz zuvor durchgeführten Wahlen dem Ortsverein der Labour Party als Versammlungsraum gedient, und es lagen noch immer mehrere Stapel von Bogen aus dicker Pappe, Wahllisten und Bleistifte zum Eintragen der Wahlergebnisse herum. Gerade als mich Ihr Referent zu Ihnen durchstellte, hatte ich die Idee, meine Hand auszustrecken und nach einem dieser Bleistifte zu greifen.

Es hätte noch alles gutgehen können, wäre nicht ein weiterer unglücklicher Umstand hinzugekommen. Gerade als ich die Hand ausstreckte, wurde es dunkel im Zimmer: Der Strom wurde wieder einmal abgestellt. In der Dunkelheit faßte ich zu weit und brachte einen Stapel mit Pappbogen ins Wanken. Er fiel nach vorn, und es gelang mir gerade noch, ihn mit dem ausgestreckten Unterarm aufzufangen. Ich wußte, wenn ich ihn losließ, würde er auf die Teekanne und die Becher fallen, die auf der Anrichte standen, und das hätte einen schrecklichen Lärm gemacht und die ganze Situation noch verschlimmert. Andererseits wollte ich Sie nicht gleich zu Beginn unseres Gesprächs bitten, einen Moment zu warten, bis ich die Pappen wieder zurückgeschoben hatte – ich glaube, Sie setzten zu dem Zeitpunkt gerade zu ein paar höflichen Äußerungen über meine Arbeit an, und dieses Thema macht mich ohnehin verlegen. Und damit kommen wir zum Kern dieser langen und detaillierten Abschweifung, wie sie, das verspreche ich Ihnen, in späteren Berichten nicht mehr vorkommen wird. Wie auch immer, unter dem Druck der Situation tat ich etwas ausgesprochen Unbedachtes: Ich legte den Hörer einen Moment lang ab, um die Pappen mit beiden Händen auf den Tisch zurückzuschieben.

Doch so dumm diese Entscheidung gewesen sein mag, viel unverzeihlicher war es, Ihnen meinen Fehler nicht schon früher einzugestehen, denn als ich den Hörer wieder aufnahm, waren Sie schon dazu übergegangen, mir zu erklären, was Sie sich von meiner Arbeit erhofften, und ich fürchte nun, einen wesentlichen Punkt verpaßt zu haben. Als ich Ihnen wieder zuhörte, sprachen Sie gerade über Ihre «Stürmer» und Ihre «Verteidiger», was ich im ersten Moment auf die Bergarbeiter und deren Sympathisanten übertrug, doch wenig später als Teil einer umfangreichen Metapher aus dem Bereich des Fußballs begriff. Offenbar bezogen sich beide Begriffe auf verschiedene Gremien im Regierungsapparat, denn Sie bezeichneten sich selbst als «Ausputzer» in diesem Spiel (den Erklärungen meiner Söhne entnehme ich, daß eine solche Position etwa der Rolle eines Libero entspricht). Dann führten Sie das Bild weiter aus, indem sie sagten, Sie würden mich gern in der Rolle des Platzwarts sehen (oder der Rolle der Platzwartin, wie Sie rasch hinzufügten, wobei ich Ihnen versichern kann, daß ich Ihr Bewußtsein für diese Problematik zwar zu schätzen weiß, in dieser Hinsicht jedoch nicht empfindlich bin). Wenn ich mich recht erinnere, sagten Sie, ich solle den «Zustand des Platzes prüfen» und «sicherstellen, daß sich irgendwo am anderen Ende des Spielfelds tatsächlich ein Tor befindet». Damals glaubte ich, die metaphorischen Implikationen mehr oder weniger begriffen zu haben, doch nachdem ich den Hörer aufgelegt hatte, stellte ich fest, daß mir nicht so recht klar war, was konkret und praktisch von mir erwartet wurde. Und so stellte sich bei mir die Befürchtung ein, daß mir durch eigene Unbedachtsamkeit der entscheidende Hinweis entgangen war.

Indem ich den Hörer ablegte, verpaßte ich aber auch die Gelegenheit, meine Eignung für diese Arbeit in Frage zu stellen. Ehe ich den Hörer vom Ohr nahm, hörte ich Sie noch sagen: «Ein paar Leute hier haben in Ihren Büchern gelesen...» Ich gehe davon aus, daß «ein paar Leute hier» wohl kaum jemanden einschließt, der so von Arbeit überlastet ist wie Sie. Und «in einem Buch gelesen» zu haben, dachte ich, als ich im Dunkeln nach einer Stelle suchte, an der ich die Pappen in Sicherheit bringen konnte, bedeutet etwas anderes, als es durchzulesen. Zudem ist wohl kaum zu erwarten, daß sich außerhalb der sehr begrenzten Welt der akademischen Philosophie jemand für meine beiden Veröffentlichungen über Spinoza interessiert. Wenn Sie von meinen «Büchern» sprachen, kann demnach nur mein einziges anderes Werk, *Der natürliche Mensch*, gemeint sein. Dieses Buch hat in der Tat auch außerhalb meines Berufsstandes beachtliches Interesse erweckt. Die einen haben darin einen Angriff auf die Zivilisation als unnatürlichen Käfig gesehen, in dem der heutige Mensch eingekerkert ist, die anderen haben es als Verteidigung der Zivilisation als natürliche Heimat des Menschen verstehen wollen. Hätte ich den Hörer in der Hand behalten, hätte ich in einer Gesprächspause erklären können, daß mein Buch in Wirklichkeit keinen dieser beiden Standpunkte vertritt. Im Gegenteil, es stellt eine bloße Untersuchung der verschiedenen Denkmodi dar, die mit den Vorstellungen von Natur und Zivilisation verbunden sind. Es ist eine Studie im Stil der traditionellen britischen Philosophie, die nur beleuchtet und analysiert, die die konzeptuelle Maschinerie ein wenig zu ölen versucht, aber die Dinge im Grunde so beläßt, wie sie sind. Obgleich ich mich stark in der örtlichen Labour Party engagiere, liegt meinem Buch nicht der radikale intellektuelle Ansatz zugrunde, den Sie bei Ihrem «Platzwart» vielleicht gern gesehen hätten.

Dies jedoch nur am Rande. Jedenfalls stellt sich mir jetzt, wo ich hier mit meinen beiden ersten Mitarbeitern in meinem neuen Büro sitze, wieder die Frage nach den genauen Aufgaben unseres Gremiums, und diese Frage war auch der Grund für meine umständliche Abhandlung. Als ich nach unserem ersten Telefongespräch damals zu dem Studenten in mein Arbeitszimmer zurückkehrte, machte ich mir in dieser Hinsicht noch keine allzu großen Sorgen, denn Sie hatten mich für den nächsten Morgen in die Downing Street bestellt, und ich ging davon aus, daß sich alles Weitere im persönlichen Gespräch klären ließe. Doch auch bei diesem Treffen waren, wie Sie sich gewiß erinnern können, unglückliche Umstände im Spiel, und unser Gespräch in Ihrem Büro war wesentlich kürzer, als ich gehofft hatte. Ich trank meinen Kaffee und hörte zu, während Sie über die Verpflichtung der Regierung sprachen, sich genauere Gedanken über die Lebensqualität zu machen, die Sie für unser Volk (oder *wir* für *Ihr* Volk – ich bin mir nicht ganz sicher, wer jeweils gemeint war) erstreiten wollten. Doch ehe ich noch all die Fragen erwähnen konnte, die meiner Meinung nach bei unserem Telefongespräch offengeblieben waren, oder gar meine Unsicherheit bezüglich der genauen Bedeutung des Begriffes «Lebensqualität» zum Ausdruck bringen konnte, kam ein junger Mann herein und murmelte etwas von «Bank» und «Vorstandsvorsitzender». Die Angelegenheit schien Ihre gesamte Aufmerksamkeit zu erfordern, und damit war unser Gespräch leider zu Ende.

Als ich mich verabschiedete, waren Sie so nett zu sagen, ich solle mich jederzeit an Sie wenden, wenn ich irgendwelche Probleme hätte. Sobald wir draußen waren, sagte ich dem jungen Mann, ich würde warten, um das Gespräch mit Ihnen später fortzusetzen. Obgleich er mir dringend davon abriet, beharrte ich auf meiner Absicht und wartete fast zwei Stunden lang, mußte dann aber dringend nach Oxford zurück. (Um drei Uhr fand eine ausführliche Sitzung des Bibliothek-Beirats statt, und ich mußte vorher noch für das Abendessen der Jungen sorgen.) Alle späteren Versuche, einen gemeinsamen Termin zu finden, scheiterten kläglich – wie ich zugeben muß, vor allem daran, daß meine vielfältigen Verpflichtungen während des Trimesters in Oxford es mir unmöglich machten, zu den Zeiten nach London zu kommen, in denen Sie nicht gerade im Kabinett oder im Parlament unabkömmlich waren. Und als das Trimester vorüber war, hatte die Regierung, wie Sie wissen, mit großen Schwierigkeiten zu kämpfen, die Ihre gesamte Aufmerksamkeit erforderten.

Vielleicht sollte ich betonen, daß ich mich keinesfalls beklagen will. Ich versuche nur, so präzise wie möglich die Bedingungen festzuhalten, die den Beginn unserer Untersuchungen prägten. Neue Gremien und Institutionen werden nicht so einfach aus dem Nichts geschaffen; sie sind eingebettet in ein komplexes Netz von Ereignissen, dessen Ursprünge oft weit zurückreichen. Erst dieses Netz gibt ihnen ihre charakteristische Form.

Die unbedeutenden Ereignisse in meinem Eß- und Arbeitszimmer und die viel bedeutenderen Ereignisse in Ihrem Büro bedingen den ersten Arbeitsschritt unserer Untersuchung: Wir müssen unsere Methodik selbst entwickeln. Ehe wir Personal einstellen und ein Untersuchungsprogramm entwerfen, müssen wir die Schlüsselbegriffe meines Arbeitsauftrags ergründen: «Spielfeld», «Tor» und «Lebensqualität».

Mit anderen Worten: Wir müssen entscheiden, was wir tun, ehe wir zur Tat schreiten. Mein nächster Brief wird, wie ich hoffe, einen ersten Entwurf zur Methodik enthalten, und ich werde dann um Ihre Zustimmung nachsuchen.

Hochachtungsvoll,
Ihre Elizabeth Serafin

Großer Gott. *Großer* Gott! Ist das der Grund, warum die Einheit und all ihre Arbeitsprotokolle aus den Akten verschwunden sind – weil es einfach undenkbar ist, daß ein solches Dokument offiziell existieren kann? Doch was geschah mit diesem Brief, nachdem Serafin ihn fertiggestellt hatte? Er kann dem Premierminister doch unmöglich in dieser Form vorgelegt worden sein! Nein, natürlich nicht – er wurde erst sauber getippt. Getippt? Von Mrs. Padmore? (Die sich, wie ich annehme, inzwischen in dem etwas größeren Zimmer am Fuß der Wendeltreppe häuslich eingerichtet hat.) Eine Schreibkraft hat das hier gelesen? Ich halte nichts von Standesdünkel, aber die Vorstellung, daß einer Frau vom Schreibdienst erlaubt wird, dieses... dieses... Machwerk zu lesen, läßt hinter meinem Bart heiße Schamröte aufsteigen. Mrs. Padmore wird, wie wir aus dem Schriftstück wissen, das in der Akte ganz oben gelegen hat, in wenigen Wochen ins Wirtschaftsministerium versetzt. Ich glaube schon jetzt zu wissen, wieso.

Nein. Moment mal. Sie gab den Brief nicht Mrs. Padmore zu lesen – sie gab ihn Summerchild. Er saß an seinem Schreibtisch, las stumm den Brief durch, bemühte sich um den Anschein unerschütterlicher Ernsthaftigkeit. Und dann... Ich schaue hinüber zu Summerchilds Arbeitsplatz.

Er steht auf, hält die dünnen Blätter von sich, vielleicht ein wenig weiter, als er es normalerweise täte, und legt sie vorsichtig auf meinen Tisch zurück. Dann sagt er leise... Tja, was sagt er wohl?

Ich ziehe das nächste Blatt aus der Regierungsklammer. Ja, es ist ein Blatt offizielles Regierungspapier, mit Summerchilds Handschrift säuberlich beschrieben. Das Papier ist nicht durchlöchert, kein Wort ist durchgeixt, keine Zeile rutscht am Ende der Seite schräg vom Papier:

Ich schlage vor, mit der Weiterleitung an den Premier zu warten, bis die in Ihrem Brief angekündigten Vorschläge zur Methodik tatsächlich erarbeitet sind. Zum gegebenen Zeitpunkt bin ich gern bereit, das Dokument in eine etwas präzisere Form zu bringen. Es ist durchaus denkbar, daß ein kurzer Abriß Ihrem Anliegen dienlicher wäre. Nach meiner Erfahrung lesen Regierungsmitglieder selten mehr als zwei Seiten mit doppeltem Zeilenabstand. Falls es Ihnen dennoch wichtig erscheint, die Entstehungsbedingungen der Spezialeinheit zu dokumentieren, ließen sich diese vielleicht in Form einer (wiederum kurzen) Anlage zusammenfassen.

Ja. Danke. *Vielen* Dank, Mr. Summerchild. Oder vielleicht sollte ich dich Stephen nennen – ich bin jetzt fast so alt, wie du damals warst. Wir haben in den letzten drei Tagen eng zusammengearbeitet. Und nach der Dicke der Akte zu urteilen, die vor mir liegt, werden wir es noch eine Weile zusammen aushalten müssen.

Ich drehe Summerchilds diplomatische Stellungnahme um und ziehe das nächste Schriftstück aus der Klammer. Einzeilige Beschriftung, Löcher, durchgeixte Sätze. «27. März 1974. Lieber Premierminister, trotz der anderslautenden, durchaus gutgemeinten Ratschläge meiner Mitarbeiter werde ich meine Arbeitsberichte an Sie auch weiterhin so informell verfassen, wie ich es ursprünglich beschlossen hatte...»

Da wären wir also wieder. Aber ich muß mich beeilen, um noch rechtzeitig zur Sitzung der abteilungsübergreifenden Arbeitsgruppe zur Einschätzung der Arbeitseffizienz zu kommen. Ich stehe auf und wasche mir die Hände. Ich könnte die Akte mitnehmen und später weiterlesen... Aber sie ist ziemlich staubig. Ich stelle mir vor, wie ich sie während der Arbeitsgruppensitzung vor mir auf den Tisch lege und zufällig ein Stück Papier herausrutscht... Irgend jemand – Headland aus dem Wirtschaftsministerium vielleicht – runzelt angesichts der engbetippten Seiten die Stirn und schaut genauer hin. Mit angestrengt verdrehtem Kopf liest er von der anderen Seite des Tisches von mißglückten Telefonanrufen und ungünstig abgestellten Fahrrädern im Flur...

Nach reiflicher Überlegung lege ich die Akte zurück in den Spülmittelkarton und verschließe sorgfältig die Tür. Brisante Dokumente dieser Art sollten nie aus einer sicheren Umgebung herausgenommen werden.

8

Nach der Besprechung der Arbeitsgruppe sitze ich in meinem Büro und studiere den Entwurf eines Positionspapiers zur Einschätzung des Einschätzungsprozesses, den David Poole aus der Europa-Abteilung dem Kabinett als gemeinsames Papier der Gruppe vorlegen möchte. Aber ich sitze auch in Dr. Serafins Arbeitszimmer, einen Essay über sinnliche Wahrnehmung in der Hand. Ich bin ihr Student, aber ich kann nicht lesen, was ich geschrieben habe, denn das Licht ist gerade ausgegangen, und auch der Schein des elektrischen Ofens hat sich in nichts aufgelöst. Ich sitze im Dunkeln und lausche angestrengt, um meine Tutorin im Eßzimmer auf der anderen Seite des Flurs am Telefon sprechen zu hören. Sie spricht mit dem Premierminister. Obgleich ich plötzlich niemanden mehr habe, der meinem Essay lauscht, überkommt mich ein angenehmes Gefühl der Privilegierung. Vor einem Jahr um diese Zeit saß ich noch mit zwanzig anderen jungen Leuten in einem überfüllten Klassenzimmer und hörte den Vorträgen völlig unbekannter Menschen über so langweilige Themen wie Partizipien und Zollgesetze zu, und jetzt, ein kurzes Jahr später, sitze ich ganz allein in einem mit Büchern vollgestopften Arbeitszimmer in North Oxford, eine Tasse Kaffee auf dem Fußboden neben mir, und trage meine Gedanken über sinnliche Wahrnehmung einer berühmten Professorin vor, die die Sitzung unterbrechen muß, um einen Anruf des Premierministers entgegenzunehmen.

Leider kann ich nicht verstehen, was er mit ihr zu besprechen hat. Ich höre nur große, schwere Gegenstände herunterpoltern... jemand stößt gegen die Fahrräder im Flur... das Licht geht aus.

Und plötzlich verspüre ich eine seltsame Regung unter dem dichten Bewuchs vor meinem Gesicht. Unter meinem Bart breitet sich ein Lächeln aus...

Das Telefon schrillt rechts von meinem Arm wie ein grausamer Wecker am frühen Morgen. Der Premierminister... Das Positionspapier rutscht über den Rand meines Schreibtisches direkt in den Papierkorb, als ich erschrocken den Hörer von der Gabel reiße.

«Jessel.»

«Hurren. Ich wollte nur mal nachfragen, wie weit Sie in der Sache Summerchild gekommen sind.»

Hurren? Ach so, *Hurren*. Ja. Ich denke angestrengt nach. Wie weit bin ich in der Sache Summerchild gekommen?

«Ich komme voran», antwortete ich ihm. «Es ist eine ziemlich lange Geschichte. Es dauert seine Zeit.»

«Nichts, was uns Sorgen machen müßte?»

«Nein, nein, das glaube ich nicht.»

Ich lege auf. Ja, ich komme voran. Doch wohin führt es mich? Ich habe noch immer nicht die geringste Ahnung. Und müßte es uns nicht Sorgen machen? *Mir* wird es Sorgen machen, soviel steht fest.

9

Was zum Beispiel fühlt Summerchild – was fühlt mein Kollege Stephen –, als er an dem Tag, an dem er Serafins ungeheuerlichen Brief gelesen und seine vorbildliche Stellungnahme geschrieben hat, abends nach Hause geht? Ist er noch deprimierter als vorher? Entwickelt sich die Geschichte in diese Richtung? Beschleicht ihn die gleiche merkwürdige Scham, die ich verspürte, als ich den Brief durchlas? Geht er an diesem Abend noch langsamer die Steigung zur Hyde Hill Lane hinauf, kommt er noch erschöpfter am Gartentor an?

Die Hochhäuser Südlondons erscheinen langsam im Osten, während ich diesen Gedanken nachhänge, vollführen wie jeden Abend ihre halbe Drehung und ziehen sich würdevoll in den Westen zurück. Der Zug hält in Greenwich. Ich stelle fest, daß ich aussteige und, wie beim letztenmal, mit dem rituellen Gang beginne, einer von zwölf, einer von zehn, einer von acht, einer von fünf... Jetzt gehe ich die Steigung hinauf. Und es fühlt sich nicht schwerer an – nein, im Gegenteil, es ist viel leichter. Natürlich lächele ich nicht in meinen Bart, denn ich bin Summerchild und habe keinen Bart, in den ich lächeln könnte. Aber in mir spüre ich eine bunte Blase der Heiterkeit, die leichter ist als Luft. Ich schwebe den Berg hinauf, schwebe über die Hyde Hill Lane wie ein Luftballon. Die Abendsonne bricht aus den Wolken, die sich über London zusammengezogen haben, und überflutet die Häuserfronten mit einem satten, zufriedenen Licht. Am Gartentor halte ich einen Moment lang inne, um zu den Fenstern meines Hauses hinaufzuschauen. Es ist nicht Juni – 1974 ist es noch März, der Abend ist dunkel, aber die Gardinen im Erdgeschoß sind offen, und in den Zimmern brennt Licht. In der Küche decken Anne und Millie den Abendbrottisch, offenbar in ein ernstes Gespräch vertieft. Seltsam, daß eine Frau mit so ordentlich frisiertem braunem Haar mit einem so wirren, roten Lockenschopf spricht – und das mit vollkommen ernster Miene, ohne den Anschein von Ungleichheit zu erwecken! Mit zwei mühelosen Schritten springe ich die Stufen hinauf und trete ins Haus.

Jedenfalls tut das Summerchild. Ich bleibe am Gartentor stehen und schaue ihm nach, sehe, wie er durch die Haustür verschwindet und der braune und der rote Schopf sich ihm zuwenden. Als er in der Küche wieder auftaucht, mustert Millie ihn aufmerksam, und Anne runzelt leicht die Stirn; die beiden haben sofort gemerkt, daß an ihm heute etwas anders ist. Aber er gibt ihnen keine Erklärung dafür, als sie sich gemeinsam am Abendbrottisch niederlassen, und Anne und Millie sprechen über andere Dinge. Vielleicht lächelt er irgendwann einmal still in sich hinein, so daß Millie ebenfalls lächelt und fragt: «Was hast du denn?» Aber Summerchild schüttelt nur schweigend den Kopf. Anne beobachtet ihn über den Tisch hinweg auf die für sie so typisch wachsame, forschende Weise, als wäre er ein fehlendes Wort in einem nur halb ausgefüllten Kreuzworträtsel. Er erwidert fragend ihren Blick, doch sie schaut zur Seite. Millie beobachtet beide Eltern aus den Augenwinkeln, dann greift sie nach dem Nachtischlöffel und unterzieht ihn einer eingehenden Betrachtung. Der Anflug eines Lächelns spielt um ihre Lippen. Es scheint, als habe sich die gesamte Atmosphäre des Hauses irgendwie verändert... Jetzt sind sie fertig mit dem Abendessen und gehen ins Wohnzimmer zurück. Millie stellt zwei Notenständer auf und schleppt aus dem Flur ihren Cellokasten herbei. Stephen spannt seinen Bogen und schlägt damit leicht gegen seinen Unterarm, um die Spannung zu prüfen. Anne setzt sich ans Klavier, setzt ihre Lesebrille auf und streicht die Noten glatt. A spielt sie und schaut die anderen geduldig an, A... A... A... Stephen und Millie streichen mit den Bogen über die Saiten, dann drehen sie an den Wirbeln und verziehen das Gesicht dabei, als rechneten sie jeden Moment damit, daß eine Saite reißt... Sie setzen sich hin... schauen einander fragend an... Die Bögen schweben über den Saiten, die Finger über den Hälsen von Cello und Violine... Stephen nickt mit dem Kopf und...

Die Haustür geht auf. Eine Frau tritt aus dem Haus.

Einen kleinen Hund an der Leine, kommt sie in der Abendsonne die Stufen herunter. Ich drehe mich abrupt um und gehe rasch weiter. Ich spüre, wie sich hinter mir der wirre rote Lockenschopf in die andere Richtung entfernt. Und ich spüre, wie Millie sich umdreht, als ihr klar wird, wen sie da gerade gesehen hat.

Sie hat sich kaum verändert. Sie sieht noch immer wie eine ernsthafte Siebzehnjährige aus, trägt noch immer die gleichen, unscheinbaren Kleider. Sie hat nie geheiratet. So habe ich es jedenfalls gehört.

Ich gehe mit schnellen Schritten durch den Park. Die beruhigende Wolke aus Geißblattblüten rings um meine Haustür läßt mich, als ich näher komme, über den beruhigenden Bart rings um meinen Mund streichen. Was verbergen sie vor der Welt, dieses Geißblatt und dieser Bart? Unter den süß duftenden Ranken rund um das Wohnzimmerfenster sehe ich nichts als Dunkelheit. Dann den schwachen, bläulichen Schimmer des Fernsehers, der sich auf zwei kleinen, reglosen, fremden Gesichtern spiegelt. Cheryls Kinder. Ich wünschte, sie wären nicht hier. Ich schließe die Haustür auf. Diesmal schläft Timmy noch nicht. Er sitzt oben auf der Treppe und weint. Nach seinen erschöpften, mechanischen

Schluchzern zu schließen, weint er schon lange. «Ah, da kommt ja dein Vater», ruft Cheryl von der offenen Wohnzimmertür. «Jetzt kannst du *ihm* erzählen, daß du nicht ins Bett gehen willst. Ich kann nichts dafür. Ich bin nicht für die Regeln in diesem Haushalt verantwortlich.» Sie geht zurück ins Wohnzimmer, um ihre beiden Kinder zu holen. Sie sind beide jünger als Timmy. «Es tut mir leid», sagt sie zu mir, während sie die beiden aus der Haustür schiebt, «aber was soll ich machen?»

Ich entschuldige mich bei ihr. Aber was soll *ich* machen?

Ich stelle den Fernseher aus. Das einzige Geräusch im Haus ist jetzt Timmys krampfhaftes Schluchzen. Ich gehe hinauf und lasse mich ein paar Stufen unterhalb meines Sohnes nieder.

«Es ist nicht fair», jammert er.

Was kann ich darauf erwidern? Er hat recht, es ist nicht fair.

«Ich hasse Cheryl», sagt er.

Ich schweige. Ich hasse Cheryl ebenfalls. Auch das ist natürlich nicht fair. Nichts ist fair.

Ich rücke eine Stufe höher, so daß ich die Hand ausstrecken und den Kopf meines Sohnes streicheln kann. Wenn Summerchild nichts zugestoßen wäre, denke ich wieder, dann... dann hätten Timmy und ich vielleicht ein wenig mehr Lebensqualität.

10

Gegen zwanzig nach drei – diese Uhrzeit zeigte jedenfalls der Wecker, als ich das letzte Mal darauf schaute – habe ich aufgehört, über Timmy und Cheryl und Cheryls Kinder, über Cheryl und Timmy und Cheryls Kinder, über Timmy und Timmy und Cheryl und Timmy nachzudenken. Statt dessen grübele ich jetzt über Summerchild und Serafin, Serafin, Timmy und Serafin, mich und Serafin und immer wieder über Serafin nach.

Ein ganz einfacher Gedanke überkommt mich, tritt wie ein Engel ins Zimmer: Ich könnte sie aufsuchen und mit ihr sprechen.

Was? Nach Oxford fahren? – Ja! Sie wohnt wahrscheinlich noch immer im selben Haus und kämpft noch immer mit Maggi und Spinoza.

Was, irgendwann nächste Woche? – Irgendwann *diese* Woche! Am besten morgen schon!

Nach Paddington fahren? In einen Zug steigen? – Andere Menschen unternehmen ständig irgend etwas Mutiges und Spontanes, wie nach Paddington zu fahren oder in einen Zug zu steigen! Ich habe früher selbst auch so etwas getan!

Ich sehe mich in gehobener Urlaubsstimmung in einen Zug steigen, sehe mich in Oxford aussteigen, an sonnenbeschienenen, honigfarbenen Steinwänden und verheißungsvollen Toren vorbeigehen, hinter denen stille Welten aus gepflegtem Rasen und heiterem Gelächter liegen. Ja, ich werde nach Oxford fahren! Aber dann sehe ich mich vor dem Haus ankommen. Die Tür ist verschlossen und abweisend. Habe ich angerufen, um meinen Besuch anzukündigen? Oder wird es ein Überraschungsbesuch? Ich weiß nicht genau, ob ich vorher angerufen habe oder nicht... Ich weiß nicht, was am besten wäre... Jedenfalls ist sie nicht zu Hause. Es sind Semesterferien. Sie ist im Ausland. Sie hat ein Jahr Forschungsurlaub... Nein, da ist sie ja. Sie öffnet mir selbst die Tür. «Ja, bitte?» sagt sie. Sie sieht mütterlich aus. Der Flur hinter ihr ist mit Fahrrädern vollgestellt. Nein, die Fahrräder sind schon vor Jahren verschwunden. Sie sieht großmütterlich aus. Sie ist geschieden, und die Kinder sind längst ausgezogen. Das Haus hat sich völlig verändert. Ich beginne zu erklären, daß ich von der Kabinettskanzlei komme. Daß ich an einem Bericht über einen ihrer früheren Mitarbeiter schreibe, weil gemutmaßt wird, daß sie mit irgendeinem ausländischen Geheimdienst zusammengearbeitet hätte, was ich, wie ich rasch hinzufüge, natürlich für den reinsten Unsinn halte, denn ich bin überzeugt, daß Summerchild nur gestorben ist, weil sie... wie soll ich das sagen... ihn zum Wahnsinn getrieben hat...

Ich setze mich im Bett auf und knipse das Licht an, hellwach vor Peinlichkeit. Natürlich werde ich nicht mit ihr sprechen. Ich bin Staatsbeamter, kein Polizeikommissar. Meine Aufgabe ist es, mich allmorgendlich in die Welt von Whitehall einzufügen, nicht irgendwelche Ausflüge nach Oxford zu unternehmen. Meine Arbeit besteht darin, Akten zu studieren, nicht Zeugen zu befragen.

Ich stehe auf und lausche an der Tür meines Sohnes. Fast hoffe ich, daß er wach ist, damit ich hineingehen, auf seiner Bettkante sitzen und seinen Kopf streicheln kann. Aber er wacht natürlich nur auf, wenn ich schlafe. Manchmal glaube ich, es ist genau das, was ihn weckt – ein undeutliches Gefühl des Verlusts, ein übersinnliches Gespür dafür, daß ich nicht mehr bei Bewußtsein bin. Ich schleiche nach unten und laufe ziellos im Wohnzimmer hin und her. Jetzt, bei eingeschaltetem Licht, glaube ich nicht mehr, daß sie ihn zum Selbstmord getrieben hat. Die Vorstellung ist lächerlich. Ich habe keine Mutmaßungen mehr. Ich habe keine Ahnung, was passiert ist. Vielleicht haben die beiden doch Staatsgeheimnisse an sowjetische Agenten weitergegeben. Vielleicht war Serafin tatsächlich Russin und hat sich inzwischen nach Rußland abgesetzt. Der Gedanke, daß Summerchild von Geheimagenten getötet wurde, erscheint mir mindestens so plausibel wie alle anderen Theorien, die sich aufstellen ließen...

Der natürliche Mensch. Ja. Ich erinnere mich vage daran, daß über dieses Buch gesprochen wurde. Vielleicht besitzen wir sogar ein Exemplar. Lynn hat manchmal solche Bücher gekauft, ehe sie... Ich lasse meine Blicke über die Regale schweifen. Meine Studienlektüre aus Manchester, Lynns Studienlektüre aus Keele, verschiedene wichtige Bücher, die wir seitdem erstanden haben und die unser Leben verändern sollten, es dann aber doch irgendwie nicht verändert haben. Die Bücher sehen tot aus. Niemand liest sie mehr. Von dem *Natürlichen Menschen* nicht die geringste Spur. Dafür stoße ich auf ein uraltes Taschenbuch von E. J. Maitland. Hatte Serafin nicht gesagt, er sei ihr Ehemann? Es trägt den Titel *Unser gutes Recht: Studien zur Wahrnehmung sozialer Gerechtigkeit* – genau die Art von Buch, die Lynn zu kaufen pflegte, ehe ich sie kennenlernte. Daß Serafin Mrs. Maitland war, erscheint mir als der unwahrscheinlichste Aspekt ihrer Persönlichkeit. Nicht daß ich viel über Maitland wüßte. Aber ich erinnere mich deutlich, daß mein philosophischer Freund Kevin Rice ihn aus tiefstem Herzen verabscheute. Nordenglische Gewerkschaftsparolen aufgeplustert zu philosophischen Erkenntnissen, lautete Kevins Urteil, wenn ich mich recht erinnere. Ich ziehe das Buch aus dem Regal. Es ist 1973 erschienen. Damals war Lynn siebzehn Jahre alt. Auf der

Rückseite des Buches prangt ein Foto von Maitland. Er sieht nicht gerade so aus, wie ich mir einen Philosophen vorstelle. Er grinst aus einem grobgeschnittenen Gesicht mit buschigen schwarzen Augenbrauen und lockigen Haaren. Auf dem Foto trägt er einen schweren Regenmantel, obwohl es nicht zu regnen scheint. Er hat den Mantelkragen hochgeschlagen und eine Pfeife im Mund, aus der kein Rauch aufsteigt. Das Bild strahlt eine unverblümte Präsenz aus, die mich, wie Kevin, dazu neigen läßt, allem, was er sagt, zu mißtrauen. Er ist Professor, wie ich den biographischen Angaben im Innern des Buches entnehme, und das E. steht für Edward. Seine Freunde nennen ihn vermutlich Ted.

Ich schlage das Buch an einer beliebigen Stelle auf. «Diese Experimente verdeutlichen, daß das menschliche Bewußtsein stets neu ausgerichtet werden kann. Die Skala, mit deren Hilfe es Erfahrungen registriert, kann nach oben oder unten angepaßt werden. Wir können dieses Phänomen mit einer Wanduhr vergleichen, die zu Beginn und zum Ende der Sommerzeit vor- bzw. zurückgestellt wird, so daß sie den Einbruch der Dunkelheit entsprechend früher oder später registriert...»

Ich kann mir vorstellen, wie Kevin über dieses Geschreibsel geurteilt hätte. Ich sehe Ted Maitland, wie er sonntags in seinem schmuddeligen Regenmantel zu einem Fußballspiel geht und wochentags schmuddelige Affären mit seinen Studentinnen hat. Ich erinnere mich vage, vor kurzem irgendwo gelesen zu haben, daß er inzwischen in Kalifornien lebt und mit irgendeiner umstrittenen Persönlichkeit verheiratet ist. Jetzt, wo ich sein Foto gesehen und seinen Prosastil gelesen habe, kann ich mir nicht vorstellen, daß er und Serafin jemals zusammengelebt haben.

Je länger ich darüber nachdenke, desto trostloser erscheint mir das gemeinsame Heim von Mr. und Mrs. Maitland. Hinter jeder Tür, die ich aufstoße, lauert der Verfasser von *Unse-*

rem guten Recht (und irgendeines anderen, respektableren Buches, um den wissenschaftlichen Schein zu wahren, wahrscheinlich irgendeiner Abhandlung über Immanuel Kant) mit seiner aufdringlichen Präsenz und seinem verfilzten Haar. Er steht im Badezimmer in seinem schmierigen Regenmantel mit dem hochgeschlagenen Kragen, er hockt auf dem Ehebett, die kalte Pfeife im Mund.

Dem allem entflieht also Dr. Serafin, wenn sie auf dem Weg zum Bahnhof kräftig in die Pedalen tritt, um den Zug nach London nicht zu verpassen (eines der Fahrräder im Flur gehört ihr), die tragbare Schreibmaschine im Fahrradkorb. Das kleine Büro unter dem Dachvorsprung muß für sie ein Ort der Zuflucht gewesen sein, Summerchilds Zurückhaltung, seine respektvolle Dienstbeflissenheit und sein feines Kupferhaar eine willkommene Abwechslung.

Aber es ist vier Uhr morgens, und das häusliche Leben von Dr. Serafin spielt sich größtenteils in meinem Kopf ab. *Ausschließlich* in meinem Kopf. Ist das möglich? Manchmal weiß ich nicht mehr, wo genau mein Kopf aufhört und der Rest der Welt beginnt. Auf welche Seite des Bartes gehört Ted Maitlands schmuddeliger Regenmantel?

Ich gehe zurück ins Bett. Jenseits der Gardinen wird es schon hell. Ich streiche über meinen Bart, als wäre es Timmys Kopf, versuche, mich zu beruhigen, endlich einzuschlafen. Eines jedoch glaube ich jetzt zu wissen – wo sie sich die ganze Zeit über verborgen gehalten hat.

11

27. März 1974

Lieber Premierminister,

trotz der anderslautenden, durchaus gutgemeinten Ratschläge meiner Mitarbeiter werde ich meine Arbeitsberichte an Sie auch weiterhin so informell verfassen, wie ich es ursprünglich beschlossen hatte...

Freitag morgen. Der letzte Tag der Woche, und der letzte Tag, den ich hier in meiner Dachkammer verbringen werde, hoch über der Politik und dem Park, ohne Telefon, von Bartlett und Kyle, Milmo und Gedge vollkommen abgeschnitten. Auf dem Fußboden liegt ein Teppich aus Sonnenlicht, und blauer Himmel füllt die Fenster. Die Menschen, die weit unter mir über den Paradeplatz spazieren, leben in einer ganz anderen Welt; keine großen Glasaugen richten sich forschend zu mir hinauf. Die unnatürliche Verwirrung der Nacht ist vorüber, und auch die schlaflose Ungeduld, in der Sache endlich weiterzukommen, ist jetzt, wo ich endlich wieder hier bin, auf meinen beiden Kartons sitze und Serafins durchlöcherte Schreibmaschinenseiten in der Hand halte, einer großen Ruhe gewichen. Ich habe keine Eile. Ich schiebe den Moment hinaus, in dem es nichts mehr herauszufinden gibt und all dies zu Ende gehen muß. Ich habe Serafin gefunden. Sie war dort, wo ich sie in der Nacht aufgespürt habe, wo sie schon immer gewesen ist – im *Who's Who* und dem Jahrbuch der britischen Universitäten unter «Maitland, Mrs. E. J.». Sie hat tatsächlich drei Söhne, und sie ist geschieden, aber sie ist weder emigriert noch spurlos verschwunden, sondern lehrt noch immer am Somerville College und wohnt an einer soliden North-Oxford-Adresse. Sie ist 1930 geboren, muß also jetzt kurz vor der Pensionierung stehen. Sie hat nach 1974 keine weiteren Bücher geschrieben oder öffentliche Ämter bekleidet, und ihre Zeit in der Strategie-Einheit wird mit keinem Wort erwähnt.

Irgendwie habe ich mich schon an Serafins Eigenarten gewöhnt, stelle ich fest. Ich glaube, Summerchild geht es ähnlich. Genau wie ich sitzt er da, schaut aus dem Fenster und ist leicht amüsiert, doch nicht wirklich überrascht, daß sie seinen Rat so rigoros ausgeschlagen hat. Er hat eine Vorgesetzte mit eigenem Kopf, und das ist für einen Staatsbeamten immer interessant, egal, was Außenseiter denken. Er liest weiter, um herauszufinden, welche weiteren Schrecken sie auf Lager hat:

... Sie werden sich erinnern, daß die erste Aufgabe, die wir uns stellten, mangels klarer Anweisungen darin bestand, den Gegenstand unserer geplanten Untersuchung näher zu definieren. Dazu ist eine Prüfung der zugrundeliegenden Vorstellungen und Denkkonzepte notwendig. Diese Prüfung wollen wir als eine Art Prolegomena zu der eigentlichen Untersuchung verstehen. Es erscheint mir sinnvoll, mit der Vorstellung zu beginnen, die für unsere Untersuchung von zentraler Bedeutung zu sein scheint – und mit der ich persönlich die größten Schwierigkeiten habe: mit der *Lebensqualität*.

Ursprünglich wollte ich die gesamte Einheit in die Debatte einbeziehen ...

Moment! Die gesamte Einheit? Was soll das heißen? Habe ich etwas Entscheidendes verpaßt? Abgesehen von Summerchild und einer Schreibkraft bestand die Einheit bei der letzten Zählung noch aus einem einzigen Mitglied, Serafin selbst. Hat sie in der Zwischenzeit weitere Mitglieder berufen, oder schlägt sie ein Selbstgespräch vor?

... Mr. Summerchild hat mich jedoch davon überzeugen können, daß die Teilnahme an einer solchen Diskussion von Mrs. Padmores Stellenbeschreibung höchstwahrscheinlich nicht abgedeckt sei und uns deshalb Scherereien mit der Gewerkschaft einbringen könnte...

Mrs. Padmore? Serafin hat allen Ernstes daran gedacht, eine *Schreibkraft* an der Diskussion teilnehmen zu lassen? Diese Absicht verrät eine Naivität, die mir an Idiotie zu grenzen scheint. Ich nehme an, ihr Vorschlag war vom Geist der Chancengleichheit beseelt, der zu jener Zeit in aller Munde war. Doch stellt er, gelinde gesagt, ihr Urteilsvermögen in Frage. Ich kann nicht umhin, Summerchild Bewunderung dafür zu zollen, wie geschickt er ihr dieses absurde Spielzeug wegnahm, indem er mit dem Hinweis auf die Gewerkschaft einen ganz ähnlichen Nerv traf.

... Daher bestand die Diskutantengruppe schließlich nur aus Mr. Summerchild und mir selbst...

Nun, wenn schon eine Geisel in feindlicher Gewalt zurückbleiben muß, dann lieber Summerchild.

..., und falls Sie all dies an eine Art Kolloquium denken läßt, mache ich kein Hehl daraus, daß ich tatsächlich etwas Ähnliches dabei im Sinn habe. Kolloquien gehören zum klassischen Repertoire der Philosophie. Es entspricht der sokratischen Methode, den Suchenden durch einfache Fragen dazu zu bringen, daß er sich die Zusammenhänge selbst erschließt...

Den Suchenden durch einfache Fragen dazu bringen, sich die Zusammenhänge selbst zu erschließen? Mit Verlaub, gnädige Frau, wenn die Disziplin eines Staatsbeamten, der langsam aus der Mode geratende Verhaltenskodex eines Gentleman und seine natürliche Zurückhaltung meinem Kollegen nicht Hände und Füße gebunden hätten – er wäre schon längst auf Nimmerwiedersehen durch diese Tür verschwunden.

Ob Sokrates selbst durch diesen Prozeß jemals zu einem klareren Verständnis der Dinge gelangt ist, berichtet uns Plato nicht, doch ich habe immer wieder feststellen können, daß ein Kolloquium auf mein eigenes Denkvermögen stets eine stimulierende Wirkung hat. Die erhellendsten Einsichten in der Philosophie sind meist auch die einfachsten, und meine originellsten Gedanken verdanke ich der Reaktion auf die Unbefangenheit meiner Studenten, und zwar am ehesten der von Studienanfängern, die von der Philosophie noch völlig unberührt sind. Mr. Summerchild (der mir erzählte, daß er in Cambridge Altphilologie studiert hat) erscheint mir in dieser Hinsicht als besonders geeignet. Ja, seine allererste Antwort war für mich bereits sehr aufschlußreich, stellte sie doch unser grundlegendes Konzept für mich in ein völlig anderes Licht. «Was verstehen *Sie* unter dem Begriff *Lebensqualität?*» fragte ich ihn, und er sagte mir, seiner Meinung nach habe der Begriff etwas mit *Waschmaschinen* zu tun. Zunächst erschien mir diese Antwort rätselhaft. Es kam mir vor, als hätte ich ihn gefragt, was er zu Mittag essen wolle und er habe «Sparsamkeit» geantwortet oder «siebenunddreißig Grad Celsius». Nach ein paar Minuten des Nachdenkens wurde mir jedoch klar, daß wir den Begriff völlig unterschiedlich aufgefaßt hatten. Ich hatte angenommen, er beziehe sich auf die Eigenschaften des Lebendigen, gleichsam des am Leben Seienden, im Gegensatz zum Unlebendigen. Doch Mr. Summerchilds Assoziationen gingen in eine ganz andere Richtung. Ihnen lag die Vorstellung von einer Art Stufensystem unserer Erfahrungen, von einem veränderbaren Maß an Befriedigung im Leben zugrunde, das, wie seine Antwort implizierte, auch durch praktische Gegebenheiten verbessert oder verschlechtert werden könnte. Je länger ich darüber nachdachte, desto plausibler erschien mir seine Interpretation des Begriffes. Außerdem erinnerte ich mich an ihre Bemerkung, die Regierung sei verpflichtet, auf die fragliche Qualität «hinzuarbeiten», und es macht ziemlich wenig Sinn, auf einen Zustand des Am-Leben-Seins hinzuarbeiten, wenn wir nicht gerade von einem Patienten auf einer Intensivstation sprechen, sondern vom gesamten englischen Volk. Diese Erkenntnis war also die erste Frucht unserer Zusammenarbeit, die erfolgreiche Erprobung unserer Methode! Ich verstehe sie gewissermaßen als Vorwort zu unseren Prolegomena!

Ich stelle mir vor, wie sich Serafin eifrig über den Tisch in meine Richtung beugt, wie zu einem Studenten, der in seinem Essay einen originellen Gedanken ausgedrückt hat, wie sie lächelt und mir lobend zunickt. «Ja!» sagt sie. «Das haben Sie sehr gut gemacht!» Und ich muß nicht nur hier sitzen und das alles ertragen – ich muß am Ende des Tages auch noch ihren Bericht darüber lesen und mir einen höflichen Kommentar dazu ausdenken, ehe ich ihn umschreiben und entschärfen kann.

Ja, wie lautet wohl mein Kommentar? Ist dies nicht meine Handschrift, die seitlich über den schmalen Rand verläuft? Ich drehe die Seite um ... Ja: «Ich frage mich, ob man einem Laien die Verbindung zwischen Sokrates und Plato nicht erklären müßte.»

Sonst nichts? Nein. Nichts mehr am Rand, nichts am Ende. Das ist mein einziger Kommentar zu dem ganzen Unsinn.

Ich verstehe das nicht. Was geht hier vor? Bin ich schon in ihren Bann gezogen? Strömt diese Frau, während sie sich über ihren Schreibtisch beugt und lobende Worte murmelt, einen Magnetismus aus, der allen, die sie nicht persönlich kennen, unverständlich bleibt?

Oder treibe ich ein hinterhältiges Spiel wie bei der Wahl der Räumlichkeiten? Lasse ich Serafin ins eigene Messer laufen? Habe ich beschlossen, ihre unmöglichen Berichte so, wie sie sind, über Francis Tite an das Büro des Premierministers weiterzuleiten und das Schicksal seinen Lauf nehmen zu lassen? Aber der Trick hat offensichtlich nicht funktioniert – in der Akte warten weitere Papierstapel auf mich. Als ich die nächsten Seiten herausziehe, fällt etwas auf mein Knie... Ein Foto.

Es ist ein Schnappschuß von einer Frau mit einem schlichten, breiten Gesicht und leicht ergrautem, streng nach hinten gekämmtem Haar. Ein wenig nach vorn gebeugt, sitzt sie an einem Schreibtisch und lächelt direkt in die Kamera.

Es ist Serafin. Daran gibt es keinen Zweifel. Ich hatte mir vorgestellt, daß sie sich lächelnd vornüberbeugte, aber ich hatte mir in meiner Phantasie ein anderes Bild von ihr gemacht. Ihr Lächeln ist offen und direkt, ohne eine Spur von Ironie. Sie lächelt nicht wie eine Universitätsdozentin, die gerade mit dem Zug aus Oxford kommt, sie lächelt wie eine Bauersfrau, die in der Holzklasse aus Saratow angereist ist. Über den Schultern trägt sie einen schwarzen Schal. Sie sollte ihn über den Kopf legen. Denn sie ist Russin. Unverkennbar Russin.

Und ihre Augen sind hellblau.

So hat sie also ausgesehen. Sie war – wie alt? – vierundvierzig. Und sie strömt tatsächlich eine Art Magnetismus aus, selbst auf einem Foto...

Das Bild ist nicht sehr scharf, aber hinter ihr ist die Form des Fensters deutlich zu erkennen, und in der überbelichteten Helligkeit des Fensterglases erkenne ich das Dach des Scottish Office und die Antennen über der Admiralty. Sie sitzt genau dort, wo ich jetzt sitze. Das Foto muß aus etwa vier Metern Entfernung geschossen worden sein, von dort, wo ich Summerchilds Schreibtisch vermutet habe.

Wahrscheinlich hat Summerchild das Foto gemacht.

Was geht hier vor? In all den Jahren im Staatsdienst habe

ich noch nie erlebt, daß irgend jemand eine Kamera mit ins Büro gebracht und seine Kollegen fotografiert hätte!

Er wird doch wohl nicht auch für Schnappschüsse posiert haben? Ich schüttele die Papiere kräftig in der Luft. Verschiedene Dinge flattern heraus... Ein Zettel mit einem Zahnarzttermin, zwei Briefmarken, eine getrocknete Kornblume... Wie in aller Welt ist all dieser Müll in die Akte gekommen?

Und ich finde tatsächlich ein zweites Foto...

Er sitzt an seinem Schreibtisch, das Fenster, auf das ich jetzt schaue, neben sich. Sein Gesicht ist ziemlich unscharf. Ich habe den Eindruck, daß er sich zurückbeugte, der Kamera mit instinktiver Scheu ausweichen wollte. Aber sie hat ihn eingefangen, ihn und seine Sommersprossen und die rote Wolke des Erstaunens um seinen Kopf. Er ist mindestens fünf Jahre jünger als sie, und sein Lächeln ist so ironisch, wie ihres arglos war. Er sieht nicht wie ein Bauer aus Saratow aus, sondern wie ein pflichtbewußter Staatsbeamter, der gerade aus dem Zug aus Greenwich gestiegen ist.

Ich frage mich, an welchem Punkt im Verlauf ihrer verrückten Kolloquien die beiden begannen, einanderzu fotografieren.

Neugierig lese ich den Schluß von Serafins Brief.

Wir werden in der nächsten Woche zu unserer ersten formellen Sitzung zusammenkommen. Diese werde ich auf Band festhalten, damit Mrs. Padmore eine Mitschrift erstellen und an Sie weiterleiten kann.

Als ich das nächste Dokument aus der Akte ziehe, befinde ich mich plötzlich wieder in der vertrauten Landschaft des zweizeiligen, mit breitem Rand versehenen, säuberlich getippten Regierungs-Din-A4. «3. April 1974», lautet die Überschrift. «Mitschrift der ersten Arbeitssitzung.» Ein unbehagliches

Gefühl beschleicht mich, als ich die befremdlichen Protokolle in so alltäglicher Kostümierung sehe.

Doch ehe ich zu lesen beginne, schiebe ich einige Kartons zu dem Platz, an dem Summerchild mir gegenüber saß, staube sie sorgfältig ab und richte ihm einen Stuhl und einen Schreibtisch ein. Ich stelle sein Gesicht auf die Kartons, die seinen Stuhl bilden, an die Wand gelehnt. Dann stelle ich ihr Gesicht auf ihren Tisch, von einem Stapel loser Akten gestützt. So weit nach vorn gebeugt wie irgend möglich, lächelt sie ihn an. So weit nach hinten gelehnt wie irgend möglich, schaut er vorsichtig zurück.

Ich suche mir einen Platz in der Mitte, von dem aus ich sie beide aus den Augenwinkeln beobachten kann, während ich weiterlese.

12

SERAFIN: ... ob es jetzt aufnimmt oder nicht. Ich probiere mal... Nein. Alexander hat mir erklärt, wie es funktioniert... Vielleicht habe ich aus Versehen Pauls Recorder mitgenommen.

So beginnt die Mitschrift. Kein besonders vielversprechender Anfang. Ich nehme an, die Einsetzungsabteilung weigerte sich (vermutlich aus gutem Grund), ihr ein Tonbandgerät zur Verfügung zu stellen, und so hat sie von zu Hause einen Kassettenrecorder mitgebracht. Wahrscheinlich sind die Batterien so gut wie leer. Auf dem Lautstärkeregler kleben die traurigen Überreste eines Kaugummis. Das Mikrophon funktioniert nur, wenn man es vorher kräftig schüttelt. Und niemand hat Mrs. Padmore gesagt, daß sie nicht von der ersten Sekunde an alles mitschreiben soll.

Ich werde mal... Nein. Es sieht so aus, als würde es aufnehmen, aber jedesmal, wenn ich auf Wiedergabe drücke...

Der Premierminister wird an dieser Mitschrift seine Freude haben. Jetzt hat er in den dreißig Sekunden pro Woche, in denen er nicht gerade irgendwelche wichtigen Akten lesen muß, wenigstens einen Zeitvertreib.

Hören Sie? Immer nur diese scheußliche Musik. Tut mir leid. Das muß Pauls Kassette sein. Ich probiere es noch mal. Jetzt. Ich drücke auf Wiedergabe... Nein, wieder nichts. Tut mir leid.

SUMMERCHILD: Müssen Sie nicht erst zurückspulen, ehe Sie auf Wiedergabe drücken?
SERAFIN: Zurückspulen?

Sie hat nicht zurückgespult. Natürlich. Und in der Zwischenzeit hat sich der Premier schon längst der nächsten Währungskrise zugewandt.

Oh. Ja. Gut. Danke... Jetzt scheint es zu laufen. Es tut mir leid. Wir können beginnen... Rekapitulieren wir:

«Lebensqualität», so wie Sie sie verstehen, ist ein Zustand, der durch *Waschmaschinen* verbessert oder verschlechtert werden kann. Ich interpretiere «Waschmaschinen» in diesem Zusammenhang als humorvolle Synekdoche für jegliche Art von Haushaltsgeräten.

SUMMERCHILD: Vermutlich haben Sie damit recht. Aber ich bin auf diesem Gebiet wirklich kein Experte. Ich hatte nicht sehr oft die Gelegenheit, den Begriff anzuwenden.
SERAFIN: Aber Sie haben ihn angewendet, oder nicht? Sie haben zum Beispiel darüber gelesen?
SUMMERCHILD: Vermutlich. In Berichten und Protokollen.
SERAFIN: Sie haben ihn selbst nicht niedergeschrieben?
SUMMERCHILD: Doch, ich nehme an, ich habe ihn selbst auch niedergeschrieben.
SERAFIN: In Berichten und Protokollen?
SUMMERCHILD: Das ist zumindest nicht auszuschließen.
SERAFIN: Und das ist Ihrer Meinung nach etwas anderes als die Verwendung des Begriffes im privaten Gespräch?
SUMMERCHILD: Ja, ich nehme an, es ist etwas anderes.
SERAFIN: Ich finde es auffällig, wie oft Sie etwas «annehmen» oder «vermuten», obgleich es doch um Ihr eigenes Denken und Handeln geht. Eigentlich sollte man meinen, *ich* müsse annehmen und vermuten, was in Ihnen vorgeht, während Sie selbst einen direkten Zugang zu den eigenen Absichten und Handlungen besitzen und *wissen* müßten, was Sie gedacht oder getan haben. Doch das nur am Rande. Ich unterstelle einmal, daß Sie sich, wenn Sie den Begriff *Lebensqualität* in Berichten und Proto-

kollen benutzten, darunter *irgend etwas* vorgestellt haben, oder nicht?

SUMMERCHILD: Natürlich. Ich nehme an...

SERAFIN: Sie nehmen schon wieder an!

SUMMERCHILD: Entschuldigen Sie.

SERAFIN: Nein, nein! Das ist faszinierend!

SUMMERCHILD: Ich... wie soll ich es sonst ausdrücken? Ich gehe davon aus...

SERAFIN: Sie gehen davon aus! Ja! Gut!

SUMMERCHILD: Ich gehe davon aus, daß ich mir darunter mehr oder weniger das gleiche vorstellte wie alle anderen auch.

SERAFIN: Sie können nicht wissen, wie anregend Ihre Äußerungen in ganz anderer Hinsicht für mich sind. Ich glaube, ich weiß jetzt, wie ich in dem Aufsatz über unbewußte Intention, an dem ich gegenwärtig arbeite, argumentieren werde. Aber wir lassen uns vom eigentlichen Thema ablenken. (Falls Sie Interesse haben, die Frage der Gewißheit über das eigene Denken noch ein wenig weiter zu verfolgen, empfehle ich Ihnen Duncan: *Ich weiß, was ich weiß – oder nicht?* Berichte von der 92. Tagung der Aristoteles-Gesellschaft, London 1971, oder meinen Aufsatz in der letzten Nummer von *Analysis*, obgleich dieser vielleicht ein wenig abstrakt ist.) Nun zurück zu Ihren – durch Annahme, Mutmaßung oder sonstwie begründeten – Assoziationen, wenn Sie den Begriff *Lebensqualität* verwenden. Versuchen wir, die Grenzen dieser Assoziationen ein wenig genauer abzustecken. Verläuft diese Grenze an der Küchentür, oder sind Sie bereit, auch den Fernseher im Wohnzimmer in die Liste der Dinge aufzunehmen, die Ihrer Meinung nach die Lebensqualität verbessern oder verschlechtern können?

SUMMERCHILD: Dazu bin ich gern bereit.

SERAFIN: In diesem Punkt scheinen Sie sich Ihrer Sache sehr sicher zu sein.

SUMMERCHILD: Tatsächlich? Nun, dann lassen Sie es mich anders ausdrücken...

SERAFIN: Nein! Wir wollen ermitteln, was *intuitiv* für Sie dazugehört. Auf nachträgliche Relativierungen können wir getrost verzichten.

SUMMERCHILD: Tja, vermutlich sehe ich gar nicht genug fern, um diesen Aspekt beurteilen zu können. Aber ich nehme an...

SERAFIN: Schon wieder eine Annahme! Ausgezeichnet!

SUMMERCHILD: Ich dachte nur, weil wir inzwischen bei Haushaltsgeräten im allgemeinen sind...

SERAFIN: Ja, aber wir haben es hier mit einer anderen Kategorie von Haushaltsgeräten zu tun, meinen Sie nicht? Waschmaschinen und ähnliche Geräte sind dazu da, Arbeit und Zeit zu sparen. Nun könnte aber niemand ernsthaft behaupten, ein Fernseher spare Zeit. Im Gegenteil – er beansprucht die Zeit, die wir dank der Geschirrspülmaschine und des Staubsaugers gewonnen haben. Ja, ich glaube, man könnte sogar argumentieren, daß er uns zusätzliche Arbeit schafft – denn wir müssen uns konzentrieren, müssen uns Mühe geben, das, was auf dem Bildschirm passiert, auch zu verstehen. Stellen wir uns also eine ganz naive Frage. Warum schalten die Menschen ihren Fernseher an?

SUMMERCHILD: Nun ja...

SERAFIN: Bitte?

SUMMERCHILD: Weil sie – ich weiß nicht...

SERAFIN: Nein, nein! Sagen Sie es ruhig!

SUMMERCHILD: Es klingt albern.

SERAFIN: Wenn Sie damit «einfältig» meinen, sind Sie auf dem richtigen Weg. Denn wir wollen uns bemühen, einfältig zu sein. Ja, wir streben den Zustand von *Dorftrotteln* an, die noch über alles staunen können und für die nichts selbstverständlich ist. Also, die Menschen sehen fern, weil...?

SUMMERCHILD: Weil es ihnen Spaß macht.

SERAFIN: Genau. Vielen Dank. Es macht ihnen Spaß. Aber lassen wir den Fernseher beiseite, und gehen wir zur Zentralheizung über. Läßt man sich eine Zentralheizung einbauen, weil es Spaß macht?

SUMMERCHILD: Ich nehme an, die einfältige Antwort lautet auch hier ja, meinen Sie nicht?

SERAFIN: Wirklich? Haben die Menschen Spaß an ihrer Zentralheizung? Sitzen Sie da und denken: «Ach, diese Wärme macht mir Spaß! Über diese konstante Zimmertemperatur kann ich mich immer wieder köstlich amüsieren!»

SUMMERCHILD: Nein, natürlich nicht.

SERAFIN: Die meisten verschwenden nicht einmal einen Gedanken an ihre Zentralheizung.

SUMMERCHILD: Nun, ich habe in den letzten paar Monaten viele Gedanken an meine Zentralheizung verschwendet. Jedenfalls habe ich immer deutlich gespürt, wenn sie wieder einmal abgestellt wurde.

SERAFIN: Sie bemerken Ihre Zentralheizung, wenn sie ausgestellt ist? Das heißt, Sie bemerken sie erst, wenn sie eigentlich gar nicht da ist. Übertragen wir diese Beobachtung auf einen anderen Gegenstand. Was würden wir wohl denken, wenn uns jemand erzählte: «Ich esse für mein Leben gern Röstkartoffeln, aber es fällt mir eigentlich immer nur dann auf, wenn es gerade Salzkartoffeln gibt»?

SUMMERCHILD: Ehrlich gesagt, am liebsten ist mir ein Kaminfeuer.

SERAFIN: Ein geschicktes Ausweichmanöver! Sie haben also keine Zentralheizung im Haus?

SUMMERCHILD: Doch, doch.

SERAFIN: Aha. Ich schließe daraus, daß es möglich ist, etwas zu bevorzugen, das wir nicht bewußt genießen, gegenüber etwas anderem, das uns eigentlich lieber wäre.

SUMMERCHILD: Wer sitzt nicht lieber gemütlich im Wohnzimmersessel, anstatt schwere Kübel mit Kohle aus dem Keller heraufzuschleppen?

SERAFIN: Aber gerade dadurch, daß wir keine Kohlekübel schleppen müssen, hätten wir genügend Zeit und Energie, um das Kaminfeuer zu genießen, auf das wir aus Gründen der Bequemlichkeit verzichtet haben?

Und so geht es Seite um Seite weiter. In aller Ausführlichkeit erörtern sie die Begriffe des Genusses, und die Einfalt ihrer Überlegungen läßt den Gegenstand vergleichsweise kompliziert erscheinen – so kompliziert, daß ich mich schließlich frage, wie es jemals einem Menschen gelungen ist, irgend etwas zu genießen. Ja, es kommt mir immer unwahrscheinlicher vor, daß es so etwas wie Genuß überhaupt gibt. Sie diskutieren den Begriff im Zusammenhang mit Saunabädern und Drei-Sterne-Menüs, und ihr erstaunter Dorftrottelblick läßt bald nicht nur die Existenz von Genuß, sondern auch die von Saunabädern und Drei-Sterne-Menüs fragwürdig erscheinen. Nicht einmal die Gespräche mit Kevin Rice haben meine Nerven so strapaziert.

Der Vormittag verrinnt. *Mein* Vormittag verrinnt. Ich habe keine Ahnung, worauf dieses Gespräch hinauslaufen soll.

Jetzt fangen sie an, sich darüber Gedanken zu machen, ob Genuß für ihr Thema überhaupt relevant ist. Immerhin haben sie Küche und Bad inzwischen verlassen und sind bis zur Garage vorgedrungen.

SERAFIN: Befindet sich das Wort «Auto» auch auf Ihrer Liste?

SUMMERCHILD: Auf welcher Liste?

SERAFIN: Auf der Liste all der Dinge, die Ihrer Meinung nach die Lebensqualität verbessern können. Wir könnten an dieser Stelle natürlich auch über die Strukturierung des individuellen Denkens sprechen, aber ich glaube, wir ignorieren diese Umleitung und kehren lieber wieder zur Hauptstraße zurück.

SUMMERCHILD: Hm. Ich glaube, das Auto gehört meist dazu, wenn von der Lebensqualität gesprochen wird.

SERAFIN: Gut. Aber es wäre denkbar, daß jemand behauptet, Autos stünden zwar auf der Liste der Dinge, die die Lebensqualität verbessern, aber das Reisen mit dem Auto nehme häufig mehr Zeit in Anspruch und bedeute mehr Arbeit als die Benutzung anderer Transportmittel. Ja, er könnte behaupten, es sei weniger bequem, weniger unterhaltsam und mache weniger Spaß, mit dem Auto zu fahren. Ich glaube, wir können davon ausgehen, daß die meisten Menschen darauf antworten würden: «Das mag schon sein, aber ich fahre nun mal lieber mit dem Auto von Oxford oder von ...» Wo wohnen Sie?

SUMMERCHILD: In Greenwich.

SERAFIN: «... oder von Greenwich nach Westminster.» Das

heißt, die Menschen tun etwas lieber, *obgleich* es länger dauert, *obgleich* sie während der Fahrt nicht lesen oder sich in Ruhe mit anderen unterhalten können, *obgleich* es mehr Konzentration und nervöse Energie verbraucht und *obgleich* es, wie man hinzufügen könnte, mit körperlicher Arbeit verbunden ist, weil man ständig irgendwelche Hebel und Pedale drücken muß.

SUMMERCHILD: Ganz abgesehen von der Parkplatzsuche...

SERAFIN: Genau. Die Parkplatzsuche. Es kostet also noch mehr Zeit, noch mehr nervöse Energie, noch mehr Bewegung des Steuerrads und der Gangschaltung. Ich glaube nicht, daß irgend jemand behaupten könnte, es mache ihm besonders viel Spaß, einen Parkplatz zu suchen. «Und dennoch», würden viele beharren, «ich *bevorzuge* dieses Transportmittel, weil es einem bestimmten Selbstgefühl entspricht – weil es einen bestimmten Lebensstil repräsentiert, der mir sympathisch ist, weil ich die kinästhetischen Empfindungen, die damit verbunden sind, ja selbst die körperlichen Mühen irgendwie *aufregend* finde.» Was ließe sich darauf antworten? Ich glaube, wir kommen an einen Punkt, an dem sich die konventionellen Vorstellungen von Komfort und Bequemlichkeit, von Genuß und Spaß als unzureichend erweisen. Wir kommen nicht umhin festzustellen, daß wir den Begriff *Lebensqualität* nicht verstehen können, ohne einen weiteren Begriff einzuführen, nämlich den der *stofflichen Beschaffenheit.* Aber läßt sich diese Behauptung wirklich *verallgemeinern*? Können wir Bequemlichkeit, Genuß und ähnliche Größen als Teilfunktionen der stofflichen Beschaffenheit begreifen? Sie ist glatt, wenn wir uns wenig anstrengen müssen... mit bunten Bommeln besetzt, wenn wir uns amüsieren... flauschig und dick, wenn uns eine behagliche, warme Raumtemperatur umgibt... elastisch, wenn anregende körperliche Tätigkeiten im Spiel sind... Ach, Metaphern haben doch immer wieder ihre Tücken! Ich komme mir selbst fast schon vor wie ein Stück Stoff... haarig... samtig... faserig...... Hm..........

SUMMERCHILD: Soll ich den Recorder abstellen?

SERAFIN: Wie bitte?

SUMMERCHILD: Den Recorder. Soll ich ihn abstellen? Sie haben schon seit einer ganzen Weile nichts mehr gesagt.

SERAFIN: Tatsächlich?

SUMMERCHILD: Entschuldigung. Ich habe Ihren Gedankengang unterbrochen.

SERAFIN: Ich habe nur gerade darüber nachgedacht, wie oft in der Philosophie behauptet wird, das Ordnen der Assoziationen zu einem wesentlichen Begriff führe zu einer Neustrukturierung unseres gesamten Denkens – und wie selten dieses Versprechen tatsächlich eingelöst wird... Aber... Ist es schon sehr lange her, daß ich etwas gesagt habe?

SUMMERCHILD: Nun... Etwa fünfzehn bis zwanzig Minuten.

SERAFIN: Ich glaube, ich habe auch über den Kassettenrecorder nachgedacht. Ich habe mich gefragt, ob er ebenfalls auf Ihrer Liste steht und, falls ja, wieso. Er unterhält uns nicht und trägt auch nicht zu unserem Wohlgefühl bei. Er erspart uns weder Zeit noch Arbeit.

SUMMERCHILD: Nun, ich nehme an, daß er Mrs. Padmore Zeit und Arbeit spart.

SERAFIN: Sie meinen, wenn wir den Recorder nicht hätten, müßte sie hier sitzen und sich die ganze Zeit über Notizen machen? Gut. *Gut.* Daß *uns* ein Kassettenrecorder zur Verfügung steht, hat also einen direkten Einfluß auf Mrs. Padmores Lebensqualität – was wiederum auf *unsere* Lebensqualität Einfluß nimmt, denn wir können doch mit Fug und Recht annehmen, daß die Verbesserung der Lebensqualität eines anderen uns eine gewisse Befriedigung verschafft oder uns zumindest von Schuldgefühlen befreit. Aber ich fürchte, all das ist mir nicht durch den Kopf gegangen, als ich heute morgen den Kassettenrecorder eingesteckt habe. Auch in diesem Fall ließen sich meine wahren Absichten eher mit Hilfe der stofflichen Beschaffenheit fassen. Schließlich geht man bei Kleidern ganz ähnlich vor. Wenn ich heute zu Hause gearbeitet hätte, hätte ich meinen alten Rock und meinen alten Pullover angezogen, um es möglichst bequem und warm zu haben. Doch da ich vorhatte, nach London zu fahren und in einer etwas förmlicheren Umgebung zu arbeiten, habe ich mich für meinen neuen Rock entschieden, der weitaus weniger bequem ist, und für meinen neuen Pullover – aber nein, wie seltsam, das hier *ist* ja mein alter Pullover – aber ja, jetzt erinnere ich mich, zu

Hause hätte ich ein bequemes Baumwollhemd angezogen. Und ich glaube, den Kassettenrecorder habe ich aus der gleichen Laune heraus mitgenommen – weil ich das Gefühl hatte, daß das, was wir hier tun, etwas *Spontanes* haben und doch gleichzeitig auch *dauerhaft* sein sollte. Es sollte *leicht* und *langlebig* sein... *luftig* und gleichzeitig *mottensicher*... Obgleich... Einen Moment, bitte... .... Was?

SUMMERCHILD: Entschuldigung. Ich habe nur die Kassette herumgedreht. Wir waren am Ende angekommen.

SERAFIN: Ah, ja. Ich habe nachgedacht. Möglicherweise habe ich mich in eine falsche Richtung lenken lassen. Einen Moment, bitte............ Was?

SUMMERCHILD: Ich habe eine neue Kassette eingelegt.

SERAFIN: Was war mit der alten?

SUMMERCHILD: Sie war zu Ende.

SERAFIN: Schon wieder? Das scheinen sehr kurze Kassetten zu sein.

SUMMERCHILD: Neunzig Minuten. Fünfundvierzig auf jeder Seite.

SERAFIN: Hm. Ich habe versucht, all die Dinge, von denen wir meinen, daß sie unmittelbar zur Lebensqualität beitragen, aufzulisten und daraus Verallgemeinerungen abzuleiten. Doch was sie in Wirklichkeit gemeinsam haben, läßt sich ganz einfach auf den Punkt bringen, ist aber äußerst schwierig zu analysieren. Der gemeinsame Nenner besteht nämlich darin, daß wir sie als Funktionen der Lebensqualität *wahrnehmen*! Und genau das sollten wir untersuchen: *Was* läßt sie uns so wahrnehmen? Die Frage, *was* wir wollen, ist eine soziologische, und wir beantworten sie, indem wir Menschen befragen oder ihr Verhalten beobachten. Die Frage, *warum* wir etwas wollen, ist eine psychologische und läßt sich mit ähnlichen Mitteln lösen. Die *philosophische* Frage jedoch, die Frage, die wirklich in die Tiefe geht und die wir hier zu untersuchen haben, zielt darauf ab, was es heißt zu wollen. Und ich denke, wir werden unterscheiden müssen zwischen dem, was es heißt, etwas zu wollen, das wir nicht haben, und was es heißt, etwas zu wollen, das wir bereits besitzen. Möglicherweise wird sich herausstellen, daß letzteres sowohl das schwierigere als auch das zentralere Problem darstellt und in die Frage mündet, was es heißt, zu mögen und zu lieben, was es heißt, Zufriedenheit zu verspüren – ja was es heißt, glücklich zu sein. Ich glaube tatsächlich, wir werden gezwungen sein, uns der großen Frage nach dem Wesen des Glücks zu nähern, um die sich die Philosophie so lange Zeit erfolgreich gedrückt hat. Die Vorstellung vom Glück ist sicherlich die Sonne im Zentrum unseres gedanklichen Planetensystems – und es ist schwierig, direkt in sie hineinzuschauen. Wahrscheinlich werden wir nur eine allererste Annäherung... *Wie* lang sind die Kassetten, sagten Sie?

SUMMERCHILD: Neunzig Minuten.

SERAFIN: Und wie spät ist es jetzt?

SUMMERCHILD: Fünf vor zwei.

SERAFIN: Oh, nein!

SUMMERCHILD: Ich wollte Sie nicht unterbrechen, aber wenn wir noch in der Kantine zu Mittag essen wollen...

SERAFIN: Ich fürchte, dafür haben wir keine Zeit. Ich muß um vier Uhr wieder in Oxford sein und an einer Sitzung des Komitees zur Vergabe von Forschungsstipendien teilnehmen... Und vorher muß ich für die Jungen noch etwas zu essen kaufen... Wenn es Ihnen nichts ausmacht, ein wenig zu laufen, könnten Sie mich bis zur U-Bahn begleiten, und wir könnten unser Gespräch auf dem Weg fortsetzen. Aber wir werden uns beeilen müssen... Wo bleiben Sie denn?

SUMMERCHILD: Entschuldigung. Ich stelle nur noch rasch den Kassettenrecorder aus.

13

Ich laufe zurück zu meinem Büro, um all die Telefongespräche zu führen, die ich eigentlich schon am Vormittag hätte erledigen müssen. Summerchild läuft direkt vor mir her, anderthalb Schritte hinter Serafin, und versucht, die Satzfetzen aufzufangen, die ihm über ihre Schulter entgegengeflogen kommen. Außerdem trägt er ihre Bücher und Papiere. Gerade noch rechtzeitig greift er nach einer Apfelsine, die aus ihrer überfüllten Aktentasche rollt. Eine zweite Apfelsine hüpft über den Flur direkt vor die Füße eines Kollegen, der offenbar aus der Kantine zurückkommt. Er hebt sie höflich auf, als Serafin sich gerade selbst nach vorn bückt und mit ihrer ungeschickten Bewegung weitere Apfelsinen ins Rollen bringt. Ich sehe, wie der Kollege Summerchild einen neugierigen Blick zuwirft. Ich beobachte ihn aus den Augenwinkeln, als er an mir vorübergeht. Sein Mund zuckt unmerklich, und ich könnte mir denken, daß sich auch der Mund hinter dem Sichtschutz meines Bartes amüsiert verzieht.

Nicht daß ich für Summerchild kein kollegiales Mitgefühl empfände. Es ist fast zwei Uhr, und er hat noch nicht zu Mittag gegessen. Als ich den beiden durch die Pforte auf die Straße folge, läßt Serafin zwei Bücher aus der College-Bibliothek und gleichzeitig ein paar kühne Bemerkungen über die Metaphysik des menschlichen Verlangens fallen. Der Pförtner schaut ihr verwundert nach. Ich nicke ihm höflich zu... Aber... Moment mal. Was mache ich eigentlich hier draußen auf der Straße? Ich wollte doch in mein Büro! Als ich, wieder am Pförtner vorbei, zurück ins Gebäude gehe, gilt sein verwunderter Blick diesmal mir. *Ich* gehe nach oben zur Kantine. Summerchild ist derjenige, der Serafin zur U-Bahn bringt. Wahrscheinlich steigt sie am Trafalgar Square in die Bakerloo-Linie ein. Aber wie ich Summerchild kenne, wird er sich verpflichtet fühlen, sie bis Paddington zu begleiten. Wie soll sie auch allein mit dem ganzen Ballast fertig werden? Wahrscheinlich geht er sogar mit ihr in einen der Supermärkte in der Parade Street, um Schollenfilets und tiefgekühlten Brokkoli für ihre Söhne einzukaufen... Bestimmt findet sie ihre Fahrkarte nicht... Und schließlich hechtet er den Bahnsteig entlang und wirft ihr die Schollenfilets gemeinsam mit einem Bündel Regierungsakten durchs Fenster zu, während der Zug schon aus dem Bahnhof rollt... Es ist inzwischen Viertel vor drei, und er hat immer noch nichts gegessen...

Ich muß lachen... Aber was ist das? Das Lachen erstirbt mir auf den Lippen. Ich bekomme die Tür zur Kantine nicht auf... Die Kantine ist schon geschlossen! Natürlich. Es ist Viertel vor drei. *Ich* werde kein Mittagessen bekommen... Moment, Moment. Was geht hier vor? *Hier* ist es gar nicht Viertel vor drei, nein, so spät ist es nur in Paddington. Hier, in der Kabinettskanzlei, ist es erst zwanzig vor zwölf, und die Kantine hat noch gar nicht geöffnet. Warum habe ich dann Hunger? Ich habe keinen Hunger! Ich werde erst in einer Stunde und zwanzig Minuten Hunger haben! Aber warum stehe ich dann vor der Kantinentür...?

Ich sollte um diese Zeit in meinem Büro sein. Als ich die Treppe wieder hinuntergehe, beschleicht mich das Gefühl, daß diese Frau uns alle zum Narren hält – Summerchild, Francis Tite, Harold Wilson, Ken Hurren und mich. Natürlich sollten wir, was unsere Arbeitsweise betrifft, für Veränderungen offen sein, aber ihre Idee, einen Beraterstab in ein College-Kolloquium zu verwandeln, stellt eine absurde Pervertierung aller Traditionen dar, die über viele Jahrzehnte hinweg in Whitehall entwickelt wurden. Es zeigt, wie gefährlich es ist, Außenseiter an der Regierungsarbeit zu beteiligen. Ihr Untersuchungsvorhaben ist, selbst an den Maßstäben anderer Akademiker gemessen, exzentrisch zu nennen. Kein Wunder, daß der Untersuchungsbericht nie veröffentlicht wurde. Kein Wunder, daß die damalige Regierung zu vertuschen versuchte, daß sie öffentliche Gelder verschwendete, indem sie eine schrullige alte Dame aus Oxford nach London holte, um uns zu sagen, *was es heißt zu wollen.* Kursiviert natürlich, was der Phrase eine gewisse Bedeutung verleiht. Vielleicht sollten wir eine Untersuchung darüber in Auftrag geben, *was es heißt zu kursivieren* – oder was es heißt, an sich bedeutungslose Worte so auszusprechen, daß selbst die phlegmatische Mrs. Padmore sich gezwungen fühlt, sie hervorzuheben.

Das also, meint das große Glasauge, könnte zu unseren Feinden durchgesickert sein – eine Untersuchung über das Wesen des Glücks. Die Blaupausen eines nuklear betriebenen U-Boots wären ihnen sicherlich lieber gewesen! «Die Sonne im Mittelpunkt unseres gedanklichen Planetensystems...» Die Amerikaner landeten 1969 auf dem Mond; fünf Jahre später entsendet die britische Regierung ihre eigene Expedition zu einer metaphorischen Sonne. Ein Staatsgeheimnis, gewiß. Ich spüre, wie ich in meiner Haut zusammenschrumpfe. Es ist mir peinlich. Peinlich für Summerchild. Peinlich aber auch für Tite und Harold Wilson und mich. Und für das große Glasauge, sollte es jemals herausfinden, was damals wirklich vor sich ging.

Aber es ist mehr als Peinlichkeit, was ich verspüre. Ich fühle echten Zorn. Normalerweise neige ich nicht zu extremen Gefühlen, aber diese unausgegorene Naivität hat etwas Unanständiges. Das Land, in dem dieser unsägliche Disput vom Zaun gebrochen wird, hat im Frühling 1974 eine Konfrontation zwischen Regierung und Gewerkschaften erlebt, die so gefährlich war, daß manche schon Panzer durch Whitehall rollen sahen. Die Industrie ist gerade erst von der Dreitagewoche zum Normalzustand zurückgekehrt. Büros und öffentliche Gebäude werden noch immer nur halbtags beheizt, ganze Straßenzüge sind abends in Dunkelheit getaucht. Und all dies Elend findet sich auf einer Insel, die in einem bleiernen Meer noch viel größeren Elends liegt, in einer Welt, die aller Voraussicht nach eher früher als später zugrunde geht. Und in diese heitere Szenerie platzt eine Frau, deren Ehe in Kürze in die Brüche gehen wird. Sie zieht sich, von öffentlichen Mitteln bezahlt, in eine verwinkelte Dachkammer zurück und erörtert philosophische Spitzfindigkeiten mit einem Mann, dessen Leiche man in wenigen Monaten zwischen Mülltonnen und Papierabfällen finden wird. «Mr. Summerchild», sagt sie, «sprechen wir über das *menschliche Glück.*» Kursiviert natürlich.

Meine Hände krabbeln entrüstet über meinen Schreibtisch hin und her wie verstörte Mäuse. Sie schlagen Aktendeckel auf, kritzeln Anmerkungen unter getippte Berichte, reißen den Telefonhörer von der Gabel. Wie ein gereizter Terrier springt meine Stimme aus ihrer Hütte. «Jessel», kläfft sie. «Ja!... Nein!... Vor der Kabinettssitzung am Donnerstag... Auf ministerieller Ebene... Eine Angelegenheit von höchster Dringlichkeit...» Und die ganze Zeit über denke ich daran, wie deplaziert dieses ganze Gerede über das menschliche Glück doch wirkt. Ich weiß, was Summerchilds und meine Lebensqualität ausmacht. Es sind die Hände, die gelbbraune Regierungsaktendeckel öffnen, es sind die sich langsam nach Westen drehenden Hochhäuser. Es ist der ständige Druck durch die Kollegen, der tägliche Gang durch Whitehall, das Gefühl, daß Entscheidungen näherrücken, daß Worte sich zu Berichten formen, daß neue Worte ihnen folgen werden. Es sind die Gedanken an Lynn und Timmy, die traurige Gewißheit, daß Lynn nicht mehr Lynn ist. Es sind die samstäglichen Besuche im Krankenhaus, der Geruch nach Bohnerwachs und Urin in den öden Krankenhausfluren, die Hilflosigkeit, die Augenblicke purer Verzweiflung...

Glück! Wir sind hier im Staatsdienst und nicht in einem Ferienlager! *Glück!* Wo doch selbst Summerchild nicht glücklich ist! Dieser schweigsame Mann mit seiner Geige, der allabendlich nach Hause geht, um mit seiner lieben, schweigsamen Frau und seiner lieben, schweigsamen Tochter Trios zu spielen und in seinem ruhigen Haus in einer ungeteerten Straße zu sitzen, das beleuchtete, schweigsame London zu seinen Füßen. Er hat alles, und doch ist er unverkennbar depressiv! Ich, Jessel, habe mit eigenen Augen die Schwere in seinen Beinen gesehen, als er langsam die Straße heraufkam. Ich habe, siebzehnjährig, mit eigenen Ohren die Schwere in seinen Lungen gehört, wenn er einen Seufzer ausstieß, und die Schwere in seiner Stimme, wenn sich seinem Innersten widerstrebend ein Wort entrang. Glück! Wer hat sie beauftragt, über das menschliche Glück zu faseln? Niemand. Sie irren umher wie ein Schiff im dichtesten Nebel, besitzen noch nicht einmal eine Methodik, an der sie ihren Kompaß ausrichten könnten. Eines Tages werden sie eine konkrete Aufgabenstellung bekommen, und das Glück wird aus ihrer Akte verschwinden. Sie werden gechartert, um Roheisen und billige Blechplatten zu transportieren, wie alle anderen Schiffe auch. Aber zu der Zeit werden die beiden schon in der Südsee sein, um mit ihren phantastischen Kränen Regenbogen und Mondstrahlen an Bord zu laden.

Ich kenne diese Leute, die ständig über das Glück diskutieren. Es sind die mit dem angestrengten Lächeln und der Verzweiflung im Herzen. Sie sind so glücklich! Man sollte sich auf tränenreiche Telefongespräche und zahlreiche Selbstmordversuche einrichten. Sie haben das Geheimnis des Glücks für alle gefunden! Arbeitslager und Massengräber sind der unvermeidliche Preis.

Ich weiß, meine Reaktion ist übertrieben. Aber warum hält sie nicht einfach den Mund und macht weiter wie alle anderen? Mit der Arbeit, mit den Statistiken über die Verteilung von Waschmaschinen, mit den von Ökonomen und Soziologen ermittelten Fakten. Mit dem Leben, in das wir nun einmal geworfen sind. Warum kann sie uns anderen diese Peinlichkeit nicht ersparen? *Wir* müssen weitermachen. *Ich* muß weitermachen. Auch während des Mittagessens – ich hole mir ein Sandwich und einen Apfel aus der Kantine und nehme wieder an meinem Schreibtisch Platz. Auch während des Nachmittags. Und ich habe immer noch einen kleinen Stapel ungeöffneter, gelbbrauner Umschläge in der Hand, als ich wieder die schmale Wendeltreppe hinaufsteige und mich auf meinem Kartonstuhl niederlasse, um mich einer Aufgabe zu widmen, die mich aller Voraussicht nach auch dann noch hier festhalten wird, wenn alle anderen längst nach Hause gegangen sind. Einige von uns haben gar keine Zeit, sich zu fragen, was wir eigentlich tun auf dieser Welt. Wir sind viel zu sehr damit beschäftigt, den Ergüssen anderer zuzuhören.

Energisch schiebe ich das Fenster auf, um frische Luft hereinzulassen. Das warme Sommerwetter hält sich auch weiterhin, und der kleine Raum unter dem Dachvorsprung ist ziemlich stickig. Irgendwo in der Ferne hört man eine Blaskapelle, und völlig unvermutet summt eine Hummel vorbei, meilenweit von den Blütenpollen der Platanen entfernt. In der Dachrinne unterhalb des Fensters liegt etwas Weißes, Beschriftetes. Mit weit ausgestrecktem Arm kann ich es gerade noch greifen. Es ist ein längliches, an einer Seite zugespitztes Plastikschild, wie man es beim Aussäen in Blumentöpfe steckt, um die Keimlinge später wiederzuerkennen. *Pelargonium hortorum* «Elizabeth Angus» steht auf dem Schild. Irgend jemand in diesem Zimmer hat auf dem kleinen Sims vor dem Fenster eine Geranie gezogen, hat den blauen Sommerhimmel mit dunkelroten Blüten kontrastiert. Pflanze und Blumenerde sind längst aus dem Topf gefallen und wurden vom Winterregen fortgespült. Den Plastiktopf hat der Frühlingswind über die Dächer davongetragen. Nur die Worte blieben zurück und mit ihnen die Ahnung von einer tiefen dunkelroten Farbe.

Pelargonium hortorum... Ich stecke das Plastikschild in meine Summerchild-Akte. Summerchild. Der Name auf dem Aktendeckel hat sich jetzt, wo das *Pelargonium-hortorum*-Dokument mit in der Akte abgeheftet ist, irgendwie verändert. Summerchild ist nicht wütend, ist nicht peinlich berührt. Ihn *amüsiert* der Lauf der Dinge, ja, er ist zunehmend zur Unterstützung bereit. Ich schaue mir noch einmal seine Redebeiträge zu ihrer ersten Arbeitssitzung an. «Ich nehme an... Ich vermute...» Sie sind ebenso ironisch und schwer zu fassen wie sein Gesichtsausdruck auf dem Foto, das auf den Kartons mir gegenüber steht, schmeichelhaft, unscharf wie das Foto selbst. Ich gehe hinüber und lasse mich neben ihm auf dem Kartonstuhl nieder. Da lächelt sie, auf dem anderen Foto, arglos und voller Leidenschaft. Sie beugt sich weit über ihren Tisch und überschwemmt mich mit philosophischen Betrachtungen, die sie aus der weiten Steppe ihrer slawischen Seele schöpft. Und ich lehne mich auf meinem Stuhl zurück und schaue vorsichtig über die Hecke des kleinen, geordneten Vorgartens, der den Engländern als Seele dient. Ja, ich glaube, ich beginne es zu genießen. Irgendeine seltsame Verantwortungslosigkeit regt sich in mir, während ich Serafins absurden Ausführungen lausche. Ich bin befreit von der Schwere des Alltags, verwirrt von der dünnen Luft auf der Höhe des Gebäudes. Schon ehe unser Bericht abgeschlossen ist, hat sich meine Lebensqualität merklich verbessert.

Summerchild, denke ich, verfügt über beachtliche innere Reserven. Als wir alle drei heute vormittag das Büro verlassen haben, war er seiner großäugigen Philosophin bis zum Bahnhof Paddington nachgeeilt, hat verlorengegangene Apfelsinen und kleine Päckchen mit Plektra für sie aufgesammelt. Jetzt sehe ich ihn am Nachmittag zurückkehren, ein paar Sandwiches vom Bahnhofskiosk im Magen, wie ich hoffe, und er scheint nicht im geringsten darüber verärgert zu sein, als Laufbursche mißbraucht zu werden. Ich glaube, er trägt bereits die Geranie unterm Arm. Er stellt sie in die Sonne auf den Fenstersims. Welchen Monat haben wir? April. Nein, er stellt sie von innen vors Fenster und ein paar Monate später erst hinaus auf den Sims. Aber ich glaube, man spürt hier oben schon die warme Frühlingssonne. Die Heizungsprobleme gehören der Vergangenheit an. Der schreckliche Winter ist ausgestanden.

Und was jetzt? Nun, er nimmt die Kassetten und bringt sie zu Mrs. Padmore hinunter.

«Wie viele Durchschläge?» fragt Mrs. Padmore.

«Keine Durchschläge, bitte», erwidert er trocken. «Die ganze Sache muß erst noch etwas klarere Formen annehmen.»

In der Akte liegt das Original von Mrs. Padmores Mitschrift. Es wurde nie weitergeleitet. Bisher ist es Summerchild offenbar gelungen, die Situation unter Kontrolle zu halten.

Und nun? Serafin ist nach Oxford zurückgefahren, Mrs. Padmore arbeitet eifrig an ihrer Schreibmaschine. Summerchild hat Zeit. Er gießt die Geranie, dann greift er zum Telefon.

«Tite», sagt die Stimme am anderen Ende. «Summerchild», sagt Summerchild. «Hätten Sie einen Moment Zeit...?» – «Ja. Kommen Sie in mein Büro.» Tite nimmt in den vertrauten Tiefen von Summerchilds Stimme einen neuen Tonfall wahr. Es gibt überraschende Neuigkeiten über die neue Spezialeinheit, von der das Schicksal der ganzen Abteilung abhängen könnte. Nach Summerchilds Tonfall zu schließen, sind die Neuigkeiten entweder überraschend gut oder überraschend schlecht.

Summerchild schließt sein Büro ab und geht die schmale Wendeltreppe hinunter. In einem sehr viel größeren und höheren Raum irgendwo im ersten Stock bedeutet ihm Tite, auf dem Stuhl vor seinem Schreibtisch Platz zu nehmen. Ich stelle mir einen aufgeweckten kleinen Mann mit spitzen Schuhen und spitzen Ohren vor. «Nun?» fragt er kurz. «Tja», beginnt Summerchild und kratzt sich zugleich amüsiert und verwirrt am Kopf. «Ich glaube, auf uns kommen ein paar handfeste Probleme zu...»

Vielleicht sagt er aber auch etwas ganz anderes. Die Akte ist noch immer ziemlich dick. «Nun?» fragt Tite ein wenig zu streng, und Summerchild wird weniger mitteilsam, als er es sich ursprünglich vorgenommen hat. Er schaut über Tites Schultern hinweg zum Fenster und sagt: «Tja, abgesehen von den üblichen Startschwierigkeiten...»

«Sie versucht doch hoffentlich nicht, zu viele Leute von außerhalb hereinzuschleppen? Das ist das einzige, was mir Sorgen macht.»

«Aber so weit sind wir noch gar nicht. Bisher haben wir gewissermaßen bloß unsere Bleistifte gespitzt.»

«Nun, halten Sie mich auf dem laufenden.»

«Selbstverständlich.»

Summerchild möchte nicht, daß Tite eingreift, das wird mir jetzt klar. Er genießt den kleinen philosophischen Überflug. Er glaubt, er könnte das Flugzeug allein wieder auf den sicheren Boden bringen, sobald die Spritztour vorüber ist. Er hegt erste besitzergreifende Gefühle für Serafin, und er möchte sie vor jedem Zugriff schützen.

Genau wie Tite, dämmert es mir, der Monate später in

dem Verfahren zur Klärung von Summerchilds mysteriösem Tod als Zeuge aussagen wird – ich blättere in meiner Akte zu dem entsprechenden Zeitungsausschnitt zurück –, Summerchild habe in den Wochen vor seinem Tod an einer Studie über die Einstellungsbedingungen im Staatsdienst gearbeitet. Und genau wie der Premier, der kurz darauf dem Parlament mitteilen läßt, die Studie, an der Summerchild vor seinem Tod gearbeitet habe, sei längst veröffentlicht. War es Summerchild, den sie schützen wollten? Oder schützten sie in Wirklichkeit sich selbst?

Jedenfalls hat Summerchild, als er am Ende seines Arbeitstages hinaus auf die Straße tritt, den wahnsinnigen Kurs, den die Spezialeinheit steuert, nicht preisgegeben. Ich hatte unrecht: Er hatte doch Geheimnisse. Ja, er trug sie jeden Abend mit sich die Hyde Hill Lane hinauf. Und irgend jemand hat ihn dann im nachhinein gedeckt – hat seine Fußspuren im Schlamm verwischt, seine Fingerabdrücke von den Klinken entfernt.

Und so geht er durch die Menschenmenge im Bahnhof Charing Cross, mischt sich unter all die anderen Pendler. Neun Minuten hat er heute abend nur gebraucht, war fast so schnell wie ich. Er kann es kaum erwarten, nach Hause zu kommen und sein heimliches Vergnügen mit Anne und Millie zu teilen. Doch als er endlich zu Hause ist, bringt er, wie nicht anders zu erwarten, kein Wort heraus. Er lächelt verstohlen und schüttelt den Kopf, wenn Anne und Millie ihm fragende Blicke zuwerfen. Seine Unfähigkeit, sich zu erklären, bringt ihn erneut zum Schmunzeln. Millie lacht. Anne beobachtet die beiden. Wenn das der Frühling ist, was wird dann erst der Sommer bringen?

Und am nächsten Tag kehrt er zurück – zehn Minuten braucht er diesmal bloß im dichtesten Berufsverkehr vom Fahrkartenschalter bis zur Pforte des Gebäudes. Es ist die neugierige Vorfreude, die seine Schritte beflügelt. Er ist gespannt, welche neuen Verrücktheiten ihn in der Dachkammer über der schmalen Wendeltreppe erwarten.

Natürlich freue ich mich, Summerchild so... fast hätte ich gesagt: *glücklich*... zu sehen. Sagen wir lieber glücklich*er*, um keine Lawine neuer Fragen loszutreten. Wir können glücklicher sein, ohne daß wir vorher wirklich glücklich waren. Ja, um so weiter wir vom Glück, was immer das sein mag, entfernt sind, desto mehr Spielraum haben wir, um glücklicher zu werden. Andererseits beunruhigt mich, daß ihn die Anarchie irgendwie zu faszinieren beginnt. Ich lege meine Summerchild-Akte zur Seite und wende mich wieder der Akte mit der Aufschrift *Lebensqualität* zu. Mrs. Padmores Versetzung schaut mich vom Anfang der Akte mit großer Drohgebärde an. Ich blättere zum Ende weiter und ziehe das nächste Dokument aus der Regierungsklammer.

Wieder eine von Mrs. Padmores Mitschriften. Wieder ein sokratischer Dialog. Mein Blick schweift über die Seite. «Glück» ist das erste Wort, an dem er hängenbleibt. Erschrocken und angewidert wendet er sich ab.

14

Aber dann reiße ich mich zusammen und riskiere einen zweiten, vorsichtigen Blick. Erleichtert nehme ich zur Kenntnis, daß das bedrohliche Wort durch zwei andere, vorangestellte Worte einigermaßen entschärft wird. Ja, die «*Vorstellung vom* Glück» lautet ihr heutiges Thema, darüber hat sie, wie sie Summerchild gleich zu Anfang mitteilt, «in der Zwischenzeit ein wenig nachgedacht». Die Vorstellung vom Glück. Zwei neue Worte, und schon ändert sich das Bild. Das wilde Ungeheuer, das feuerschnaubend durch die Wälder zog, hängt am Metzgerhaken, ist nur noch totes Fleisch, bereit, zerlegt zu werden. Plötzlich wird mir klar, was ich am meisten befürchtet hatte – daß sie Summerchild fragt, ob er glücklich ist.

Und noch etwas anderes wird mir klar – ich bin ein wenig enttäuscht. Insgeheim hatte ich doch gehofft, meinen Kollegen auf der Folterbank zu sehen.

Verschiedene Interpretationen des Begriffes von den großen Philosophen... Hinweise auf Mill und Nietzsche... Ja, gut... Summerchild erwähnt Kierkegaard. Du lieber Himmel! Serafin lobt ihn begeistert. «Ja, ja! Gut, gut!» Und so geht es weiter. Ich sehe es vor mir – eifriges Nicken. Das läßt auf eine gute Examensnote hoffen. Ein kurzer Exkurs über das Leben der Heiligen... Summerchild äußert sich erstaunlich gut informiert über die heilige Theresa von Ávila. Er macht dem Staatsdienst alle Ehre, das muß ich ihm zugestehen.

Soweit ist alles in Ordnung... Doch halt. Ich glaube, Serafin beginnt, sich wieder aus den sicheren Grenzen der Begriffswelt hinauszustehlen.

SERAFIN: Haben Sie nicht das Gefühl, den ganzen Disput schon einmal gehört zu haben?

SUMMERCHILD: Nein, ich glaube nicht, daß ich schon einmal etwas Ähnliches gehört habe.

SERAFIN: Aber gleicht er nicht all den früheren Disputen über die Fragen der Ethik? Was ist gut? Was ist *das Gute*? Ist es analysierbar? Ist es absolut? Wird es unmittelbar wahrgenommen, wie eine Farbe? Und so weiter. Heute wissen wir, daß es die Diskussion über *Abstraktionen* war, die diesen Disputen einen so geheimnisvollen Nimbus verliehen hat. Im täglichen Leben haben wir es mit konkreten Dingen zu tun, die wir als gut oder schlecht bezeichnen, und wir wissen ganz genau, was wir mit dieser Bezeichnung meinen. Die Philosophie zog daher den Schluß: Anstatt über das Gute im Abstrakten zu reden, richten wir unser Augenmerk lieber darauf, wie die Menschen Worte wie «gut» und «schlecht» in nichtphilosophischen Zusammenhängen verwenden.

SUMMERCHILD: Wie in dem Ausdruck «gute Abwässer»?

SERAFIN: Ja! Und ich dachte, Sie hätten klassische Sprachen studiert?

SUMMERCHILD: Habe ich auch, aber ein Studienfreund...

SERAFIN: Gut! Und wenn Sie die Diskussion über die «guten Abwässer» noch einmal nachlesen wollen, finden Sie ihn in Hare, *Die Sprache der Moral*. Wo wir gerade beim Thema sind – es riecht irgendwie merkwürdig hier im Zimmer...

SUMMERCHILD: Ich wüßte nicht...

SERAFIN: Ein seltsamer Geruch, leicht unangenehm...

SUMMERCHILD: Vielleicht die Geranien?

SERAFIN: Die Geranien?

SUMMERCHILD: Auf dem Fenstersims. Ich dachte, sie würden den Raum ein wenig wohnlicher machen.

Ich hatte also recht. Und offenbar hat er nicht nur eine Geranie gekauft, sondern gleich zwei oder drei. Vielleicht wird der Lauf des Frühlings noch weitere florale Beiträge zeitigen. Ich schaue mich im Zimmer um. Schon wirkt es auf mich wie ein Wintergarten, voll von Kamelien und Azaleen. Ein *Ficus benjamina* steht in der Ecke, ein russischer Wein berankt den alten Kaminvorsprung... Gerade am Kaminvorsprung hat mich, wie ich jetzt feststelle, schon seit geraumer Zeit etwas gestört. Zwei winzige Kerben, anderthalb Zentimeter voneinander entfernt. Ich gehe hinüber und schaue sie mir aus der Nähe an. Es sind zwei ordentliche Löcher, in denen offenbar einmal zwei Stahlnägel und ein Bilderhaken steckten. An der Wand neben der Tür entdecke ich zwei weitere Löcher. Ein einzelnes über Serafins und auch eins über Summerchilds Tisch. Sie hatten Blumen auf der Fensterbank und Bilder an den Wänden. Keine Poster, mit Klebeband oder Stecknadeln angebracht. Nein, gerahmte Bilder an ordentlichen Bilderhaken.

Sie müssen einen Hammer gehabt haben, um die Nägel einzuschlagen. Hat Summerchild ihn von zu Hause mitgebracht?

SERAFIN: Ah, ja. Gut...

Offenbar hatte sie die blutroten Blütenblätter vor den weißen Aprilwolken noch gar nicht bemerkt.

... Wo waren wir? Ach ja, bei Ausdrücken wie «gute Abwässer». Genau. Gut! Gut!
SUMMERCHILD: Oder wie in diesem Ausdruck.
SERAFIN: In welchem Ausdruck?
SUMMERCHILD: «Gut! Gut!»
SERAFIN: Ja! Gut!

Wirklich sehr gut. Summerchild beginnt, sich höflich, aber unverhohlen über sie lustig zu machen. Vielleicht kauft er deshalb Blumen und Bilder. Er beginnt, sich hier oben zu Hause zu fühlen. Und da er glaubt, die Lage letztendlich im Griff zu haben, läßt er sich auf Serafins Spielchen ein.

Doch Serafin scheint das nicht weiter zu stören. Sie fährt, wie die Titanic, unbeirrt weiter mit Volldampf voraus:

Das haben Sie sehr gut bemerkt! Ich glaube, es wäre sinnvoll, die *Vorstellung* vom Glück erst einmal hintanzustellen, uns auf das Wort «glücklich» zu beschränken und zu überlegen, wie es in ganz alltäglichen Situationen zur Anwendung kommt.

SUMMERCHILD: Ja. Ich habe bereits eine Liste von Organisationen zusammengestellt, die nach meiner Einschätzung daran interessiert wären, eine Stellungnahme abzugeben...

SERAFIN: Hm. Kann sein, daß wir uns später dafür entscheiden, die institutionalisierte Verwendung des Begriffes näher zu untersuchen. Zum Beispiel könnte ich mir durchaus vorstellen, daß ein Psychiater, der den Begriff zur Beschreibung eines Patienten heranzieht, dabei ähnlich technische Kriterien zugrunde legt wie ein Klärwerker, der von guten Abwässern spricht. Aber zunächst sollten wir unsere Aufmerksamkeit ausschließlich auf die laienhafte Verwendung des Begriffes richten.

SUMMERCHILD: Das dürfte kein Problem sein. Unsere Abteilung unterhält ausgezeichnete Beziehungen zu einer Reihe von Meinungs- und Marktforschungsinstituten. Sie müßten nur noch entscheiden, ob die Stichprobe nach Alter, Geschlecht oder Schichtzugehörigkeit differenziert oder willkürlich zusammengestellt werden soll.

SERAFIN: Danke. Aber ich glaube, für unsere Zwecke reicht eine Person, die nicht beruflich mit Philosophie zu tun hat. Jemand, der für die Regierung arbeitet, wäre in diesem Zusammenhang ein perfektes Studienobjekt.

SUMMERCHILD: Nun, ich habe Ihnen bereits erläutert, warum ich Bedenken habe, Mrs. Padmore einzubeziehen...

SERAFIN: Ich habe nicht an Mrs. Padmore gedacht.

SUMMERCHILD: Was haben Sie vor...?

SERAFIN: Mit unserer jetzigen Methodik fortzufahren.

SUMMERCHILD: Ah.

SERAFIN: Aber falls Sie mit dieser Lösung nicht glücklich sind... Ich habe dieses Wort ganz bewußt gewählt... Wären Sie mit dieser Lösung glücklich? Vermuten Sie es? Oder nehmen Sie es zumindest an?

SUMMERCHILD: Doch, doch.

SERAFIN: Vielleicht bin ich etwas zu sprunghaft?

SUMMERCHILD: Nein, nein. Ich wäre mit dieser Lösung glücklich.

SERAFIN: Aha. Sie sagen mir also, daß Sie mit einer bestimmten Lösung glücklich wären. Packen wir diese Gelegenheit beim Schopfe und schicken wir eine einfache Frage voraus: Woher *wissen* Sie, daß Sie mit dieser Lösung glücklich wären?

SUMMERCHILD: Nun, ich glaube... Ich hatte das Gefühl...

SERAFIN: Sie *hatten das Gefühl*. Sie waren sich also eines bestimmten Gefühls bewußt. Das heißt, Sie führen Ihre Äußerung auf ein bestimmtes, affektives *Ereignis* zurück. Können Sie dieses Ereignis irgendwie beschreiben?

SUMMERCHILD: Nun...

SERAFIN: War es – lassen Sie mich mit dem oberen Ende der Skala beginnen – ein Moment der Ekstase?

SUMMERCHILD: Nun, ich glaube, der Begriff «Ekstase» wäre ein wenig zu stark.

SERAFIN: Gut. Dann gehen wir auf der Skala ein Stückchen herunter. Eine Woge der Begeisterung?

SUMMERCHILD: Nun...

SERAFIN: Also keine Woge der Begeisterung. Auch gut. War es heimliche Freude? Vergnügen? Zufriedenheit?

SUMMERCHILD: Ich glaube... Ich weiß nicht... Nun ja, ein gewisses Vergnügen ist für mich schon mit unseren Gesprächen verbunden...

SERAFIN: Das hört sich an, als wären Sie unsicher!

SUMMERCHILD: Nein, nein...

SERAFIN: Es hört sich an, als würden Sie zum erstenmal, und das auch nur ganz vorsichtig, Ihre Gefühle entdecken. Aber Sie brauchten nicht erst innezuhalten und Ihre Gefühle zu prüfen, ehe Sie mir sagten, daß Sie mit der Lösung glücklich wären! Habe ich recht? Sie brauchten nicht erst eine Art inneres Mikroskop einzustellen, brauchten keine dünnen Scheibchen dieses unbekannten Gefühlsgewebes vergleichend neben die Illustration in einem Lehrbuch zu halten, um das Ergebnis Ihrer Forschungen zu verkünden. «Wären Sie mit dieser Lösung glücklich?» habe ich Sie gefragt. «Ja», haben Sie ohne Umschweife geantwortet, «ich wäre mit dieser Lösung glücklich.»

SUMMERCHILD: Nun, ich nehme an, ich...

SERAFIN: «Ich habe keine innere Überprüfung vollzogen», wollen Sie wohl sagen. «Ich habe meine Gefühle nicht analysiert, habe kein affektives Ereignis verspürt, sondern schlicht meine Zustimmung zu Ihrem Vorschlag signalisiert. Ich habe mein Einverständnis gegeben. Ich habe mich auf Ihr Vorgehen eingelassen.» Kann sein, daß Sie gar nichts *gefühlt* haben. Wer weiß, vielleicht haben sich sogar unangenehme Gefühle eingestellt. Oder Sie haben gedacht, ich wüßte, daß mein Vorschlag Ihnen Unbehagen bereitet. Und trotzdem sagten Sie mir, sie wären mit dieser Lösung glücklich. Wahrscheinlich hätte es Sie kaum überrascht, wenn ich Sie als einen Lügner bezeichnet hätte. Ein Widerspruch zwischen *Gefühl* und *Gefühlserklärung* ist also durchaus möglich.

SUMMERCHILD: Ja, aber wenn man sagt, man sei *mit* einer Sache glücklich...

SERAFIN: Aha. Sie meinen also, in dieser konkreten Redewendung erfahre die grundlegende Bedeutung des Wortes eine Erweiterung. Wahr gesprochen, sage ich. Aber diese kleinen Verästelungen bringen uns vielleicht irgendwann einmal zu einem Verständnis des gesamten verzweigten Systems. Wie sagt man so schön? Beschatte den Taschendieb, und er führt dich zum Gangsterkönig. Wir haben glücklich *mit* lange genug beschattet. Heften wir uns an die Fersen von glücklich *über* und schauen nach, ob er uns zur gleichen Haustür führt. «Sind Sie glücklich», frage ich Sie, «*über* die Art und Weise, wie diese Untersuchung durchgeführt wird?»

SUMMERCHILD: Oh...

SERAFIN: Sie schweigen. Überprüfen Sie Ihre Gefühle? Oder vielmehr den Fortschritt der Untersuchung? «Ja, ich bin darüber glücklich», sagen Sie mir.

SUMMERCHILD: Nun, ich bin mir nicht sicher, ob ich darüber sonderlich glücklich bin...

SERAFIN: Oder Sie sagen mir: «Nein, ich bin darüber nicht glücklich.» In jedem Fall geben Sie wieder eine *Erklärung* ab, beschreiben nicht einen Zustand, sondern signalisieren Ihre Akzeptanz oder Nichtakzeptanz. Ist es nicht so, als würden Sie sich – um einmal ein Beispiel aus Ihrer Berufswelt zu wählen – dafür oder dagegen entscheiden, das Protokoll der letzten Sitzung zu unterschreiben? Sie sagen mir, Sie seien *nicht* glücklich darüber. Sie werden das Protokoll *nicht* unterschreiben. «Warum nicht?» will ich wissen. Sie sagen mir nicht, es liege daran, daß Sie einen Kloß im Hals haben, einen Schmerz in der Brust oder ein flaues Gefühl im Magen. Mag sogar sein, daß Sie all diese Symptome verspüren, und doch würden Sie sie nicht zur Begründung Ihrer Weigerung, das Protokoll zu unterschreiben, anführen. «Warum wollen Sie nicht unterschreiben?» frage ich – und Sie weisen mich auf die Mängel hin, die das Protokoll Ihrer Meinung nach hat. «Warum sind Sie unglücklich über die Art und Weise unseres Vorgehens?» will ich wissen. Und Sie weisen mich auf einen Mangel in unserer Diskussion hin. Nämlich?

SUMMERCHILD: Geht es nicht alles ein wenig am Kern der Sache vorbei? Das Geheimnis des Glücklichseins besteht doch darin, daß man glücklich ist. Ich meine, wenn man wirklich *glücklich* ist – ich meine, einfach *glücklich* ist – weder *mit* noch *über* irgend etwas...

SERAFIN: Wie wäre es mit glücklich, *weil*? Oder mit glücklich, *daß*? Wollen wir auch diese beiden finsteren Gesellen bis zu ihrem Hauptquartier verfolgen?

SUMMERCHILD: Nein. Ich denke eher daran, daß man... Wenn man einfach *glücklich* ist...

SERAFIN: Warten Sie. Wir müssen sicherstellen, daß wir Dinge vergleichen, die sich auch wirklich vergleichen lassen. Im Moment untersuchen wir verschiedene Anwendungsmöglichkeiten des fraglichen Begriffes. Und Sie sagen nun: «Schauen wir uns den Fall an, in dem jemand einfach sagt: ‹Ich bin glücklich.›» Richtig?

SUMMERCHILD: Ja! Wenn jemand das sagt, dann ganz bestimmt nur deshalb, weil er...

SERAFIN: ...glücklich ist?

SUMMERCHILD: Ja!

SERAFIN: Er könnte die Unwahrheit sagen.

SUMMERCHILD: Ja. Aber...

SERAFIN: Sie machen eine Geste, die der Kassettenrecorder nicht festhalten kann, die aber eine gewisse Ungeduld über das pedantische Hinterfragen verrät. Aber es stimmt doch, daß selbst jemand, der nach bestem Wissen und Gewissen eine Erklärung über seine Gefühle abgibt, einem Irrtum erliegen kann. Ist das wirklich ein trivialer Einwand? Wenn ich Sie so aus ein paar Metern Entfernung anschaue, könnte bei mir der Eindruck entstehen, daß Ihre Selbstdiagnose fehlerhaft war. Stellen Sie sich vor, ich wäre ein Beichtvater, oder ein Psychoanalytiker, der mit einem Verhalten konfrontiert ist, das diese Leute Verdrängung nennen.

Ich könnte zu der Meinung gelangen, daß Sie Ihre wahren Gefühle vor sich selbst verbergen. Darauf erwidern Sie, daß die Vorstellung von einer fehlerhaften Selbsteinschätzung die Möglichkeit einer *korrekten* Diagnose zur Voraussetzung hat, daß ich die Aussage über Ihre Gefühle also nur durch den Hinweis auf mögliche andere Gefühle entkräften kann. Ich würde gerne später noch einmal auf die Möglichkeit der fehlerhaften Selbsteinschätzung zurückkommen; vielleicht können wir eine unserer zukünftigen Sitzungen diesem Thema widmen. Aber lassen wir die Frage der *Wahrhaftigkeit* fürs erste einmal außer acht, denn wenn wir nicht aufpassen, führt sie uns in das Versteck einer ganz anderen Räuberbande. Wenden wir uns lieber der Frage zu, in welchen *Situationen* der Ausspruch «Ich bin glücklich» zum Tragen kommt. Warum wird er bei bestimmten Gelegenheiten ausgesprochen, während er in anderen unausgesprochen bleibt? *Wann* sagt man: «Ich bin glücklich»? *Warum* hält man es für notwendig, anderen dieses Gefühl mitzuteilen? Menschen sagen etwas, weil sie damit einen ganz bestimmten Zweck verfolgen. Welchen

Zweck verfolgen sie damit, wenn sie ihr eigenes Glück verkünden? Welchen Nutzen könnte diese Aussage haben? Äußerungen kommen doch nicht aus heiterem Himmel, entstehen nicht ohne Zusammenhang. Unter welchen Umständen würden Sie sagen, daß Sie glücklich sind?

SUMMERCHILD: Nun...

SERAFIN: Unter welchen Umständen *haben* Sie es gesagt?

SUMMERCHILD: Ich persönlich?

SERAFIN: Sie persönlich!

SUMMERCHILD: Nun... *(Lacht.)*

«(*Lacht.*)» Verwundert schaue ich auf eine der seltenen Spuren von Mrs. Padmores Herausgeberschaft. Ich frage mich, welche Geräusche auf dem Band tatsächlich zu hören waren. Sie müssen ziemlich laut gewesen sein, denn bisher hat sie es noch nie für notwendig erachtet, irgendwelche anderen Regungen wie «(*Stöhnt*)», «(*Seufzt*)» oder «(*Räuspert sich*)» schriftlich zu dokumentieren.

«(*Lacht.*)» Das kann kein kurzes, freudloses Auflachen gewesen sein, sondern ein langes, lautes Gelächter. Vielleicht hat es eher zurückhaltend begonnen und ist dann immer mehr eskaliert, während Serafin ihren Schüler erwartungsvoll anlächelt und Summerchild verzweifelt sein Leben durchkämmt und seinen Rückzug mit lauten Gewehrschüssen zu tarnen versucht. Ungefähr so: (*Lacht.*) Pause. (*Lacht, lacht.*) Pause. (*Lacht, lacht, lacht...*)

Peinlich berührt schaue ich zur Seite. Mein Blick fällt auf die Geranien vor dem Fenster, die während des gesamten Gesprächs ihren Duft in die stickige Büroluft verströmt haben – ein Duft, den Serafin als leicht unangenehm beschrieben hat. Die Blumen hatten allen Grund, tief zu erröten.

Ich kehre zu Summerchild zurück, der sich, soweit ihn sein Gelächter trug, zurückgezogen und doch nichts gefunden hat.

SERAFIN: Sie haben es nie gesagt?

SUMMERCHILD: Ich kann mich nicht erinnern...

SERAFIN: Und unter welchen Umständen *könnten* Sie sich vorstellen, es zu sagen?

SUMMERCHILD: Nun... (*Lacht.*)

Schon wieder (*Lacht.*)! Sind es die gleichen Geräusche wie vorhin? Oder hat es ein Crescendo gegeben? Vielleicht wurde mein Kollege von einem Lachkrampf befallen?

SERAFIN: Verstehe! (*Lacht.*)

Jetzt fängt *sie* auch noch an! Ich sehe allmählich ein, warum die Universitäten ihre philosophischen Fakultäten in den letzten Jahren deutlich verkleinert haben.

...Also gut, dann lassen Sie mich eine Möglichkeit vorschlagen. Sie könnten es sagen, um damit zu prahlen – zum Beispiel, um mich neidisch zu machen.

SUMMERCHILD: Ja, vielleicht könnte ich das. (*Lacht.*)

SERAFIN: Andererseits sind Sie nicht der Typ, der Spaß daran hat, in anderen Menschen schmerzhafte Gefühle zu wecken, also lassen Sie uns plausiblere Umstände finden... Sie könnten es sagen, um mich zu bestärken und mir Mut zu machen. Wie wäre das? Sie merken, daß ich mir darüber Gedanken mache, ob die Art von Arbeit, die ich Ihnen aufbürde, für Sie nicht eine Zumutung ist, und sagen mir deshalb: «Ich bin glücklich und zufrieden hier.»

SUMMERCHILD: «Ich bin glücklich hier...» Ja, ich könnte mir vorstellen, das zu sagen.

SERAFIN: Sie haben es gerade gesagt.

SUMMERCHILD: Aber...

SERAFIN: Sie meinen, es war nur experimentell? Nicht wirklich als Ermutigung gemeint? Ich verstehe.

SUMMERCHILD: Nun... «Ich bin glücklich hier...» Ich glaube, ich könnte...

SERAFIN: Sie könnten es einerseits sagen, andererseits aber auch nicht?

SUMMERCHILD: «Ich bin glücklich hier...»
SERAFIN: Sie sagen es?
SUMMERCHILD: Ja. Ich bin glücklich hier. Ich sage es. Ich sage es.
SERAFIN: Sie haben die Gänsefüßchen weggelassen?
SUMMERCHILD: Ja, das habe ich wohl.

Es stimmt, er hat sie weggelassen. Oder jemand anders hat es für ihn getan. Als ich genauer hinschaue, sehe ich, daß die Gänsefüßchen vor und nach «Ich bin glücklich hier» säuberlich mit Tipp-Ex überpinselt wurden. Mrs. Padmore ist, als sie die Interpretation des Satzes tippte, noch einmal zurückgegangen und hat seinen semantischen Status verändert, um ihn der Interpretation anzupassen. Mrs. Padmore scheint diesen völlig verrückten Dialog mit großer Aufmerksamkeit zu verfolgen. Kein Wunder, denke ich. Ich wette, sie hat in ihrer gesamten Laufbahn als Schreibkraft im Regierungsdienst noch nie etwas auch nur entfernt Vergleichbares tippen müssen.

SERAFIN: Vor wenigen Minuten haben Sie uns noch erzählt, Sie seien über die Art und Weise, wie unsere Untersuchung sich gestaltet, nicht sonderlich glücklich.
SUMMERCHILD: Nun, ich bin zumindest nicht absolut sicher, ob ich glücklich darüber bin...
SERAFIN: Nicht absolut sicher. Natürlich. Es tut mir leid. Sie sind nicht absolut sicher, und doch haben Sie mit absoluter Sicherheit gesagt, daß Sie hier glücklich sind.
SUMMERCHILD: Ja, aber...
SERAFIN: Nein, nein, das ist sehr interessant! Ich sehe überhaupt keinen Widerspruch zwischen beiden Aussagen. Es steht Ihnen völlig frei, unsere Arbeitsweise abzulehnen, mit unserer Zusammenarbeit als solcher aber durchaus zufrieden zu sein. Aber ich würde gern noch ein wenig über die Umstände nachdenken, unter denen Sie ganz allgemein, ohne Einschränkung durch einen bestimmten Zweck oder eine konkrete Situation den Wunsch

verspüren könnten, «Ich bin glücklich» zu sagen. Stellen wir uns vor, wir säßen nicht hier, um zu arbeiten. Nehmen wir an, wir wären alte Freunde, die sich nach langen Jahren zufällig wiedergetroffen haben. Wir haben uns auf der Uni kennengelernt. Ich bin dort geblieben, um Philosophie zu unterrichten – und Sie sind nach London in den Staatsdienst gegangen. Und jetzt sitzen wir uns in einem kleinen Restaurant gegenüber, vor uns auf dem Tisch steht eine Flasche guter Wein... «Bist du glücklich?» frage ich Sie...

SUMMERCHILD: Irgendwie habe ich tatsächlich das Gefühl, mit meiner Vergangenheit konfrontiert zu sein. Ich komme mir vor wie in meiner Studienzeit. Kolloquien... Diskussionsgruppen... Wir laufen nachts durch die Straßen, reden uns die Köpfe heiß...

SERAFIN: Gut! Ja!

SUMMERCHILD: Es ist – ich weiß nicht –, als schaute ich hinab, und die Welt erstreckt sich über den Horizont, reicht von der Vergangenheit bis weit in die Zukunft. Ich weiß, es werden große Dinge geschehen, ich weiß bloß noch nicht, was für Dinge das sein werden... Entschuldigen Sie.

SERAFIN: Nein, nein! Ein Gefühl der weiten Horizonte, der offenen Möglichkeiten – das ist genau die Atmosphäre, die wir für diese Art von Arbeit brauchen. Wir sind also alte Freunde, die sich wiedersehen... Oder – ja, das ist sogar noch besser – wir sind *verliebt*! Ja? Ich sitze hier und schaue Ihnen tief in die Augen. Und Sie sitzen dort und schauen zurück. «Ach, ich bin so glücklich!» rufe ich aus. «Ich bin vollkommen glücklich! Mit jeder Faser meines Herzens glücklich!» Und so weiter. Ja? Ist das nicht *genau* das, was sich Verliebte dauernd sagen? «Bist du auch glücklich?» frage ich Sie. Ist das nicht *genau* die Frage, die sich Liebende ständig stellen? «Bist du glücklich?» frage ich. Und darauf antworten Sie... ... ...

Pünktchen. Zwölf Pünktchen, fein säuberlich in Dreiergruppen sortiert. Mrs. Padmores Methode, ein langes Schweigen auszudrücken. Ich stelle mir vor, das Schweigen war lang genug, um sie zum Betätigen der Schnellvorlauftaste zu bewegen. Was steckt hinter diesen Pünktchen? Sie stehen ganz am Ende der Seite – ein angemessener Ort, haben wir doch mit Sicherheit den absoluten Tiefpunkt dieses Gesprächsprotokolls, ja wahrscheinlich sogar den Tiefpunkt aller Gesprächsprotokolle in der gesamten Geschichte des Staatsdiensts erreicht. Ich halte selbst ein paar Pünktchen lang inne, ehe ich das Blatt umdrehe, um nachzulesen, wohin uns dieses Schweigen geführt haben mag. Ich bin sicher, das Ganze war nur ein Gedankenspiel – die beiden haben sich nicht wirklich tief in die Augen geschaut, und Serafin hat nicht ernsthaft darauf gewartet, daß Summerchild ihr eine Antwort gibt. Sie schaut sicherlich verlegen zu Boden, während sie die aus der allgemeinen Marschroute ausgescherte Idee verfolgt, und er schaut überallhin außer zu ihr. Wahrscheinlich sieht er aus dem Fenster, sucht bei der tröstlichen Unpersönlichkeit des Aprilhimmels Schutz. Und mit jeder Sekunde, die sinnlos verstreicht, wird ihm immer schmerzhafter bewußt, wie weit er sich vom Pfad der korrekten Diensterfüllung hat abbringen lassen. Vielleicht beschleichen selbst sie ernsthafte Zweifel an der Richtigkeit ihres Vorgehens...

Nein, ich weiß, was sie denkt. Ich blättere um. Ja.

Entschuldigen Sie. Aber mir fiel eben ein, wir könnten all die Hypothesen ebensogut auch beiseite lassen. Ich könnte einfach versuchen, Ihnen die Frage direkt zu stellen, und dann sehen, wie Sie darauf reagieren. Also: Sind Sie glücklich?

Ich wußte es. Ich *wußte* es!

Ich lege das Manuskript zur Seite und gehe ans offene Fenster. Draußen herrscht noch immer der gleiche strahlende Sommertag, er ist nur ein wenig älter und müder geworden. Der gleiche Sommer... Ich schaue hinab, aber die Welt erstreckt sich nicht über ferne Horizonte. Sie ist im Westen beim Palast und im Norden bei der Admiralty zu Ende. Ich höre, wie sie hinter mir im Zimmer ihre Frage stellt. «Sind Sie glücklich?» fragt sie ihn, fragt sie mich. «Ach, zum Teufel!» höre ich mich antworten. Aber in Wirklichkeit antworte ich das natürlich nicht. Auch wenn alle anderen Gesetze des menschlichen Umgangs längst außer Kraft gesetzt sind, die Höflichkeit bleibt. «Einigermaßen», antworte ich freundlich lächelnd und wende mich wieder meiner Arbeit zu. Aber sie schaut mich mit ihren großen blauen Bäuerinnenaugen an und nickt mir erwartungsvoll zu. Ich glaube, ich höre mich sprechen, höre, wie ich das Schweigen fülle, wie ich ihr von Lynn erzähle, von Timmy und Cheryl... Schmachvolle Gedanken.

Eine seltsame Gruppe von Gestalten biegt im Gänsemarsch um die Admiralty. Die Frau an der Spitze hält einen Manuskripthalter in der Hand, der Mann in der Mitte trägt ein Stativ über der Schulter. Sie tragen ihren einäugigen Gott von einer Station der Erleuchtung zur nächsten. Ehe ich feststellen kann, ob es die gleichen Jünger sind wie beim letztenmal, sind sie auch schon im Gebäude der Horse Guards verschwunden.

Eine heilsame Mahnung. Mein Bericht muß auf Ken Hurrens Schreibtisch liegen, ehe der Bericht dieser Leute auf dem Bildschirm des Premiers erscheint. Ich glaube, ich kann Hurrens Bitte, den Bericht bis Ende der Woche fertigzustellen, so interpretieren, daß er am Montagmorgen vorliegen soll. Das heißt, daß ich ihn heute abend noch schreiben muß. Ich greife wieder nach der Akte und suche nach Summerchilds Antwort.

«Oh», sagt er, gefolgt von drei Pünktchen. «Nun», fügt er, gefolgt von sechs Pünktchen, hinzu. Jeder Punkt dringt spitz wie eine Nadel in mich ein. «Ja», sagt er schließlich.

«Ja.» Die verletzliche kleine Silbe steht in all ihrer Nacktheit da. Ja, Punkt. Ja und nein sind Worte, die wir im Staatsdienst selbst in den unpersönlichsten Zusammenhängen nur höchst selten gebrauchen. Als Antwort auf die von Serafin gestellte Frage wirkt es so unanständig wie ein Fluch. Aber das Manuskript verrät nicht, wie es gesagt wurde – leichthin, ironisch oder mit einem Schulterzucken, das die Kahlheit des Wortes mit einem Haarteil kaschiert hätte. Vielleicht wird eine aufdringliche Frage durch eine leichtfertige Antwort aufgehoben.

Er sagt es noch einmal. «Ja...»

Jetzt, wo er es wiederholt hat, ist es schon weniger ernst zu nehmen. Und die drei Pünktchen dahinter...

Ein drittes Ja. Und wieder drei Pünktchen. So gut wie nein, das ist gewiß.

«Oder, besser gesagt...» fährt er fort. Während der drei Pünktchen stelle ich mir vor, wie er ausweichend aus dem Fenster schaut. Jedenfalls macht er irgendeine Geste, die bei Serafin Zweifel aufkommen läßt.

«Es tut mir leid», sagt sie. «Vielleicht war die Frage aufdringlich.»

Ja!

«Nein», lügt er.

Sie schweigt.

«Nein, nein...» lügt er wieder, als könnte die erste Lüge nicht für sich allein stehen.

Und er schaut weiter aus dem Fenster. Was macht er bloß? Mich beschleicht der unangenehme Verdacht, daß er die Frage ernst nimmt. Er weicht nicht höflich aus – er denkt tatsächlich darüber nach. «Ich muß darüber nachdenken...» sagt er nach einer Weile und grübelt dann weiter.

Mein Kollege wird ein Geständnis ablegen, fürchte ich. Er hat dem Verhör nicht standgehalten. Er hat die Seiten gewechselt.

«Ich versuche, darüber nachzudenken», sagt er, «was ich eigentlich.. .. ..»

Diesmal versteckt er sich hinter Mrs. Padmores Pünktchen. Aber diese Pünktchen scheinen für ein endloses Schweigen zu stehen. Es kommt kein Text mehr, der ihm ein Ende setzen könnte. Nach dem zwölften Punkt verliert sich die Mitschrift auf leerem Papier.

Ich vermute, er hat weiter aus dem Fenster geschaut und nachgedacht, und sie hat ihn erwartungsvoll angestarrt. Sie waren beide so versunken, daß keiner von ihnen das Ablaufen der Kassette bemerkte. Und so ist der Rest ihres Gesprächs – samt Summerchilds Geständnis oder seiner heldenhaften Weigerung, ein Geständnis abzulegen – in der kleinen Dachkammer verpufft, von den Wänden abgeprallt, vom Teppich aufgesogen, zu Schweigen verblaßt, aus der Geschichtsschreibung verschwunden.

Oder doch nicht? Ich ziehe das nächste Dokument aus der Klammer. Es ist eine handgeschriebene Mitteilung von Summerchild an Serafin. Sie wurde zwei Tage später geschrieben und trägt den Titel «Arbeitsvorlage». Die Formulierung klingt beruhigend. Mein Blick gleitet über die Seite. «Ich... Ich... mein... mich...» Es muß irgendeine persönliche Stellungnahme sein. Meine ungute Vorahnung kehrt zurück.

Ich lasse die Akte sinken. Mich quält die vage Beklommenheit, die mit der Aussicht zusammenhängt, eine unwillkommene Aufgabe anpacken zu müssen – ein rastloses Verlangen, entweder Wasser zu trinken oder Wasser zu lassen. Noch unentschlossen, welche Form der Erleichterung ich wählen soll, öffne ich die kleine Tür in der Ecke, schwanke zwischen bräunlicher Toilette und grünlichem Wasserhahn. Der Anblick des gräulichen Wasserkessels und des gelblichen Bechers, der seit fünfzehn Jahren auf dem kleinen Abtropfbrett vor sich hin getrocknet hat, läßt mich an Tee denken. Ja, es ist Teezeit. Ich finde eine Schachtel Streichhölzer und folge dann den Rohren vom toten Gasring die Wand hinauf bis zum Absperrhahn, der die Gaszufuhr regelt. Wäre es möglich, daß in dem Schrank über der Spüle noch ein alter Teebeutel liegt? Vorsichtig ziehe ich die Schranktür auf...

Es gibt tatsächlich eine offene Pappschachtel mit ein paar übriggebliebenen Teebeuteln. Außerdem einen Eierbecher, eine Keksdose, ein Glas Senf und eine Schachtel mit Fertigsuppe. Auf dem Schrankboden verteilt liegen kleine grüne Blätter... Wie kann es hier nach fünfzehn Jahren noch grüne Blätter geben? Ich hebe ein Blatt auf, um es näher zu betrachten – und lasse es dann angewidert wieder fallen. Das Grüne ist Schimmel. Er scheint auf alten Cornflakes zu wachsen.

Cornflakes? Teebeutel, ja. Suppe, nun gut. Aber *Cornflakes*?

Im oberen Fach des Schranks stehen vier weiße Teller, zwei schlichte weiße Dessertschüsseln und ein zweiter grüner Eierbecher. In der Schublade unter dem Gasring finde ich grau angelaufenes Besteck, einen Korkenzieher und jede Menge Korken. Sieht ganz so aus, als hätten sie hier oben eigene Anstrengungen zur Steigerung der Lebensqualität unternommen.

Ich folge den Spuren einer verschollenen Expedition, begleite sie anhand ihres zurückgelassenen Logbuchs von einer falschen Kompaßpeilung zur nächsten. Heute bin ich auf die Reste ihrer Lebensmittelvorräte gestoßen. Ich rekonstruiere ihren Weg von Teepausen und bescheidenen Mittagessen mit Fertigsuppen bis zu Mahlzeiten, die man mit Senf ißt. Ich versuche, sie beim Verzehren von Cornflakes und beim Trinken von zwölf – vierzehn – sechzehn – neunzehn Flaschen Wein zu sichten.

Ich gieße mir eine Tasse milchlosen Tee – Jahrgang 1974 – auf und nehme einen vorsichtigen Schluck. Er schmeckt braun und läßt knirschenden Staub zwischen den Zähnen zurück. Ich finde den Geschmack... angemessen und trage die Tasse zu meinem Basislager aus Pappe zurück. Diesmal lasse ich mich auf Serafins Worcestersaucenkarton nieder, um ein Auge auf Summerchild halten zu können. «Ich… ich… mein… mich…» ruft das Plädoyer, das vor mir liegt. Und die ganze Zeit über schaut mir Summerchild von dem Salzkarton gegenüber beim Lesen zu und lächelt sein leicht schiefes Lächeln.

Also gut. Hören wir uns an, was er zu seiner Verteidigung vorzubringen hat.

E 312

15

Betr.: LQ
es / ss / 17

VERTRAULICH

LEBENSQUALITÄT: Arbeitsvorlage

Dr. Serafin

S. Summerchild
10. April 1974

Bezugnehmend auf unser Gespräch vom 8. April und die am Ende unbeantwortet gebliebene Frage, ob ich mich selbst als «glücklich» bezeichnen würde, möchte ich die folgenden Überlegungen schriftlich niederlegen:

Ich muß gestehen, daß die Richtung, die Ihre Ermittlungen nehmen würden, für mich nicht vorhersehbar war, so daß meine unvorbereitete Reaktion bruchstückhaft und sicherlich wenig hilfreich ausgefallen ist. Meine einsilbigen Äußerungen haben für die *linguistische Analyse* (ich gehe davon aus, daß dies die philosophische Methode ist, der Sie folgen) gewiß kein lohnendes Material abgegeben. Ich habe daher die durch Ihre zahlreichen akademischen Verpflichtungen entstandene Abwesenheit genutzt, um der Frage etwas gründlicher nachzugehen.

Ich nehme an, Sie erhoffen sich nicht nur ein schlichtes Ja oder Nein, sondern eine tiefer greifende Erörterung der gesamten Thematik, daher werde ich mir die Freiheit nehmen, etwas weiter auszuholen. Wenn ich mir an dieser Stelle eine persönliche Bemerkung erlauben darf (was unter den gegebenen Umständen nicht allzu unpassend erscheint!), möchte ich darauf hinweisen, daß meine bisherige Tätigkeit mich auf diese Art von Arbeit in keiner Weise vorbereitet hat. Ein Staatsbeamter ist, wie Sie wissen, dazu da, die Anordnungen seines Vorgesetzten bestmöglich auszuführen, und wir halten viel auf unsere Anpassungsfähigkeit. Nicht daß ich von unserem Projekt nicht fasziniert wäre! Doch ich muß Sie bitten, mit meinen unbedarften Navigationsversuchen in diesen für mich noch so unbekannten Gewässern nachsichtig umzugehen.

Was meine Gefühle betrifft, läßt sich mein Leben zweckmäßigerweise in zwei Bereiche aufteilen:

1. Arbeit
2. Freizeit

Letztere unterteilt sich wiederum in:

2.A. Heim
2.B. Familie
2.C. Abendgestaltung
2.D. Wochenenden
2.E. Urlaub

Ich nehme einen Schluck von meinem staubigen Tee. Was Summerchild auch zu sagen hat, er wird es zumindest auf seine Weise sagen. Er hat den Kampf um die Form, der mit seinem Sieg in der Frage der Unterbringung so gut begonnen hatte, noch längst nicht aufgegeben. Zwar hat Serafin deutlich an Boden gewonnen und ihm die Form des Kolloquiums aufgezwungen. Aber er hat trotz aller Blessuren gerade noch rechtzeitig den Rückzug angetreten und sich durch geschickte Ausweichmanöver aus der Schußlinie ziehen können, bis die Nacht über dem Schlachtfeld hereingebrochen war. Jetzt hat er die Chance, sich neu zu formieren und auf dem Terrain anzugreifen, das er am besten beherrscht – dem schriftlichen Bericht. Wie das geschriebene Wort sein Kampfverhalten verändert! Unbeirrt und ohne jede Eile rückt er vor, seine Kampfgeschwader in Punkte und Unterpunkte gegliedert. Sein rotes Haar flattert wie ein Kriegsbanner voraus. Falls er verlieren sollte, was ich immer mehr annehme, dann wenigstens mit Stil.

1. *Arbeit.* (Vorbemerkung: Ich beziehe unser gegenwärtiges Projekt nicht in meine Überlegungen ein, da es für meine sonstige Tätigkeit völlig untypisch ist.)

Was meine Arbeit angeht, fällt es mir schwer, ein umfassendes Gefühl zu benennen. Ich kann mich nicht daran erinnern, jemals gedacht zu haben: «Das macht mir Vergnügen.» Ich kann mich nur daran erinnern, gelegentlich gedacht zu haben: «Das macht mir kein Vergnügen», aber auch das kam eher selten vor. Diese relative Freiheit von negativen Gefühlen meinen wohl die meisten Menschen, wenn sie sagen, daß sie mit ihrer Arbeit zufrieden sind.

Ganz allgemein gesprochen, lassen sich bei meiner Tätigkeit drei Phasen unterscheiden:

1.A. Eine Arbeit beginnen,
1.B. in der Mitte eines Arbeitsprozesses sein und
1.C. eine Arbeit zum Abschluß bringen

Phase A sehe ich stets mit einer gewissen Beklommenheit entgegen. Auf C freue ich mich, ziehe jedoch, wenn es erst einmal erreicht ist, wenig Befriedigung daraus, denn im Hintergrund droht immer wieder die Aussicht auf ein neues A. Am wohlsten fühle ich mich in Phase B. A liegt hinter mir, und ich kann mich noch auf C freuen. In Phase B sitze ich normalerweise an meinem Schreibtisch und schreite ruhig und stetig voran. Allerdings wird diese Ruhe durch unzählige Unterbrechungen gestört. Ich seufze dann und schüttele den Kopf. Schon wieder klingelt das Telefon! Schon wieder steckt jemand seine Nase durch die Tür meines Büros! Schon wieder muß ich zur Sitzung eines Komitees, schon wieder werde ich ins Büro des Staatssekretärs gerufen! Doch während ich hier in den Räumen der Strategie-Einheit sitze, weit weg von meinen üblichen Arbeitsaufgaben und zur gewissenhaften Selbstprüfung angehalten, stelle ich fest, daß ich mich eigentlich darüber freue, unterbrochen zu werden, und daß mir das Seufzen und Kopfschütteln eine gewisse Befriedigung verleiht.

Da der größte Teil meiner Arbeit zwangsläufig aus B besteht, glaube ich, schlußfolgern zu müssen, daß ich mit meiner Arbeit im großen und ganzen glücklich bin.

Und *ich* glaube, schlußfolgern zu müssen, daß hier trotz der sachlichen Form einiges ins Trudeln gerät. Das Dokument mag aussehen wie eine staatsdienstliche Arbeitsvorlage, rückt aber mit jeder Zeile weiter von diesem Anspruch ab. Summerchilds innerer Kompaß hat einen rätselhaften Fehler entwickelt. Von der Mannschaft unbemerkt, gerät das Flugzeug immer weiter vom Kurs ab.

Und was ist eigentlich mit Serafins Sicherheitsüberprüfung? Wurde sie als unbedenklich eingestuft? Jedenfalls scheint mir der Einwand berechtigt, daß Summerchild Aussagen trifft, die möglicherweise gegen die Geheimhaltungsvorschriften verstoßen. Ich weiß nicht, ob die emotionalen Befindlichkeiten, die Marotten und Schrullen von Staatsbeamten unter das Geheimhaltungsgesetz fallen. Falls nicht, sollte dies sofort geändert werden.

Ich nehme einen geistesabwesenden Schluck aus der Tasse neben mir. Igitt! Ein Moment der Panik überkommt mich. Das ist kein Kaffee! Er gibt nur vor, Kaffee zu sein, so wie Summerchilds Arbeitsvorlage in Wirklichkeit gar keine Arbeitsvorlage ist! Ist denn die ganze Welt ins Wanken geraten? Moment, Moment. Ich erinnere mich. Es ist Tee... Und zugleich auch kein Tee! Mit einem Schlag fällt mir die Herkunft des abscheulichen Getränks wieder ein. Ich trage die Tasse in die kleine Küche und gieße die staubige, braune, namenlose Flüssigkeit in die Spüle.

Dann kehre ich zu Summerchilds Dokument zurück und lese mutig weiter.

2. *Freizeit.* Die Freizeit spielt sich größtenteils zu Hause ab. «Zu Hause», stelle ich nach eingehender Überlegung fest, ist ein Kon-

zept ohne objektive geographische und soziale Grenzen. Für mich wird es am Bahnhof Greenwich wahrnehmbar, denn dort steige ich jeden Abend aus dem Zug, und während ich den Hügel zur Hyde Hill Lane hinaufgehe, wird es wie ein Magnetfeld immer stärker. Wenn ich schließlich in die kleine Straße biege, in der mein Haus steht, wird es so intensiv, daß meine Schritte automatisch langsamer werden. Vielleicht besteht hier eine Analogie zu 1.A – ein Verlangen, C, den Augenblick der Ankunft, möglichst lange hinauszuzögern.

Eine weitere Analogie ergibt sich zwischen 1. B und dem schlechten Zustand der Straße. Die vielen Schlaglöcher und Pfützen lassen Vorfreude auf die spätere Fertigstellung zu, lassen Raum für die Phantasie.

2.A. *Heim.* Um diese Jahreszeit besteht das Haus, wenn ich näherkomme, nur aus ein paar hellen Fenstern in der Dunkelheit, in denen vielleicht meine Frau und meine Tochter (siehe unten) zu sehen sind. Manchmal bleibe ich noch einen Moment lang am Gartentor stehen, beobachte die beiden und zögere den Moment hinaus, bis ich die fünf Stufen zur Haustür hinaufgehe. Die dritte Stufe hat einen Sprung und droht an der Kante abzubröckeln. Jeden Abend, wenn ich diesen Sprung sehe, kommt mir der gleiche Gedanke: Ich muß jemanden finden, der die Stufe repariert, ehe es noch schlimmer wird. Es irritiert mich, jeden Abend an der gleichen Stelle den gleichen Gedanken zu denken, aber irgendwie hat es auch etwas Tröstliches. Nach näherer Überlegung glaube ich, daß dies an dem zweiten Gedanken liegt, der meinen ersten Gedanken stets treu begleitet:

«Jeden Abend, wenn ich diesen Sprung sehe, kommt mir der gleiche Gedanke.»

Und dieser Gedanke wiederum hat einen weiteren, treuen Begleiter, der, soweit ich es durch die oberste Schicht überhaupt ausmachen kann, ungefähr folgenden Wortlaut hat: «Jeden Abend, wenn ich diesen Sprung sehe, geht mir der gleiche Gedanke durch den Kopf: ‹Jeden Abend, wenn ich diesen Sprung sehe, geht mir der gleiche Gedanke durch den Kopf.›»

Summerchilds dritte Treppenstufe, wird mir langsam klar, ist längst nicht mehr das einzige, was einen Sprung aufweist. Zum erstenmal ahne ich einen Hauch von Besessenheit, spüre den Beginn eines unheimlichen Wahns, sehe eine schwache Spur, die aus dem kleinen Raum führt, die Wendeltreppe hinunter, die verzweigten Flure entlang und quer über den Paradeplatz zu den Toren der Admiralty...

Ich glaube sogar, mich jetzt, wo Summerchild ihn erwähnt hat, an den Sprung in der Stufe erinnern zu können. Ich muß ihn während der langen Pausen in meinen Gesprächen mit Millie betrachtet haben. Für mich hat der Sprung nichts Tröstliches; für mich bedeutet er Jugend und Hoffnungslosigkeit.

Und ich weiß, was er mit der tiefen Perspektive verschiedener Gedankenschichten meint – sie sind wie endlose Zimmerfluchten, deren Türen sich nacheinander immer weiter öffnen. Auch bei mir formen sich, wenn ich abends meinen Schlüssel in das Schloß meiner Haustür stecke, stets die gleichen Gedanken – mein Mut schwindet dahin, und mich überfällt bleierne Angst vor dem, was ich vorfinden werde. Ja, die trostlose Schwere dieses Augenblicks schließt die trostlose Schwere des gleichen Augenblicks vom Abend vorher ein, und dieser wiederum die trostlose Schwere des Abends davor...

Zurück an die Arbeit – oder besser: zurück zu Punkt 2. A. *Heim*. Gerade steckt nämlich Summerchild *seinen* Schlüssel ins Schloß:

... glatt und mühelos wie ein Boot, das über einen ruhigen, dunklen Fluß gleitet. Ich schiebe die Tür auf und trete ins Haus. Ich spüre Wärme, höre leise Geräusche aus der Küche oder dem Wohnzimmer, Stimmen, Schritte, einen knarrenden Stuhl, den laufenden Fernseher. Und über allem liegt der Geruch von großer Normalität und Natürlichkeit, den ich überall auf der Welt erkennen würde, wie eine vertraute Stimme. Es ist eine ganz eigentümliche Mischung aus Bodenpolitur und Staub... Küchendünsten und Büchern... Feuchtigkeit und altem Holz... und einem alten, sehr heimeligen Geruch, der, wie ich annehme, von Millies Cellokasten in der Flurecke ausgeht.

Ich stelle meine Tasche ab und gehe weiter, bis ich meine 2.B. *Familie* finde. Diese besteht aus:

a. *Meiner Frau.* Ihr Name ist Anne. Wir sind seit achtzehn Jahren verheiratet. Wenn sie hört, daß ich ins Zimmer komme, dreht sie sich nicht um und sagt nicht «Hallo». Sie erzählt mir einfach etwas, als wäre ich schon die ganze Zeit über dagewesen. «Dorland Henry ist tot.» Oder: «Die Porringers kommen am Sonntag zum Mittagessen.» Oder: «Jane Ryle sagt, sie hätte seit drei Nächten nicht mehr richtig geschlafen.» Sie ist Historikerin – oder besser gesagt: Mikrohistorikerin, denn sie arbeitet gerade an einer Geschichte unseres Hügels – der Straße, die ich vom Bahnhof heraufgekommen bin, und der verschiedenen abzweigenden Straßen und Gassen. Sie arbeitet nun schon seit drei Jahren daran und meint, sie würde mindestens noch drei weitere Jahre brauchen.

Im Moment hat sie dieses Projekt jedoch heimlich zur Seite gelegt, um sich, was ich eigentlich gar nicht wissen dürfte, einem anderen Forschungsprojekt zuzuwenden: Sie bastelt an meiner Lebensgeschichte. Es soll ein Geschenk zu meinem vierzigsten Geburtstag im Juli sein. Ich habe mir natürlich große Mühe gegeben, ihr nicht auf die Schliche zu kommen, aber sie hat Freunde um kleinere Beiträge und meine Schwestern um Kindheitserinnerungen gebeten. Außerdem hat sie eine Reihe alter Fotos ausgegraben, mit denen sie mich überraschen will. Ich glaube, sie hat sogar einen alten Schulfreund von mir angerufen, obwohl sie ihn erklärtermaßen nicht leiden kann, und hat ihn um die Handschrift einer Symphonie gebeten, die wir damals zusammen komponiert haben. Das war zu der Zeit, als wir beide noch vorhatten, große Komponisten zu werden.

Ich nehme an, sie wird selbst auch etwas schreiben. Die anderen Beiträge sind wahrscheinlich eher humorvoller Natur. Aber wie ich sie kenne, arbeitet sie an einer Art Lexikonartikel – vielleicht einer umfassenden Beschreibung all dessen, was sich auf unserem Grundstück befindet, und einem Rückblick darauf, was sich in früheren Jahrhunderten und Jahrzehnten darauf befand.

Vor ein paar Tagen habe ich zufällig eine Seite gesehen, die sie auf dem Küchentisch liegengelassen hat. Es war eine Art wissenschaftliche Abhandlung über meine legendäre Bekehrung zum Doppelknoten. (Ich war eines Abends in Greenwich nicht aus dem Zug gekommen und hatte bis Maze Hill weiterfahren müssen, weil jemand auf meinem losen Schuhband stand.) Außerdem sah ich eine sehr kenntnisreiche Studie darüber, wie ich morgens beim Aufstehen entscheide, ob ich meine alten oder meine neuen Schuhe anziehen soll. Und kürzlich fand ich dann im Badezimmer noch einen Briefumschlag mit einer Liste geheimnisvoller Zahlen auf der Rückseite. Als ich Anne danach fragte, nahm sie ihn mir schweigend aus der Hand. Später wurde mir klar, daß es die Nummern der Busse waren, mit denen ich früher zur Schule gefahren bin, samt der einschlägigen Ankunfts- und Abfahrtszeiten.

Ich trete also in irgendein Zimmer, und sie sitzt über Bücher und Hefte gebeugt und schreibt darüber, wie ich mir die Schuhe zu binden pflege. Ich warte. Ohne aufzuschauen, erzählt sie mir, was sie im Laufe des Tages getan, entdeckt, gedacht oder entschieden hat. «Heute nachmittag habe ich Mary Seal getroffen.» Oder: «Sally Terris' älteste Tochter heiratet.» Oder: «Die Fahrradpumpe bewahren wir von jetzt an in der Schublade bei den Gartenscheren auf.» Mir ist nicht ganz klar, wie ich auf diese Aussagen reagiere. Antworte ich? Ich glaube nicht. Sage ich: «Hm», «Oh» oder «Ach, ja»? Wahrscheinlich nicht. «Hallo?» Nein, wir sind ja schon mitten im Gespräch – viel zu spät, um noch «Hallo» zu sagen. Revanchiere ich mich mit Informationen über meine Erlebnisse? Manchmal erwäge ich diese Möglichkeit, doch nur selten bieten sich geeignete Informationen an. Ich glaube, ich bleibe einfach einen Moment lang an der Tür stehen und mache ein freundliches Gesicht. Ich nehme an, ich sollte mich als glücklich verheiratet bezeichnen.

Nachdem ich meine Frau begrüßt habe, gehe ich weiter, um b. *meine Tochter* zu suchen. Sie heißt Millie und ist siebzehn Jahre alt. Ihre Hauptfächer sind Latein, Griechisch und Geschichte, und sie ist eine ausgezeichnete Cellospielerin. Wenn sie nicht gerade übt, klopfe ich an ihre Tür. Äußerlich ähnelt sie mir, im Gesprächsstil kommt sie mehr nach ihrer Mutter. «Ich möchte in den nächsten Sommerferien mit Louise Stair nach Athen fahren», teilt sie mir aus heiterem Himmel mit. Oder: «Ich hasse Mr. Margery.» (Mr. Margery ist ihr Cellolehrer.) Oder: «Die Katze hat Flöhe.» Was antworte ich darauf? Ich glaube, ich sage gar nichts. Ich nicke freundlich und schaue mich in ihrem Zimmer um. Meist sitzt sie an ihren Hausaufgaben. Doch da sie in letzter Zeit ihre Hausaufgaben demonstrativ mit beiden Armen verdeckt, glaube ich, daß sie in Wirklichkeit an einem Beitrag für die Festschrift ihrer Mutter feilt. Trotz aller Bemühungen um strikte Geheimhaltung weiß ich, daß ihr Beitrag die Form einer humorvollen Skala zur Einschätzung meiner jeweiligen Gemütsverfassung hat und der Beaufortschen Windskala nachempfunden ist. «Stadium 1», beginnt sie. «Völlige Stille. Bücher fallen aus den Händen. Augen heben sich kaum über den Boden. Energie reicht nicht mal zum Seufzen aus.» Als ich die Skala, die sie in der Cellostimme eines Klaviertrios versteckt hält, zum letztenmal sah, war sie gerade bei «Stadium 7 – Mäßiger Sturm: Gelegentliches Gelächter. Ohne Aufforderung werden ganze Sätze gesprochen, ja manchmal wird sogar eine Geschichte aus der eigenen Kindheit erzählt. Es kommt zu unmotiviertem Summen und spontanem Spiel von Geigenpartiten.»

Ich amüsiere mich im stillen über ihren feinen Sinn für Humor, während ich in der offenen Tür zu ihrem Zimmer stehe. Ich freue mich im stillen darüber, der Gegenstand ihrer liebevoll-spöttischen Beobachtungen zu sein, und bin stolz darauf, mit welcher Klugheit sie ihre Idee ausgeführt hat. Wahrscheinlich lächele ich, wenn ich aus dem Zimmer gehe und mich dem nächsten Punkt zuwende:

2.C. *Der Abendgestaltung.*

Der erste Teil des Abends besteht aus:

a. *Dem Abendessen:* Es fällt mir schwer, unser gemeinsames Abendessen zu beschreiben. Wir essen natürlich, was mir Vergnügen bereitet. Und manchmal unterhalten wir uns auch. Doch was geschieht eigentlich, wenn wir uns unterhalten? Millie erzählt etwas, und wir hören zu. Manchmal widerspricht ihr Anne, woraufhin Millie auf ihrem Standpunkt beharrt und die Diskussion ihren Siedepunkt erreicht. Gelegentlich sagt Anne etwas, dem Millie widerspricht, und wir kommen zu dem gleichen Ergebnis. Sehr selten sage ich etwas, und dann sieht mich Millie spöttisch an und schaut zu Anne hinüber, um zu sehen, wie sie reagiert. Überhaupt scheinen wir mit Blicken sehr viel mehr zu sagen als mit Worten. Über lange Strecken sind diese Blicke, ein leichtes Stirnrunzeln und der Anflug eines Lächelns alles, was wir brauchen, um die Kommunikation aufrechtzuerhalten. Gestern abend zum Beispiel merkte ich, daß ich vor mich hin lächelte (ich dachte daran, daß ich heute diese Vorlage schreiben würde!), und das setzte eine erstaunliche Debatte in Gang, in der jedoch kein einziges Wort fiel. Soweit ich die Ereignisse rekonstruieren kann, betrachtete ich gerade den Wasserkrug, als der Austausch ins Rollen kam; ich merkte, daß ich lächelte, und wenig später merkte ich, daß Anne mich beobachtete; ich sah sie fragend an; sie schaute stirnrunzelnd auf den Wasserkrug; Millie ließ ihre Blicke vom einen zum anderen wandern und nahm dann ihren Nachtischlöffel in die Hand, um ihn ausgiebig zu studieren; ich beobachtete, wie sie den Löffel anlächelte; das brachte wiederum mich zum Lächeln; daraufhin schaute Anne mich fragend an... und so waren wir fast während des gesamten Essens beschäftigt.

Nach dem Abendessen spülen Millie und ich gemeinsam das Geschirr, und anschließend folgt die:

b. *Gestaltung des restlichen Abends.* Den restlichen Abend verbringe ich meist mit Arbeit (siehe Abschnitt 1) oder den in 2.C.a beschriebenen stummen Gesprächen. Manchmal packe ich meine Geige aus, und wir machen Musik, was eine Kombination zwischen Arbeit und stummem Gespräch darstellt, denn es ist mit intensiver Konzentration, aber auch mit wortloser Nähe verbunden, und ich verspüre die gleiche Neigung, das Ende hinauszuzögern. Manchmal geht der Abend einfach vorbei, ohne daß ich hinterher sagen könnte, was geschehen ist. Es geschieht nichts. Ich lese. Ich bin unkonzentriert. Ich schlafe beim Lesen ein. Oder ich sitze einfach nur da, zum Lesen wie zum Schlafen viel zu müde.

Es liegt ein Körnchen Wahrheit in Millies Skala, muß ich gestehen. Es gibt sie, diese ereignislosen Abende, an denen mir mein Buch aus den Händen gleitet. Wie häufig kommen sie vor? Ich kann es nicht genau sagen. Wenn ich in Stadium 1 oder 2 bin, habe ich das Gefühl, auf immer darin verharren zu müssen, mit absoluter Windstille, gerade aufsteigenden Rauchschwaden und schlaff herunterhängenden Fahnen. Im Moment befinde ich mich ungefähr in Stadium 4 («Bewegt Zweige, dünne Äste, hebt Staub», wie ich in der Originalskala nachgelesen habe), vielleicht aber auch schon in Stadium 5 («Kleine Bäume beginnen zu schwanken»), und es kommt mir so vor, als würde ich mich am häufigsten in diesen beiden Stadien befinden.

Ich wünschte, ich könnte, um dieser Untersuchung dienlich zu sein, einen durchschnittlichen Abend rekonstruieren. Dann könnte ich die Geschwindigkeit meines inneren Windes messen und wüßte, wo auf der Skala ich am häufigsten anzusiedeln bin. Aber es fällt mir kein durchschnittlicher Abend ein. Jeder Abend ist ein bißchen anders, und die kleinen Unterschiede heben einander auf. Die fast identischen Umrisse verschwimmen, und die einzigen Abende, an die ich mich erinnern kann, scheinen mir nur deshalb so klar im Gedächtnis, weil sie sich von allen anderen deutlich unterschieden.

Ich erinnere mich an den Abend, als der Wasserspeicher platzte und eine Flutwelle die Treppe zum Erdgeschoß herunterschwappte. Ich erinnere mich an den Abend, als vier unserer ältesten Freunde zum Abendessen kamen, aber niemand irgend etwas zu sagen wußte und sie alle entsetzt die Flucht ergriffen. Ich erinnere mich an die tiefe Scham, die in uns brannte, als wir die abgegessenen Teller zusammenräumten. Ich erinnere mich, wie Anne plötzlich in lautes Gelächter ausbrach, was sehr, sehr ungewöhnlich ist, und ihre Hand auf meinen Arm legte.

Ich erinnere mich an den Abend, an dem Millie in ihrem Zimmer auf ungeklärte Weise plötzlich den Halt verlor, hinfiel und sich das Handgelenk brach. Ich erinnere mich an die Angst, die ich empfand, als ich sie schreien hörte, und an den Schmerz, der mir in den Magen fuhr, als ich ihre Hand in einem unmöglichen Winkel von ihrem Arm abstehen sah.

Ich erinnere mich also nur an unglückliche Abende? Nein. Sie waren nicht unglücklich. Bestürzend, peinlich, schmerzhaft, vielleicht sogar traurig. Aber unglücklich? Das wäre zuviel gesagt.

An einen Abend jedoch kann ich mich erinnern, der wirklich ein ungetrübt glücklicher Abend war. Es war vor einem Monat – das letzte Mal, daß Greenwich von einer Stromabschaltung betroffen war. Deshalb höre und sehe ich jenen Abend noch heute so deutlich vor mir – weil es kein elektrisches Licht gegeben hat und auch keine elektrischen Geräusche. Wir aßen beim Licht dreier Kerzen, und unsere Augen leuchteten wie Kinderaugen rund um den Tisch. Jedesmal, wenn einer von uns sich nach vorn lehnte, um nach dem Salz oder den Kartoffeln zu greifen, schwankten und knicksten die Flammen wie drei nervöse, lächerlich ehrfürchtige Kellnerinnen. Und als wir darüber zu lachen begannen, schraken sie in ihrer absurden Verwirrung erst recht zurück. Hätten wir die Hände gegen sie erhoben oder auch nur ein strenges Wort gesagt, hätten sie vor Schreck ihr Leben ausgehaucht.

Ich glaube, es war an dem Tag, an dem Sie mich fragten, was ich unter «Lebensqualität» verstehe. Ja, es muß an jenem Tag gewesen sein, denn während ich die Kerzen beobachtete, fiel mir plötzlich die Antwort ein: Ich verstehe darunter etwas, das diesen Flammen gleicht, etwas Helles und Schwereloses. Das Kerzenlicht leuchtet und tanzt in der Dunkelheit, und ohne dieses Licht wären wir nichts; aber es braucht sich nur eine Hand zu heben, und es wäre dahin.

Ja, ich weiß noch, wie der Abend begann. Ich blieb noch einen Moment lang am Gartentor stehen, wie es meine Gewohnheit ist, und schaute durch die erleuchteten Fenster ins Haus. Das Wohnzimmer war dunkel, aber der Fernseher lief, und ich amüsierte mich über das kleine bläulich-graue Männchen, das den leeren Sesseln eine ernste Ansprache hielt. Anne und Millie waren beide in der Küche und offenbar in ein ernstes Gespräch – oder besser: ein ernsthaftes Schweigen – vertieft. Millie stand am Tisch, die Hände auf die Lehne eines Stuhls gelegt, und schaute auf den Tisch. Anne stand am Herd und hatte den Kopf Millie zugewandt. Ich hatte den Eindruck, sie hatten in einem wichtigen Gedankenaustausch einen Moment intensiven Nachdenkens erreicht. Vor der Lampe über dem Küchentisch sah Millies Haar aus wie ein brennender Busch. Mein Haar. Annes Nachdenklichkeit. Was könnte vertrauter sein? Und doch wirkten die beiden plötzlich wie Fremde auf mich.

Und dann waren sie verschwunden.

Alles war verschwunden. Anne und Millie mitsamt der Küche. Der kleine graue Mann mitsamt dem Wohnzimmer. Das Haus. Die

Straße. London. Die Welt hatte aufgehört zu existieren. Still, mühelos, zwischen zwei Atemzügen. Ich war von Schwärze und Stille umgeben. Es gab nichts auf der Welt außer mir.

Für den Bruchteil eines Augenblicks dachte ich, auch ich selbst hätte aufgehört zu existieren. Doch im nächsten Bruchteil des gleichen Augenblicks wurde mir klar, daß ich *dachte*, ich hätte aufgehört zu existieren, folglich also immer noch existierte – ja, diesen Gedanken zu denken war meine Existenz.

Lächerlich, dies einer Philosophin zu erzählen. Ich hatte entdeckt, was Ihre Schüler im ersten Semester lernen, wenn sie sich mit Descartes beschäftigen. Ich habe zwanzig Jahre gebraucht, um mit ihnen gleichzuziehen. Doch was mir in diesem entscheidenden Moment der Erkenntnis durch den Kopf ging, war nicht *Cogito, ergo sum*. Es war ein Bild – ein Bild von einer Perlenkette, die einmal meiner Mutter gehörte und in der kleinen Schublade ihrer Frisierkommode aufbewahrt wurde, in einem eigenen kleinen, mit schwarzem Samt ausgelegten Etui. Die Perlen waren künstlich, und als die Schnur zerriß, wurden sie in alle Winde verstreut, verloren und vergessen. Aber die schwarze Samtschachtel blieb im Frisiertisch meiner Mutter. Ich nahm sie manchmal heraus, ließ den kleinen goldenen Schnappverschluß aufspringen und glitt mit den Fingern über den weichen Samt. Diese Weichheit erschien mir reicher und fremdartiger, als die Perlen selbst es je gewesen waren – ja, um so reicher und fremdartiger, da es die Perlen nicht mehr gab.

Einen Moment lang war ich dieses schwarze Etui, umgeben von schwarzer Nacht. Dann kehrte die äußere Welt zurück. Zuerst waren die groben Umrisse zu sehen – der Himmel, der blasse Schimmer der Wolken, der durch die kahlen Zweige drang. Dann meine Familie – oder zumindest der Strahl einer Taschenlampe, der unruhig durch die Küche zuckte. Doch was mich den ganzen Abend über nicht mehr verließ, war dieser Bruchteil eines Augenblicks, in dem ich dachte, ich wäre tot. Ich hatte keine Angst gehabt, das überraschte mich am meisten. Ich hatte mir noch nicht einmal Sorgen gemacht. Es war mir vorgekommen wie die natürlichste Sache der Welt. Leichtigkeit, das war der Kern der Dinge. Die Leichtigkeit, mit der das Leben kommt und geht. Und die Leichtigkeit, mit der man es geschehen lassen kann. Nach dem Abendessen trugen wir die Kerzen ins Wohnzimmer. Drei schimmernde Gesichter, drei glänzende Augenpaare in einem Haus voller schwarzer, tanzender Geister. Niemand hatte Lust zu arbeiten. Wir saßen rund um das Klavier, stellten die Kerzen vor unseren Notenständern auf und spielten eines der Trios, die wir am besten beherrschen. Hinter Anne konnte ich eine zweite Pianistin sehen, die sich hoch über ihr auf der Wand und an der Decke erhob und darauf wartete, die Seiten umzublättern. Hinter Millie strich eine zweite Cellistin mit langem, schwarzem Bogen über die Saiten. Und hinter meinem Rücken konnte ich einen zweiten schwarzen Geiger spüren. Alles, was ich nicht sagen konnte, alles, was ich nicht spielen konnte, brachte dieser dunkle Geiger perfekt zum Ausdruck.

Als wir beim letzten Allegro angekommen waren, tauchte die Welt um uns wieder auf, genauso still und mühelos, wie sie verschwunden war. Wir spielten weiter, ohne unsere Augen von den Notenblättern zu heben. Aber Millie stieß einen leisen Seufzer der Enttäuschung aus, und auch ich empfand tiefes Bedauern.

Gerade habe ich einen Kollegen im Energieministerium angerufen. Er sagte mir, die Stromabschaltung in Südostlondon habe an jenem Abend um 19 Uhr 37 begonnen und um 21 Uhr 54 aufgehört. Das ergibt 2 Stunden und 17 Minuten reinen Glücks.

Schlußfolgerungen. Beim erneuten Durchlesen meiner Vorlage stellte ich fest, daß ich eingangs weitere Abschnitte über die Gestaltung der Wochenenden und Urlaubswochen versprochen hatte. Dies würde jedoch eine ausführliche Erörterung des Themas «Wandern als Freizeitbeschäftigung» nach sich ziehen. Mir wird jetzt, wo ich darüber nachdenke, klar, daß selbst schon unsere Wochenendspaziergänge außerhalb Londons aus jener charakteristischen Mischung aus Langeweile und Beruhigung bestehen, die einer detaillierten Analyse bedürften. Die großen Wanderungen während unserer Urlaubswochen – meist im schottischen Hochland oder in irgendeinem anderen kahlen, feuchten, kalten und bergigen Landstrich, den ich in den Zeiten kennenlernte, als ich als Student zum Bergsteigen ging (ein weiteres Thema, über das wir ausführlich diskutieren könnten!) – stellen ein so komplexes Gemisch aus Unbehagen, Erschöpfung, Gereiztheit, Verwirrung, reiner Verzweiflung und intensivem Hochgefühl dar, daß ich seine Entwirrung lieber auf einen anderen Zeitpunkt verschieben möchte.

Alles in allem glaube ich, für heute genug gesagt zu haben. Ja, ich fürchte, ich habe schon mehr als genug preisgegeben. Ich bin sehr viel weiter gegangen, als ich es ursprünglich beabsichtigt hatte, und ich beginne bereits, den damit verbundenen Verstoß gegen den normalen Dienstweg zu bereuen. Unter den gegebenen Umständen werde ich mein Manuskript Mrs. Padmore lieber nicht zur Abschrift geben.

Zur Ausgangsfrage zurückkehrend, schlage ich zwei mögliche Schlußfolgerungen vor, die sich jeweils mit guten Argumenten begründen lassen:

a) Als ein Mann, der glücklich verheiratet ist, einer angenehmen Arbeit nachgeht und ein harmonisches Heim besitzt, bin ich als *glücklich* zu bezeichnen.

Oder:

b) Als ein Mann, dessen emotionale Reaktionen durch Alltag und Routine so abgestumpft sind, daß er sich nur an 2 Stunden und 17 Minuten reinen Glücks erinnern kann, muß ich als *nicht glücklich* gelten.

Ich glaube nicht, daß es weiterer Fakten bedarf, um die Sachlage zu klären. Vielmehr kommt es in diesem Stadium darauf an, eine Entscheidung zu treffen.

Wenn sie nicht völlig willkürlich wäre, müßte diese Entscheidung an langfristigen politischen Zielen ausgerichtet sein. Ja, sie hat den Charakter einer politischen Entscheidung, und diese überlassen wir Staatsbeamten nun einmal unseren Vorgesetzten. Sie sehen also, daß mir nichts anderes übrigbleibt, als das Urteil in Ihre Hände zu legen.

16

Ich lege dieses außergewöhnliche Dokument auf den Stapel der Papiere, die ich bereits gelesen habe, dann stehe ich auf und laufe im Zimmer umher. Ich bin ziemlich erschüttert, muß ich gestehen.

Ein Publikum. Das war alles, was er brauchte, um sie herauszulassen – all die Worte, die er so lange Zeit gehortet hatte. Ein unsichtbares Publikum, wie der Priester hinter dem Gitter im Beichtstuhl, wie der Analytiker am Kopfende der Couch – das reichte aus, um selbst Summerchild redselig werden zu lassen.

Es hat in bestimmten Abständen kleine rote Haken an den Rand gemalt, dieses unsichtbare Publikum, hat seine Vorlage zensiert wie das Referat eines eifrigen Studenten. «Gut!» schrieb es neben Summerchilds Behauptung, glücklich verheiratet zu sein. «Ja!» kommentierte es neben der Schlußfolgerung, das abschließende Urteil müsse an langfristigen politischen Zielen ausgerichtet sein. Summerchild bot Serafin den nackten Wahnsinn in Form einer staatsdienstlichen Vorlage an; Serafin akzeptierte ihn in Form einer akademischen Prüfung.

Draußen vor dem Fenster, in der vernünftigen Welt, verfärbt sich das Licht zwischen den Bäumen im Park allmählich golden. Die Arbeitswoche ist vorüber. Die Menschen eilen ihren Freizeitbeschäftigungen zu, nehmen einander bei der Hand, sitzen auf dem harten, trockenen Rasen. Sie sind glücklich. Ja, sie sind glücklich und wissen es noch nicht. Sie sind lebendig, ohne es jemals richtig zu merken.

Und Summerchild, der plötzlich jemanden gefunden hat, der rote Häkchen an den Rand seiner Berichte malt, durchlebt noch einmal die letzten zehn, zwölf Jahre seines Lebens, die vorübergegangen sind, ohne daß er sie je richtig wahrgenommen hat. Er ist rückwirkend glücklich. Zu der Zeit war er es nicht. Er war *deprimiert* – ich habe ihn mit schleppendem Schritt die Straße hinaufkommen sehen, habe die Schwermut in seinen Worten gehört. Doch jetzt wird ihm klar, daß seine Langsamkeit ein Innehalten war, um den Augenblick besser auskosten zu können, daß sein Schweigen voller ungefühlter Gefühle war. Und da er einmal dabei ist, macht er gleich noch einen weiteren Sprung und sieht drei einzelne Flammen, drei einzelne Schatten, die alle mit besonderen Gefühlen befrachtet sind. Aber ich weiß, was er in jenem Moment gesehen hat – drei Kerzen, drei Schatten, nicht mehr. Er aß zu Abend und sagte nichts, er spielte Geige und fühlte nichts, er arbeitete, als das elektrische Licht wieder schien, und ging ins Bett, ohne darüber nachzudenken.

Und jetzt platzt mit einemmal alles aus ihm heraus. Glück. Denn ich weigere mich, sein Manöver am Ende ernst zu nehmen. Das kam viel später, als er schon von der Couch aufgestanden war, als er, den Termin für die nächste Therapiestunde schon in der Tasche, im Flur seinen Mantel überzog und sich wieder mit Vorsicht wappnete, ehe er hinaus auf die Straße ging. Und außerdem haben wir alle schon genügend Vorlagen geschrieben, die unseren Vorgesetzten die Wahl zwischen zwei Möglichkeiten ließen, obwohl allen klar war, daß in Wahrheit nur eine davon in Frage kam.

O ja, er ist glücklich. Im Moment jedenfalls. Und plötzlich kommen mir all die Jahre der schleppenden Schritte und zögerlichen Einsilbigkeit wie ein lästiger Luxus vor. Summerchild als Landedelmann, der seinen Reichtum auf beleidigende Weise unter ausgefransten Pullovern und geflickten Ellenbogen versteckt, während wir anderen verbissen darum kämpfen, unsere Armut unter gutgeschnittenen Anzügen zu verbergen, die wir uns eigentlich gar nicht leisten können.

Ja, er ist glücklich, der arme Teufel. Und er ist außerdem leicht verwirrt. Aber ich denke, das passiert recht häufig. Die meisten Menschen sind aus irgendwelchen praktischen Gründen sehr vernünftig, bis sie die Schwelle ihres Analytikers überschreiten, und sobald sie sich auf der Couch ausstrecken und erklären, wie vernünftig sie sind, werden sie wahnsinnig. Außerdem ist er noch immer nicht wirklich offen. Er spricht über die Stadien 4 und 5, ohne über die Stadien 7 bis 10 Auskunft zu geben. Millie jedenfalls kennt den Orkan, der Dächer abdecken und Bäume entwurzeln kann. Wie mag es ihm in diesen Stadien gehen?

Er ist schlicht manisch-depressiv, und Millie weiß davon, denn sonst hätte sie ihre Skala nicht entworfen. Sie weiß, daß er ab Windstärke 6 mit einem prall gefüllten Ballon aus den sicheren Ebenen der Depression in die dünne Luft der Manie aufsteigt. Und dann ist er so aufgekratzt, daß er zur Admiralty hinüberläuft und irgend jemandem erzählt, er bekäme geheime Botschaften von russischen Unterseebooten. Oder er erzählt den Leuten dort, wie glücklich er ist. Ein peinlich berührter Marineoffizier schickt nach dem Sicherheitsdienst, vielleicht auch nach einem Arzt. Sein verwirrter Besucher gerät immer mehr in Rage. Es kommt zu einer Rangelei...

Nein, das ist lächerlich. Wir sind im Staatsdienst. Welchen möglichen Nutzen könnte dieser ganze Blödsinn für den Staat haben? Was kann Serafins Bericht auf der Basis des bisher ermittelten Materials überhaupt erbringen? Daß alle Menschen in ungeteerten Straßen leben sollten. Daß wir alle die Risse in den Stufen zu unseren Haustüren nicht reparieren sollten? Daß wir regelmäßig den Strom abschalten und im Dunkeln leben sollten?

Wieder gehe ich unruhig im Zimmer auf und ab. Meine Bestürzung über das Dokument, das ich gerade gelesen habe, ist unverhältnismäßig, wie mir ziemlich rasch klar wird. Ich führe einen Teil meiner Gefühle auf eine seltsame Mischung aus Erleichterung und Groll darüber zurück, daß ich selbst darin keine Rolle spiele. Mein gelegentliches Auftauchen an Summerchilds Gartentor, die Tatsache, daß ich Millie von ihrer Arbeit für die Schule und die Festschrift zu seinem vierzigsten Geburtstag abhielt und ihm außerdem den Blick auf die gesprungene Stufe verstellte, hat auf ihn offenbar kaum einen Eindruck gemacht. Aber es ist nicht bloß die Kränkung darüber. In mir wächst ein immer stärkeres Gefühl von Verlust und Verrat. Irgendwo hinter der massiven, klassizistischen Stirn der Kabinettskanzlei versagt ein Teil des Gehirns. Inmitten dieser komplizierten, grauen Ordnung verfällt das Zimmer, in dem ich mich jetzt befinde, in Chaos und finsterste Nacht.

Bei diesem Gedanken bemerke ich, daß es tatsächlich dunkel geworden ist. Ich schaue auf die Uhr. Zwanzig vor sieben... Ich muß den Bericht noch heute abend fertigstellen. Aber, mein Gott – Timmy! Cheryl...! Nein – Freitag – Wochenende – Lynns Mutter...! Telefon! Anrufen!

Ich haste die Wendeltreppe hinunter und laufe über den leeren Flur. Zu beiden Seiten stehen die Türen zu den leeren Büroräumen offen. Meine Kollegen sind längst nach Hause gegangen. Ich muß nicht erst zu meinem eigenen Telefon laufen – ich kann eines ihrer Telefone benutzen. Beim Wählen wird mir die Leere des Gebäudes bewußt. Wie ein großer, verlassener Dampfer kommt es mir vor. Doch wer weiß, vielleicht sind in abgelegenen Kabinen und Maschinenräumen noch ein paar andere einsame Seelen wie ich mit irgendeiner Arbeit beschäftigt, die sie unbedingt in dieser Woche zu Ende bringen müssen. Auch wir könnten glücklich sein, wenn wir ein Publikum hätten, wenn wir Privatlehrerinnen hätten, die uns lächelnd zunickten und unsere Berichte mit roten Häkchen und ermutigenden Randbemerkungen versähen. Dann könnten wir alle zusammen ganz gemütlich irre werden...

«Hallo?» meldet sich die Stimme meiner Schwiegermutter unsicher. Sie weiß nicht, was sie sagen soll, wenn sie in einem fremden Haus ans Telefon geht. Ich entschuldige mich dafür, daß ich bei der Arbeit aufgehalten wurde. Sie entschuldigt sich dafür, daß sie für Timmys Abendessen keine gefrorenen Erbsen finden konnte und er keinen Brokkoli mag. Ich entschuldige mich für die fehlenden Erbsen und meinen wählerischen Sohn. Sie entschuldigt sich dafür, daß aus dem Heißwasserhahn offenbar kein heißes Wasser kommt. Ich entschuldige mich vorsorglich für alle denkbaren Störungen der häuslichen Wasserversorgung. Sie entschuldigt sich dafür, daß sie sich nicht erinnern kann, wo ich Timmys saubere Unterhosen aufbewahre. Ich entschuldige mich dafür, daß er welche braucht...

Wieder oben in der Dachkammer angekommen, gehe ich zum Fenster und schaue hinaus. Wenn ich jetzt dort unten den einäugigen Gott sehen könnte, würde ich mich aus dem Fenster lehnen und ihm alles erzählen. Von Summerchild und seiner Manie... Von Timmy und seinen Unterhosen... Was hier drinnen hinter unseren sachlichen Nachnamen und unseren undurchsichtigen Stores geschieht... Doch selbst das große Glasauge hat sich zum Wochenende geschlossen. Ich bin ganz allein auf der Welt.

17

Das nächste Dokument stammt wieder aus Mrs. Padmores Schreibmaschine. Es ist das Protokoll eines neuen Kolloquiums. Trotz der ermutigenden Häkchen am Rand ist Serafin von Summerchilds Essay überrascht. Sie sagt, sie hätte kaum etwas so Persönliches und Umfassendes erwartet. Sie ist «erstaunt», sagt sie, «beeindruckt», «dankbar», «sehr interessiert». Und unter diesem warmen Regen der Dankbarkeit und Belobigung zieht sich Summerchild immer tiefer unter das schützende Dach der Einsilbigkeit zurück. «Nun...» sagt er. «Oh...» Und zweimal *(lacht)* er, sagt jedoch nichts.

Ich sitze jetzt auf seinem Karton und hoffe, Tafelsalz ist weniger hart als Worcestersauce. Serafin beugt sich mir eifrig entgegen, und während sie mir Komplimente macht, muß ich mir eingestehen, daß sie über meine Vorlage zwar sehr überrascht gewesen sein mag, jetzt, wo wir uns gegenübersitzen, aber wieder das Heft in die Hand genommen hat. Mit großen, lächelnden Augen geht sie den Text Zeile für Zeile durch. Ich überfliege Mrs. Padmores Mitschrift und denke dabei, daß noch ein weiter Weg vor mir liegt, bis ich endlich im Hinterhof der Admiralty angekommen bin und nach Hause gehen kann, um die Reste zu essen, die meine Schwiegermutter für mich in den Ofen geschoben hat. Aber ich kann nicht umhin, in Summerchilds Namen eine gewisse Genugtuung zu empfinden. Alles, was ich geschrieben habe, scheint ihre allgemeine These zu bestätigen: Aussagen über das Glücklichsein sind performativ... Man *erklärt* sich zu einem glücklichen oder unglücklichen Menschen, gibt seinem Gemütszustand einen Namen, so wie man einem Kind einen Namen gibt... Deshalb weiß man selbst nach sorgfältigster Prüfung aller Aspekte nicht, was man sagen soll, genau wie Summerchild am Ende seiner Vorlage, deshalb erscheint die Wahl zwischen beiden Möglichkeiten so willkürlich, wenn sie ohne Zusammenhang und ohne einen bestimmten Zweck getroffen werden soll – genauso wäre es bei der Wahl des Namens für ein neugeborenes Kind, gäbe es keine Mode, keine Heiligen als Vorbilder und auch keine Großeltern, die es zu besänftigen gilt.

Sie sagt, sie habe über die Situation nachgedacht, die sie früher schon einmal erörtert hätten – die Situation der Verliebten, die einander beteuern, wie glücklich sie sind. In diesem Fall, meint sie, liege eine deutlich erkennbare Absicht vor, nämlich den anderen zu beruhigen und zu bestärken. Aber es scheine noch ein anderes Element im Spiel zu sein – der unwiderstehliche Drang, das eigene Glück in Worte zu fassen, es der Welt kundzutun, ja es laut herauszuschreien. Im Grunde sei dies ein weiterer Beweis für den performativen Charakter solcher Aussagen – die eigene Freude werde *in Szene gesetzt*. Allerdings müsse man unterstellen, daß dies größtenteils unwillkürlich geschehe und einer Art eigenständigem, innerem Befehl entspringe, den man in bestimmten Situationen verspüre, in anderen aber nicht. Summerchild hat ihn beim Abfassen seiner Schlußfolgerungen offenbar nicht verspürt.

Am meisten interessiert sie an seinem Bericht der Abend ohne Strom. «Weil», sagt sie, «Sie sich, was jenen Abend angeht, ohne Probleme, ohne das Urteil anderen zu überlassen, ohne besonderen Zusammenhang und ohne jeden erkennbaren Zweck dazu bekennen, ‹2 Stunden und 17 Minuten reinen Glücks› empfunden zu haben.» Oder ließe sich doch irgendein Zweck benennen, den er mit dieser Aussage verfolgt haben könnte?

Ich lache über ihre Frage. Natürlich kann ich einen Zweck benennen, rufe ich ihr zu, noch immer auf Summerchilds Platz sitzend. Ich wollte prahlen. Kann Ihnen das wirklich entgangen sein? Ich wollte, daß Sie mich für eine viel komplexere und interessantere Persönlichkeit halten, als ich es in Wirklichkeit bin. Ich wollte *mir selbst* beweisen, daß ich komplexer und interessanter bin, als ich bisher dachte. Ja, ich habe meine Freude in Szene gesetzt. Tun Sie das nie?

Doch alles, was Summerchild unter den intensiven Blikken dieser hellblauen, russischen Augen hervorbringt, ist: Nein, er glaube nicht, daß er damit irgendeinen Zweck verfolgt hätte... Ein *Bedürfnis*, es der Welt kundzutun? Nein, er könne sich nicht erinnern... Die deutlichste Erklärung, zu der er sich durchringen kann, ist die, daß er es gesagt habe, «weil es die Wahrheit ist».

Ich stelle mir vor, daß ihn die großen blauen Augen mit einem ungläubigen Blick bestrafen. Als Philosophin weiß Serafin – selbst *ich* als Staatsbeamter weiß es –, daß die Motivation für eine bestimmte Aussage mit ihrem Wahrheitsgehalt nicht das geringste zu tun hat. Ich kann mir vorstellen, wie sarkastisch Kevin Rice bereits im ersten Semester auf diese Behauptung reagiert hätte. Warum hat Summerchild dann bei der Stromabschaltung aufgehört? hätte er gefragt. Wenn die Tatsache, daß etwas wahr ist, ein hinreichender Grund sein sollte, es zu sagen. Warum hat er nicht auch gleich noch die Schuhgröße seiner Großmutter, die genaue Entfernung von Rugby nach Reykjavik oder ein paar Statistiken aus seiner vergleichenden Studie über Staatsdienst und verarbeitende Industrie aufgeführt?

Aber Serafin hakt in diesem Punkt nicht nach. Sie hat das Gespräch bereits in eine andere Richtung gelenkt.

«Ich muß gestehen», sagt sie jetzt, «daß Ihr Bericht über

diese zweieinviertel Stunden mich sehr bewegt hat. Aber ich kann nicht sagen, wieso. Im Grunde ist es ein ziemlich neutraler Bericht. Sie listen eine Reihe äußerer Ereignisse und Ihre Gedanken über diese Ereignisse auf, und strenggenommen hätten all diese Ereignisse und Gedanken ebensogut zu einem Bericht über zweieinviertel unglückliche Stunden führen können. Deshalb glaube ich, sie müssen von einem starken inneren *Gefühl* begleitet gewesen sein. Ich sage dies mit aller Zurückhaltung, denn ich bin sicher, Sie können aus der Tendenz meiner Fragen erkennen, daß ich darum bemüht bin, mich auf allgemein zugängliche Phänomene zu konzentrieren und innerste Gefühlsregungen außen vor zu lassen. Doch falls es eine solche Regung gegeben hat, haben Sie sie nicht genannt.»

«Nun...» sagt Summerchild.

«Sie könnten sagen, es liege daran, daß es schwierig ist, solche Regungen in Worte zu fassen.»

«Ich habe...»

«... von einem Gefühl der Leichtigkeit gesprochen, ja. Und das war auch sehr aufschlußreich. Aber Leichtigkeit ist nicht von vornherein mit Glück gleichzusetzen. Es gibt keine zwangsläufige Verbindung zwischen beiden. Mit dem Wort ‹Leichtigkeit› ließe sich auch das Gefühl umreißen, das man bei hohem Fieber hat, es könnte aber auch eine Art Wurzellosigkeit oder Bedeutungslosigkeit oder Ineffektivität beschreiben. Eher scheint mir... ich weiß nicht, wie ich es ausdrücken soll... das Glück nicht für sich allein zu stehen. Für Sie hat das Glück etwas mit den Flammen und Schatten zu tun, die Sie an jenem Abend gesehen haben, und den Gedanken, die Sie dabei hatten. Sie erwähnen sie nur aus diesem Grund. Und nur aus diesem Grund nehme auch ich das Glücksgefühl wahr, das mit Ihrer Erwähnung verbunden ist. Unter dieser Voraussetzung wäre Glück also ein Modus unserer Wahrnehmung.»

«Ja», sagt Summerchild. Ob er dies zweifelnd sagt oder im Tonfall begeisterter Zustimmung, ob ernsthaft oder ironisch, gefühlvoll oder besänftigend, registriert Mrs. Padmore nicht. Was sie in diesem Moment registriert, sind zwölf Pünktchen.

Ich lasse die Pünktchen langsam verstreichen und beobachte Serafin aufmerksam. Sie schaut aus dem Fenster und grübelt – das heißt, sie geht ihrem Beruf nach. Und diesmal sieht sie auch das Rot der Geranien vor dem Fenster, sieht das Weiß der Wolken, vom Aprilwind zerzaust. Doch in welchem Modus nimmt sie dies alles wahr?

«Ich habe über Ihre Stufe nachgedacht», sagt sie endlich. «Über die gesprungene Stufe vor Ihrer Haustür. Ich finde Ihren Bericht in diesem Punkt höchst aufschlußreich. Ich glaube, wir müssen die Wahrnehmung der Flammen im Zusammenhang mit der Wahrnehmung dieser Stufe sehen. Das Gefühl der Einzigartigkeit bei der Flammenerfahrung stammt aus dem Gegensatz zu dem Gefühl dauernder Wiederholung, was die Stufenerfahrung angeht. Und dies wiederum wurzelt im zyklischen Wesen Ihres Lebens, der regelmäßigen Pendelbewegung zwischen Arbeit und Heim. Ihr Arbeitsplatz ist durch uralte Traditionen im Zusammenspiel mit aktuellen Arbeitsprojekten geprägt, Ihr Heim durch eine Kombination von sozialen und ökonomischen Faktoren...

Mir wird klar, daß unsere unterschiedliche Wahrnehmung der Welt weniger auf individuellen Ansichten und Charakterzügen als auf einer Vielfalt sozioökonomischer Faktoren beruht. Wenn ich im Hinblick auf meine Erfahrungen in der jüngsten Vergangenheit keine einzige Situation benennen kann, in der ich das verspürte, was Sie ‹reines Glück› nennen, liegt dies womöglich am Wesen meiner beruflichen Tätigkeit. Ich fahre nicht täglich zur gleichen Zeit zu einem ganz bestimmten Arbeitsplatz. Ich arbeite an den verschiedensten Orten: im College, in Vorlesungssälen, in Bibliotheken –

oder zu Haus. Meine Arbeit ist nicht in dem Sinne zyklisch wie Ihre... Das scheint Sie zu überraschen?»

«Nein, nein...»

«Zwar ist das Studienjahr in Trimester unterteilt. Vorlesungen und Seminare finden zu festgelegten Zeiten statt. Trotzdem nehme ich meine Arbeit nicht als zyklisch wahr. Jeder Tag bringt eine Vielfalt von Hindernissen mit sich, die sich nie ganz vorhersehen lassen. In einem Moment hetze ich aus dem Haus, um noch rechtzeitig zum College zu kommen. Im nächsten hetze ich zurück, um Paul zum Arzt zu bringen. In einem Moment fällt mir ein, daß ich um elf Uhr eine Vorlesung habe. Im nächsten denke ich daran, daß ich noch nichts fürs Mittagessen eingekauft habe oder meine Notizen noch im College sind...

Ich denke nie: ‹Das gleiche habe ich gestern um diese Zeit gedacht› oder ‹Das gleiche werde ich morgen um diese Zeit denken›. Ja, gestern und morgen scheinen kaum zu existieren. Heute nimmt den gesamten Horizont meines Denkens ein. Die nächsten paar Stunden – die nächsten paar Minuten – so hetze ich weiter, Tag für Tag. Vorlesung – Einkäufe – College. College – nach Hause – Einkäufe – nach Hause – und noch einmal zurück ins College, weil ich dort etwas vergessen habe – x Variablen und 2^x Möglichkeiten, sie miteinander zu kombinieren.

Ich eile in mein Arbeitszimmer, um eine halbe Stunde zu arbeiten, aber meine Gedanken irren noch immer durchs Haus. Ich schreibe im Arbeitszimmer über Leibniz – oben höre ich Paul an seiner elektrischen Gitarre üben – von Nicky ist nichts zu hören, was ich eher besorgniserregend finde – Leibniz, Leibniz – Alexander ruft, Paul soll endlich mit dem Krach aufhören – das Telefon klingelt – hat Paul wieder einmal Scherereien mit der Polizei? – Leibniz, ja – die Haustür klappt leise auf und zu, mein Mann kommt nach Hause und bemüht sich, mich nicht zu stören – ich muß noch den Ein topf fürs Abendessen aufsetzen – wird mein Mann zum Abendessen dasein? – und wo steckt Nicky überhaupt? – irgend jemand wollte doch zum Kolloquium kommen, aber wann? – was schreibe ich über Leibniz? – die Haustür klappt leise auf und zu, mein Mann geht wieder, ohne mich zu stören...»

Schon wieder Pünktchen. Summerchild schweigt. Ich weiß nicht, wohin er während dieses besorgniserregenden Ausbruchs schaut. Ich für meinen Teil halte die Augen fest auf Mrs. Padmores Mitschrift geheftet, und Mrs. Padmore, denke ich, tut es mir gleich.

«Das alles ist sehr schmerzhaft für mich», sagt Serafin plötzlich. «Aber Sie sind erstaunlich offen zu mir gewesen, und ich habe das Gefühl, mich für Ihr Vertrauen revanchieren zu müssen.»

Summerchild schweigt beharrlich weiter. Seine Verlegenheit wiegt offenbar schwerer als alle höflichen Konventionen.

«Der zyklische Charakter Ihres Alltags», sagt sie, «wird jedoch offenbar noch durch ein weiteres Element bestärkt, nämlich durch die regelmäßige Anwesenheit Ihrer Frau und Ihrer Tochter, wenn Sie abends nach Hause kommen. Meine Familie hingegen besteht aus immer wieder neuen Kombinationen willkürlicher Variablen. Es ist sehr schwer vorherzusagen, wie viele Familienmitglieder sich in irgendeinem Moment im Haus aufhalten werden. Alexander sagt manchmal, ob er dasein wird oder nicht. Paul ebenfalls, aber seine Voraussagen besitzen keinen nachweisbaren Wert. Nicky ist normalerweise nicht da und will auch nicht gefragt werden, wann er dasein wird, und wenn er mal da ist, schläft er meist.

Und dann ist da noch die Frage der Liebe. Ich gehe davon aus, daß ich für meine Söhne nicht weniger Liebe empfinde als Sie für Ihre Tochter, falls dieser an sich unzulässige Vergleich von Emotionen überhaupt irgendeine Aussagekraft besitzen kann, aber die Form, die diese Liebe annimmt, besteht fast ausschließlich aus Angst und Besorgnis. Selbst bei Alexander, der sein Bestes tut, um mich vor den anderen zu schützen. In seinem Fall treibt mich die Sorge um, daß er diese Loyalität mit mangelnder Unabhängigkeit bezahlt. Und selbst meine Beziehung zu Alexander verläuft nicht in regelmäßigen Bahnen.

Mein Mann taucht während des Tages immer wieder mal zu Hause auf, ohne daß sich dabei jedoch irgendeine Regelmäßigkeit erkennen ließe, und wir haben abgemacht, daß ich ihn nicht frage, wohin er geht. Oder woher er kommt. Oder was er für mich oder unsere Kinder empfindet. Oder was er sonst so denkt, was ihn beschäftigt, welche Ziele er verfolgt, welche Hoffnungen und Wünsche er hegt. Es mag Fragen geben, auf die er etwas freundlicher reagiert, aber ich habe bis heute nicht herausfinden können, was für Fragen das sind.

Sie beschreiben, wie Ihre Familie bei einer Stromabschaltung plötzlich vor Ihren Augen verschwand. Ich erinnere mich an das genaue Gegenteil – das plötzliche Auftauchen meines Ehemanns, als eine Stromabschaltung zu Ende war.

Es war im Flur. Ich tastete mich gerade im Dunkeln an den Fahrrädern vorbei, als es plötzlich hell wurde und mein Mann dicht vor mir stand. Ich hatte nicht gewußt, daß er im Haus war, aber noch mehr überraschte mich seine Größe, als ich ihn so aus der Nähe sah, und der erstaunlich große Teil des Gesichtsfelds, den er plötzlich einnahm. Es ist anzunehmen, daß wir auch schon bei früheren Gelegenheiten ziemlich dicht aneinander vorbeigegangen sind, aber wahrscheinlich haben wir dann immer zu Boden geschaut.

Er war offenbar nicht allzusehr erstaunt, mich zu sehen. Vermutlich hatte er mich durch den Flur kommen hören. Wahrscheinlich hat er gedacht, wenn er nichts sagen und den Atem anhalten würde, könnte ich mich an ihm vorbeitasten, ohne überhaupt zu merken, daß er da war.

Jedenfalls sah er mich nicht an. Er hielt den Blick auf den Gürtel seines Regenmantels gesenkt, den er gerade zuband, offenbar auf dem Weg nach draußen. Und so standen wir uns in dieser leicht verlegenen Stille gegenüber. Ich konnte ihn nicht fragen, wohin er ging oder wo er gewesen war. Ich konnte mein Erstaunen über seine Anwesenheit nicht zum Ausdruck bringen, weil damit vielleicht eine unterschwellige Mißbilligung seiner häufigen Abwesenheit verbunden gewesen wäre. Ich dachte angestrengt nach und kam zu dem Schluß, daß meine jüngsten Erlebnisse als neutrales Gesprächsthema dienen könnten. Also erzählte ich ihm, der Premierminister habe angerufen – ja, an jenem Tag muß es gewesen sein. Es war die Stromabschaltung, die gerade in dem Moment begonnen hatte, als ich ans Telefon ging.

Ich erinnere mich, daß er ein sehr ernstes Gesicht machte. Dann schaute er über meine Schulter hinweg zur Haustür und sagte, er wäre am Abend nicht da. Ich sagte, ich müsse am nächsten Tag nach London fahren, um mit dem Premierminister zu sprechen. Mein Mann sagte, am nächsten Tag werde er ebenfalls nicht zu Hause sein.

Was ich in diesem Moment fühlte, war das Gegenteil von dem, was Sie verspürten. Sie sprachen von einem Gefühl der Leichtigkeit, mich überkam ein Gefühl der Schwere, einer fast unerträglichen Schwere.

Sie haben sich als glücklich verheiratet bezeichnet. Ich glaube nicht, daß ich mich so bezeichnen könnte.»

Ich hatte also recht gehabt, was das häusliche Leben der Maitlands anging. Aber Summerchilds Verhalten gibt mir Rätsel auf. Selbst ein außergewöhnliches Geständnis wie dieses quittiert er mit Schweigen. Dabei ist es nicht das erste Mal, daß ein Staatsbeamter Zeuge einer so vertraulichen Mitteilung wird. Wir bekommen von unseren Vorgesetzten so manches zu hören. Sie verspüren gelegentlich den unwiderstehlichen Drang, uns über ihre häuslichen Tragödien zu informieren, uns um Rat zum letzten Ehestreit oder zur Kindererziehung zu bitten. Äußerst unüblich ist allerdings, daß dies mitten in einer Arbeitssitzung geschieht und dann auch noch der Sekretärin zur Abschrift vorgelegt wird. Nein, es bieten sich meist genügend andere unpassende Augenblicke. Zum Beispiel, wenn man nach der Sitzung Seite an Seite vor dem Urinal steht. Oder wenn man schon halb auf dem Sprung ist, um den nächsten Zug zu erwischen. Oder in der Kantine, wenn man gerade den Mund voll hat und nicht antworten kann. Aber ich glaube behaupten zu dürfen, daß wir diese Situationen nicht schlechter bewältigt haben als andere Personengruppen. Wir haben standhaft weitergepinkelt und unser Beileid ausgedrückt. Wir haben jede Hoffnung, pünktlich nach Hause zu kommen und unsere Kinder vor dem Schlafengehen wenigstens noch kurz zu sehen, zusammen mit dem letzten Zug fahren lassen und den Leidgeprüften väterliche Ratschläge zur Erziehung ihrer Kinder gegeben. Wir haben unsere Münder geleert und unsere Herzen geöffnet.

In diesem Fall hatte Summerchild als erster sein Herz ausgeschüttet und war dabei sehr freundlich aufgenommen worden. Er muß doch geahnt haben, daß ihm im Gegenzug auch ein Blick auf Serafins Herz gewährt würde. Er muß sich vorher überlegt haben, wie er in diesem Fall reagieren sollte.

Nicht ein Wort.

Oder jedenfalls kein Wort, das auf dem Band und folglich in Mrs. Padmores Mitschrift festgehalten wäre. Ja, vielleicht zeigt er sein Mitgefühl auf eine Weise, die sich mit einem Mikrophon gar nicht aufzeichnen läßt. Vielleicht schaut er sie an. Ja, vielleicht schaut er dies eine Mal nicht aus dem Fenster, nicht auf den Boden, nicht auf seine Handrücken, sondern direkt in ihre Augen. Vielleicht schaut er sie so ausdrucksvoll an, daß es zwischen ihnen gar keiner Worte bedarf.

Das verändert das Bild. Er ist nicht verlegen. Er sitzt hier mit seinem von der Aprilsonne entflammten Haar, seine blauen Augen fest auf ihre blauen Augen gerichtet. Und er ist *entrückt*.

Ich werfe einen raschen Blick auf den Rest der Seite. Ein tiefes Unbehagen, das auch der nächste Absatz nicht zu mindern vermag, breitet sich in mir aus.

«Wenn ich versuche, mich an Erfahrungen zu erinnern, die Ihrem Erlebnis während der Stromabschaltung in irgendeiner Weise ähneln könnten», sagt sie, «fallen mir höchstens meine Träume ein.»

Träume. Natürlich. Sie erzählen. Sie erzählen sich ihre Träume.

«Manchmal», sagt sie, «sind meine Träume von einem Gefühl der Leichtigkeit geradezu durchdrungen. Haben Sie diese Erfahrung auch gemacht?»

Eine direkte Frage. Keine hörbare Antwort. Ich nehme an, er nickt.

«Ich meine das Gefühl, daß alles wie selbstverständlich gut ist, milde und lächelnd. Ein Gefühl von... ja, von Leichtigkeit. Danke, daß Sie diesen Begriff ins Gespräch gebracht haben.»

Ich lächele. *Er* lächelt. Ja, ich glaube fest daran, daß er seinen Mund zu einem Lächeln verzieht.

«So einen Traum hatte ich auch vorletzte Nacht», sagt sie. «Und während ich das sage, wird mir klar, daß dieser Traum eine Reaktion auf die Lektüre Ihres Berichts über Ihre Erlebnisse während der Stromabschaltung gewesen sein kann... Ich war zu Hause bei meiner Mutter und meinen Schwestern. Meine Mutter strahlte eine ganz eigenartige Sanftheit aus. Ich wußte, daß sie tot ist, aber das machte gar nichts. Der Tod war wie der dichte Nebel an einem trüben Herbstvormittag – auf den ersten Blick sieht er undurchdringlich aus, aber wenn man will, kann man ihn mühelos durchschreiten. Und plötzlich steht man vor einem Gebäude, das man kennt, plötzlich taucht vor einem der Postbote oder irgendein Nachbar auf, und all diese Dinge und Gestalten wirken zugleich fremd und vertraut. Seltsam weich und seltsam normal. Es erscheint uns absurd, daß sie die ganze Zeit über dagewesen sind, nur durch dieses seltsame weiße Etwas von uns getrennt. Man hätte die ganze Zeit über den Arm ausstrecken und sie berühren können. Es ist, als hätten sie mit uns Versteck gespielt.

Meine Mutter, meine Schwestern und ich lebten auf dem Dachboden eines großen Hauses. Es gab endlose Treppenfluchten, aber ich lief ganz mühelos hinauf, nahm, ohne je außer Atem zu geraten, immer gleich mehrere Stufen auf einmal, denn ich wußte, meine Mutter wartete oben, und sie war zufrieden mit mir.

Ich hatte einen kleinen Bruder, und ich war sehr lieb zu ihm. Ich ließ ihn mit meinen Lieblingsbüchern spielen, nahm ihn auf den Schoß und schloß ihn in die Arme. Er küßte mich, wie Alexander mich geküßt hat, als er noch klein war – er legte die Arme um meinen Hals, preßte seine Lippen auf meinen Mund und lachte dabei. Aber in meinem Traum war es nicht Alexander, der mich küßte. Es war mein kleiner Bruder, obwohl ich nie einen kleinen Bruder gehabt habe. Aber er war aus dem weißen Nebel so weich und natürlich aufgetaucht wie meine Mutter...

Und dann änderte sich alles. Die Sonne verschwand, es begann zu regnen. Die Dinge verloren ihre Leichtigkeit. Ich hörte die Regentropfen aufs Dach fallen. Es waren große, unförmige Regentropfen, sie hatten die Form von Schuhen und Brieftaschen und bedeckten bald alle Ziegel. Manche fielen herunter und rollten unter die Gartenmöbel...

Das muß das Geld gewesen sein. Das Kleingeld aus den Hosentaschen meines Mannes. Denn als ich aufwachte, kroch er im Dunkeln im Schlafzimmer herum. Seine weißen Hemdschöße schimmerten in der Dunkelheit. Er hatte keine

Hose an. Leise, um mich nicht aufzuwecken, hob er die Münzen auf.»

Zwölf Pünktchen. Und Summerchild? Kein Kommentar. Also erzählt sie weiter.

«Ich glaube nicht, daß ich meine Erfahrung zeitlich so präzise eingrenzen kann wie Sie. Wenn man den Untersuchungen der Psychologen glaubt, die die Dauer von Traumphasen anhand unserer Augenbewegungen messen, waren es höchstens ein paar Minuten. Mein Traum kann nicht vor halb eins begonnen haben, denn zu der Zeit hatte ich mein Buch zugeklappt und das Licht ausgeschaltet. Er muß aber gegen eins schon zu Ende gewesen sein – zumindest nicht viel später als eins. Das schloß ich jedenfalls aus dem Tonfall meines Mannes, als er merkte, daß ich mich im Bett aufgesetzt hatte. In seinem Tonfall schwang ein gewisser Vorwurf mit. Und auch die Wahl seiner Worte war bemerkenswert. Ich glaube, er sagte: ‹Du bist noch wach?› Wenn es später als eins ist, klingt seine Stimme beflissener. Und auch die Worte ändern sich. ‹Schlaf ruhig weiter›, sagt er dann.

Ich sollte klarstellen, daß dies nur ungefähre Zeitangaben sind. Ich habe sie nicht mit dem Wecker verglichen, denn in dem Fall hätte ich das Licht einschalten müssen, und das hätte so ausgesehen, als wollte ich meinen Mann fragen, wie spät es ist und woher er um diese Uhrzeit noch kommt, was gegen unsere Übereinkunft verstoßen hätte . . . .»

Ja, wieder zwölf Pünktchen. Und dann bricht Summerchild endlich sein Schweigen.

«Es tut mir leid», sagt er.

Sieben volle Seiten lang hat er der Schilderung ihres Elends gelauscht. Sieben volle Seiten lang hat er sich zurückgehalten, hat nicht aufgeschrien, hat ihr nicht seinen Rat angeboten, war nicht an ihre Seite geeilt. Dann denkt er zwölf volle Pünktchen lang über eine passende Antwort nach. Und womit platzt er am Ende heraus? «Es tut mir leid.» Aber ich will fair sein und hoffen, daß er die fehlende Beredsamkeit durch Blicke und Gesten wettmacht. Ihre Erwiderung fällt sogar noch kürzer aus:

«Oh.........»

Ich stelle mir vor, daß dieses «Oh» von einem Schulterzucken oder einem Abwinken begleitet wird. Sie hat sein Mitleid als unnötig abgetan, ihre Gefühle als unwichtig bezeichnet, ihre gesamte Lebenserfahrung weggewischt.

Und so sitzen sie sich während der nächsten zwölf Pünktchen schweigend gegenüber. Vor dem Fenster kommt und geht die Sonne, Aprilschauer fallen, Wolken ziehen vorbei. Und ein paar Stockwerke tiefer, im vorderen Teil des Gebäudes, in den Räumen der Kabinettskanzlei, arbeiten die Geheimdienste fieberhaft daran, die Subversion in der äußeren Welt zu fördern und die Kontersubversion in der inneren Welt unter Kontrolle zu halten, und wissen doch nichts von der viel gefährlicheren Subversion, die sich unter ihrem eigenen Dach anbahnt. In Oxford reißt Paul gerade ein neues Päckchen Plektra auf. Nicky schläft. Ted Maitland schleicht sich aus dem Haus. In Greenwich bastelt Anne an einer neuen Seite von Summerchild in seinem Geburtstagsbuch. Millie steht auf dem Rückweg von der Schule am Gartentor und blickt über London und die fernen Hochhäuser von Whitehall, und ich stehe neben ihr und blicke auf das Unkraut, das aus dem Sprung in der dritten Stufe wächst.

Schließlich räuspert sich Summerchild (wie ich mir vorstelle), seufzt (vielleicht) und sagt ohne jede Einleitung:

«Ich würde sagen, Glück ist, wenn man ganz dort ist, wo man ist, und nirgendwo anders sein möchte.»

«Ja», erwidert Serafin, «das glaube ich auch. Danke.»

Und damit sind wir am Ende der Seite angelangt. Ich halte einen Moment lang inne, ehe ich das Blatt umdrehe. Die Aussicht darauf, wohin dieses Gespräch sie eindeutig führen wird, ruft in mir sehr gemischte Gefühle wach.

«Nein!» möchte ich ihnen am liebsten zurufen. «Hört endlich auf damit!»

«Ja», möchte ich sie am liebsten drängen. «Macht weiter! Hört bloß nicht auf!»

Ich drehe das Blatt um.

Nichts.

Keine Seite mehr. Die Mitschrift ist zu Ende.

18

Großer Gott, sie haben meinen Rat befolgt und aufgehört! Haben kein weiteres Wort mehr gesprochen. Haben erkannt, daß sie plötzlich und unvermutet auf die Lösung des Rätsels gestoßen sind. Haben wortlos verstanden, daß sie die Antwort auf ihre Frage gefunden und damit die erste Arbeitsphase ihrer Einheit erfolgreich abgeschlossen haben. Ohne eine weitere Minute oder auch nur ein weiteres Wort zu verlieren, erklärten sie die Sitzung für beendet und gingen nach Hause. Sie wußten, sie brauchten jetzt nur noch ihren Abschlußbericht zu schreiben und konnten dann in aller Ruhe anderen Aufgaben entgegensehen.

Oder sie haben meinen Rat befolgt und *nicht* aufgehört. Haben gemerkt, wohin das Gespräch sie führt, und haben diskret den Kassettenrecorder ausgeschaltet. Oder sie haben – noch plausibler, da der Text am Ende einer Seite aufhört – den Kassettenrecorder vergessen und später die letzten Seiten der Abschrift aus dem Verkehr gezogen.

Nun, ein Blick auf das nächste Dokument in der Akte wird uns sagen, wie es weitergegangen ist. Vielleicht ist es bereits der Abschlußbericht. Oder sie kehren bei der nächsten Sitzung mit neuer Gelassenheit zur Normalität zurück – oder besser: zu dem, was in dieser kleinen, verrückten Episode der britischen Regierungsgeschichte unter Normalität verstanden wird. Vielleicht sind sie aber auch schon über den Punkt hinaus...? Ich ziehe das nächste Dokument aus dem Stapel.

Es ist kein Abschlußbericht und auch kein Gesprächsprotokoll. Es ist eine dienstliche Mitteilung, ein einziges Blatt mit zwei kurzen Absätzen. Die Sache kommt mir bekannt vor. Ja, ich habe sie gelesen, als ich die Akte zum allerersten Mal aufschlug.

Von: Personalabteilung
An: Strategie-Einheit und Wirtschaftsabteilung
Datum: 18. April 1974

Mit Wirkung des heutigen Datums wird Mrs. L. Padmore von der Strategie-Einheit in die Wirtschaftsabteilung versetzt. Der Strategie-Einheit wird in Kürze eine andere Schreibkraft zur Verfügung gestellt werden.

Ich blättere noch einmal zum letzten Protokoll zurück. Es stammt vom 17. April, dem Tag davor. Ich glaube, ich weiß jetzt, was geschehen ist.

Ich sehe Mrs. Padmore am 18. April zur Arbeit kommen. Sie betritt den kleinen Raum am Fuß der Wendeltreppe, stellt ihre Handtasche neben den Drehstuhl, hängt ihren Regenmantel und ihren Regenschirm auf und reibt sich die Hände. Es ist Mitte April und nicht mehr ganz so kalt, also knöpft sie ihre dunkelgrüne Strickjacke auf und lockert den Seidenschal, den sie von ihrer Schwester zu Weihnachten bekommen hat. Sie nimmt an ihrem Schreibtisch Platz und löst das Gummiband von den Kassetten, die auf ihrem Schreibtisch liegen. Sie reibt sich noch einmal die Hände, seufzt und setzt ihren Kopfhörer auf. Zügig tippt sie Seite um Seite. Summerchild schaut einen Moment lang herein, ehe er nach oben an seinen Arbeitsplatz geht. Er nickt und lächelt. Sie nickt und lächelt zurück. Sonst ist ihr Gesicht absolut ausdruckslos. Denkt sie über das Leben nach, über das sie Seite um Seite tippt, denkt sie an die drei ungehobelten Söhne, den treulosen Philosophen und das lieblose Haus in North Oxford, oder denkt sie an ihr eigenes, kinderloses, aber zufriedenes Leben, das sie mit einem Angestellten der Kommunalverwaltung in West Norwood teilt? Von Zeit zu Zeit hört sie auf zu schreiben, wartet und beugt sich vor, um auf den Schnellvorlauf zu drücken. Dann tippt sie eine ordentliche Reihe von Pünktchen aufs Papier.

Als sie ans Ende von Seite sieben kommt, beginnt sie die Stirn zu runzeln. Irgend etwas scheint sie zu beunruhigen. Sie nimmt die volle Seite aus der Maschine und liest sie durch. Zögernd spannt sie die nächste Seite ein. «Seite 8», tippt sie in die rechte obere Ecke und drückt auf die Fußtaste.

Nach wenigen Worten hält sie inne. Sie starrt stumm in die Ferne, lauscht zum erstenmal bewußt dieser kleinen Welt in ihren Ohren. Sie runzelt wieder die Stirn. Ja, ich glaube, sie errötet sogar. Errötet sie vor Verlegenheit oder aus Ärger darüber, daß man sie in Verlegenheit gebracht hat? Was geht in ihr vor? Meine Phantasie verliert sich in wilden Spekulationen.

Jedenfalls nimmt sie abrupt den Kopfhörer ab und drückt auf die Stopptaste des Kassettenrecorders. Sie knöpft ihre dunkelgrüne Strickjacke zu und zieht den Seidenschal ein wenig fester. Dann hebt sie ihre Handtasche auf, nimmt ihren Mantel und Regenschirm vom Kleiderständer und macht sich auf den Weg zur Personalabteilung ...

Mrs. Padmore hat um eine Versetzung gebeten, und die Mitschrift endet auf Seite sieben. Doch wie ging es weiter? Wie von der Personalabteilung versprochen, wurde der Strategie-Einheit in Kürze eine neue Schreibkraft zur Verfügung gestellt. Sie kam an, stellte ihre Handtasche neben den Drehstuhl und so weiter, knöpfte die dunkelblaue Strickjacke auf, die ihre Mutter ihr zum Geburtstag gestrickt hatte, und so weiter, setzte den Kopfhörer auf und spulte die Kassette zurück, um den richtigen Anschluß zu finden. Als Summerchild hereinschaute, nahm sie den Kopfhörer ab, um sich vorzustellen. Nicken, Lächeln, ein kurzer Wortwechsel über das Wetter und die Pflege der Topfpflanzen, kleine Gesten gegenseitigen Einverständnisses. Schließlich stellte die neue Sekretärin den Recorder wieder an, hörte sich die ersten Sätze von Seite acht an und verließ ebenfalls empört das Büro. In Kürze wurde eine weitere Schreibkraft zur Verfügung gestellt und so weiter... Sie alle gingen, eine nach der anderen, ohne daß Seite acht jemals fertig wurde...

Nein, natürlich nicht. Summerchild hatte die anstößige Kassette längst an sich genommen, damit die neue Schreibkraft mit dem Protokoll der nächsten Sitzung beginnen konnte. Ich greife zum Ende des Stapels, um es herauszuziehen... Aber es ist nicht da. Die dienstliche Mitteilung der Personalabteilung ist das letzte Dokument in der Akte *Lebensqualität*.

Ich lege die Papiere zu den anderen Materialien, die ich im Laufe meiner Untersuchung angesammelt habe, und suche im Essigkarton nach der Fortsetzung. Doch nirgendwo finde ich eine Spur von Serafin und Summerchild. Gibt es am Ende der ersten Akte vielleicht einen Hinweis auf die Fortsetzung...? Nein.

Nach und nach durchwühle ich alle Kartons im Zimmer und breite die Akten auf dem Fußboden aus. Es ist acht Uhr, und das niedrige, rote Abendlicht, das vom Fenster aus über meinem Kopf quer durchs Zimmer fällt, macht das Sehen schwierig. Ich krieche auf allen vieren herum und studiere den Titel jeder einzelnen Akte – ein Nachttier, das in der Dämmerung den Müll durchwühlt. Grunzend drehe ich noch eine letzte Runde, scharre mit den Pfoten zwischen den Papieren herum, stecke den Rüssel in jeden Aktendeckel. Ich bin ein ziemlich dummes Tier, denke ich, während ich, ohne System und ohne jede Gewißheit, immer wieder die gleichen Furchen durchwühle.

Noch immer nichts. Plötzlich brechen Hunger und Erschöpfung über mich herein. Es ist halb neun. Außer einem Sandwich um die Mittagszeit habe ich noch nichts gegessen. Die Spannung, kurz vor der Antwort auf all meine Fragen zu stehen, hat mich nicht aufgeben lassen. Jetzt kann ich mich nicht einmal mehr auf allen vieren halten. Ich breche auf dem Boden zusammen, sitze inmitten des Chaos, das ich selbst geschaffen habe, und schmolle – wie Timmy. Eine Woche Arbeit, und ich bin keinen Schritt vorangekommen. Es ist immer noch Mitte April, es sind noch zwei Monate bis zu Summerchilds Tod, und ich habe das Ende der schriftlichen Zeugnisse erreicht. Wütend schleudere ich leere Kartons und nichtssagende Aktendeckel durchs Zimmer.

Ich kann nicht mehr klar denken. Was haben diese beiden Idioten getan? Ihre Einheit am Ende der berüchtigten Sitzung am 17. April selbst aufgelöst? Und das ohne Abschlußbericht? Oder hat jemand vor mir die Akten durchwühlt und zerstört? Tite vielleicht? Oder die Sicherheit? Ist das große Glasauge am Ende doch schneller hiergewesen als ich? Oder hat Summerchild selbst...

Ich lege mich auf den Fußboden, bette den Kopf auf einen Haufen zerknitterter Akten und schließe die Augen. Mich beschleicht das seltsame Gefühl, beobachtet zu werden. Ich schlage die Augen auf, und tatsächlich, die beiden schauen mich an. Sie lächelt und beugt sich eifrig vor, als wolle sie mir Mut machen, weiter nach Wissen zu streben. Er lehnt sich zurück, den Kopf ein wenig zur Seite gewandt, und sieht mich zweifelnd an. Er glaubt nicht, daß ich dieses Wissen jemals erlangen werde.

Also gut, noch ein letzter Versuch, dann gebe ich auf. Vielleicht habe ich irgendwo einen Aktendeckel übersehen... Vielleicht sind die gesuchten Papiere zwischen andere Papiere geraten... Es ist Wahnsinn, ich weiß es. Hier ist nichts. Ich bin erschöpft. Ich weiß nicht mehr, was ich tue...

Ich muß einen klaren Kopf bekommen. Eine Pause machen. Mir eine Tasse von dem köstlichen Teestaub aufbrühen.

Ich schalte das Licht an. Im grellen Schein der nackten Birnen wirkt das Chaos wie die Überreste einer wilden Party. Ich flüchte in die kleine Küche und entzünde das Gas unter dem Wasserkessel. Als ich den Teebeutel aus dem Schrank nehme, gerate ich in Versuchung, mich an den Lebensmitteln zu vergreifen, eine Fertigsuppe, einen Löffel Senf oder gar ein paar verschimmelte Cornflakes zu probieren. Ich schüttele die Keksdose. Sie klappert verheißungsvoll. Ich mache sie auf... und da kommen sie herausgepurzelt. Schokoladenwaffeln. Und sie sind gar nicht schimmelig – sie glänzen frisch. Sie sind knusprig und schwarz...

Und sie sind aus Plastik. Haben zwei runde Löcher und ein kleines Fenster auf jeder Seite. Sind beschriftet, von Summerchild höchstpersönlich mit Etiketten versehen: 23. 5. 74... 4. 6. 74... 29. 5. 74...

Kassetten. Dutzende von Kassetten.

Ich hebe sie auf, lege sie nebeneinander in eine ordentliche Reihe und studiere die Zahlen auf den Etiketten. Ich halte die fehlenden zwei Monate in Händen. Und ich verspüre im Magen ein seltsames Gefühl. Triumph vielleicht. Oder einfach nur quälenden Hunger. Oder Enttäuschung darüber, daß es keine Schokoladenwaffeln sind.

Dann dämmert mir, daß ich hier keinen Kassettenrecorder habe. Ich werde die Kassetten mit nach Hause nehmen müssen. Ich werde das ganze Wochenende damit zubringen, sie mir anzuhören. Werde zwei unbeholfenen, alternden Clowns zuhören, die sich geschmackloserweise ineinander verlieben.

Ja, jetzt, wo die Unsicherheit gewichen ist, bin ich ärgerlich. Ich habe gefunden, was ich suchte; und zu bekommen, was man wollte, ist, wie man weiß, eine unzuverlässige Quelle des Glücks. Auch diese beiden sich mausernden Turteltauben werden das zweifellos noch entdecken.

Ich bin versucht, die Kassetten in die Keksdose zurückzulegen und um eine Versetzung zu bitten, wie Mrs. Padmore.

19

«Ich habe einmal mitten in einer Sitzung beim Landwirtschaftsminister angefangen zu pfeifen.»

Summerchilds Stimme! Ganz plötzlich, aus dem Nichts – oder vielmehr aus den Boxen in meinem Wohnzimmer. Beschämt und verwirrt springe ich auf, um die Lautstärke herunterzudrehen, ehe Timmy oder meine Schwiegermutter ins Zimmer kommen. Ich beuge meinen Kopf dicht vor den Lautsprecher; ich weiß nicht, wo ich die Kassetten sonst abspielen könnte.

«Es war ein Thema aus dem B-Dur-Trio. Wir sprachen gerade über die Auswirkung des metrischen Systems auf die Zulieferer von Geflügelfutter. Es kam mir plötzlich vor, als hätte Schubert alles gesagt, was es zu diesem Thema zu sagen gibt, und zwar sehr viel besser, als ich es je hätte sagen können.»

Nach jenen wenigen, längst vergessenen Bemerkungen auf der Straße vor seinem Haus kehrt seine Stimme fünfzehn Jahre später ganz unvermittelt zu mir zurück. Sie klingt noch immer so tief und rauh, als müßte jedes Wort auf dem Weg zu seinen Lippen unzählige Schichten an Schutt und Geröll durchdringen. Aber der Redefluß wirkt schneller, als ich ihn in Erinnerung habe, und – ja, das ist die wichtigste Veränderung – er fließt nicht mehr ruhig und dunkel dahin, sondern läßt kleine Strudel und Schaumkronen erahnen.

«Zum Glück blieb es bei diesem einen Thema. Im Sitzungsprotokoll wurde davon natürlich nichts erwähnt.»

Ich kann mir vorstellen, was geschehen ist. Serafin hat ihn nach der Fortsetzung von Millies Skala gefragt. Weil sie der Meinung war, seine Antwort könnte für die Untersuchung wichtig sein, hat sie den Kassettenrecorder angestellt, und seine Erinnerungen an vergangene Stürme und Böen haben den Windmesser wieder in Gang gesetzt.

Aber sie steuert auch eigene Erinnerungen bei. «Was meine Erfahrungen mit dem oberen Ende der Skala angehen, fallen mir hauptsächlich Momente der völligen Vertiefung in irgendwelche gedanklichen Probleme ein. Aber diese Momente waren gerade deshalb so angenehm, weil ich mir meiner Gefühle *nicht bewußt* war – ja jegliches Selbstgefühl verloren hatte.»

Ihre Stimme ist warm, tief und nachdenklich und gleichzeitig merkwürdig lebhaft. In meinen Ohren klingt sie fast so selbstverständlich wie seine, als hätte ich sie bei der Lektüre der vielen Gesprächsprotokolle schon die ganze Zeit über gehört.

Timmy kommt ins Zimmer. «Daddy, Daddy», sagt er und zieht an meinem Ärmel. Summerchild erinnert sich gerade an eine Situation, als Millie noch klein war und er mit ihr am Greenwich Pier einen Flußdampfer losmachen sah. Ohne die geringste Ahnung, wohin der Dampfer fuhr, hatte er das Kind auf den Arm genommen und war im letzten Moment an Bord gesprungen, plötzlich überzeugt, daß sie unbedingt mitfahren müßten. «Daddy, Daddy», sagt Timmy. «Was ist?» frage ich, den Kopf noch immer dicht vor den Lautsprecher gebeugt. «Daddy, Daddy», wiederholt er geistesabwesend. Auch er hört Summerchilds Stimme zu. Nach einer Weile wird Summerchild klar, daß er sich dem Betriebsausflug der örtlichen Elektrizitätsgesellschaft angeschlossen hat und es drei Stunden dauern wird, ehe er und Millie wieder von Bord gehen können. Timmy beginnt zu weinen. Er hat offenbar Angst bekommen; irgend etwas an der fremden

Stimme hat ihn an seine Mutter erinnert. Ich stelle den Recorder aus und gehe mit ihm nach oben zu unserem allwöchentlichen Spiel des gemeinsamen Zimmeraufräumens.

Als ich endlich wieder zurück ins Wohnzimmer gehen kann, bin ich selbst so verzweifelt wie ein heimlicher Liebhaber. Die erste Kassette in der Keksdose stammt von Mitte Mai, das heißt, ich weiß immer noch nicht, wie es zur Versetzung von Mrs. Padmore gekommen ist. Der ganze Rest der Geschichte jedoch muß in dieser einen Blechdose enthalten sein – wenn ich es nur schaffe, mir alle Kassetten anzuhören. Ich stelle den Recorder wieder an. Summerchilds Stürme scheinen sich gelegt zu haben. Gierig spule ich vorwärts und versuche es mit einem anderen Abschnitt. Noch immer keine Worte, aber irgendwelche Laute im Hintergrund... kurze, seltsam entfernte, unzusammenhängende Schläge und Rutschgeräusche. Ich beuge mich noch tiefer vor den Lautsprecher. Ich kann mir nicht vorstellen, was in der kleinen Dachkammer dort vor sich geht.

«Oh...» sagt eine Stimme, aber sie kommt nicht vom Band.

Schuldbewußt setze ich mich auf. Meine Schwiegermutter steht unsicher in der offenen Tür.

«Entschuldige», sagt sie. «Ich wußte nicht, daß du Platten hörst.»

«Nein, nein», sage ich, «das ist für die Arbeit.»

«Es ist nur... Das heiße Wasser funktioniert wieder nicht», sagt sie. «Aber wenn du Musik hörst, will ich dich nicht stören.»

«Ich muß nur am Wochenende noch etwas Büroarbeit erledigen», sage ich. Sie bleibt zögernd stehen. Wir lauschen beide den Schritten, die aus dem Lautsprecher kommen, hören, wie sie quer durchs Zimmer gehen und sich eine Tür öffnet.

«Sie gönnen euch aber auch gar keinen Feierabend, was?»

sagt meine Schwiegermutter mitfühlend, ohne jedoch die Hoffnung auf heißes Wasser ganz aufgegeben zu haben.

«Würde es Ihnen etwas ausmachen, Ihren Rock herunterzuziehen?» fragt Summerchild plötzlich.

Ich stelle den Recorder aus. «Entschuldigung», sage ich.

«Entschuldigung», sagt meine Schwiegermutter und verläßt sofort das Zimmer.

Ich sollte ihr folgen und ihr alles erklären. Sollte klarstellen, was ich erst nach weiterem Zuhören weiß, nämlich daß Serafins Rock im Regen naß geworden ist und zum Trocknen über dem Waschbecken hängt, wo er Summerchild beim Zubereiten des Mittagessens im Wege ist. Sollte deutlich machen, daß Serafin völlig vernünftig handelte, daß Summerchild ihr nur einen praktischen Vorschlag unterbreitete und daß beide in ihrer Unschuld vergaßen, den kleinen elektrischen Lauscher abzuschalten, der dies alles mithörte und auf Band konservierte.

Aber ich tue es nicht. Ich kann es nicht erklären, ohne gleichzeitig darüber Auskunft zu geben, wie es überhaupt zu diesem vertraulichen Miteinander gekommen ist. Denn die Unschuld all ihrer Äußerungen verrät ihre Komplizenschaft. Wie um alles auf der Welt, frage ich mich jetzt, wo ich sie mit den Ohren eines anderen Menschen höre, haben es diese beiden unmöglichen Kandidaten geschafft, sich ineinander zu verlieben? Was, wie Außenstehende in solchen Situationen immer fragen, glauben sie, im anderen zu sehen?

Vielleicht, denke ich, während ich Serafin zuhöre, wie sie Summerchild von dem Tod ihres Vaters erzählt, geht es gar nicht darum, was zwei Menschen im jeweils anderen sehen, sondern um das, was sie mit den Augen des anderen in sich selbst erkennen. Nach all den Jahren des Schweigens sitzen sie plötzlich einem Menschen gegenüber, der sie auffordert, ihm von sich selbst zu erzählen, und während sie erzählen, und während der andere zuhört, lächelt und nickt, beginnen sie der eigenen Geschichte zu lauschen, beginnen die eigenen Konturen, das eigene Wesen zu sehen.

Am Samstagnachmittag ist Besuchszeit. Ich greife auf Serafins Lösung zurück, leihe mir den Kassettenrecorder meines Sohnes aus und trage ihn gemeinsam mit der Keksdose voller Kassetten zum Auto. Ich hege die vage Hoffnung, in einem günstigen Augenblick Joyce und Timmy mit Lynn allein lassen und eine halbe Stunde lang auf dem Parkplatz ungestört meinen Forschungen nachgehen zu können. Als wir ankommen, fällt mir ein, daß jemand, während wir fort sind, das Auto – und mit ihm alle Hoffnungen auf einen rechtzeitigen Abschluß meiner Untersuchungen – stehlen könnte, also entschließe ich mich, die Keksdose mitzunehmen. Das bedeutet, ich muß sie die ganze Zeit über in der Hand halten, während ich mit Lynn spreche, denn wenn ich sie im Tagesraum auf den Tisch stelle, wird sie denken, ich hätte ihr die Dose mitgebracht. Während ich fröhlich darüber plaudere, was Timmy im Laufe der Woche gesagt und getan hat, während ich von den amüsanten Problemen mit der Heißwasserleitung erzähle und von den sommerlichen Fortschritten im Garten berichte, soweit ich sie abends und am Wochenende überhaupt mitbekommen habe, steht die Keksdose riesig groß zwischen uns und klappert verräterisch bei jeder unüberlegten Bewegung. Lynns Augen folgen ihr mit der schwerfälligen Zielstrebigkeit, mit der sie häufig unbelebte Gegenstände im Raum betrachtet, während ein lebendiger Mensch mit ihr zu kommunizieren versucht. Und als mein Vorrat an häuslichen Neuigkeiten erschöpft und die Dose auf die Lehne meines Sessels zurückgesunken ist, stelle ich fest, daß auch ich begonnen habe, die Dose anzustarren. Ich nehme an, Lynn denkt an die Kekse in der Dose und ihre verbotene Süße (das Pflegepersonal gibt sich derzeit große Mühe, Lynns Gewichtsproblem in den Griff zu bekommen, auch wenn sonst nichts mehr in den Griff zu bekommen ist).

Und mich beschäftigt ein ganz ähnlicher Gedanke. Umgeben von der deprimierenden Fröhlichkeit des Tagesraums, ohne irgendeine Idee, was ich Lynn noch sagen könnte und welcher Lynn ich es sagen sollte, möchte ich plötzlich wie Timmy schluchzen: «Es ist nicht fair.» *Mir* hätte man vielleicht verziehen, wenn ich einen anderen Menschen gefunden hätte, denke ich – jemanden, mit dem ich gelegentlich über andere Themen sprechen kann als über Timmy, den Heißwasserboiler oder die Blumenrabatten. Jemanden, der mir zu verstehen gibt, daß er hört, was ich sage. Jemanden, der mich anschaut, während ich spreche, vielleicht von Zeit zu Zeit nickt oder lächelt – ja, vielleicht sogar auch einmal eine Antwort wagt. *Mir* wäre man in meiner Abteilung nicht mit allzuviel Mißbilligung begegnet, glaube ich, wenn ich eine zartfühlende Freundin gefunden hätte, auf die ich ohne diese schreckliche Furcht, ohne diese bleierne Hoffnungslosigkeit hätte zugehen können. Wenn ich mir in einem kleinen, unbeachteten Winkel meines Lebens ein vorläufiges Heim eingerichtet hätte.

Aber ich habe es nicht getan – habe nicht einmal daran gedacht, es zu tun. Summerchild war derjenige, der diese süßen Kekse in der Blechdose versteckte. Der Mann, dessen Leben eigentlich längst vollständig war. Der Mann mit den unschuldigen roten Haaren und der taktvoll kaschierten Manie im Kontrast zur taktvoll kaschierten Depression. Ich hatte von Anfang an gewußt, was geschehen würde. Von dem Moment an, als ich ihre beiden Gesichter gegenübergestellt und gesehen hatte, wie sie ihn anschaute und lächelte und wie er lächelte und sich halb zur Seite wandte. Ich hätte schon damals den größten Teil meines Berichts fertigstellen können. Ich habe es mir nur nicht eingestehen wollen, das ist alles. Ich wollte nicht glauben, daß einer meiner Ordensbrüder sich so dumm und ehrlos verhielt. Daß er am Abend mit seinem Geigenkasten langsam die Straße heraufkam, sein Innerstes aber in einer alten Keksdose im Küchenschrank einer abgelegenen Mansarde verbarg. In dieser Dose, die ich jetzt auf der abgeschabten Sessellehne im Tagesraum des Krankenhauses balanciere und auf der Lynns und meine begehrlichen Blicke ruhen.

Ich stehe auf und sage, ich würde ihre Mutter und Timmy hereinschicken. Ihre Augen folgen der verführerischen Dose, die jetzt mit allen verbotenen süßen Dingen dieser Welt in Richtung Tür verschwindet. «Was?» frage ich, unaufrichtig lächelnd. «Das hier? Das ist nur eine alte Dose. Aus dem Büro.» Sie dreht den Kopf zur Seite und schaut zur Wand. Wir haben also doch noch miteinander kommuniziert. Ich habe ihr die Süße dieser Welt vor Augen gehalten und sie ihr dann wieder weggenommen, und sie hat es kapiert.

Sobald Joyce und Timmy im Tagesraum verschwunden sind, eile ich, meinen kleinen Giftschrank aus Blech unterm Arm, in Richtung Auto. Auf dem Flur hält mich eine alte Frau im Nachthemd auf. Sie legt ihre Hand auf meinen Arm und schaut mich mit blinden Augen schweigend an, zitternd, schlecht riechend und schweigend. Ich weiche zurück, aber sie folgt mir und klammert sich nur noch fester an meinen Arm, stumm und blind, für diese Welt verloren. Ich muß sie zum Stationszimmer führen und eine Schwester suchen, die für sie die Verantwortung übernimmt. Und als ich endlich auf dem Parkplatz bin, stecke ich die Kassette in der Eile falsch herum in den Recorder. Ein höchst ungewöhnliches Geräusch ist zu hören. Es ist eine Stimme, aber sie hört sich nicht menschlich an, klingt sehr hoch und gespenstisch. Sie spricht ohne Worte. Sie redet nicht über das Glück oder ihre Kindheit oder die Reparaturbedürftigkeit ihrer Treppenstufen. Sie klagt. Sie heult. Sie springt wild über Terzen und Oktaven.

Musik. Natürlich. Pferdehaar auf Katzendarm. So spricht sie mit durchdringender, leicht zittriger Wehmut über alles und nichts. Ein Geigensolo, um es genau zu sagen, passabel gespielt, aber nicht meisterhaft, wahrscheinlich ein Stück, das für den Spieler gerade ein wenig zu schwierig ist. Bei den kratzenden Doppelgriffen klingen beide Töne nicht ganz rein. Eine der Bachpartiten, denke ich.

Das ist also Summerchilds Beitrag zu der Debatte am – ich schaue auf das Etikett – 13. Mai 1974. Das ist die Ansicht der Spezialeinheit zum Stichwort Lebensqualität. Sein Spiel wird dünner und kommt taumelnd zum Schluß. Man hört einen hohlen Aufprall, als das Instrument auf eine harte Fläche gelegt wird. Darauf folgt etwas, das wie ein Seufzer klingt.

Wie wird sich Serafin zu dieser Arbeitsvorlage äußern? Wird sie sie akzeptieren? Sie zurückweisen? Oder für Klavier und Holzblasinstrumente umschreiben lassen?

Auf das Seufzen folgen verschiedene kurze, unbestimmbare Geräusche. Ich drehe die Lautstärke auf und halte Timmys Kassettenrecorder dicht an mein Ohr. Unhörbar, hinter der Windschutzscheibe des Autos, das vor mir parkt, erklärt eine Frau mit hoffnungsvoller Frisur und enttäuschtem Gesicht einem Mann, der mit gebeugtem Kopf neben ihr sitzt, etwas unendlich Langes und Schmerzliches. Unsichtbar, hinter der Plastikplatte des Lautsprechers an meinem Ohr, legt Summerchild die Geige zurück in den Geigenkasten... schließt den Deckel... setzt sich hin... begleitet von Serafins Schweigen.

Die hintere Tür des Autos fliegt auf, und Timmy klettert herein. Er schreit seine Großmutter unhöflich an und grapscht nach seinem Kassettenrecorder, den ich mit seltsam schuldbewußter Hast neben mich auf den Beifahrersitz gelegt habe. Meine Schwiegermutter steigt nach ihm ein und entschuldigt sich bei mir für sein Benehmen. Ich tadele Timmy. Timmy schreit zurück. Meine Schwiegermutter entschuldigt sich bei uns beiden. Und da ist noch ein anderes Geräusch. Es hört sich an, als würde jemand im Auto Holz sägen. Sägt einmal – hin/her – Pause – hin/her – Pause. «Was...?» fragt Timmy, plötzlich ganz ruhig, während auch die anderen Geräusche im Auto verebben. Wir lauschen alle. Hin/her – Pause... Das Geräusch hat etwas furchtbar Beunruhigendes an sich, und plötzlich wird mir klar, was wir da hören. Atemluft wird krampfartig eingesogen und wieder ausgestoßen. Wir hören eine Frau, die schluchzt. Ich nehme den Kassettenrecorder aus Timmys zitternder Hand und drücke die Stopptaste. «Jemand von meiner Arbeit», sage ich.

Als Timmy am Abend endlich eingeschlafen ist, schweife ich, die Keksdose fest in der Hand, ruhelos durchs Haus. Wie soll ich am Montagmorgen meinen Bericht schreiben, wenn ich mir die Kassetten nicht anhören kann? Ich suche verzweifelt nach einem Ort, an dem ich meine Ruhe habe. Ich öffne Schränke und ziehe Koffer von Garderoben, obgleich doch schwer vorstellbar ist, daß ich ausgerechnet in einem Schrank oder in einem Koffer ein ruhiges Plätzchen finden werde – bis ich endlich, unter dem Bett im Gästezimmer, einen verbeulten schwarzen Lederkasten mit einer runden Ausbuchtung zutage fördere. Mir wird klar, daß ich die ganze Zeit über genau nach diesem Kasten gesucht habe. Ich klappe ihn auf, und da ist er, in muffig riechenden, blauen Samt gebettet, der alte, beredsame Messingschimmer. Meine Posaune. Seit den Zeiten im Schulorchester habe ich nicht mehr darauf gespielt.

Ich stecke die Einzelteile zusammen und lege die Lippen in die vertraute Rundung des Mundstücks. Ein wenig zittrig zunächst, ächzt die große Messingstimme auf, mein und nicht mein, ich und nicht ich, die Toten erweckend. Ich verspüre seltsame Messingvibrationen in meinen Lippen, in meinen Fingern und in meinem Gehirn. Ich suche nach dem Schalldämpfer und stecke ihn auf, doch noch ehe ich eine volle Tonleiter gespielt habe, öffnet sich einen Spaltbreit die Tür. Timmy schlängelt sich im Schlafanzug herein und schaut verwundert auf seinen seltsam verwandelten Vater. Ich schaue kaum weniger ernst zurück und spiele ihm völlig unpassenderweise «Stille Nacht, heilige Nacht» vor, dann «Großer Gott, wir loben dich» und «Ehre sei dem Herrn». Irgendwie fallen mir nur Kirchenlieder ein. Ich spiele ungeschickt, lasse manche Töne sogar völlig aus, aber die dunkle Flut der Klänge steigt mit zunehmender Fremdheit um uns beide, und plötzlich merke ich, daß Tränen über Timmys Wangen laufen. Er hat Angst vor diesen Klängen, und er hat Angst vor mir.

Ich bin selbst auch in einer merkwürdigen Stimmung, und nachdem ich Timmy beruhigt und wieder ins Bett gebracht habe, weiß ich nichts mit mir anzufangen. Ich hole eine Flasche Metallpolitur und beginne, die Posaune zu säubern. Auf einmal scheint sich ihre trübe Messingfläche endlos vor mir auszudehnen. Ich höre mit dem Polieren auf und entscheide mich dafür, das Instrument wieder wegzupacken. Doch auch die Fummelei mit den vielen Einzelheiten ist plötzlich mehr, als ich ertragen kann. Ich lasse die Posaune so, wie sie ist, auf dem Gästebett liegen, nehme die Keksdose und gehe ins Wohnzimmer zurück. Aber meine Schwiegermutter ist schon dort und springt schuldbewußt vor dem rücksichtsvoll leise gestellten Fernseher auf. Ich entschuldige mich – ich weiß nicht, wofür. *Sie* entschuldigt sich – keiner von uns beiden weiß, wofür. Ich flüchte aus dem Haus ins Freie.

Was ist los mit mir? Wie kann ich in der warmen Sommerdämmerung durch die Straßen laufen, von seltsamem, elektrisiertem Unbehagen erfüllt, als wäre ich wieder siebzehn und stünde am Rand eines tiefen Abgrunds? Ich hätte mich mit der Keksdose und Timmys Kassettenrecorder ins Auto setzen und mir irgendwo einen ruhigen Parkplatz zum Arbeiten suchen sollen... Ich gehe nach links... nach rechts... und wieder rechts... Über den Gärten, an denen ich vorbeispaziere, schwebt ein süßlicher Sommerduft. Wohin tragen mich meine Füße? Ich lasse die Straßen hinter mir und gehe auf die große Grünfläche zu, die die Südlondoner Hügel krönt. In der trocken-warmen Abendluft wirkt die große, sorgfältig gemähte Fläche, im Zickzack von hellen Strömen ferner Autolichter durchzogen, wie eine in die Stadt versetzte karge Hochebene. Hoch oben am sanften Sommerhimmel erscheint ein heller Stern im Süden, zwei weitere Sterne funkeln im Norden. Einer nach dem anderen verändern sie plötzlich die Richtung und stürzen auf ihr Bethlehem im goldenen Westen herab. Ich folge ihnen und halte mich dann dicht an die Parkmauer, die hier nach Norden verläuft, wandere unter Bäumen entlang, die so ernst und still sind, wie es nur Lebewesen sein können. Jetzt senkt sich der Boden unter mir. Die altbekannte Londoner Stadtlandschaft mit ihren Lichtern und Hochhäusern liegt mir zu Füßen...

Und jetzt wird mir auch klar, wohin ich gehe – kurze Zeit später biege ich in die Hyde Hill Lane ein. Ich schlendere langsam die Straße hinunter und betrachte im Vorbeigehen Summerchilds Haus. Die Gardinen sind zugezogen; hinter den Fenstern sehe ich nichts als Dunkelheit. Am anderen Ende der Hyde Hill Lane, an der Kreuzung zu der Straße, die vom Bahnhof heraufführt, bleibe ich stehen und schaue mich ratlos um. Ich habe plötzlich keine Ahnung, wohin ich mich wenden soll. Der innere Autopilot, der mich so zielstrebig bis zu dieser Stelle brachte, hat seinen Dienst quittiert.

Also drehe ich um und gehe die Straße wieder hinauf. Da niemand zu Hause ist, spaziere ich diesmal noch langsamer an Summerchilds Haus vorbei und betrachte in aller Ruhe die Stufen, die zur Haustür führen. Ja, die dritte Stufe hat einen Sprung – inzwischen ist sogar ein Teil der Oberfläche abgebrochen –, und in der ersten, vierten und fünften Stufe sind ebenfalls Risse zu sehen.

Am oberen Ende der Straße bleibe ich abermals stehen. Ich gehe wieder nach Hause, oder? Doch ehe ich noch richtig darüber nachdenken kann, habe ich mich schon umgedreht und gehe wieder die Straße hinunter. Wie seltsam. Und als ich am unteren Ende ankomme, drehe ich mich wieder um und gehe hinauf.

Das alles ist schon lächerlich genug. Aber es soll noch schlimmer kommen. Fünfmal gehe ich die Straße hinauf, fünfmal gehe ich sie wieder hinunter. Ich habe das Gefühl, daß mir die Kontrolle über meine Handlungen irgendwie entglitten ist. Fünfmal halte ich am oberen Ende der Straße an und weiß, ich habe die Freiheit, jederzeit über die offene Wiese nach Hause zurückzukehren. Ich weiß, daß ich es tun könnte – tun kann. Daß ich es tun sollte – tun werde. Und tue es nicht. Statt dessen drehe ich mich um und gehe die Straße wieder hinunter. Ich lache über diese seltsame Hilflosigkeit, bin schockiert, beunruhigt, gedemütigt.

Inzwischen weiß ich ganz genau, worauf ich eigentlich aus bin. Ich werde zufällig hier sein, wenn Millie vorbeikommt. Ich werde zufällig die Straße hinuntergehen, wenn sie das Haus verläßt oder gerade nach Hause zurückkehrt. Ich kann mir sicher sein, was meine eigenen Absichten angeht, denn ich bin Experte auf diesem Gebiet – ich bin diese Straße schon zehntausendmal zufällig hinauf- und heruntergegangen. Doch damals war ich siebzehn! Wie kommt es, daß ich als Erwachsener plötzlich hierher zurückgekehrt bin und mit der gleichen gespielten Lässigkeit über die gleichen Unebenheiten in der gleichen Dunkelheit stolpere, den gleichen Stein im Magen? Ich bin jetzt ein erwachsener Mann! Ich könnte an der Haustür klingeln! «Hallo!» könnte ich sagen. «Ich habe mich plötzlich an deine Adresse erinnert... Ich dachte plötzlich daran, wie lange wir uns nicht mehr gesehen... Merkte plötzlich, daß du es warst, die ich neulich abends... Fragte mich plötzlich... Fühlte auf einmal...»

Aber ich klingele nicht. Und ich habe dafür einen guten, vernünftigen Grund: Es ist niemand zu Hause. Sie sind übers

Wochenende fortgefahren. Sie sind im Urlaub. Es wäre reine Zeitverschwendung, an der Haustür zu klingeln – es ist einfach vernünftiger, rein zufällig vorbeizuschlendern. Also, ein letzter Gang die Straße hinauf... Ein letzter Gang die Straße hinunter... Hinauf... Hinunter... Warum sollte ich nach dem fünften Mal aufhören, wenn ich nach dem vierten Mal nicht aufgehört habe? Warum nach dem fünfundzwanzigsten oder dem fünfundsiebzigsten Mal? Je mehr ich in dieses Projekt investiere, desto triftigere Gründe habe ich, es noch ein weiteres Mal zu probieren, um meine Investitionen wieder herauszuholen.

Und tatsächlich, als ich zum fünften Mal hinuntergehe, höre ich hinter mir Schritte, und als ich mich umdrehe, steht sie da, wie durch ein Wunder, geradezu unglaublich, ganz natürlich, aber auch irgendwie enttäuschend. Denn ich hatte damit gerechnet, daß sie die Straße heraufkommt, daß sie von dem Spaziergang mit dem Hund zurückkehrt, zu dem ich sie neulich habe aufbrechen sehen, oder zurück vom Bahnhof, wie ich oder ihr Vater. Aber sie kommt vom Park, denselben Weg, den ich gekommen bin, den Weg, der auch ihr Heimweg von der Schule gewesen war. Sie hat keinen Hund bei sich; sie kommt aus einem Teil ihres Lebens, über den ich keine Mutmaßungen anstellen kann. Ihr Gesicht wird von der einzigen Straßenlaterne beschattet, nur die Spitzen ihres roten Wuschelkopfs leuchten im Licht. Ich warte, bis sie mich eingeholt hat. Ich gebe nicht vor, überrascht zu sein – ich brauche es nicht vorzugeben. «Hallo», sage ich ganz selbstverständlich. «Hallo», erwidert sie, offenbar kaum überraschter als ich. Es ist so einfach. Die einfachste Sache der Welt.

Wir gehen Seite an Seite die Straße hinunter. Aus den unerschöpflichen Reserven, die sich mit dem Alter bilden, fließen mir unverfängliche Konversationsthemen zu. Ich frage sie, was sie beruflich macht, wie es ihrer Mutter geht und ob sie noch Kontakt zu gemeinsamen Bekannten hat, deren Namen mir nach all den Jahren erstaunlich präsent sind. Sie arbeitet als Archivarin bei der Stadt, antwortet sie; ihre Mutter leidet unter Arthritis; und von den Bekannten, die ich aufzähle, hat sie lange nichts mehr gehört.

Wir kommen zu ihrem Haus. Sie bleibt stehen. Ich bleibe stehen. Sie schaut zu den dunklen Fenstern des Hauses hinauf.

«Meine Mutter ist leider nicht zu Hause», sagt sie. Ich spüre, wie die Verheißung des leeren Hauses mein Herz taumeln läßt, doch dann dämmert mir, daß sie damit sagt, daß sie mich nicht hereinbitten wird. Ich denke: Aber sie hat daran *gedacht*, mich einzuladen! Sie war meinen eigenen Gedanken meilenweit voraus! Dann denke ich: Nichts davon hat irgendeinen Bezug zur objektiven Welt. Und schließlich denke ich: Immerhin stehen wir immer noch hier.

«Ich glaube, ich habe dich gesehen, als ich neulich abends hier vorbeikam», sage ich.

«Ja», sagt sie nach einer kurzen Pause, «ich habe dich auch gesehen.»

An diesem windstillen Sommerabend sind wir so reglos wie die Blätter an den Bäumen. Es ist fünfzehn Jahre her, daß wir das letzte Mal hier gestanden haben.

«Das mit deiner Frau tut mir leid», sagt sie. Ich erwidere nichts. Ich denke: Sie hat also von mir gehört und nicht vergessen, was sie gehört hat. Ich war in ihren Gedanken gegenwärtig.

«Ja», sage ich. «Eine traurige Geschichte.»

Dann schweigen wir wieder. Millie schaut zu Boden. Ich betrachte die schadhaften Stufen. Das ist das Haus, das Summerchild beschrieben hat; das hier ist seine Straße. Sie besitzen eine intensive, greifbare Realität, die mein eigenes Haus und meine eigene Straße nie erreicht haben. Und das gleiche scheint für Millie zu gelten. Auch über sie hat Summerchild geschrieben. Über das verstohlene Lächeln, das ich selbst nie gesehen habe. Über den humorvollen Beitrag, den sie für das Buch ihrer Mutter verfaßte. (Was ist daraus geworden? Hat ihr Vater ihn noch lesen können, ehe er starb?) Über den irren, schwarzen Cellisten in ihrem Rücken, den sie selbst nie gesehen hat.

«Spielst du noch?» frage ich.

Sie hebt die Augen und schaut mich stirnrunzelnd an; sie scheint meine Frage im ersten Moment nicht zu verstehen. «Ach so», sagt sie dann. «Nein, ich habe es aufgegeben.»

Das muß lange her sein. Ja, natürlich. Es war damals, als sie plötzlich nicht mehr zu den Orchesterproben kam, als sie alles aufgegeben hat – als ihr Vater gestorben ist. Ich habe direkt auf das eine Thema hingesteuert, das wir, wie mir jetzt klar wird, lieber vermeiden sollten. Ihre Gefühle zu diesem Thema berührten die Grundfesten ihres Lebens und berühren sie vielleicht noch immer. Ich erinnere mich, wie enttäuscht ich war, als sie nicht zur Probe kam. Ich erinnere mich, wie ich später die Hyde Hill Lane hinauflief und die Stufen zur Haustür erklomm, um herauszufinden, was sie abgehalten hatte. Ihre Mutter öffnete die Tür, machte jedoch keine Anstalten, mich hereinzubitten. Sie sagte, Millie fühle sich nicht wohl und würde eine Weile nicht am Orchester teilnehmen. Doch die Art, wie sie das sagte, und ihr starrer, verschlossener Blick sagten mir, daß irgend etwas nicht stimmte, daß sie darüber aber weder sprechen könnte noch sprechen würde.

Ich kam später noch ein paarmal vorbei und klingelte an der Tür, doch stets öffnete Millies Mutter und sagte, Millie fühle sich nicht wohl, sie sei nicht zu Haus oder sie habe zu tun. Millie hatte ihr Gesicht von mir abgewandt; das gehörte mit zu der großen, unergründlichen Beklommenheit, die mit dem Tod verbunden ist. Es ist das erste Mal, daß ich wieder mit ihr spreche. Zu spät für eine konventionelle Beileidsbekundung. Und was könnte ich auch schon über den Tod ihres Vaters sagen, ohne unaufrichtig zu sein? Ich kann ihr unmöglich erzählen, daß ich seit einer Woche damit beschäftigt bin, die Schritte ihres Vaters in den letzten Monaten seines Lebens zurückzuverfolgen, und daß ich dem Wahnsinn, der ihn befiel, auf die Spur gekommen bin.

Und noch viel weniger kann ich ihr erzählen, daß mich sein Wahnsinn angesteckt hat, daß die Keime in den Akten überlebten wie Milzbrandkeime in der Erde und daß dies auch der Grund ist, warum ich überhaupt hier bin und in der schwindelerregenden Stille dieses Sommerabends mit ihr spreche.

Und so stehen wir weiter da, von unserem Schweigen umgeben. Gleich wird sie freundlich nicken und sagen, es sei nett gewesen, mich wiederzusehen, und dann wird sie hinauf zur Haustür gehen. Ich werde freundlich zurücknicken und lachend sagen, daß wir uns ja vielleicht irgendwann wieder einmal zufällig begegnen werden. Dann werde ich weitergehen, und unsere Zusammenkunft wird vorüber sein. Doch sie hat noch nicht genickt. Sie ist noch zufrieden damit, mit mir am Tor zu ihrem kleinen Vorgarten zu stehen und über die Häuser auf der anderen Straßenseite hinweg auf die Lichter Londons zu schauen. Sie will nicht, daß es vorüber ist, spüre ich, will es genausowenig wie ich. Und wir *werden* uns zufällig wiederbegegnen. O ja. Ich werde die Straße hinauf- und hinuntergehen. Aber es wird nichts Gutes daraus erwachsen. Ich werde immer eine Hand hinter den Rücken halten und die Keksdose vor ihr verstecken.

Jetzt nickt sie, ich nicke zurück. Sie steigt die Stufen zur Haustür empor, ich gehe weiter die Straße hinunter. Mich beschleicht ein seltsames Gefühl von... Freude? Nein, nicht Freude. Frieden vielleicht. *Stabilität.* Das Gefühl, auf einen bestimmten Kurs gebracht worden zu sein und durch ein Navigationssystem auf diesem Kurs gehalten zu werden, das eine fremde Kraft fest einprogrammiert hat.

Doch irgend etwas stört mich bei dem Gedanken an den Tag, an dem ich klingelte, um zu fragen, warum Millie nicht zur Probe gekommen war. In meiner Erinnerung kann ich die Reporter auf der Straße warten sehen. Aber ich sehe sie aus einiger Entfernung, sie stehen nicht um mich herum, während ich die Stufen hinaufgehe. Sie warten darauf, daß sich die Tür öffnet und ein Familienmitglied erscheint. Doch warum stehen sie untätig herum, während ich vor ihren Augen die Stufen erklimme und an der Haustür klingele – während die Person, mit der sie so dringend sprechen wollen, Summerchilds Witwe, die Tür aufmacht und mit mir spricht?

Nein, an dem Tag, an dem ich an Millies Haustür klingelte, waren keine Reporter da. Die Erinnerung an die Reporter muß zu einem anderen Tag gehören. Ich habe die Reporter gesehen und bin weitergegangen. In meinem Gedächtnis haben sich zwei Situationen miteinander vermischt.

Als die Reporter da waren, habe ich also nicht geklingelt. Ich bin in der folgenden Woche, nach der nächsten Orchesterprobe, wiedergekommen... Doch auf dem Heimweg über die große, dunkle Wiese dämmert mir, daß das alles keinen Sinn ergibt. Wenn ich gewußt habe, daß Millies Vater gestorben ist, hätte ich nicht aus dem Blick ihrer Mutter zu schließen brauchen, daß etwas nicht stimmt – ich hätte gar nicht erst zu klingeln und zu fragen brauchen.

Ich muß also früher geklingelt haben, ehe ihr Vater gestorben ist. Ich bleibe einen Moment lang auf der dunklen, leeren Hochebene stehen. Millies Vater wurde an einem Montagmorgen tot aufgefunden. Die Reporter habe ich also nach der Probe am darauffolgenden Dienstag gesehen. Und geklingelt habe ich schon in der Woche davor.

Ja, sie hat das Orchester aufgegeben, das Cello, mich – hat *alles* aufgegeben, wie ich jetzt erkenne – in der Woche, bevor ihr Vater starb.

20

Jeder Kandidat hat einen weißen Aufkleber auf der Stirn. Die Aufkleber können weiß oder schwarz sein, aber in diesem Fall sind sie alle weiß. Das ist der ganze Witz.

Jedesmal, wenn ich die Augen aufschlage – wie jetzt um … wie spät ist es? … 2 Uhr 34 –, erinnere ich mich sehr deutlich an dieses Spiel. Es gibt drei Kandidaten. Wer auf den Stirnen der anderen wenigstens einen weißen Aufkleber sieht, hebt die Hand und läßt sie erst wieder sinken, wenn er die Farbe des Aufklebers auf der eigenen Stirn erraten hat. Der erste Kandidat sagt sich: «Nehmen wir an, der Aufkleber auf meiner Stirn wäre schwarz. Dann würden sich die beiden anderen Kandidaten sagen: ‹Nehmen wir an, der Aufkleber auf *meiner* Stirn wäre schwarz …›»

Aber meine Augen müssen wohl wieder zugefallen sein, denn ich gehe davon aus, daß der Aufkleber auf meiner Stirn rot ist. Und wenn der Aufkleber auf meiner Stirn rot ist, sagt sich Summerchild: «Nehmen wir an, das Haar auf meinem Kopf wäre rot …» Nein, wenn mein Haar rot ist und Summerchilds Haar ebenfalls, schaut Serafin uns an und sagt sich: «Nehmen wir an, mein Haar wäre rot, dann würde Millie uns anschauen und sich sagen: ‹Nehmen wir an, mein Haar wäre rot …›»

Denn wir alle drei haben rote Haare. Darum geht es hier. Jetzt, wo ich wach bin, sehe ich es ganz deutlich. Summerchild, Serafin, Millie – wir alle drei! Das ist der ganze Witz …

Jemand streicht über meinen roten Bart, versucht herauszufinden, wer sich dahinter verbirgt... Es ist Timmy, über die Kante meines Bettes gebeugt, von einem schlechten Traum erwacht. Ich stehe auf und bringe ihn in sein Zimmer zurück, setze mich auf seine Bettkante und streiche über sein rotes Haar, bis einer von uns beiden eingeschlafen ist...

Ich gehe wieder in mein eigenes Bett zurück. Es kommt darauf an, daß man *die Hand hebt*, wenn man jemanden mit roten Haaren sieht. Serafin hebt ihre Hand. Summerchild hebt seine Violine. Ich hebe meine Posaune und beginne zu spielen. Es ist ein wunderbares Gefühl. Das Geheimnis liegt, wie ich jetzt entdecke, im langen, regelmäßigen Streichen des Zuges. Ich lache beim Spielen – es ist so einfach, so angenehm. Das Sonnenlicht blitzt auf dem großen Trichter des Instruments. Unter dieser wohligen Wärme schwillt es herrlich an, es pulsiert, schmilzt dahin, und alle Süße dieser Welt platzt mit einemmal aus ihm heraus...

Diesmal bin ich hellwach, als ich aus dem Bett steige, und die erschreckend behagliche, warme Feuchtigkeit um meine schrumpfenden Genitalien wird in der Nachtluft nüchtern und kalt. Ich schaue in den Badezimmerspiegel, während ich darauf warte, daß das Wasser warm wird, und das gleiche, alte Gesicht, mit dem ich ins Bett ging, schaut mich an. Mein Bart ist nicht mehr wild und rot, sondern ordentlich gestutzt und grau. Ich glaube, wir sind beide schockiert und überrascht, mein Gesicht und ich. Das ist uns schon seit vielen Jahren nicht mehr passiert. Was ist denn eigentlich los? Das große Chaos der Welt, das Chaos der Vergangenheit, streckt seine Fangarme nach uns aus, dringt in uns ein, und das gefällt uns nicht.

Mein Gesicht schaut zur Seite. Ich glaube, es denkt über etwas anderes nach. Darüber, wie heimtückisch, wie überwältigend, ja wie unwiderstehlich die fast schon vergessene Süße für einen Moment lang war.

Zurück im Bett, stelle ich fest, daß meine innere Ruhe zurückgekehrt ist, ebenso unangemeldet und ungeklärt, wie die vorherige Verwirrung sich eingestellt hatte. Ich liege den Rest der Nacht reglos da, und meine Gedanken durchkreuzen mein hellwaches Hirn in der altbekannten Ordnung. Ich denke an die Proben des Schulorchesters. Ich versuche, mich an die erste Probe ohne Millie zu erinnern. Doch alles, was mir im Gedächtnis blieb, ist die Szene später an ihrer Haustür. Ich gehe in Gedanken zu der Probe davor zurück, zu der letzten, die sie besuchte. Hätte ich damals gewußt, daß ich sie die nächsten fünfzehn Jahre lang nicht sehen würde, hätte ich mir jeden Augenblick ganz genau eingeprägt, aber ich wußte es nicht. Also gehe ich noch weiter zurück zur allerersten Probe des Jahres. Von meinem Stuhl hinten bei den anderen Blechbläsern schaue ich hinunter zu den kichernden Mädchen an den Streichinstrumenten und sehe zum erstenmal den roten Wuschelkopf, still übers Cello gebeugt. Ich erhasche einen ersten Blick auf ihr Gesicht, folge ihr zum erstenmal wortlos nach Hause, bringe mit Mühe die ersten Worte heraus. «Wir haben den gleichen Weg...»

Dann wache ich auf. Von der Morgensonne hell beschienen, schweben vor meinem Schlafzimmerfenster ein paar feine, sonntäglich weiße Nebelschwaden. Und ebenso leicht und unbeschwert formt sich in meinem Kopf die Antwort auf all meine Probleme.

Das *Leben*, ist mir über Nacht klargeworden, ist *Nebel*, nur umgekehrt geschrieben.

21

Ich zähle Serafins Schluchzer. Fünf... sechs... Ich weiß nicht, wieso ich sie zähle. Vielleicht, um ein Gefühl der Distanz zu bewahren. Um mich vor der Peinlichkeit der Situation zu schützen. Sieben...

Ich habe die Kassette zurückgespult und mir noch einmal Summerchilds Geigensolo angehört, das ohne jede Einleitung beginnt. Hier oben, wo es tatsächlich aufgeführt wurde, in der kleinen Dachkammer über der Kabinettskanzlei, hört es sich fast noch seltsamer an. Danach die bekannte, beunruhigende Stille. Kein Kommentar seitens des Publikums. Keine bescheidene Selbstkritik des Musikers. Ich höre nur ein Klopfen, als der Bogen gegen den Resonanzdeckel schlägt, und ein Quietschen, als die Wirbel gelockert werden. Um mich herum eigenartige Sonntagsstille. Die Leere des Gebäudes unter mir; die Leere hinter den Stores an den anderen Fenstern; die Leere des Zugs, mit dem ich gekommen bin; die Leere an meinem Hals, wo normalerweise mein zugeknöpfter Kragen und meine Krawatte sitzen. Die Dose mit Plastikkeksen und der rote Plastikrecorder meines Sohnes liegen auf den Akten und Kartons, die ich am Freitagabend in meiner Erschöpfung so unordentlich verstreut habe. Serafin beugt sich auf ihrem Karton nach vorn und schaut mit verzücktem, schweigendem Interesse zu, wie Summerchild sein schräges Lächeln lächelt und das Geheimnis, das er ihr offenbarte, zurück in den mit Samt ausgeschlagenen Kasten legt.

Und dann schluchzt sie. Ein/aus – Pause... (zehn). Sitzt da und beobachtet ihn, zumindest auf dem unveränderlichen Foto auf ihrer Seite des Zimmers, sitzt da mit ihren großen blauen Augen – und schluchzt. Ein/aus – Pause... (elf). Während er sich auf seinem Foto beharrlich zur Seite wendet, schweigend und ein bißchen unscharf. Diverse leise Geräusche auf dem Band lassen jedoch vermuten, daß er diese Zurückhaltung gemeinsam mit seiner Geige abgelegt hat und auf die andere Seite des Zimmers, also zu ihr, gegangen ist. Er bückt sich, wie man es tun muß, wenn man jemanden trösten will, der den Kopf vor Verzweiflung gesenkt hält. Er kniet vor ihr. Vielleicht hält er auch ihre Hände und schaut sie stumm, doch voller Mitgefühl an.

Nach dem dreizehnten Schluchzer verändert sich das Geräusch. Dem Einatmen folgt nicht mehr nur ein einfaches Ausatmen, sondern eine ganze Reihe kleiner Atemstöße: Ein/aus, aus, aus, aus, aus... Ich muß an eine Dampflok denken, die am Bahnhof steht und kleine Dampfwolken ausstößt, während der innere Druck bis zur Abfahrt immer mehr zunimmt, bis sie endlich den Bahnhof verläßt und bis ans Ende der Welt fährt. Sie schluchzt jetzt nicht mehr, sie weint.

Vielleicht hätte ich die Zeit stoppen sollen, denn es gibt jetzt nichts mehr zu zählen. Sie fährt immer weiter, in der Holzklasse quer über die endlose Steppe zurück nach Saratow, als wäre sie der Beengtheit unserer kleinen Inseln zum erstenmal seit Jahren entflohen. Kein Wort der Erklärung oder Entschuldigung kommt über ihre Lippen, keine Frage, kein Wort des Trostes über seine. Sie sitzt an ihrem Schreibtisch – sitzt hier, wo jetzt mein linker Fuß steht, auf der Kante ihres Kartons – und heult. Während er – hier, wo mein rechter Fuß steht – vor ihr kniet, ihre Hand hält und sie anschaut.

Sie weint sehr lange. Eine gewisse berufliche und sogar private Neugier hat mir über den Anfang dieser eigentlich unerträglichen Intimität hinweggeholfen. Doch jetzt tritt die Widerwärtigkeit der Situation, in die ich gebracht wurde, immer deutlicher hervor. Ich bin gefangen, wie ein Lauscher, der sich hinter der Gardine versteckt hat. Es ist zu spät, jetzt noch herauszukommen und alles zu erklären. Eine Woche zu spät. Vielleicht auch schon fünfzehn Jahre. Aber ich stehe nicht hinter einer Gardine. Ich bin mit ihnen im Zimmer, habe meinen Kopf unbemerkt an ihre Köpfe geschmiegt, meine Hände heimlich um ihre Hände geschlungen. Als ich die Prüfung für den Staatsdienst ablegte, war abzusehen, daß ich mich für eine Lebensweise entschied, die früher oder später von mir verlangen würde, gewisse Bedenken und Skrupel zu verdrängen und über meine Mitmenschen Macht auszuüben – doch nie habe ich mir dabei eine Situation wie diese vorgestellt. Ich habe den unangenehmsten Moment meiner bisherigen Karriere erreicht. Dabei warten noch die Kassetten von einem ganzen Monat auf mich.

Ich drücke auf den Schnellvorlauf, doch er macht aus ihrem Weinen ein lächerlich hohes, kindisches Wimmern, das ihre langgereifte Verzweiflung dem Spott preiszugeben droht. Schuldbewußt schalte ich zurück zur normalen Abspieltaste. Wenn ich schon so unverschämt bin, in ihre Gefühle einzudringen, ist es meine Pflicht, ihr Unglück in voller Länge auszusitzen.

Falls es sich überhaupt um Unglück handelt. Denn während sie Minute um Minute weiterweint, beginnt meine moralische Klaustrophobie ein wenig abzuebben. Und mit der Monotonie der Geräusche, mit dem Unvermögen der Beteiligten, ihre Gefühle klarer auszudrücken, setzt eine gewisse Ungeduld ein. Wer von uns Berichte zu verfassen hat, wäre für ein paar erklärende Fußnoten dankbar. Summerchild mag klar sein, weshalb sie weint, doch jetzt, wo der erste Schock vorüber ist, merke ich, daß es *mir* überhaupt nicht klar ist. Weint sie über den unglücklichen Verlauf ihres bisherigen Lebens? Oder über das Glück, das sie so unvermutet gefunden hat? Oder gar über das zukünftige Unglück, das sie als Folge des gegenwärtigen Glücks am Horizont heraufziehen sieht? Es wäre äußerst hilfreich, einen entsprechenden Hinweis zu bekommen, schließlich habe ich eine sachliche Einschätzung der Auswirkungen dieses Gefühlsausbruchs auf Summerchild vorzunehmen. Mag sein, daß sie aus allen drei Gründen weint. Das würde voraussetzen, daß sie sich selbst erkannt hat – wenn dies nicht der Fall ist, wäre es nützlich, wenigstens das zu wissen.

Endlich geht das Weinen wieder in Schluchzen über. Der Zug hat irgendwo, weit draußen in der Steppe, seinen Bestimmungsort erreicht. Dann kommt ein tiefer Seufzer, als der restliche Dampf aus dem Innern der Lokomotive entweicht. Und dann endlich eine menschliche Stimme. Seine Stimme, schließe ich aus der Tonlage, aber sie klingt so leise und fremd, daß ich sie weder mit der abgekämpften Gestalt in der Hyde Hill Lane noch mit dem schrägen Lächeln vom Schreibtisch gegenüber zusammenbringen kann. Sie klingt so sanft und tief, richtet sich an jemanden, der ihm so nah und so ganz anders ist als ich, daß ich die Worte kaum verstehe. Ich spule das Band zurück und höre es noch einmal ab. «Ach, du liebe...» glaube ich nach zweimaligem Abspielen zu hören. Oder eher «Ach, du... liebe...», mit einem seltsamen Knacklaut in der Mitte, als könnte der Sprecher selbst diese wenigen Worte nicht ohne Unterbrechung artikulieren. Ich spiele die Stelle ein drittes Mal ab. Nein, er sagt nicht: «Ach, du liebe...», er sagt: «Ach, du, meine Liebe», wobei das «meine» fast stimmlos gesprochen ist, so als hätte er gezögert, selbst diese minimale Form des Besitzanspruchs laut zu formulieren.

Wieder ein Seufzer. Ich glaube, diesmal kommt er von ihr. Dann ihre Stimme, ebenfalls leise und fremd: «Was sollen wir tun?»

Eine Weile lang ist nichts weiter wahrzunehmen als die hörbare Beklommenheit des auf Band aufgenommenen Schweigens. Ihr Atem vielleicht. Ihre Gedanken. Das Echo der Frage im leeren Raum. Ich beuge den Kopf dicht vor den Lautsprecher des Recorders. Schließlich ist die Antwort auf ihre Frage für uns alle drei von großem Interesse. Und sie kommt, einfach und bestimmt. Das Schweigen wird durch Stille ersetzt. Sie haben sich plötzlich doch noch an das lauschende Mikrophon erinnert und das Gerät ausgeschaltet.

Ich gehe den Rest der Kassette im Schnellvorlauf durch. Eigentlich sollte ich erleichtert sein, weil ich so problemlos hinter meiner Gardine hervorschlüpfen konnte. Aber ich bin nicht erleichtert – im Gegenteil, ich fühle mich von den beiden betrogen, weil ich nicht herausfinden konnte, wie es weiterging. Und ich verspüre Abscheu für ihr Verhalten. Ich gebe Serafin die Schuld, nicht Summerchild. Schließlich hat sie wenig zu verlieren. Er aber hat alles. Er hat ihr gesagt, wie glücklich er mit seiner Familie war. Er hat sie gewarnt. Aber sie hat seine Warnungen absichtlich beiseite geschoben und unbekümmert zugehört, als er für sie auf seiner Geige spielte...

Nein, ich gebe ihm die Schuld. Natürlich. Schließlich ist er *Staatsbeamter* – er ist dienstlich verpflichtet, eine gewisse Ordnung in das große Meer aus Chaos, Kampf und Verzweiflung zu bringen, das die Welt außerhalb dieser Mauern bestimmt. Sie ist von außen gekommen, ist ein Teil dieser chaotischen Welt. Von ihr war nichts anderes zu erwarten als Chaos und Zerstörung. Es wäre seine Aufgabe gewesen, sie im Zaum zu halten.

Die Kassette geht klickend zu Ende. Meine Empörung ist ein wenig selbstgerecht, stelle ich fest. Schließlich habe ich selbst genug mit dem Chaos und dem Kampf in der Welt dort draußen zu tun – und in meinem Fall sind sie dem häuslichen Leben viel näher. Sie machen mein häusliches Leben aus, genau wie bei ihr. Aber es ist mir gelungen, die äußere Welt strikt von diesem Gebäude zu trennen! Ich habe das Chaos nicht an den Schuhsohlen hereingetragen wie den Straßenstaub. Ich habe es nicht einmal mit in die Stadt gebracht – ich habe es zu Hause gelassen, sechs Haltebahnhöfe entfernt, dort, wo es hingehört.

Verzweiflung, ja. Man könnte behaupten, daß es sie auch in *meinem* Leben gibt. Hätte eine berühmte Philosophin *meine* Erfahrungen in der Welt zum Untersuchungsgegenstand zu erheben, wäre sie vielleicht ebenfalls in Tränen ausgebrochen, aber über *mein* Leben, nicht über ihres. Aber *ich* habe es nie so gesehen. *Ich* habe mich nie ins Büro gesetzt und geweint, habe mir nie die Hand halten lassen, habe nie eine verworrene Liebschaft mit jemandem in einer völlig anderen Position und einem völlig anderen Dienstgrad angefangen.

Ich nehme die Kassette aus dem Gerät und wühle in der Dose nach der nächsten. Also gut, lassen wir die Selbstgerechtigkeit. Lassen wir mein eigenes Leben. Was mich zum Lachen reizt, ist die wunderbare *Unvernunft* ihres Verhaltens. Da machen sich die beiden auf die völlig unsinnige Suche nach dem Glück – und obgleich eigentlich alles dagegen spricht, finden sie es auch. Zumindest nehme ich an, daß es Glück ist, was dieses lange gemeinsame Schweigen, diese tiefen Blicke, dieses verrückte Geigensolo beseelt. Zwei Wissenschaftler wollen die Eigenschaften des Lichts erforschen. Also wenden sie die Gesichter zum Himmel und rufen laut, jemand möge ihnen einen Sonnenstrahl schicken. Und siehe, die Wolken teilen sich am Himmel, und aus der Düsternis erscheint ein einziger Strahl, gerade und vollkommen, der direkt auf die beiden fällt. Und was tun sie? Reflektieren sie den Strahl? Brechen sie ihn? Versuchen sie, die Gesetze der Optik zu überprüfen? Messen sie die wärmeerzeugende Wirkung des Sonnenstrahls auf der Haut ihrer

Wangen? Nein, sie schweigen minutenlang, schauen sich in die Augen und brechen in Tränen aus. Sie fragen sich: *Was sollen wir tun?* Was meint ihr wohl, was ihr tun werdet? Ihr werdet im Sonnenlicht tanzen und schwelgen, bis ihr einen Sonnenstich bekommt oder das Licht erlischt, und dann werdet ihr euch hinsetzen und uns erzählen, wie es war.

Nein, sie werden so schnell wie möglich zurück in den Schatten eilen und sich eine Kopfbedeckung aufsetzen.

Die nächste Kassette stammt vom 15. Mai.

«Lieber Premierminister», beginnt Serafins Stimme forsch. «Als ich mit dem Aufbau dieser Einheit begann, versprach ich Ihnen regelmäßig informelle Berichte über unsere Fortschritte. Sie müssen zwischenzeitlich zu der Überzeugung gekommen sein, daß ich, was die Einhaltung meines Versprechens angeht, ziemlich nachlässig bin.»

Ja, sie haben sich aus dem gleißenden Sonnenlicht zurück in den grauen Beamtenschatten gerettet. Serafins Stimme klingt sicher und fest. Sie hat offenbar etwas zu berichten, das sich ohne Bedenken dem Premier präsentieren läßt. Ja, sie ist sogar stubenrein geworden und hat sich davon überzeugen lassen, daß es unzumutbar ist, dem Premierminister auf ihrer kleinen Reiseschreibmaschine zu schreiben. Sie diktiert ihren Bericht und läßt ihn von Mrs. Padmore – oder vielmehr von Mrs. Padmores Nachfolgerin – vorschriftsmäßig zu Papier bringen.

Bis auf die Tatsache, daß Mrs. Padmore allem Anschein nach keine Nachfolgerin hatte. Serafin diktiert ins Leere.

Sie hat nach ihrer forschen Einleitung eine Pause eingelegt. Jetzt diktiert sie weiter, offenbar noch immer in dem Glauben, den Premierminister direkt ansprechen zu können. Sie schaut ihn aus ihren großen blauen Augen an.

«Doch die letzten Wochen waren im Hinblick auf unsere Untersuchung so ereignisreich, daß ich bisher einfach nicht die Gelegenheit fand, innezuhalten und Bilanz zu ziehen.»

Wieder eine Pause. Mich beschleicht ein schrecklicher Verdacht. Sie wird ihm doch nicht etwa *davon* berichten?

«Absatz. Besondere Umstände haben uns in die seltene Lage gebracht, einige der grundlegenden Fragen unserer Untersuchung aus allererster Quelle studieren zu können. Ich werde versuchen, meinen Bericht so umfassend und wahrheitsgetreu zu verfassen wie irgend möglich, doch nicht ohne Sie vorher um strengste Vertraulichkeit zu bitten.»

Sie tut es. Sie wird dem Premierminister alles erzählen. Ich stelle das Gerät aus und hole tief Luft. Das ist noch schlimmer, als zum Augenzeugen der Geschehnisse selbst zu werden. Ich gehe zum Fenster und schaue hinunter in den leeren sonntäglichen Garten von Downing Street Nr. 10. Ich stelle mir vor, wie Harold Wilson herauskommt, um ein wenig frische Luft zu schnappen, ehe er weiter in dem außergewöhnlichen Dokument liest, das ihm sein persönlicher Referent mit ernster Miene auf den Schreibtisch gelegt hat. Oder nicht auf den Schreibtisch gelegt hat. Weil es nie getippt wurde – weil es niemals existiert hat – weil es nie aus diesem Raum, der kleinen Küche, dem Schrank in der Küche, der Keksdose in dem Schrank, der Kassette in der Keksdose herausgekommen ist. Und dennoch glaube ich zu sehen, wie der Premierminister seine müden, von dicken Tränensäcken unterlegten Augen zum Dachgeschoß der Regierungskommission erhebt... Ich gehe zurück und stelle das Gerät wieder an. Eine kurze Pause. Dann kommt alles heraus.

«Absatz. Die Umstände, auf die ich mich beziehe, sind folgende. Mir wurde bewußt, daß ich Mr. S. Summerchild, dem dieser Einheit zugeordneten Staatsbeamten, gewisse Gefühle entgegenbringe... Nein... Mr. S. Summerchild und ich wurden uns gewisser gegenseitiger Gefühle bewußt... haben eine gewisse Neigung füreinander entdeckt... haben eine emotionale Bindung entwickelt... Nein, zurück zum Anfang dieses Absatzes... Lassen Sie es mich geradeheraus sagen: Mr. S. Summerchild und ich haben uns ineinander verliebt.

Absatz. Ich sollte vielleicht erklärend hinzufügen, daß Mr. Summerchild und ich beide verheiratet sind – er offenbar ziemlich glücklich, ich ziemlich unglücklich. Wir sind uns beide der möglichen Konsequenzen unserer Gefühle bewußt, nicht nur für uns selbst, sondern auch für unsere Familien, und uns bedrückt die moralische Verantwortung, die wir für diese Menschen tragen. Wir wissen, daß unsere Gefühle für unsere Umgebung inakzeptabel sind und daß es schwierig sein wird, sie mit unseren beruflichen Aufgaben in Einklang zu bringen.

Absatz. Ja, wir haben beide wegen dieser möglichen Konsequenzen in den letzten Wochen große Qualen gelitten. Und doch liegt über unserem Unglück eine eigenartige, doch völlig natürliche – allgegenwärtige, doch schwer faßbare – helle, doch gleichzeitig transparente Ausstrahlung, die direkt mit dem Thema unserer Untersuchung zusammenhängt. Ja, wir müssen uns fragen – und werden dies in einem etwas ruhigeren Augenblick sicherlich auch tun –, ob die Intensität unseres Glücks nicht in gewisser Weise von der Intensität unseres Unglücks abhängig ist, ob Glück und Unglück nicht in einer logischen Wechselwirkung stehen.

Absatz. Als erstes gilt es zu erkennen, daß uns die Situation den Zugang zu einer direkten Forschungsquelle ermöglicht, die einfach zu wichtig ist, um ignoriert zu werden, so schmerzlich dies auch im einzelnen sein mag. Als nächstes müssen wir einen Plan für unsere Untersuchung aufstellen. Ich schlage vor, damit zu beginnen, die beiden beteiligten Zeugen, also Mr. Summerchild und mich selbst, einzeln zu befragen, um ihre Aussagen dann im passenden Moment miteinander zu konfrontieren. Da Mr. Summerchild günstigerweise gerade nicht im Dienst ist, liegt es nahe, mit meiner Aussage zu beginnen. Außerdem muß ich ehrlich zugeben, daß ich es kaum abwarten kann, meine Erklärung loszuwerden.

Absatz. Ich werde zunächst versuchen, die subjektiv so verwirrenden Erfahrungen in einen objektiven historischen Kontext zu stellen. Dazu gehört der Hinweis, daß ich schon früher ab und an verliebt gewesen bin. Ich bin auch schon früher glücklich gewesen. In manchen Fällen sind beide Zustände sogar gleichzeitig aufgetreten. Aber ich kann mich an nichts erinnern, das dem Zustand gleichkäme, in dem ich mich jetzt befinde. Wenn ich morgens erwache, durchflutet mich, ehe ich mich an den Grund für diese Gefühle erinnern kann, eine überwältigende Vorfreude auf den Tag, der vor mir liegt. Das Semester läuft noch, daher kann ich nur zwei- bis dreimal pro Woche nach London fahren. (Und natürlich ist mir klargeworden, daß es diese zeitliche Beschränkung ist, die ebenso wie die quälenden Gedanken über die möglichen negativen Konsequenzen diese beispiellose Intensität unserer Gefühle ermöglicht; in einer späteren Sitzung werden wir auch diesen Aspekt noch etwas genauer betrachten.) Man könnte sagen, ich durchlebe meinen Tag in Oxford wie eine Kerze. Das heißt, ich bin *entflammt* und lebe nur für ein Ziel, nämlich die Zeit herumzubringen, bis ich Mr. Summerchild wiedersehe. Und ich *verzehre* mich, weil ich immer wieder davon überzeugt bin, daß ich unmöglich warten kann, bis dieser Zeitpunkt endlich erreicht ist. Sprechen andere Menschen, beispielsweise meine Söhne, mit mir, höre ich nicht, was sie sagen, und finde auch keine Worte, um ihnen passende Antworten zu geben. Dann wieder höre ich alles, jede Silbe und jeder Blick sind mir eindrücklich bewußt, und ich lächele Menschen zu, die ich noch nie zuvor gesehen habe – ich berühre die Arme meiner Söhne, berühre ihre Wangen, ich erzähle ihnen Dinge, die ich nie zuvor jemandem erzählt habe. Ich sitze in einer Komiteesitzung, ohne irgend etwas wahrzunehmen, dann schlage ich aus dem

Nichts heraus gigantische Programme zur Geldbeschaffung und zum Einsatz der so gewonnenen Fonds vor. Ich sitze in einem Kolloquium, höre den öden Nichtigkeiten zu, mit deren Lehre ich mein bisheriges Leben verbracht habe, und spüre plötzlich grundlegende philosophische Einsichten auf, die darin verborgen sind. Ich schaue meinen armen Ehemann an, und Tränen des Mitleids treten in meine Augen.»

All dies hat sie gelassen und mit ruhiger Stimme erzählt, ohne einmal innezuhalten, ohne nachzudenken oder einen neuen Absatz anzukündigen. Nun scheint sie das Ende ihrer Kadenz erreicht zu haben. Ich kann mir nicht vorstellen, welches Thema sie als nächstes aufgreifen wird. Sie weiß es offenbar selbst nicht.

«Vor meinem Fenster in Oxford...» Die Natur. Das Frühlingswetter. Und wo bleibt der Hinweis: «Absatz»? Oder hat sie vergessen, daß sie einen Brief diktiert, der später noch getippt werden soll?

«Vor meinem Fenster in Oxford wird aus dem Frühling langsam Sommer. Niemals zuvor, glaube ich, war der Prozeß des Werdens so deutlich und klar. Vor meinen Augen ersteht eine Welt aus sattem Grün, eine Gleichung aus Vogelgezwitscher und warmem Regen. Ich öffne die Fenster weit und werde zur Summe all meiner Empfindungen. Der Geruch, der in der Luft liegt, ist mir vertraut – er war seit meiner Geburt in jedem Jahr um diese Jahreszeit so ähnlich. Und doch kommt es mir vor, als hätte ich diesen uralten, herrlichen Duft zum allerersten mal wahrgenommen, als wäre ich ein Selbst, das ich noch nie zuvor gewesen bin.»

Sie hält wieder inne, vielleicht nur, um Luft zu holen. «Absatz», will ich soufflieren. Aber sie hört mich nicht. Ich hatte recht, sie hat vergessen, daß sie einen Brief diktiert. Sie *spricht* zum Premierminister, schreibt ihm nicht mehr – sie lehnt sich aus dem Fenster und ruft ihm ihre Neuigkeiten zu. Erzählt es jedem, der ihr zuhören will, erzählt es jedem, den es interessiert. Erzählt es niemandem, denn ihr muß eigentlich klar sein, daß niemals jemand diesen Bericht abtippen wird. Erzählt es sich selbst. Erzählt es mir. Ich höre gebannt zu.

«Dann sitze ich endlich doch wieder in einem Zug nach London. Und was fühle ich? Nichts! Keine Vorfreude, kein Licht, kein Ziel. Ich habe keine Empfindungen. Ich bin leblos. Ich kann nichts fühlen, nichts denken, nicht lebendig sein, denn er wird ganz bestimmt nicht dasein, der Zug wird verunglücken, ich habe mich geirrt und bin in den falschen Zug gestiegen. Ich sitze da wie erstarrt, verspannt, blockiert, ohne Bewußtsein, nichtexistent – wie eine Sprengwaffe, die im fraglichen Moment nicht explodiert.

Jetzt bin ich im gleichen Gebäude wie er – ich steige die Stufen hinauf. Doch plötzlich verläßt mich der Mut, und ich bleibe stehen. Er *wird* dasein, das berunruhigt mich jetzt, und ich weiß, daß etwas schiefgehen wird. Ich werde etwas Falsches sagen, ich werde etwas Falsches denken, und alles um uns herum wird sich in Trostlosigkeit verwandeln. Das ist schon vorher geschehen, und es wird wieder geschehen. Was immer es ist, was ich jetzt fühle, eins ist sicher: Es ist nicht Glück! Es ist unerträgliches Elend! Dieses enge Nebeneinander von Glück und Unglück sollte in meinem Bericht noch mehr Beachtung finden. Ich werde ihn später unter diesem Gesichtspunkt noch einmal überarbeiten.

Absatz. Wo waren wir stehengeblieben? ... Ach ja, auf den Treppenstufen. Und wenn ich dann meine Hand auf die Türklinke lege, fühle ich ... Lassen Sie mich überlegen. Ich glaube, es ist völlige Gleichgültigkeit, was ich empfinde. Es ist mir vollkommen egal, ob ich ihn sehe oder nicht. Ja, ich verspüre den Impuls, umzukehren und wegzugehen. Ich könnte die Zeit nutzen, um Bücher und Lebensmittel zu kaufen, und dann mit dem Zug zurück nach Oxford fahren.

Doch ich sehe, wie die Klinke sich unter meiner Hand senkt und die Tür sich öffnet. Ich bin mir nicht ganz sicher, wie es dazu gekommen ist...»

Ihre Stimme verliert sich. Im Hintergrund ist ein Knacken zu hören und ein Quietschen von Scharnieren – das gleiche Knacken und Quietschen, das ich in dieser Woche jeden Tag hörte, wenn ich herkam, um meine Forschungen fortzusetzen. Die Tür ist aufgegangen, und Summerchild steht schweigend vor ihr. Sie schauen sich an. Zweifellos lächeln sie beide. Ich habe das Gefühl, er hat nicht erwartet, sie hier zu finden.

Früher oder später, denke ich, wird einer von ihnen etwas sagen.

Am Ende ist es Summerchild, der mir den Gefallen tut. «Törtchen», sagt er.

Seine Stimme klingt so leise und zurückhaltend wie immer. Das alberne, zusammenhanglose, wenig glaubwürdige Kosewort kommt aus dem Nichts, summt vorbei wie eine Biene an einem Sommernachmittag und hinterläßt tiefes Schweigen. Es klingt wie die Feststellung einer Tatsache, präzise und sorgfältig artikuliert, als würde er sie über eine die Abteilung betreffende Neuigkeit informieren.

Man hört, wie etwas Schweres in der Nähe des Mikrophons abgelegt wird, und dann raschelt er mit Papier.

«Sellerie», sagt er im gleichen Ton. *Sellerie?* Ich spule noch einmal zurück, um mich zu vergewissern. Ja, «Sellerie». Das originelle Kosewort verändert meine Wahrnehmung von den beiden. Sie werden immer spleeniger.

«Wir könnten ihn mit Frischkäse essen», murmelt er. Ah, ich verstehe. Es geht um die Frühstückspause. Doch während er weiter auspackt und verkündet, was er eingekauft hat, klingen die Bezeichnungen der Lebensmittel immer mehr wie Kosenamen. «Oliven... Cornflakes... Schokoladenkeks...» Schamlose Worte, und es dauert einen Moment, bis sie sich ausreichend gesammelt hat, um ihm antworten zu können. «Ich habe den Frühzug genommen», murmelt sie schließlich. Die Intensität dieser Worte beunruhigt mich. Sie sind jenseits der schmachtenden Seufzer und Blicke angekommen – sie sind sinnlich und körperlich elektrisiert. Aus jedem Wort und jedem Schweigen ist dies herauszuhören. Sellerie und Törtchen – ihre kulinarischen Kapriolen beschreiben, was hier in Wirklichkeit vor sich geht.

Wieder Schweigen. Vielleicht schauen sie sich an. Oder sie betrachten stellvertretend die Lebensmittel auf dem Tisch und lächeln über deren appetitliche Schönheit. Eine Weile lang spricht oder bewegt sich keiner von ihnen. Dann hört man wieder raschelndes Papier und... Schritte. Wieder Scharniere, doch diesmal andere. Ich stehe auf, um das Geräusch zu überprüfen. Ich will ganz sicher sein, daß ich ihre Bewegungen korrekt verfolge. Ja, die Küchentür. Vom Recorder im Büro hinter mir kann ich Summerchild in der Küche vor mir hantieren hören. Er legt die Lebensmittel aufs Abtropfbrett und dreht den Wasserhahn auf, um die Birnen zu waschen. Und noch während das Wasser läuft, öffnen wir beide den kleinen Küchenschrank. Er stellt die Cornflakes weg; ich schaue auf die übriggebliebenen, schimmligen Flocken.

Ich erschrecke beim Klang ihrer Stimme, als sie vom Büro aus ruft: «Mach die Tür zu. Ich bin beim Diktieren.»

Ich drehe den Wasserhahn zu. «Was?» frage ich. *Er* dreht den Wasserhahn zu. «Was?» fragt er. Ich stecke den Kopf durch die Tür zum Büro.

«Bleib draußen!» sagt sie. «Und mach die Tür hinter dir zu! Ich gebe dir Bescheid, wenn ich fertig bin!»

Er geht zurück in die Küche. Ich bleibe, wo ich bin.

«Absatz», sagt sie ruhig. «Ich möchte dies sagen, solange es noch frisch im Gedächtnis ist: Als er eben ankam, als die

Tür aufging und ich wußte, das würde er sein, und als er es dann auch tatsächlich war – *das* war Glück.

Als er die Tür öffnete, nicht ahnend, daß ich hier bin, und als er mich dann sah und stehenblieb und mich anschaute und lächelte – *das* war Glück.

Als ich *sein* Glück sah... und als ich sah, daß er *mein* Glück sah...

Und jetzt, wo er hinter der Tür steht und die Birnen für unser Frühstück wäscht...

Ich glaube, in einem früheren Bericht bin ich zu dem Schluß gekommen, daß Glück ein Zustand ist, der nur in der Erinnerung und in der Vorfreude existiert – also nur in der Vergangenheit und in der Zukunft. Ich hatte unrecht. Glück existiert auch in der Gegenwart. Es existiert jetzt, in diesem Moment, in dem ich diese Worte spreche.

Ich bin glücklich. Ich weiß dies mit absoluter Sicherheit. Es ist die unveränderliche Wahrheit, was auch geschehen mag, welche rückblickenden Korrekturen die Zukunft meinem Verständnis der Welt auch abringen wird.

Und damit komme ich zu einer ganz neuen Definition des Glücks: Es ist ein Gefühl der perfekten Entsprechung. Es ist, als hielte man Törtchen hoch und sagte ‹Törtchen›. Als hielte man Sellerie hoch und sagte ‹Sellerie›. Es sind exakte, wahre Aussagen. Sellerie und ‹Sellerie› entsprechen einander vollkommen. ‹Törtchen› ist die Bezeichnung für Törtchen. Sie heißen Törtchen, weil ‹Törtchen› ihr Name ist.

Ich glaube, die weitere Untersuchung wird zeigen, daß die genaue Entsprechung nicht nur ein subjektives Gefühl ist. Ich denke, wir werden in der Lage sein, darin einen objektiven Aspekt des Universums zu erkennen. Vielleicht werden wir sogar feststellen können, daß die Scholastiker recht hatten und die Welt in einer ganz grundlegenden Hinsicht so präzise und einfach funktioniert wie ein Syllogismus.»

Die Küchentür geht auf.

«Na, was meinst du?» fragt Summerchild. «Sollen wir vor der Frühstückspause noch ein wenig arbeiten?»

«Ich glaube, wir haben für heute morgen bereits genug getan», sagt Serafin.

Und damit wird der Recorder ausgeschaltet.

22

Ich gehe im Schnellvorlauf das leere Band durch. Ich bin froh, daß sie glücklich ist. Natürlich. Nach allem, was sie bisher erleben mußte, hat sie ein wenig Glück verdient. Und abgesehen von ihren persönlichen Verdiensten bin ich froh, daß irgend jemand irgendwo glücklich ist. Nicht glücklich *war*, nicht glücklich sein *wird*, wie wir es alle vielleicht einmal waren und vielleicht auch noch einmal sein werden, sondern glücklich *ist*. Glücklich und sich des eigenen Glücksgefühls bewußt. Glücklich in der unendlichen Gegenwart, die ein kleines Stück Magnetband aus der Vergangenheit herübergerettet. Doch ich bin mehr als nur froh; ihre Aussage hat mich bewegt. Ich würde es nicht gern in einem Bericht zu Protokoll geben, aber mir selbst muß ich es eingestehen: Ihr Glück hat einen kleinen Widerschein des Glücks in mir entfacht.

Und doch ist Summerchild wenige Wochen später gestorben, und sie hat nie ein Wort dazu gesagt. Hat keine Zeitungsinterviews gegeben, hat vor Gericht nicht ausgesagt. Sie und all ihre Gefühle für ihn waren mit einemmal wie vom Erdboden verschluckt, haben nicht einmal eine Leiche neben Mülltonnen hinterlassen.

Und was war mit *seinen* Gefühlen? Für den Zweck meiner Untersuchung ist diese Frage ausschlaggebend. Aber ich werde nie einen direkten Zugang zu seinen Gefühlen finden, denn er wird mit Sicherheit keinen diesbezüglichen Bericht an den Premierminister diktieren. Ich nehme an, daß er glücklich ist. Alle äußeren Anzeichen sprechen dafür – der Einkauf von Lebensmitteln, sein langes Schweigen in ihrer Gegenwart. Sie geht jedenfalls davon aus, daß er glücklich ist, und so wird er durch ihre Augen der Beobachtung zugänglich. Bin ich auch über *sein* Glück froh? Ich bin mir nicht ganz sicher. Konsequenterweise müßte ich mich natürlich darüber freuen. Wenn ich froh bin, daß sie glücklich ist, wäre das nur logisch, denn sie kann nicht glücklich sein, wenn er es nicht ist. Doch wenn ich an Millie denke, die heimlich die Launen ihres Vaters studiert, denke ich, es gehört sich für ihn nicht, einfach glücklich zu sein. Ich denke daran, wie er abends langsam die Straße heraufkommt, während Millie und ich am Gartentor stehen. Er seufzt... Und er ist nicht glücklich, er ist es nicht. Doch vielleicht hat sich meine Erinnerung an unserer ersten Begegnung festgehakt, als er so unvermutet aus der Dunkelheit eines kalten Winterabends erschien. Habe ich ihn nicht später, im Frühling, noch einmal gesehen? Vielleicht war er im Mai völlig verändert, aber ich habe nur das gesehen, was sich bereits in meinem Gedächtnis festgesetzt hatte.

Und dann plötzlich, aus dem Nichts, plappert er mit hoher, irrer Stimme auf mich ein. «Vertraulich F. Tite – S. Summerschild», kreischt er laut. Ich nehme den Finger von der Schnellvorlauftaste, und seine Stimme rutscht in das vertraute tiefe Brummen zurück. Doch selbst bei normaler Geschwindigkeit schwingt etwas Eigenartiges mit, ein unüberhörbarer Anflug von Verzweiflung. «Ich habe das Gefühl, Sie um die sofortige Versetzung in eine andere Abteilung bitten zu müssen...»

Summerchild gibt auf. Er springt ab, wie Mrs. Padmore. Ich verspüre simple, kindische Enttäuschung. Er will nicht mehr mitspielen – er ist ein Spielverderber! Einen Moment lang empört mich sogar seine Feigheit. Wie kann er sich einfach so aus dem Staub machen? Doch dann holt mich meine

Vernunft wieder ein. Sein Verhalten ist völlig korrekt, und ich schulde ihm dafür tiefsten Respekt.

Allerdings fällt es ihm unendlich schwer, die richtigen Worte zu finden.

«Ich möchte betonen, daß meine Bitte nicht mit der Art von Arbeit in Zusammenhang steht, die ich von Anfang an als äußerst anregend empfunden habe... die mich persönlich stets sehr interessierte... die ich nach wie vor als sinnvoll erachte. Durch meinen Schritt möchte ich jedoch Komplikationen innerhalb der Abteilung vermeiden, die ich für unvermeidlich halte... die mit Sicherheit auftreten werden... die möglicherweise auf mich zukommen würden... die sich in den letzten Wochen abgezeichnet haben und, wie ich befürchte, in Zukunft noch verstärken werden. Es hätte keinen Zweck, hier allzusehr ins Detail zu gehen... die Natur dieser Komplikationen weiter auszuführen, doch liegt mir sehr daran, ausdrücklich zu betonen, daß damit keinerlei Kritik an den beteiligten Personen verbunden ist. Die Leiterin der Spezialeinheit, Dr. E. Serafin, bringt für die schwierige Aufgabe, die ihr die Regierung gestellt hat, ausgezeichnete Voraussetzungen mit... besitzt höchst außergewöhnliche Eigenschaften... erstaunliche Fähigkeiten... beachtliche Qualitäten. Ich möchte hinzufügen, daß mich die Aussicht, die Spezialeinheit zu verlassen, eher traurig stimmt... mehr als traurig stimmt... für mich ziemlich schmerzhaft ist... sehr schmerzhaft... im Grunde unerträglich...»

Es scheint, als habe ihm die Stimme versagt. Er unternimmt noch ein paar klägliche Versuche weiterzusprechen, atmet krampfhaft ein und stellt rasch das Gerät aus. Er war drauf und dran, seinem Staatssekretär einen Schluchzer zu schicken.

Auch ich stelle mein Gerät aus. Ich lache einmal kurz auf und wünsche sogleich, ich hätte es nicht getan. Der arme Summerchild. Er steckt genauso tief drin wie sie. Das war mir vorher nicht ganz klar gewesen. Ich bin seltsam bedrückt, als wäre ich inzwischen für seine Gefühle verantwortlich. Und ich verspüre einen gewissen Groll, weil ich mich darauf beschränken soll, seinen Schmerz mitzufühlen, ohne in den Genuß des Zustands zu kommen, der ihn hervorgerufen hat. Weil er verliebt ist und ich nicht. Er ist entschwunden in jenes mystische Land, weilt an jenem vielbesungenen Ort, wurde zum Mitglied berufen in jenen exklusiven Klub, in dem alle Menschen zu Brüdern werden. Und ich stehe noch immer draußen. Ja, ich glaube, ich bin neidisch auf ihn.

Ich stelle mein Gerät wieder an. Er stellt seins an und versucht noch einmal, einen Brief zu diktieren. Diesmal peilt er sogar eine noch schnellere Befreiung von seinen Problemen an. «Ich habe das Gefühl, Sie um sofortigen Urlaub bitten zu müssen, und nachfolgend um eine Versetzung in eine andere...» Wieder versagt seine Stimme, und das Gerät wird ausgeschaltet. Aber er unternimmt noch einen dritten Versuch. «Ich habe das Gefühl...» beginnt er und kommt nicht weiter.

Er hat ein Gefühl. Das ist sein großer Fehler.

Später wird das Gerät noch einmal eingeschaltet, doch es ist nichts zu hören außer dem endlosen Geräusch erwartungsvoller Stille. Er sitzt allein vor dem Recorder und schaut wie gebannt auf das kleine rote Licht. Diesmal schafft er es noch nicht einmal bis zu dem Wort «Gefühl». Alles, was er noch schafft, ist das Fühlen selbst.

Nach einem tiefen Seufzer wird das Gerät schließlich abgeschaltet, und das Band läuft leer bis zum Ende. Er hat seinen Brief also nie fertiggestellt. Am Anfang des nächsten Bandes (vom 21. Mai) hat er immer noch den gleichen Posten inne, und alle qualvollen Zweifel scheinen vergessen zu sein. Er spricht mit Serafin, und er ist auf seiner Skala ganz nach oben geklettert – höher als je zuvor. In seiner Stimme schwingt eine wilde Unbekümmertheit, eine vorsätzliche Verantwortungslosigkeit mit. Ich denke an geblähte Windsäcke und vom Sturm durch die Straßen getriebene Mülltonnendeckel. Und auch was er sagt, läßt im nachhinein starke Zweifel an der Ernsthaftigkeit seines Rückzugversuchs aufkommen.

«Da – das Gerät ist an, es nimmt auf», beginnt er plötzlich. «Alles, was wir sagen, wird von dieser bemerkenswerten Maschine festgehalten. Nichts geht verloren. Du brauchst dir also keine Sorgen zu machen.»

«Aber wir haben niemanden, der das Ganze schriftlich festhält – sie haben uns immer noch keine neue Schreibkraft zugewiesen.» Ihre Stimme klingt im Vergleich zu seiner fast vorsichtig. Die Führerin, so scheint es mir, ist zur Geführten geworden, und der Geführte wurde zum Führer.

«Doch, sie haben versucht, uns welche zuzuweisen.» Er lacht. Ich erkenne ihn kaum wieder. Er wirkt auf mich wie ein Betrunkener. «Sie haben uns sogar fünf verschiedene Schreibkräfte geschickt.»

«Fünf? Ich verstehe wohl nicht recht? Unten im Schreibbüro sitzt keine einzige.»

«Die Personalabteilung hat uns fünf Kandidatinnen geschickt. Natürlich nicht alle auf einmal, sondern nacheinander. Erst die eine, dann die andere, und so weiter.»

«Und was ist aus ihnen geworden?»

«Ich habe Einstellungsgespräche mit ihnen geführt.»

«Wann?»

«Zu den verschiedensten Zeiten. Dann und wann. Ich habe sie abgelehnt. Sie waren für den Posten ungeeignet.»

«Alle fünf?»

«Alle fünf.»

«Was gab es denn an ihnen auszusetzen?»

«Die eine war erkältet, und wir wollen doch keine Schreibkraft, die uns mit ihren Bakterien ansteckt und die gesamte Einheit lahmlegt.»

«Stephen...» sagt sie. Es klingt ängstlich. Alles Glück ist verschwunden.

«Die andere hatte ein Buch über ökonomische Theorie unterm Arm – ein ziemlich schlechtes Omen.»

«Stephen, wir müssen wieder anfangen zu arbeiten! Wir kommen nicht voran!»

«Ich werde die Mitschriften selbst tippen. Warum auch nicht? Schließlich kann ich tippen. Sogar ziemlich schnell.»

«Es geht nicht nur ums Tippen...»

«Natürlich nicht. Ich kann ziemlich viel, du weißt bloß noch nichts davon. Ich habe noch einige Überraschungen parat.»

«Stephen, bitte! Hör auf! Mir gefällt das alles nicht!»

«Aber wir wollen doch niemanden hier haben, oder?»

«Gut. Aber wir kommen nicht voran! So etwas habe ich noch nie erlebt. Ich habe noch nie Tag für Tag und Woche für Woche herumgesessen und nichts getan. Ich wache manchmal nachts mit den schrecklichsten Panikgefühlen auf.»

Eine große Kluft tut sich zwischen ihnen auf. In wenigen Augenblicken wird das ganze törichte Abenteuer vorüber sein. Doch dann verändert sich Summerchilds Stimme.

«Wir kommen also nicht voran, meinst du?» fragt er sanft.

Auch ihre Stimme verändert sich. «Was sollen wir bloß tun?» fragt sie traurig.

Schweigen. «Ich weiß nicht», sagt Summerchild schließlich. Der Sturm hat sich gelegt. Die Fahnen hängen wieder schlaff an den Masten, die Blätter an den Bäumen regen sich nicht. So sitzen sie sich lange Zeit stumm gegenüber. Ich denke, sie schauen sich nicht an. Dann wird das Gerät ausgeschaltet.

Ja, was werden sie tun? Ich nehme an, sie führen ihre Untersuchung weiter, auch wenn es ihnen nicht bewußt ist; sie führen sie weiter, indem sie einfach dasitzen und verzweifelt sind. Ihre irrwitzige Jagd nach dem Wesen des Glücks war schließlich nur ein Abstecher, eine wilde Suche nach dem sagenhaften El Dorado, obgleich sie ursprünglich vorhatten, den gesamten Kontinent der Lebensqualität zu erforschen. Und falls Lebensqualität etwas damit zu tun hat, zu spüren, daß man lebt, wie es in einem ihrer früheren Gespräche den Anschein hatte, dann sind sie noch immer bei der Arbeit, denn sie sind sich, wie ich mir beim Zuhören vorstelle, ihrer Existenz eindringlich bewußt.

Bleibt die praktische Frage: Wie sollen sie in diesem Zustand ihre Untersuchung weiterführen? Die Antwort entnehme ich den verstreuten Hinweisen auf den nächsten Kassetten, während der Mai langsam in den Juni übergeht: Sie werden hier oben einen Hausstand gründen.

Es ist die natürlichste Sache der Welt. Sie bauen ihr Nest unter dem Dachvorsprung, wie ein Schwalbenpaar, wie ein junges Ehepaar.

Oder, genauer gesagt: *Er* gründet den gemeinsamen Hausstand, während sie die meiste Zeit über in Oxford ist – die Prüfungen haben begonnen, und zusätzlich zu allen anderen Pflichten ist sie Prüferin. Auf einem der Bänder hört man ein dröhnendes Geräusch im Hintergrund und eine Stimme, die dazu singt – Summerchild saugt das Zimmer. Woher der Staubsauger kommt und wo die regulären Putzfrauen geblieben sind – dafür findet sich keine Erklärung. Auf einem anderen Band lenkt er ihre Aufmerksamkeit auf die frischgeputzten Fenster und die neuerworbene Tischdecke auf dem Schreibtisch. Sie sitzen gerade beim Mittagessen. Soweit ich das aus ihren anerkennenden Bemerkungen schließen kann, gibt es Spargel, gefolgt von kaltem Hähnchen mit Salat, dazu Weißwein. Er hat alles für die Mahlzeit eingekauft. Er hat den Spargel gekocht. Worin? frage ich mich. Er hat verschiedene Küchenutensilien erstanden, aber doch keinen Spargeltopf, oder? Er hat den Wein kühl gestellt. Wie? Sie haben keinen Kühlschrank! Die Frage läßt mich nicht mehr los. Ich lasse das Band mehrmals ablaufen und drehe dabei die Lautstärke so weit wie möglich auf. Ich glaube, an einer Stelle höre ich das Klappern eines Eimers, höre, wie der Griff an den Rand des Eimers schlägt, und ich höre Wasser tropfen.

Wahrscheinlich hat er Eiswürfel gekauft. Wahrscheinlich bewahrt er sie in dem gleichen Eimer auf, den er benutzt hat, um die Fenster zu putzen.

«Dieses?» – «Das hier.» So beginnt eines der nächsten Bänder. «Hier?» – «Tiefer... noch ein bißchen tiefer... ein Stückchen nach rechts... einen Zentimeter höher...» Und dann ist das Aufheulen eines Elektrobohrers zu hören. Sie bringen Regale an und hängen Schränke auf. Sie bohren die Löcher zu beiden Seiten des Kaminvorsprungs in die Wand. Er hat eine Bohrmaschine gekauft oder in seiner Aktentasche aus der Hyde Hill Lane geschmuggelt. Während all dieser häuslichen Episoden lausche ich angestrengt auf ihre Stimmen. Sie klingen praktisch und engagiert. Summerchilds inneres Wetter scheint sich beruhigt zu haben. Es ist mild und beständig. Bei der fröhlichen Verrichtung häuslicher Pflichten hat er seine Qualen offenbar vergessen. Es klingt alles so natürlich! Es würde mich kaum noch überraschen, wenn sie plötzlich vorhätten, das Büro unter der Wendeltreppe in ein Kinderzimmer zu verwandeln.

Ein paarmal klingelt das Telefon «Summerchild... Ja... Nein... die üblichen Konsultationen... Bericht zur Vorlage beim Kabinett...» Er spricht, als handele es sich um ein ganz normales Regierungsbüro und kein heimliches Liebesnest! Und sie fahren auch mit ihrer Arbeit fort. Serafin kommt vom Bahnhof herbeigeeilt, wirft ihre mit Büchern vollgestopfte Tasche auf den Tisch, bewundert die letzten Neuerwerbungen, kümmert sich um die Pflanzen vor dem Fenster und verkündet dann das Thema des Tages. «Glück und Zufriedenheit» zum Beispiel oder «Macht uns das, was uns Spaß macht, auch glücklich?» «Ist Glück zwangsläufig mit

Selbstvergessenheit verbunden?» – «Ist die Welt des glücklichen Menschen, wie Wittgenstein erklärte, von der Welt des unglücklichen Menschen grundverschieden?» Einmal schlägt sie sogar vor, einen Zoologen hinzuzuziehen, um prüfen zu können, ob Glücksempfindungen auch im Verhalten von Tieren irgendeine Rolle spielen. Vieles bedarf ihrer Meinung nach – und Summerchild stimmt ihr durchaus zu – der weiteren Klärung. Sie müssen untersuchen, was es bedeutet, all das tun zu können, was man tun will, und sich so geben zu können, wie man sein will. Sie haben Probleme mit dem Gedanken der vollkommenen Entsprechung. Sie müssen darüber nachdenken, woran es liegt, daß man mit bestimmten Menschen gern und mit anderen ungern zusammen ist.

Jetzt, wo ich ihnen mit eigenen Ohren zuhöre, sind ihre Kolloquien ganz anders, als ich sie mir beim Lesen der Mitschriften vorgestellt habe. Sie sind irgendwie weniger eindeutig als der geschriebene Text. Die Stimmen sind viel weiter vom Mikrophon entfernt, als ich gedacht hatte, und ihre Sätze sind weniger präzise. Es gibt längere Pausen und unmotivierte Geräusche, die oft prägnanter wirken als die Worte selbst und sich tiefer in meiner Phantasie einnisten. Es ist schwierig, die genaue Zeitfolge nachzuvollziehen. Manchmal entwickelt sich ein neues Thema aus einem alten, oder es entsteht aus einem Schweigen, als hätten sie in der Zwischenzeit das Gerät ausgeschaltet oder als habe ein neuer Tag begonnen. Mir wird klar, daß ein großer Teil der inneren Logik früherer Diskussionen auf Mrs. Padmores Einfluß zurückzuführen ist.

An einem Morgen Anfang Juni mühen sie sich mit dem Begriff der Freude ab. Was ist Freude? Eine etwas blassere Abart des Glücks? Eine spontane, nicht weiter analysierbare Emotion, die möglicherweise als eine Komponente des übergeordneten Zustands «Glück» anzusehen ist? Ein Gefühl, das man im Einzelfall mit dem Glück verwechseln könnte? Das einen selbst mitten im Unglück durchzucken kann wie ein plötzlicher, schmerzhafter Stich? Summerchild versucht krampfhaft, sich an ein Ereignis zu erinnern, bei dem er Freude empfand, um den Begriff dingfest zu machen und ihn ihr zur Untersuchung vorlegen zu können.

«Vielleicht», sagt Serafin zögernd, «ist es das Gefühl, das du manchmal empfindest, wenn du Millie anschaust?»

«Ja», entgegnet Summerchild nach einer langen, nachdenklichen Pause. «Ich glaube, so kann man es beschreiben.»

«Ich vermute», sagt Serafin, «daß es mit einem Gefühl der Zärtlichkeit verbunden ist, mit einem Gefühl, das über das eigene Selbst hinausgeht, das aus Hinwendung zum anderen besteht.»

Sie vermutet es? Hat sie nicht die gleiche Freude und Zärtlichkeit beim Anblick ihrer eigenen Kinder empfunden? Nicht einmal, als sie in ihren Armen lagen und zu ihr aufschauten, in ihre Blicke ebenso versunken wie sie jetzt in Summerchilds? Oder fühlt sie es jetzt, wo sie Summerchild so intensiv anschaut, zum erstenmal in der Erinnerung und malt sich die eigenen Gefühle als Spiegelbild *seiner* Gefühle aus?

«Ich nehme an», erwidert Summerchild schließlich, «es ist das Gefühl, das in einem entsteht, wenn man mit jemandem zusammen ist, den man liebt.» Vielleicht fühlt auch er es zum erstenmal in der Erinnerung, als er in diese strahlenden, großen Augen auf der anderen Seite des Schreibtisches blickt.

Ein langes Schweigen. Dann Serafin:

«Ist es auch das Gefühl, das in dir entsteht, wenn du Anne anschaust?»

Wieder ein langes Schweigen. Summerchild wendet sich zum Fenster, um den Sommerhimmel anzusehen. Als er endlich antwortet, ist seine Stimme ganz ruhig, und ich kann die Worte kaum verstehen. Seine Gefühle, wenn er Anne anschaut, glaube ich, ihn sagen zu hören, seien «eher gesetzterer Natur». Doch die Frage wird, wie so viele andere Fragen, nicht weiter verfolgt. Summerchild läßt sich plötzlich, mit einer Art verrückter, verfahrenstechnischer, Dringlichkeit, darüber aus, ob die Untersuchung eines Regierungsgremiums, selbst wenn sie mit der höchst allgemeinen Frage des menschlichen Glücks befaßt ist, sich wirklich mit den Ursachen der Freude beschäftigen kann. Und dann werden sie, wie bei den meisten Sitzungen, von irgendeinem häuslichen Detail abgelenkt – in diesem Fall von der Frage, wo sie die hölzerne Salatschüssel, die er gerade gekauft hat, aufbewahren sollen.

Sie scheinen jetzt nur noch durch die Breite eines Tisches voneinander getrennt zu sein, und oft verebbt das Gespräch in Schweigen, weil sie damit beschäftigt sind, sich anzuschauen oder ihre verschränkten Hände auf dem Tisch zu betrachten. Ich schiebe meine Kartons zusammen, um die Situation nachzustellen. Ihre Fotos sind jetzt nur noch sechzig Zentimeter voneinander entfernt.

Manchmal lacht Summerchild ohne einen Grund, der sich durch das Abhören der Bänder nachvollziehen ließe.

An einem – nach ihrem Bekunden sehr heißen und schwülen – Nachmittag werden ihre stillen Betrachtungen durch entferntes Gemurmel gestört. Sie schauen aus dem Fenster und sehen tief unter sich, im Garten von Downing Street Nr. 10, Politiker in unangenehm warmen, dunklen Anzügen und afrikanische Besucher in farbenprächtigen Gewändern gemeinsam Drinks schlürfen und miteinander plaudern.

Häufig wird der Kassettenrecorder ausgeschaltet, ohne daß besonders viel philosophiert worden wäre. Und es sitzt noch immer niemand unten im Büro, um an der Schreibmaschine Mitschriften zu erstellen. Die Personalabteilung hat es offenbar aufgegeben, der Spezialeinheit neue Kandidatinnen zu schicken, und Serafin hat es aufgegeben, sich darüber Sorgen zu machen. Offenbar hat in der äußeren Welt niemand bemerkt, daß die Berichte ausbleiben – wahrscheinlich hat sie ohnehin nie jemand gelesen. Die Welt hat vergessen, daß die Einheit überhaupt existiert hat.

Doch was tun sie, wenn sie das Gerät ausgeschaltet haben? Halten sie schweigend Händchen? Beratschlagen sie darüber, ob sie den Teppich shamponieren sollen? Oder umarmen sie sich? Küssen und liebkosen sie sich? Streift sie ihre Schuhe ab, lockert er seinen Schlips? Knöpft er ihre Bluse auf? Schiebt er ihren Rock über ihr Knie...?

Legen sie sich hin? Und falls ja, wohin? Hier, auf den Boden? Auf den Teppich unter den verstreuten Akten? Ihre Köpfe neben meinen Füßen, ihre Füße nur wenige Zentimeter von der Tür entfernt? Warum haben sie das Gerät ausgeschaltet, warum versperren sie uns den akustischen Blick auf den Kern ihres Glücks? Ich versuche, mir ihr Seufzen und gedämpftes Stöhnen vorzustellen, die praktischen Probleme mit einem eingeklemmten Arm oder einem verkrampften Bein. Ich gebe mir alle Mühe, in die Intensität ihrer gegenseitigen Versunkenheit und Selbsterkenntnis einzudringen. Doch es will mir nicht gelingen. Meine Phantasie kehrt immer wieder zu äußeren Ereignissen zurück... Zum Beispiel, es klopft jemand an die Tür. Das leise Stöhnen verstummt. Die Klinke wird gedrückt. Die Tür wackelt im Schloß. Ich höre, wie sich zwei erhitzte Körper auf schmerzlich engem Raum in die Vertikale quälen, höre, wie Reißverschlüsse zugezogen, Schuhe gesucht und Möbel angerempelt werden. Wieder rüttelt jemand an der Tür. Diesmal bringt Summerchild wenigstens ein paar Worte heraus: «Ein Momentchen, bitte!» Dann flüstert er: «Zieh dich in der Küche an! Und mach die Tür hinter dir zu!» Ich höre, wie die Tür zur Treppe aufgeschlossen wird. «Francis! Bitte, entschuldigen Sie. Ich war gerade dabei, mir fürs Abendessen ein sauberes Hemd anzuziehen...»

Die Szene steht mir so plastisch vor Augen, daß ich das heiße, schamvolle Erröten spüren kann. Ich spüre es – aber ich kann ihm nicht glauben. Eher glaube ich der Vorstellung, daß sie stumm beieinandersitzen und gar nichts tun, wie zwei Kinder, wie Millie und ich am Gartenzaun... Meine Gedankengänge werden von der Erkenntnis unterbrochen, daß etwas mit dem Kassettenrecorder nicht stimmt. Schon seit einiger Zeit wird er immer leiser, und die Geräusche, die er von sich gibt, werden immer undeutlicher... Ich komme mir plötzlich unendlich dumm vor. Wie sollte es anders sein? Er steckt nirgendwo in einer Steckdose – die Batterien gehen zu Ende. An diese Möglichkeit hatte ich natürlich nicht gedacht. Ich hätte ein paar Ersatzbatterien kaufen sollen... Und mitten in dem unverständlichen Rauschen höre ich plötzlich das Wort *Matratze*. Ist meine Phantasie mit mir durchgegangen? Ich drehe die Lautstärke bis zum Anschlag auf und presse mein Ohr an den Lautsprecher, aber es sind nur hier und da ein paar Worte zu verstehen... «Die Matratze... leg dich drauf... unsere Matratze...» Die Worte machen einer Art Rascheln Platz, wie von Laken, die ausgebreitet werden, und dann scheint der immer rascher dahinschwindende Geräuschdunst in eine Art regelmäßigen Pulsschlag überzugehen – scht... scht... scht...

Von Scham überwältigt, drücke ich hektisch auf die Stopptaste. Es sich vorzustellen ist eine Sache, es tatsächlich zu hören eine völlig andere. Ich bin zutiefst schockiert, stelle ich fest. Schockiert über die beiden, schockiert aber auch über mich selbst, weil ich sie höre – *Dr. Serafin*, die mir noch immer von ihrem Karton aus freundlich zulächelt, und *Mr. Summerchild*, Millies Vater, der sich am Abend mühsam die Straße hinaufschleppt und mit müdem Blick das Gras betrachtet, das aus dem Riß in seiner Stufe wächst. Und ich bin auch schockiert über den unschuldigen roten Plastikrecorder meines Sohnes, weil er mit seinem letzten Stromstoß ausgerechnet diese Geräusche von sich gibt.

Aber nach dieser ersten Schrecksekunde stelle ich das Gerät natürlich gleich wieder an und lausche angestrengt auf seine letzten, schwachen Atemzüge. Ja, das Geräusch klingt wie keuchender Atem. Es hört sich an, als würde jede Abwärtsbewegung seines Körpers – irgendwo in der Mitte des Zimmers, wahrscheinlich hier, wo jetzt der Kassettenrecorder steht – ihr ein lautes Stöhnen entlocken. Und ihr Stöhnen verschmilzt mit dem Rauschen des Bandes, dem Rascheln der zerwühlten Laken, dem Chaos der geplünderten Akten zu meinen Füßen und meinen eigenen, aufgewühlten Gedanken.

Aber eine *Matratze*? Das geht weit über meine Phantasien hinaus. Sie haben dieses Büro tatsächlich in ein *Schlafzimmer* verwandelt! Aber wie haben sie...? Ich kann es mir nicht vorstellen... Wie haben sie die Tür aufbekommen, wenn eine Matratze im Zimmer lag? Und wie haben sie diese Matratze überhaupt hier hochbringen können? Wie konnten sie eine Matratze an der Sicherheitskontrolle vorbei durch das gesamte Gebäude der Kabinettskanzlei transportieren? Oder haben sie die Matratze durchs Fenster hochgezogen, womöglich aus dem Garten von Downing Street Nr. 10?

Ich nehme an, für meine Forschungen muß ich als erstes die Frage klären, wie es mit diesem Stöhnen weiterging. In einem der Touristenläden am Trafalgar Square wird es sicherlich auch am Sonntag Batterien zu kaufen geben.

Draußen auf der Straße ist noch immer Sommer. Ich hatte den Sommer schon völlig vergessen, trotz der Hitze dort oben unter dem Dachvorsprung. Und es ist *dieser* Sommer, wird mir ganz allmählich klar, nicht der Sommer, in dem Summerchild gestorben ist. Man kann es daran erkennen, daß dieser Sommer besser und viel normaler ist. Whitehall ist heiß und hell und voller normaler Menschen. So sehen nämlich normale Menschen aus. Sie spazieren am Sonntagnachmittag mit ihren Kindern durch die berühmten Straßen der Hauptstädte, kaufen sich am nächsten Kiosk etwas zu essen und wissen nicht so recht, was sie mit ihrer Zeit anfangen sollen. Sie haben braunes Haar oder eine Glatze; sie haben nicht viel mit Philosophie im Sinn; sie sehen aus, als führten sie pro Kopf nur ein Leben. Und als mein Blick auf die große Uhr am Gebäude der Horse Guards fällt, mache ich eine andere interessante Entdeckung – es ist schon drei Uhr nachmittags. Deshalb also diese träge Sonntagnachmittagsstimmung. Ich habe die Mittagszeit völlig vergessen.

Als ich aus dem Souvenirladen am Ende von Whitehall trete, habe ich genug Batterien dabei, um mich durch alle möglichen Permutationen des sexuellen und intellektuellen Verkehrs hindurchzukämpfen. An einem Kiosk am Trafalgar Square erstehe ich zwei Hot dogs, in der Kneipe an der Ecke zur Northumberland Avenue zwei Dosen Bier. Auf dem Weg zurück durch die Sicherheitskontrolle halte ich die Plastiktüte mit dem aufdringlichen Union-Jack-Muster hoch, in der die Bierdosen verdächtig aneinanderklirren. Ich frage mich, ob der diensthabende Wachmann eine skeptische Augenbraue gehoben hätte, wenn es statt der Plastiktüte eine Federkernmatratze gewesen wäre.

Ich lege die Hot dogs auf den nächstbesten Karton und mache die erste Dose Bier auf, während das Band zurückspult, dann zögere ich. Was soll ich als erstes tun – essen oder weiter zuhören? Angesichts des heiklen Geschehens auf dem Band kommt es mir unschicklich vor, beides gleichzeitig zu tun. Und da die dienstliche Pflicht stets Vorrang hat, lasse ich die Hot dogs kalt werden, während ich herausfinde, wie Summerchild das neue Bett ins Büro geschmuggelt hat – in seiner Aktentasche. Es ist nämlich nicht *unsere Matratze*, von der er Serafin erzählt – es ist eine *Luftmatratze*. Und sie, die gerade etwas diktierte, als er zur Tür hereinkam, ist über diese Neuanschaffung so aufgeregt, daß sie den Recorder laufen läßt, während sie gemeinsam die Plastikverpackung lösen und den Blasebalg auspacken, den er praktischerweise gleich mitgekauft hat. Scht... scht... scht... macht der Blasebalg, während Summerchild die Matratze mit dem Fuß aufpumpt. Das gibt mir reichlich Zeit, endlich meine Hot dogs zu essen, ehe etwas Heikles geschehen kann.

Als das Pumpen zu Ende ist, höre ich überrascht zu kauen auf, denn sie haben die Matratze aufgehoben und versuchen, sie irgendwo anders hinzubugsieren. Wo können sie mit der Matratze hinwollen? Es gibt nirgendwo Platz! Ich höre das vertraute Quietschen – die Tür zur Küche geht auf. In die Küche? Ihre Stimmen klingen gedämpft, sehr weit entfernt. «Jetzt rechts anfassen...» – «Momentchen mal...» – «Ein Stück nach links...» Was, um alles in der Welt, haben die beiden vor? Die Scharniere quietschen erneut, als ich die Tür zur Küche öffne und mich verständnislos in dem winzigen Raum umschaue. Die einzige Möglichkeit, eine Luftmatratze auf den Boden zu legen, bestünde, soweit ich sehen kann, darin, die Tür zur Toilette mit einem Keil aufzuhalten und die Matratze zwischen Spüle und Kloschüssel einzuklemmen. Doch diese Vorstellung beunruhigt mich mehr als alles, was ich vorher zu hören geglaubt hatte.

Aus dem Lautsprecher vernehme ich leises Gestöhne, Stoßen und Schleifen, dann fällt etwas hin. «Nur der Milchtopf», sagt Serafin. «Entschuldige – ich habe ihn aus Versehen mit dem Fuß ins Spülbecken geschoben», grunzt Summerchild. Wie bitte? Entweder steht das Spülbecken plötzlich auf dem Boden oder... ich höre Kochtöpfe klappern... Summerchild steht auf dem Abtropfbrett. Sie sind in dem winzigen Raum zu den widerlichsten Verrenkungen gezwungen. Dann hört man, wie etwas Weiches drei- oder viermal auf etwas Hartes schlägt – vielleicht eine wütende Faust, die eine widerspenstige Oberfläche bearbeitet. «Ich muß unbedingt Vaseline besorgen», murmelt Summerchild. «Sei vorsichtig», mahnt Serafin. Dann plötzlich ein seltsames Quietschen. «Endlich», ruft Summerchild zufrieden. Schleifen, Stoßen und Scharren. «Alles in Ordnung?» fragt Serafin. «Alles in Ordnung», antwortet Summerchild. Seine Stimme klingt nach all der Anstrengung ziemlich schwach. «Ich ziehe dich... Klappt es...? So ist es richtig... Den linken Fuß auf den... ja... vorsichtig...!» Wieder höre ich Kochtöpfe klappern. Serafin ist ebenfalls aufs Abtropfbrett geklettert! Wilde, höchst unangenehme Phantasien machen sich in meinen Gedanken breit. Ich habe gehört, es soll Menschen geben, die aus dem Geschlechtsverkehr nur Befriedigung ziehen, wenn er im Stehen ausgeführt wird, in fremden Hauseingängen, an dunkle Wände gepreßt. Andere lassen sich gern fesseln und in Schränke einschließen. Doch stehend auf einem Abtropfbrett? Und gleichzeitig eine Luftmatratze balancierend?

Ich habe das lächerlich empörte Gefühl, daß sie mich sträflich ungerecht behandeln, komme mir vor wie ein Blinder, dem man ein Puzzle zum Spielen gibt... Aber jetzt kann ich nicht einmal mehr etwas hören! Trotz frischer Batterien gibt der Kassettenrecorder keinen Ton mehr von sich. Es herrscht völlige Stille. Was, um Himmels willen...? Ich bin am Ende meiner lüsternen Phantasie angekommen. Ich kann mir höchstens noch vorstellen, daß sie... die Luftmatratze an der Decke ausgebreitet haben und eingeschlafen sind.

Ich schaue nach oben. Und sofort wird mir klar, was geschehen ist. Natürlich. Es hätte mir von Anfang an klar sein müssen. Ohne die Luke an der Decke gäbe es in diesem kleinen, fensterlosen Raum überhaupt kein Licht.

Ich steige auf das Abtropfbrett und rüttele an dem mit Milchglas ausgefüllten, rostigen Rahmen. Er bewegt sich nicht von der Stelle. Mein Fuß stößt gegen den Becher, aus dem ich meinen staubigen Tee getrunken habe, und wie vor ihm der Milchtopf fällt er klappernd in die Spüle. Einen Moment lang verspüre ich den Impuls aufzugeben. Von hier oben wirkt die Spüle, auf der ich stehe, reichlich klapprig, und ich sehe mich schon mit einem Riesenkrach auf den Boden fallen. Dann versuche ich, den Fensterrahmen mit der Faust aufzudrücken. Die Geräusche, die ich dabei verursache, sagen mir, daß ich die richtige Technik gefunden habe. Mit einem ebenso wiedererkennbaren Quietschen gibt der Rahmen nach, und ich schiebe das Oberlicht auf. Jetzt den linken Fuß auf den... was? ... den Sperrhahn am Kaltwasserrohr, eine andere Möglichkeit gibt es kaum. Ich ziehe mich hoch und versuche, nicht an die Leere zu denken, die sich unter mir auftut... Mein Kopf stößt in eine blendende Hitze aus brütendem Sonnenlicht und blauem Himmel. Ich lege beide Hände auf den Fensterrand und stemme mich hinauf in eine neue, wunderbare Welt.

23

Ich befinde mich in einem sonnendurchfluteten Tal zwischen zwei Dachschrägen, von der Außenwelt abgeschnitten durch die Mansardenmoräne hinter mir. Schornsteine ragen aus den Schieferhängen wie bloßgelegte Stümpfe tieferliegender geologischer Schichten. Die Sonne knallt erbarmungslos in diese wasserlose Schlucht, und die glatten Oberflächen ringsum spiegeln ihre Hitze wider. Hier, mitten im Herzen der dichtbevölkerten Stadt, im Zentrum der Regierungsmacht, liegt das verborgene Tal, von dem alle Entdecker träumen, der lang ersehnte Ort absoluter Abgeschiedenheit unter freiem Himmel. Serafin und Summerchild haben hier ihre Hemden ausziehen können, so wie ich jetzt mein Hemd ausziehe. Ja, an einem so heißen Tag wie diesem hätten sie gar keine andere Wahl gehabt. Sie hätten wie die Buschmänner nackt hier oben herumspazieren können.

In der flachen Rinne, die dieses Bergreich wie ein ausgetrockneter Fluß der Länge nach durchquert, hätte die Luftmatratze gerade Platz gehabt. Wie sah die Welt für sie aus, wenn sie ausgestreckt Seite an Seite lagen? Ich streife Schuhe und Socken ab, um mir daraus ein Kopfkissen zu bereiten. Aber das Blei ist so heiß, daß ich wild herumtänzeln muß, bis ich im Schatten eines Schornsteins ein kühles Plätzchen für meine Füße finde. Ich lege Hemd und Schuhe in die Sonne, dann ziehe ich meine Hose aus und lege sie auf mein Hemd, um die Schutzschicht unter meinem Rücken zu verstärken.

Vorsichtig strecke ich mich aus. Die heiße Sonne brennt auf meiner Brust, das heiße Blei brennt auf meinem Rücken. Langsam hebe ich meinen Blick und starre in die große, blaue Leere über mir. Ich sehe nichts außer einem bunten Fleck, der langsam über meine Augen schwimmt. Ich höre nichts außer dem vagen Anflug eines Geräuschs – vielleicht ein schwacher Widerhall der Welt jenseits der Berge, vielleicht aber auch nur das leise Rauschen des Blutes in meinem Kopf.

Hier oben lag also ihr Cape Canaveral. Hier befand sich die heimliche Startrampe für die Sonnenexpedition.

Ich habe den Kassettenrecorder meines Sohnes unten vor sich hin laufen lassen, fällt mir ein, aber er kann ohnehin nichts von sich geben. Serafin hat den Recorder ihres Sohnes ebenfalls unten gelassen – er lauscht, ohne irgend etwas zu hören.

Ich ziehe meine Unterhose aus. Mein Haarbusch glänzt in der Sonne. Ich bin ein Buschmann! Das Blut pulsiert in meinen Adern. Ich verspüre ein an Leichtsinn grenzendes Hochgefühl. Fast gefällt mir der Gedanke, ein Hubschrauber des Sicherheitsdienstes könnte auf seiner Patrouille über den Dächern des Regierungsviertels erscheinen. Ich wäre erfreut, Ken Hurrens allwissendes Gesicht plötzlich über mir am Himmel zu sehen, seine sonst so beherrschten Züge eine winzige Sekunde lang überrascht, ehe er eine passende und völlig unüberraschte Bemerkung machen würde.

Juni. Ja, seit Mitte des Monats sind die Prüfungen in Oxford vorbei, die Semesterferien haben begonnen. Serafin konnte jeden Tag nach London kommen. Das Dach hat sich in den letzten fünfzehn Jahren wahrscheinlich kaum verändert. Sie hatten damals den gleichen Ausblick wie ich heute. Sie sahen den gleichen Himmel, die gleiche Sonne, sahen die gleichen Flugzeuge auf dem Weg nach Heathrow Airport. Hoch über mir schwebt gerade ein Flugzeug vorbei. «Den Passagieren auf der rechten Seite des Flugzeugs», sagt der

Kapitän über die Bordlautsprecher, «bietet sich eine ausgezeichnete Sicht auf das Parlament und das Regierungsviertel Whitehall.» Die Passagiere auf der rechten Seite des Flugzeugs recken die Hälse und schauen hinunter auf die Eingeborenen, die mit ihren uralten Paarungsritualen beschäftigt sind und sich sonnenbeschienen und ohne jede Scham nackt auf dem Dach eines würdigen Staatsgebäudes tummeln. Die Passagiere packt wilde Vorfreude. Endlich haben sie den perfekten Urlaubsort gefunden, der heidnische Selbstvergessenheit mit protestantischer Klempnertechnik in sich vereinigt.

Etliche Meilen darüber zieht ein anderes Flugzeug in entgegengesetzter Richtung ein straffes, weißes Seil über den Himmel. Wir folgen ihm mit unseren Gedanken, Serafin und ich (oder sind es Millie und ich, die hier oben nackt im Sonnenschein liegen?), und debattieren höchst gelehrt, aber stumm über seine emotionale Fracht.

Wir verscheuchen die Fliegen, die an den Schweißflüssen auf unseren Bäuchen trinken. Wir schauen den Schwalben zu, die rund um die Schornsteine segeln. Dann wenden wir uns den Wolken zu, die sich zusammenbauschen und wieder auflösen, dem Blau, das langsam in Schwarz übergeht, den Sternen, die nach und nach erscheinen. Wir ziehen die Bettdecke über uns und schauen hinaus in die gewaltige, ruhige Leblosigkeit des Universums, zurück durch all die stumme Glücklosigkeit unbevölkerter Jahrhunderte...

Ich schlage die Augen auf – ich war wohl eingenickt. Mir ist klargeworden, warum dieser Ort gerade für Summerchild solche Anziehungskraft besitzt. Er ist wie die ungeteerte Straße in seinem anderen Leben – eine eigenartige Nische, unverplant und ungeklärt, irgendwo zwischen den Maschen des ordnungsgemäßen Gerüstes aus voll erschlossenen Straßen und Büroräumen versteckt. Er taucht jeden Morgen aus dem Nichts auf, steigt in die überfüllten Züge und quält sich durch öffentliche Straßen, um dann wieder im Nichts zu verschwinden. Und das alles als Himmelsgeschenk! Auf Kosten der Steuerzahler!

Aber es ist viel zu heiß, um hier zu liegen. Mein Bart ist voller Schweiß. Teile von mir, die noch nie zuvor die Sonne gesehen haben, werden bald fürchterlich verbrennen, schwarz werden und abfallen. Bei Summerchild mit seiner rötlichen Haut müßte inzwischen die Gehirnmasse kochen. Ich streife meine Schuhe über die nackten Füße und durchschreite, den Rücken der Sonne zugewandt, mein Königreich. Ich klettere ein wenig den Hang hinauf und presse mich gegen das rauhe Gemäuer eines Schornsteins, als wäre es ein anderer Körper, als wäre es Serafin, als wäre es Millie. Etwas bewegt sich unter meiner Hand – der Rest eines dünnen Seils, das an einem rostigen Haken baumelt. Es ist mit den Jahren grau und brüchig geworden, zerfällt zu Staub, wenn ich es zwischen den Fingern reibe. Ein Stück graues Holz schabt über die Steine – eine Wäscheklammer hält sich mit längst verrosteter Feder wie die Hand eines toten Menschen an den Resten des Seils.

Sie haben also nicht bloß hier oben gelegen und in die Sonne geblinzelt. Sie haben eine Wäscheleine aufgehängt. Was haben sie gewaschen? Ihre Tischdecke. Ihre Geschirrtücher. Handtücher, mit denen sie sich nach dem Duschen abgetrocknet haben. Denn nach einem heißen Tag hier oben brauchten sie ganz bestimmt eine Dusche – zumindest brauche ich jetzt eine. Und das nicht nur wegen des Schweißes, denn meine Hände sind rabenschwarz, und das gleiche gilt für meine klebrige Haut, wo immer ich sie berührt habe. Ein paar Stunden hier oben, und man wäre von Kopf bis Fuß in einen Buschmann verwandelt. Aber wie haben sie geduscht? Nun, immerhin hatten sie einen Eimer – denselben Eimer, in dem sie ihren Wein gekühlt haben. Vielleicht haben sie eimerweise Wasser hochgehievt und sich gegenseitig abgespritzt wie spielende Kinder...

Meine Phantasie geht mit mir durch, tanzt barfuß auf dem glühenden Blei. Aber sie müssen Wasser gehabt haben. Zwischen dem Unrat, der sich in dem Gitter vor der Dachrinne angesammelt hat, liegen Tonscherben und ein gespaltener grauer Stab. Ich glaube, sie haben hier oben Tomaten gezogen. Es handelte sich um eine erstaunlich weit entwickelte Kultur mit eigener Landwirtschaft. Ich male mir ihr Bewässerungssystem aus, das inzwischen verschwunden ist, stelle mir vor, wie sie das Regenwasser eingefangen, Dämme quer über die Rinne gebaut und Reservoirs in den Mulden hinter den Schornsteinen angelegt haben.

Mein Blick fällt auf eine Reihe in den Schiefer geritzter Zeichen. Sie verlaufen schräg nach unten über die unteren drei Schichten des Südhangs und wirken wie die Striche auf einem Lineal, obwohl ihr Abstand von links nach rechts kontinuierlich abnimmt. In meiner gegenwärtigen Hochstimmung, in der mir alle Dinge zwischen Himmel und Erde überdeutlich vor Augen stehen, brauche ich nur zu der Kriechblume auf dem Mansardendach hinaufzuschauen, um die Bedeutung der geheimnisvollen Zeichen zu entschlüsseln. Sie markieren den täglichen Anstieg der Sonne bis zu ihrem Höhepunkt in der Mitte des Sommers, gemessen am immer kürzer werdenden Schatten, den die Kriechblume um die Mittagszeit auf den Schiefer warf. Je näher der Tag der Sonnenwende, der 21. Juni, rückte, desto dichter liegen die Striche nebeneinander. Dieses Volk, schließe ich, war zu primitiven astronomischen Beobachtungen fähig und besaß einen Kalender, mit dessen Hilfe es die letzten Tage ihrer dem Untergang geweihten Welt festhielt.

Noch immer nur mit meinen blassen, hellbraunen Sommerschuhen bekleidet, taste ich mich vorsichtig den Hang über dieser archäologischen Fundstätte hinauf. Die Schieferplatten rutschen leicht unter meinen Füßen. Das gefällt mir überhaupt nicht, denn ich bin anfällig für Höhenangst...

Endlich kann ich das Firstblech ergreifen und vorsichtig hinüberäugen. Summerchild ist neben mir, seine Hand liegt neben meiner. Gemeinsam schauen wir über London, das ausgebreitet vor uns liegt, in den klaren Spätnachmittag getränkt wie Baklava in Honig. Fast können wir im Nordosten in Hampstead Heath und im Südosten auf Shooters Hill die Spaziergänger sehen. Direkt vor uns erstrecken sich die anderen Regierungsdächer der Whitehall-Kette, zuerst das Scottish-Office-Massiv, dahinter der Horse-Guard-Gipfel, und am Horizont die phantastische Wolkenlandschaft moderner Kommunikationstechnik auf dem Dach der Admiralty.

Und dort, auf der Admiralty, erspähe ich noch etwas anderes – eine kleine Gruppe Menschen, halb hinter der Brüstung versteckt, mit irgendeinem Apparat beschäftigt. Es ist das Glasauge!

Einen Moment lang verspüre ich den wilden, süßen Impuls, splitternackt auf den First zu steigen und ihnen über die trennenden Bergketten hinweg triumphierend zuzuwinken, denn ich weiß fast alles, und sie wissen nichts. Doch noch ehe ich diesen lächerlichen Gedanken zu Ende denken kann, habe ich mich bereits züchtig und schamvoll außer Sichtweite gebracht.

Ungeschickt schlittere ich in die flache Rinne zurück und greife hastig nach meinen Kleidern. Ich bin erschüttert. Das Glasauge ist also schon bis zum Dachgeschoß vorgedrungen – auch wenn es bisher noch das falsche Dach ist. Natürlich sagt mir meine Vernunft, daß es kein Glasauge gewesen sein kann – niemand würde ein Fernsehteam auf das Dach des Verteidigungsministeriums lassen. Trotzdem, meine Hochstimmung ist verflogen. Summerchild, Serafin und Millie sind verschreckt geflüchtet, und ich bin ganz allein hier oben, lächerlich nackt und lächerlich dreckig. Die Sonne, spüre ich, hat den Punkt der Sonnenwende überschritten.

Ich werfe meine Kleider durch das kleine Dachfenster hinunter und hangele mich mehr schlecht als recht hinterher. Der Sperrhahn, auf dem meine Füße beim Hinaufsteigen Halt gefunden haben, ist von oben aus nicht zu sehen, und ich strampele hilflos mit den Beinen in der Luft, während ich mich mit den Ellenbogen am Rand der Öffnung abstütze. Das Schlimmste, wenn man irgendwo hinaufsteigt, obwohl man zur Höhenangst neigt, ist die Gewißheit, daß das Herunterklettern noch schwieriger sein wird.

Doch lassen wir das. Zurück an die Arbeit!

24

Aber ich glaube, das Spiel ist aus.

Ich gehe in Greenwich die steilen Straßen zu meinem Haus hinauf, als es mir klar wird. In der Welt, durch die ich gehe, ist Sonntag, der 25. Juni, früher Abend; in der Welt in meinem linken Ohr ist Donnerstag, der 21. Juni, der Tag der Sommersonnenwende, und, nach allen akustischen Indizien zu schließen, fast Mittagszeit. Serafin und Summerchild haben mächtig aufgeholt. Aber das müssen sie auch. Sie müssen Montag, den 24. Juni, erreichen, ehe ich bei Montag, dem 26. Juni, angekommen bin. Sie werden nur noch einen Tag zurückliegen, wenn Summerchild zu Fall kommt.

Ich bin auf dem Weg nach Hause, um Timmy ins Bett zu bringen. Mir fiel plötzlich sein sonntägliches Bad ein. Ich war vom Dach heruntergekommen und hatte versucht, mich am Waschbecken ein wenig zu säubern, als mir auffiel, wie absurd das eigentlich war: Hier war ich und wusch mich ohne Seife, und da war er und badete ohne Vater. Also trocknete ich mich, so gut es ging, mit meinem Taschentuch ab, nahm den Kassettenrecorder und die Keksdose mit den Kassetten unter den Arm und verschloß die Tür zu diesem wahnsinnigen kleinen Universum über der Wendeltreppe. Ich werde mir heute abend ohnehin die Bänder zu Ende anhören und morgen früher aufstehen müssen, um meinen Bericht rechtzeitig fertigzustellen. Und jetzt, auf dem Weg vom Bahnhof hinauf zu meinem Haus, balanciere ich den Kassettenrecorder auf den Schultern wie ein Teenager und presse mein Ohr gegen den Lautsprecher.

Summerchild diktiert etwas, das er als Positionspapier angekündigt hat. Nach den Geräuschen zu schließen, bereitet er gleichzeitig das Mittagessen zu. Das Positionspapier handelt, soweit ich seine Worte verstehen kann, vom Wesen der Zeit. Seine Stimme wirkt ungewöhnlich hastig und eindringlich. Er klingt wie jemand, der Fieber hat und sich nicht ganz wohl fühlt. Ich glaube, er ist an Philosophie erkrankt. Wie viele Patienten, die zum erstenmal an einer Krankheit leiden, hat es ihn besonders schlimm erwischt. Er scheint sagen zu wollen, daß unser Verständnis der Begriffe *Glück* oder *Lebensqualität* von unserem Wissen über das Verhältnis von Gegenwart, Vergangenheit und Zukunft abhängt. Er sagt, wir müßten darüber nachdenken, was wir unter «jetzt» verstehen. Je häufiger er das Wort wiederholt, desto schwieriger finde ich es, mich daran zu erinnern, was «jetzt» überhaupt bedeutet – oder besser: was *jetzt* bedeutet, denn er verleiht dem Wort eine seltsame, beharrliche Betonung, die die Vorstellung von der Gegenwart so fremd und unzugänglich klingen läßt wie Gedanken, die im Fieberwahn entstehen. Nun, vielleicht manifestiert sich bei ihm das typische Krankheitsbild der Philosophie.

Was ich tatsächlich *jetzt* auf der Kassette höre, ist eine plötzliche Pause, hektische Schritte und gedämpftes Klappern – nach meiner wachsenden Erfahrung bei der Analyse der Geräusche in jenem Raum Anzeichen für eine plötzliche Notsituation in der Küche. Dann wieder Schritte und die nächste Philosophieattacke. «Jetzt ist *jetzt*», deliriert Summerchild leise, «doch *jetzt* ist nicht mehr jetzt. *Jenes* Jetzt ist nicht mehr *dieses* Jetzt, und das Jetzt, das ich *dieses* Jetzt nannte, ist auch nicht mehr dieses Jetzt – es ist zu *jenem* Jetzt geworden – zu einem der vielen Jetzt, die der Grauzone zwischen Gegenwart und Vergangenheit angehören.» Ich weiß nicht mehr über Philosophie als Summerchild, doch ich nehme an, daß Summerchilds Gehversuche seinem Geigenspiel (oder meinem Posaunenspiel) ähneln – für den Hausgebrauch recht amüsant, aber nicht gerade für das Ohr eines Profis bestimmt. Vielleicht spricht er deshalb so hastig und leise. Ich habe das Gefühl, daß sich irgendwo nicht allzu weit entfernt tatsächlich ein Profi befindet – vielleicht steigt er in diesem Moment schon die Stufen der Wendeltreppe hinauf, kommt gerade pünktlich zum Mittagessen.

Wieder unterbricht Summerchild seinen Monolog durch einen Gang in die Küche. Dann spricht er weiter: «Viele denken: *Jetzt* ist jetzt – und *jetzt* ist auch jetzt – und so weiter. Das bedeutet, strenggenommen denken sie, daß *immer* jetzt ist. Sie halten die Gegenwart für eine lange, kontinuierliche Zeitspanne. Doch heute morgen ist mir plötzlich klargeworden, daß sich jedes *Jetzt* von jedem anderen *Jetzt* unterscheidet – daß alles, was wir in *diesem* Jetzt sehen, hören, denken oder fühlen, von den Erfahrungen in *jenem* Jetzt grundsätzlich abgetrennt ist...»

Ich glaube, so langsam ahne ich, worum es ihm geht. Während er auf seiner Luftmatratze in der brütenden Sonne lag, hatte er irgendeine Offenbarung, durch die ihm auf einmal erklärlich schien, wie er gleichzeitig *jener* Mann sein konnte, der ruhig und zurückgezogen in den heimlichen Tiefen der Hyde Hill Lane wohnt, und *dieser* Mann, der wild und abgelegen auf den heimlichen Höhen der Kabinettskanzlei haust. Seine Antwort wird vermutlich lauten, daß er *nicht* derselbe Mann ist. Er ist viele verschiedene Männer, die jeweils für sich im gegebenen Augenblick existieren, ohne für die anderen verantwortlich zu sein.

Es erscheint mir wie eine seltsame Ironie des Schicksals, daß er gerade die theoretische Infrastruktur für sein doppeltes Leben schafft und dabei wichtige Satzteile mit dem Geklapper von Geschirr und Besteck übertönt – «... die Zeit ist also in Wirklichkeit eine Kette von...» krach! «...so wie die Summe der Einzelteile nicht das Ganze bildet...» klapper, klapper! «...kaum sichtbarer als die Lücken zwischen den Elektronen...» –, als der Vernichtungsschlag einsetzt. Das verhängnisvolle Klopfen an der Tür, das ich mir bereits mehrfach, wenn auch in sehr viel heikleren Situationen, ausgemalt hatte.

Es ist ein forsches, zweimaliges Klopfen, das Höflichkeit, aber Autorität verrät. Auf keinen Fall Serafin, die zum Mittagessen herbeieilt. Summerchild ist offenbar der gleichen Meinung. Einen Augenblick lang herrscht abruptes Schweigen, unterbrochen nur von einer Gabel, die zu Boden fällt, während er wie angewurzelt dasteht und fieberhaft überlegt, wie er sich verhalten soll. Die Klinke wird heruntergedrückt, aber die Tür gibt nicht nach – es ist genau das Geräusch, das ich mir vorgestellt hatte –, und dann wird schweigend, aber hartnäckig an der Tür gerüttelt. Summerchild legt das restliche Besteck auf den Tisch und schließt die Tür auf.

«Francis!» sagt Summerchild in höflich erstauntem Ton.

Genau, wie ich es vorausgesehen hatte.

«Ich komme hoffentlich nicht in einem unpassenden Augenblick?» fragt Francis Tite.

«Nein, nein», beteuert Summerchild.

«Ich hatte zufällig in diesem Teil des Gebäudes zu tun.»

Er ist eingetreten, und Summerchild schließt die Tür hinter ihm. Tites Stimme klingt freundlich und umgänglich und läßt eine etwas andere Art von Staatsdienst erahnen, als ihn Ken Hurren mitgeprägt hat. Ich kann mir sofort sein Gesicht vorstellen. Glänzende rote Backen, ein fester kleiner Mund, silbriges, vielleicht ein wenig zu langes Haar. Ein Mensch aus Fleisch und Blut, der stets eine Blume im Knopfloch trägt. Ich glaube, er tauchte noch gelegentlich auf, als ich in den Staatsdienst kam, fungierte als würdiger Emeritus.

«Ich dachte, ich schaue mal bei Ihnen herein und frage

nach, wie Sie sich hier oben eingelebt haben», fährt er fort. «Sie haben die Räume sehr hübsch hergerichtet. Sie sind vielleicht ein bißchen abgelegen, aber auch das hat seinen Reiz.»

Das klingt, als besuche er Summerchild in seinem Wochenendhaus. Aber irgend etwas beunruhigt ihn, und das weiß auch Summerchild – sonst wäre er nicht gekommen.

«Und das mag vielleicht auch erklären, warum wir in letzter Zeit nicht sehr viel von Ihnen gehört oder gesehen haben», sagt Tite.

«Ja», erwidert Summerchild. Aus seinem Mund klingt dieses eine Wort wie eine ausführliche Stellungnahme. Er ist zu seiner alten, brummigen Wortkargheit zurückgekehrt.

Ihrem Gespräch droht die Luft auszugehen. Ich stelle mir vor, Tites Blick fällt auf den gedeckten Tisch.

«Ich war gerade dabei, das Mittagessen vorzubereiten», sagt Summerchild. «Das erspart den Gang zur Kantine... Aber nehmen Sie doch bitte Platz.»

Eine kurze Pause. Tite betrachtet den Stuhl, der ihm angeboten wird.

«Eine Art Liegestuhl?» fragt er.

«Ich glaube, man nennt das einen Regisseurstuhl», gibt Summerchild zögerlich preis. Natürlich. In ihrem Haushalt gibt es nur Möbel, die man zusammenklappen und in nicht allzu auffälliger Verpackung durch die Sicherheitskontrolle schleusen kann. Ich höre kein Geräusch, das darauf schließen ließe, daß Tite inzwischen Platz genommen hat.

«Ehrlich gesagt, ich habe mir ein wenig Sorgen gemacht», sagt er jetzt. «Sie scheinen großen Ärger mit der Personalabteilung gehabt zu haben.»

In Wirklichkeit meint er natürlich, daß die Personalabteilung großen Ärger mit Summerchild hatte. Daher rührt also seine Beunruhigung. Das hat ihn die Wendeltreppe heraufgeführt.

«Tja...» erwidert Summerchild vage. Ich stelle mir vor, daß er mit den Schultern zuckt.

«Es gab sieben Kandidatinnen für die Stelle, sagte man mir, und alle haben sich als ungeeignet erwiesen. Die Personalabteilung ist demoralisiert, wie Sie sich unschwer vorstellen können...»

«Ich hatte nicht das Gefühl, daß eine der Kandidatinnen wirklich für uns geeignet war.»

«Hm. Keine von sieben? Nun gut... Sie haben also jetzt keine Schreibkraft mehr? Sie und Dr. Serafin kommen ganz allein zurecht?»

«Im Moment jedenfalls, ja.»

«Sie ist heute nicht da?»

Für den Bruchteil einer Sekunde denkt Summerchild über die Frage nach.

«Ich schaue mal nach», sagt er dann.

Er verschwindet in der Küche und schließt die Tür hinter sich. O Gott – sie ist auf dem Dach! Doch was geht in Tites Kopf vor, als er Summerchild in die kaum zwei Quadratmeter große Küche gehen sieht, um nach seiner Vorgesetzten zu suchen? Wahrscheinlich nimmt er an, daß es dort irgendwo eine Toilette gibt. Vielleicht geht er davon aus, daß Summerchild vorsichtig an der Toilettentür klopft und ihr dann zuraunt, der Staatssekretär sei gekommen, um sie zu sprechen. Aus der Stille auf dem Band läßt sich nicht schließen, was Tite aus der Wartezeit macht. Einige wenige Geräusche legen nahe, daß er durchs Zimmer geht. Vielleicht schaut er sich die Bilder an den Wänden an, betrachtet die beiden Fotos von Serafin und Summerchild. Ich kann mir nicht vorstellen, welche Schlüsse er zieht. Alles, was ich mir vorstellen kann, ist Summerchilds Unterkörper, der hinter der Küchentür auf dem Sperrhahn balanciert. Was sein Oberkörper auf der sonnigen Dachterrasse tut oder sagt, liegt jenseits meiner Vorstellungskraft.

Die Küchentür öffnet sich wieder.

«Sie kommt sofort», sagt Summerchild.

«Aha», sagt Tite.

Es folgt ein weiteres, langes Schweigen. Dann höre ich, wie ein Löffel vorsichtig auf eine harte Fläche gelegt wird. Tite hat ihn vom gedeckten Tisch aufgehoben. Vielleicht, um den Stempel zu prüfen.

«Das Besteck habe ich bei Army & Navy gekauft», sagt Summerchild. «Es war heruntergesetzt.»

«Sehr hübsch», sagt Tite.

Oben auf dem Dach angelt Serafin nach ihren Schuhen und zieht sich in der Eile den Rock verkehrt herum an.

«Ich habe offenbar den falschen Zeitpunkt erwischt», sagt Tite.

«Nein, nein», wiegelt Summerchild ab. «Sie ist nur...»

Nur was? Ich stelle mir vor, er rundet seine Erklärung durch eine nichtssagende Geste ab. Aus der Küche sind gedämpfte Geräusche zu hören. Vielleicht will er mit seiner Geste andeuten, daß sie gerade, auf beide Ellbogen gestützt, in der Dachluke hängt und mit den Füßen verzweifelt nach dem Sperrhahn rudert. Vielleicht ist sie auch aus Versehen auf den heißen Gasring getreten. Jedenfalls klappert es ziemlich laut.

«Sollten Sie nicht vielleicht...?» fragt Tite.

«Nein, nein», beruhigt ihn Summerchild.

Die Küchentür öffnet sich.

«Ich bitte vielmals um Entschuldigung», sagt Serafin.

«Das ist Francis Tite», stellt Summerchild vor. «Ich glaube nicht, daß Sie...»

«Nein, ich glaube, wir kennen uns noch nicht», fällt ihm Serafin ins Wort. «Sehr erfreut.»

Sie lächelt und schaut ihn ohne ein Zeichen des Unbehagens mit ihren großen blauen Augen an. «Ich habe mich zum Arbeiten zurückgezogen», erklärt sie. «Es gab einiges, worüber ich nachdenken mußte.»

«Eine sehr vernünftige Idee», sagt Tite. Er ist ein Mann, der schon an vielen Tafeln gespeist hat. Er kennt sich aus in der Welt. Und es scheint ihn nicht sonderlich zu überraschen, daß eine führende Philosophin sich in der Toilette einschließt, um in Ruhe nachzudenken.

«Wir alle brauchen irgendeinen Ort, an den wir uns zurückziehen können», fährt er freundlich fort. «Ich kenne das aus eigener Erfahrung.»

«Haben wir noch Küchenkrepp?» fragt Serafin in einem völlig veränderten Tonfall. Sie spricht mit Summerchild. «Ich bin aus Versehen in die Butter getreten.»

«Ich habe heute morgen welches gekauft», antwortet Summerchild. «Es ist noch in der Einkaufstasche.»

Die Küchentür geht auf. Summerchild ist offenbar verschwunden, um das Küchenpapier zu holen; Serafin ist, einen beschmierten Schuh in der Hand, allein mit Tite zurückgeblieben.

«Sie werden doch mit uns essen?» fragt sie in verbindlichem Ton.

Ich wollte gerade in meine Straße einbiegen, bleibe jedoch einen Moment an der Ecke stehen. Sie will, daß er *bleibt*? Sie möchte den heißersehnten Abschied um eine Stunde hinauszögern, höflich Konversation machen, mit ihm über die Auswahl der Bilder an den Wänden und die Herkunft des Porzellans plaudern? Oder kommen die Worte fast automatisch heraus? Erzeugen alle menschlichen Wesen, die in Paaren zusammenleben, so unabwendbar Gastfreundschaft wie eine Tablette Alka-Seltzer und ein Glas Wasser zusammen Blasen erzeugen?

Tite lehnt natürlich ab. «Danke, das ist sehr nett von Ihnen», sagt er. «Aber leider...»

Die Sache hat jedoch bereits eine Eigendynamik entwickelt. Serafin wendet sich an Summerchild, der offenbar gerade aus der Küche kommt. «Wir haben doch genug zu essen?»

«Aber natürlich, es ist reichlich da», muß Summerchild unter diesen Umständen sagen. Doch was zwingt ihn dazu, ausdrücklich hinzuzufügen, daß es hausgemachte Muschelsuppe gibt? Was treibt sie dazu, Tite zu erklären, daß es sich um eine von Stephens Spezialitäten handelt? Und warum weiht sie ihn, während Summerchild ans klingelnde Telefon geht, völlig unnötigerweise in die Einzelheiten ihrer häuslichen Arbeitsteilung ein und vertraut ihm an, daß Stephen für das Kochen verantwortlich sei? Es scheint, als beherrschten die gesellschaftlichen Konventionen nicht nur ihr Verhalten, sondern auch ihre Gefühle. Sie haben tatsächlich den ehrlichen Wunsch entdeckt, mit Tite zu Mittag zu essen. Und nachdem Summerchild den Telefonhörer an Serafin weitergereicht hat – ihr Sohn Alexander hat aus Oxford angerufen –, übernimmt Summerchild die Rolle des hartnäckigen Gastgebers. Er hält Tite, der offenbar schon halb aus der Tür ist, mit improvisierten Lösungsvorschlägen für alle praktischen Probleme auf, die ein gemeinsames Mittagessen mit sich bringen könnte.

«Wir haben nur zwei Suppenlöffel», sagt er. «Aber ich könnte eine große Tasse nehmen.»

«Ein andermal vielleicht...», versucht Tite auszuweichen.

«Und für den zweiten Gang könnte ich einen Löffel abspülen», fährt Summerchild unbeirrt fort. «Ich könnte mit einem Löffel und dem Brotmesser essen.»

Dann tritt plötzlich Stille ein.

«Was ist?» fragt Summerchild sanft.

«Doch hoffentlich keine schlechten Nachrichten?» fragt Tite.

Offenbar schauen sie beide zu Serafin. Es ist so still, daß man das leise Klicken erkennt, als sie den Hörer auf die Gabel legt.

«Anscheinend hat mich mein Ehemann verlassen», sagt Serafin mit tonloser Stimme.

Ich stehe im goldenen Abendlicht auf der Schwelle meines Hauses, den Kassettenrecorder gegen das Ohr gedrückt, die Hand mit dem Hausschlüssel schon erhoben. Im nachhinein ist es eine völlig voraussagbare Entwicklung. Es geschieht immer in solchen Momenten, gerade wenn man der Auflösung einer ganz anderen Geschichte in seinem Leben nahe gekommen ist, daß einen der eigene Ehemann verläßt. Doch noch ehe ich hören kann, was als nächstes geschieht, ehe ich herausfinde, ob Tite, an die Konventionen des Mitgefühls gebunden, doch noch zum Mittagessen bleibt und wie Summerchild auf diese grundsätzliche Veränderung reagiert, geht vor mir die Tür auf. Timmy steht vor mir und schaut mich zugleich bedeutungsvoll und schuldbewußt an. So sehen Überbringer schlechter Nachrichten aus.

«Granny hat andauernd versucht, dich anzurufen», sagt er, «aber du warst nicht da. Sie hat den Arzt gerufen. Jetzt ist der Arzt wieder weg. Sie weiß nicht, was sie tun soll. Sie ist in der Küche.»

Ich lege eine Hand auf Timmys Schulter und gehe, von Kummer verzehrt, durch den Flur. Timmy folgt mir. In der Küche ordnet meine Schwiegermutter die Schränke und Schubladen wieder ein. Ich schaue mich um. Das Zimmer ist systematisch durchsucht worden. Meinen Augen bietet sich ein heilloses Durcheinander an aufgerissenen Packungen mit Frühstücksflocken, angerosteten Pfirsichdosen, Putzmittelflaschen, Topfkratzern, Schuhcremetuben, Tischtüchern, Mottenkugeln, angetrockneten Farbtöpfen...

«Sie muß den ganzen Weg zu Fuß gelaufen sein», sagt meine Schwiegermutter. «Sie hatte kein Geld bei sich, hatte noch nicht einmal ihre Tasche dabei – nichts... Es tut mir leid... Ich weiß nicht, wo das alles hingehört...»

Sie bricht in Tränen aus. Timmy beäugt sie ängstlich. Über unseren Köpfen saugt Lynn Staub, schlägt mit dem Staubsauger wild gegen Wände und Möbel.

Ich verspüre den lächerlichen Drang, mich auf den Boden zu setzen und laut zu lachen. Schon wieder eine im nachhinein völlig voraussagbare Entwicklung. Es geschieht immer in solchen Momenten, daß die eigene Ehefrau zurückkehrt. Und ich habe den Verdacht, daß ihrem Verhalten dieses eine Mal etwas nicht völlig Unvernünftiges zugrunde lag. Ich glaube, sie hat nach der Keksdose gesucht.

25

Der Versuch, Francis Tite zu einer improvisierten Mittagsparty zu überreden, bildete, wie ich annehme, ihren ersten öffentlichen Auftritt als Paar. Als ich meine Forschungen endlich wieder aufnehmen kann, muß ich jedoch feststellen, daß ihr Vorhaben durch die Neuigkeiten aus Oxford einen ziemlichen Dämpfer bekam.

«Er hat eine Karte mit seiner neuen Adresse dagelassen», erklärt Serafin. «So haben wir davon erfahren. Alexander hat die Karte auf dem Flurtisch gefunden.»

«Es tut mir leid», sagt Tite. «Darf ich Ihnen mein...?» Was? Mein Beileid – oder gar: meinen Glückwunsch – aussprechen? Tite weiß offenbar nicht, was er sagen soll. Ich habe den Eindruck, die plötzliche Flut von Ereignissen hat selbst dem unerschütterlichen Tite den Anker konventioneller Höflichkeit weggerissen.

«Es kam nicht völlig unerwartet», sagt Serafin. «Obgleich wie bei den meisten nicht unerwarteten Ereignissen der genaue Zeitpunkt nicht absehbar war.»

«Nun», sagt Tite, dem Klang seiner Stimme nach schon auf der Wendeltreppe, «ich kann mir vorstellen, daß Sie diese Neuigkeit erst einmal in aller Ruhe verdauen müssen. Wenn ich Ihnen irgendwie helfen kann...»

«Danke», sagt Serafin.

«Danke», fügt Summerchild hinzu. Ja, sie sind ein Paar.

Stille. Ich stelle mir vor, Summerchild schaut Serafin an.

Ich stelle mir vor, Serafin schaut bedrückt zu Boden. Ich bin wieder draußen auf der Straße und presse den Kassettenrecorder dicht an mein Ohr. Es ist längst dunkel. Ich habe lange warten müssen, bis ich die Ereignisse weiterverfolgen konnte. Erst mußte ich Lynn zurück ins Krankenhaus bringen, und dann mußten die Schwestern jemanden finden, der ihr die richtigen Medikamente verabreichen konnte...

«Nur... eine Mitteilung der neuen Adresse?» fragt Summerchild ruhig.

«Er hat geschrieben, er würde noch einmal wiederkommen, um seine Bücher und sein Fahrrad zu holen.»

... Und als sich Lynn endlich wieder beruhigt hatte und ich zurück nach Hause kam, mußte ich mich in die Küche setzen und den kalten Braten essen, der vom Mittagessen übriggeblieben war. Meine Schwiegermutter hatte inzwischen Timmy ins Bett gebracht und alle Küchenutensilien an die falschen Plätze zurückgeräumt. Sie saß mir gegenüber, starrte stumm auf das kalte, graue Leder auf meinem Teller und dachte zweifellos, es sei alles ihre Schuld, während ich nicht weniger stumm vor mich hin kaute und an die noch nicht abgespielten Kassetten in der Keksdose dachte.

«Ich glaube, ich sollte nach Oxford zurückfahren und mit den Jungen sprechen», sagt Serafin schließlich.

«Ich bringe dich nach Paddington», erklärt Summerchild.

«Danke, das ist sehr lieb von dir.»

«Ich stelle nur noch rasch das Gas aus.»

Der Schlüssel dreht sich im Schloß, und man hört ihre Schritte auf der engen Wendeltreppe. Nur ein Gast bleibt am Mittagstisch sitzen. Er ist so geduldig und brav, daß sie ihn völlig vergessen haben. Er sagt nie ein falsches Wort, zeigt nie ein Zeichen des Unbehagens und ist doch ein perfekter Zuhörer, auch wenn es im Moment gar nichts mehr gibt, dem er zuhören könnte. Doch irgendwann ist selbst seine Geduld – oder zumindest sein Band – zu Ende. Es klickt, und der Kassettenrecorder schaltet sich von allein ab.

Inzwischen bin ich auf der offenen Rasenfläche oben auf dem Berg angekommen. Ich kann es kaum erwarten zu erfahren, wie es mit Summerchild und Serafin weitergeht. Ich versuche, irgendwo in der weiten, warmen Sonntagsdunkelheit ein menschenleeres Fleckchen zu finden, wo ich ungestört das nächste Band abhören kann. Doch wohin ich mich auch wende, überall schimmern plötzlich helle Hemden auf, die ihre Arme um helle Sommerkleider schlingen. Überall sind unsichtbares Gelächter, klirrende Flaschen und Dosen und das Gedudel anderer Kassettenrecorder zu hören. Schließlich bleibe ich einfach irgendwo ... *hier* ... stehen und stelle das Gerät an. Dicht hinter mir ist plötzlich ein Schrei zu hören, der bestimmt nichts mit mir zu tun hat, mich aber trotzdem sofort vertreibt, und so flüchte ich kreuz und quer, von unsichtbaren Menschen gehetzt, von Neugier getrieben.

«Vertraulich», murmelt Summerchild mir ins Ohr. «An F. Tite von S. Summerchild. 21. Juni. Ich muß mich in aller Form für alle Unannehmlichkeiten entschuldigen, die Ihnen während Ihres heutigen Besuches bei unserer Einheit entstanden sein könnten ...»

Ein Bericht zum Thema. O nein. Nein, nein, nein! Sag nichts! Schweige lieber und hoffe darauf, daß Tite das Thema so peinlich ist, daß er es nie wieder zur Sprache bringt.

«Ich nehme an, Ihnen ist klargeworden, wie die Dinge zwischen Dr. Serafin und mir stehen ...»

Er hat sich für völlige Offenheit entschieden. Das wird noch schlimmer als die Mittagsparty.

«Mir ist bewußt, daß ich sofort zu Ihnen hätte kommen sollen, als ich merkte, wie sich die Situation entwickeln würde. Ich hätte das Ganze nicht treiben lassen dürfen, bis Ihnen Gerüchte zu Ohren kamen und Sie eigene Schlußfolgerungen ziehen mußten. Ich kann nur sagen, daß am Anfang sehr schwer einzuschätzen war, was eigentlich vor sich ging, und nachdem es einmal offensichtlich wurde, kam es mir so natürlich vor, daß mir jede Erklärung überflüssig erschien. Die heutigen Ereignisse haben mich jedoch zu der Einsicht gebracht, daß unsere Situation in der Tat äußerst ungewöhnlich ist. Nachdem ich Dr. Serafin am Nachmittag zum Bahnhof gebracht hatte, schlug ich den Weg durch die Parks ein und nahm mir ausreichend Zeit, um über die ganze Angelegenheit gründlich nachzudenken. Nach Abwägung aller Einzelaspekte kam ich dann zu dem Schluß, daß mir im Grunde nur eine Handlungsweise bleibt...»

Er quittiert den Dienst. Er will jetzt nicht mehr nur in eine andere Abteilung versetzt werden – dazu ist es ohnehin zu spät –, sondern den Staatsdienst ganz und gar verlassen. Seine Stimme klingt ruhig und klar, ja fast heiter und gelöst. Er hat in der Stunde der Niederlage zu neuer, edler Größe gefunden. Nur daß dieser Bericht seinen Empfänger nie erreichen, wahrscheinlich noch nicht einmal geschrieben werden wird...

Aber Moment mal. Langsam dringt mir ins Bewußtsein, daß das, was er sagt, nicht das ist, was ich zu hören erwartet hatte.

«... und so hoffen wir, daß sich möglichst rasch eine Gelegenheit findet, Sie zu einem Arbeitsessen einzuladen – und zwar diesmal mit einer angemesseneren Ausrüstung an Geschirr und Besteck!»

Was? *Was?* Ich muß etwas verpaßt haben. Ich spule das Band zurück.

«... mir im Grunde nur eine Handlungsweise bleibt, und zwar die, allen Beteiligten reinen Wein einzuschenken. Ich weiß, daß die Methodik der Einheit sich deutlich von der üblichen Praxis unterscheidet, und es gab eine Zeit, in der mich das so beunruhigt hat, daß ich mit dem Gedanken spielte, Sie um eine Versetzung in eine andere Abteilung zu bitten. Doch inzwischen bin ich fest davon überzeugt, daß diese Methodik tatsächlich sehr gut geeignet ist, um die Art von Forschung zu betreiben, der wir verpflichtet sind. Ja, vielleicht bietet sie sogar die *einzige* Möglichkeit, diese Art von Arbeit zu bewältigen, und ich bin bereit, sie jederzeit zu verteidigen.

Nachdem wir nun grundsätzliche Klarheit geschaffen haben, hoffe ich, Sie werden wiederkommen und sich mit etwas mehr Zeit und Ruhe über unsere Arbeit informieren. Und so hoffen wir, daß sich möglichst rasch eine Gelegenheit findet, Sie zu einem Arbeitsessen einzuladen...»

Er scheidet nicht aus dem Staatsdienst aus. Im Gegenteil, er denkt gar nicht daran. Und es geht noch weiter.

«Die Tatsache, daß sich Dr. Serafins häusliche Situation, wie Sie während Ihres heutigen Besuches zufällig erfuhren, so grundsätzlich verändert hat, könnte bei Ihnen möglicherweise zu Befürchtungen hinsichtlich der Auswirkungen unserer Arbeit auf unser Privatleben führen. Deshalb möchte ich ausdrücklich betonen, daß es keinerlei Anhaltspunkte dafür gibt, den Schritt, den Dr. Serafins Ehemann heute unternahm, mit den Entwicklungen in unserer Einheit in Verbindung zu bringen. Ihre Ehe stand, wie mir Dr. Serafin wiederholt erklärte, schon seit längerer Zeit auf sehr wackligen Füßen. Er hatte wenig Interesse an ihren beruflichen Aktivitäten und auch kaum Kenntnis davon.

Die heutige Entwicklung hat mir jedoch bewußt gemacht, wie widersprüchlich meine eigene häusliche Situation geworden ist. Es mag Sie vielleicht interessieren, daß ich diesen Widerspruch inzwischen gelöst habe. Nach reiflicher Überlegung auf meinem Weg zurück von Paddington kam ich zu dem Entschluß, die Frage mit meiner Familie zu klären. Ich habe die Angelegenheit inzwischen mit meiner Frau besprochen und ihr – selbstverständlich im Rahmen meiner beruflichen Schweigepflicht – angedeutet...»

Mitten im Satz hört er auf. Er hat es Anne erzählt. Was hat er ihr erzählt? Nach seiner gegenwärtigen Hochstimmung zu schließen, möglicherweise alles. Oder auch nichts. Hat es nur *angedeutet*, hat zu der eigentümlichen Seufzer-, Lächel- und Schweigesprache Zuflucht genommen, in der er normalerweise – selbstverständlich im Rahmen seiner beruflichen Schweigepflicht – mit seiner Familie kommuniziert?

«Alles in Ordnung, Liebes?» fragt er plötzlich mit völlig veränderter Stimme. Er hat sein Diktat abgebrochen, um Serafin in Oxford anzurufen. *Liebes*. Ich frage mich, ob er sie auch schon vorher so genannt hat.

«Ich habe schon mehrmals versucht, dich anzurufen, aber... Ah, verstehe. Das war Nicholas? Er klang ziemlich... Na ja, er hat aufgelegt... Wie geht es den Jungen?... Was ist mit dem Fahrrad...? Nein, ich meine, ist dein Mann gekommen, um es abzuholen...? Er mußte noch den Reifen reparieren...? Aber abgesehen davon hat er sich vernünftig verhalten...? Ja... Ja... Bestimmt war es... Bestimmt warst du...

Und wie geht es *dir*? Du klingst ein bißchen... Du hast geschlafen...? Gütiger Himmel! Das tut mir leid, Liebes. Entschuldige! Ist es denn schon so spät? Zehn vor zwei?... Das tut mir wirklich leid... Ich hatte keine Ahnung... Ich sitze hier und arbeite... Ich diktiere einen Brief an Francis Tite... Ja, wegen seines heutigen Besuchs... Ich versuche, alles zu klären... Es war wohl später, als ich dachte, als ich aus Greenwich zurückkam... Ich habe es Anne erzählt... Ja... Nein, sie hat es sehr gut aufgenommen. Sie war sehr ruhig, sehr vernünftig. Wir haben geredet. Wenigstens zum Anfang. Danach haben wir nur dagesessen und... Gegessen? Ja, ich habe gegessen. Das Gespräch hat erst nach dem Abendessen begonnen...

Nein, Millie war auch da. Ich habe mit Millie gesprochen. Wir beide haben mit Millie gesprochen. Sie war sehr ruhig und gefaßt... Sie ist nach oben gegangen, um ihre Hausaufgaben zu machen. Sie muß morgen früh aufstehen, sie hat eine Orchesterprobe... Nein, sie waren beide ganz ruhig. *Ich* war derjenige, der ein bißchen... Nein, es ist alles in Ordnung, es geht mir gut. Mach dir keine Sorgen... Es hat nur sehr... sehr weh getan...

Wir haben uns darauf verständigt, daß ich ausziehe... Nein, nein, das ist für alle das beste... Es ist die einzige Möglichkeit, Liebes... Wann? Wie meinst du das? Ich bin schon ausgezogen! Ich bin gegangen...! Na ja, ich habe mir einen Schlafsack mitgebracht... Nein, nein, ich bin im Büro...! Ja! Tut mir leid, ich hätte es dir erklären müssen, ich dachte, du wüßtest es... Nein, ich habe es sehr bequem. Ich habe die Luftmatratze vom Dach geholt...

Außerdem habe ich die Tomaten gegossen...

Nein, fürs Frühstück ist nicht mehr genug da. Sobald die Geschäfte aufmachen, werde ich einkaufen gehen. Die Muschelsuppe müßte eigentlich... Ja... Ja... Ich werde einen meiner Spezialsalate machen. Wann kannst du kommen...? Du könntest nicht vielleicht über Nacht bleiben, oder? Es ist Freitag, du könntest übers Wochenende bleiben... Nein... Nein... Nicholas, ja... Natürlich...

Gut, gut. *Ich* werde hier sein, wir können ja jederzeit miteinander telefonieren. Vielleicht können wir ein- oder zweimal pro Woche abends zusammen essen. Oder frühstükken... Du könntest einen frühen Zug nehmen... Und wenn die Jungen mal bei Ted sind...»

Noch vor wenigen Augenblicken hatte ihm die Erinnerung an seinen schmerzlichen Abschied von der Hyde Hill Lane fast die Sprache verschlagen. Jetzt klang seine Stimme, als hätte er diesen Abschied schon völlig vergessen. Er ist berauscht von der dünnen Luft auf dem Gipfel der Kabinettskanzlei. Im Grunde war es wohl nur eine Frage der Zeit, bis er nicht nur die Tage, sondern auch die Nächte hier oben

6/1

verbringen würde. Als nächstes wird er einen Kühlschrank brauchen, um die Reste aufzubewahren... dann eine Garderobe... sie werden den Speicher ausbauen müssen, um genug Platz zu haben, wenn die Kinder zu Besuch kommen...

Doch seine Stimme ist von ihrem Höhenflug wieder zurückgekehrt, befindet sich plötzlich wieder auf dem Meeresspiegel.

«Ich habe das Buch gefunden», sagt er verlegen. «Das Buch, von dem ich dir erzählt habe, das sie mir zum Geburtstag schenken wollten, das Buch über mein Leben...»

Und jetzt ist seine Stimme sogar noch unter den Meeresspiegel gefallen. Einen Moment lang hört man gar nichts mehr.

«Ich bin in die Küche gegangen», flüstert er schließlich. Ich kann ihn kaum verstehen. «Es lag im Mülleimer... Sie hat es zerrissen... Ich konnte Millies Handschrift erkennen...»

Darauf folgen nur noch ein paar sporadische Beruhigungsformeln. «Nein, es geht mir gut. Es ist nur...» Nur was? Zu schrecklich, um darüber zu sprechen. «Bitte, mach dir keine Sorgen. Es wird alles...» Gut? Zu gut, um es in Worte zu fassen. Schließlich ist das Band zu Ende.

Auch ich bin inzwischen von den Höhen herabgestiegen. Mein zielloses Hin und Her auf der offenen Rasenfläche hat mich, wie ich ohne Erstaunen erkenne, zu dem wohlbekannten Ausblick auf die Lichter und Hochhäuser Londons gebracht, mich in die geheimnisvolle Welt der ungeteerten Nebenstraßen geführt. Ich bin natürlich auf dem Weg zur Hyde Hill Lane. Meine Gedanken weilen bei der Orchesterprobe, die Millie am nächsten Morgen besuchen sollte. Ich erinnere mich daran, wie die Sonne in die Aula fiel. Das Sommerhalbjahr war fast zu Ende, alle Prüfungen waren vorüber. Es war das erste Mal, daß wir tagsüber probten, nicht erst am Abend. Das Morgenlicht strömte durch die Fenster vor uns, nicht wie sonst das Abendlicht durch die Fenster hinter unseren Rücken. Ich erinnere mich an das Gefühl der Hoffnung, das mich damals erfüllte. Und ich erinnere mich deutlich daran, wie die Hoffnung schwand, als das Stühlerücken und Stimmengemurmel leiser wurde, als das A der Oboe erklang und noch immer kein roter Wuschelkopf zwischen den Cellos zu sehen war. Damals hat sie das Cellospielen und alles andere aufgegeben. Nicht erst, als ihr Vater starb. Nein, als er sein Zuhause verlassen hatte.

Damals bin ich die Stufen zu ihrer Haustür hinaufgestiegen, damals, nach der Probe am Freitag, dem 21. Juni, hat ihre Mutter mir aufgemacht. Damals hat sie so merkwürdig gesprochen, daß mir instinktiv klar war, daß irgend etwas nicht in Ordnung war. Aber Summerchild lebte damals noch; sein Tod war nicht der Hinderungsgrund. Er saß im Büro und diktierte einen neuen Bericht, den ich jetzt höre.

«Streng geheim», begann er diesmal. Dem Klang seiner Stimme nach zu urteilen, hat er sich durch ein paar Stunden Schlaf auf der Luftmatratze erholt. Er ist aufgeregt. Offenbar gibt es ein paar neue Entwicklungen in seinem Privatleben, die er unbedingt ausplaudern will. Und er ist ehrgeiziger geworden. Sein neuer Bericht geht nicht an den Staatssekretär; er wendet sich direkt an den Premierminister.

Ich stehe auf der Straße, den Kassettenrecorder ans Ohr gepreßt, und bin schockiert von der scheinbar unaufhaltsamen Eskalation der Unvernunft. Summerchild scheint auch den letzten Anschein von Orientierung am normalen Protokoll, die letzte Erinnerung an den gebotenen Dienstweg verloren zu haben. Ich schaue unverwandt zu den dunklen Fenstern des Hauses hinauf und frage mich, zu welchen neuen Höhen der Torheit er sich an diesem Morgen aufgeschwungen haben mag.

«In Abwesenheit der Leiterin dieser Einheit, die Ihnen persönlich Bericht zu erstatten pflegt, erlaube ich mir, Sie von einer Angelegenheit von höchster Dringlichkeit zu unterrichten.

Ich muß Ihnen leider die Mitteilung machen, daß die Arbeit der Strategie-(Lebensqualität-)Einheit von einflußreicher Seite sabotiert wird.

Als ich heute morgen nach einer kurzen Abwesenheit, die notwendig war, um die Grundversorgung der Einheit sicherzustellen, in mein Büro zurückkehren wollte, mußte ich die schockierende Feststellung machen, daß mein Schlüssel nicht mehr ins Schloß paßte. Als ich mich daraufhin an den Sicherheitsdienst wandte, wurde mir mitgeteilt, das Schloß sei ausgewechselt worden und es gebe keine Anweisung, mich mit einem neuen Schlüssel auszustatten. Ich wollte sofort bei Mr. Tite, dem zuständigen Staatssekretär, vorsprechen, doch Mr. Tite weigerte sich, mich zu empfangen. Sein Stellvertreter, Mr. Le Bon, verwies mich an eine gewisse Miss Peel in der Organisationsabteilung, die mir sagte, man habe sie angewiesen, einen Termin für eine medizinische Untersuchung für mich zu vereinbaren. Sie sagte, sie wisse nichts über die Gründe für diese Anweisung, und über die Aussperrung aus meinem Büro war sie ebenfalls nicht informiert. Sie riet mir, *nach Hause* zu gehen und abzuwarten, bis die medizinische Untersuchung anberaumt werden könne – ein bemerkenswert unpassender Vorschlag, da ich – wie ich Mr. Tite gestern nacht berichtete – meine Familie gerade verlassen habe, um mich ganz meiner Arbeit zu widmen. Soweit ich überhaupt noch ein Zuhause habe, befindet es sich, wie Mr. Tite sehr wohl weiß, hinter der Tür, die man mir jetzt versperrt hat.

Der Sicherheitsdienst teilte mir ferner mit, auch die Leiterin der Einheit sei nicht mit einem neuen Schlüssel ausgestattet worden. Dies ist eine unerträgliche Unhöflichkeit. Denn wie ich inzwischen erfahren habe, hat sie ihr Haus in Oxford um 8 Uhr 45 verlassen, um in dieses Büro zu kommen, und da sie bis jetzt (um kurz nach 12 Uhr) noch immer nicht hier angekommen ist, kann ich nur annehmen, daß sie während meiner Abwesenheit kam, ihren Arbeitsplatz versperrt fand und gezwungen war, mit dem Zug nach Oxford zurückzukehren.

Unter diesen Umständen hielt ich es für meine Pflicht, die Möglichkeit zur Kommunikation um jeden Preis aufrechtzuerhalten und mir mit unorthodoxen Mitteln Zugang zu meinem Büro zu verschaffen. Bei meiner Ankunft mußte ich leider feststellen, daß die Räume durchsucht worden waren. Jemand hat die Luftmatratze zur Seite geschoben, um den Zugang zur Küche frei zu machen. Mein Schlafanzug, den ich zusammengefaltet in den Schlafsack gesteckt hatte, lag in einem unordentlichen Haufen auf dem Kopfkissen.

All diese Maßnahmen können nur Teil eines konzertierten Angriffs sein, der auf die Existenz der Einheit zielt. Ich halte es daher für meine Pflicht, auf dem schnellsten Wege herauszufinden, ob sie mit Ihrem Wissen und Ihrer Zustimmung getroffen wurden, oder ob es sich vielmehr um den flagranten Versuch gewisser Elemente handelt, den Willen der Regierung zu durchkreuzen.

Falls Ihnen aus anderen Quellen verzerrende Berichte zu Ohren gekommen sein sollten, möchte ich die Gelegenheit nutzen, Ihnen einen vollständigen Bericht darüber zu geben, was in den letzten Wochen innerhalb der Einheit geschehen ist. Falls Sie über diese Entwicklungen nicht lückenlos unterrichtet wurden, geschah dies keineswegs in der Absicht, Ihnen irgendwelche Informationen vorzuenthalten, sondern lag allein am Druck der sich überstürzenden Ereignisse.

Wie ich bereits in meinem Bericht an Mr. Tite erklärte, hat die Arbeitsbeziehung zwischen der Leiterin der Abteilung und mir einen grundsätzlichen Wandel erfahren ...»

Das Telefon klingelt. Er reißt den Hörer von der Gabel, ehe die erste Silbe des Klingelns beendet ist.

«Wo bist du?» ruft er, und in seiner plötzlich völlig veränderten Stimme schwingt Freude und Besorgnis mit. «Und ich dachte schon, du wärst nach Oxford zurückgefahren...! Ich dachte, du hättest vielleicht versucht, ins Büro zu kommen und...! Nein, weil sie uns ausgesperrt haben! Sie haben das Schloß ausgewechselt! Francis Tite...! Ja, ich bin hier. Ich bin von außen hereingeklettert! Ich bin ein Stockwerk tiefer aus dem Fenster gestiegen, aus dem Zimmer, in dem früher Mrs. Padmore saß! Es war ziemlich einfach. Ich habe das obere Schiebefenster heruntergezogen, dadurch hatte ich einen Halt für meine Füße, und dann habe ich mich über die Brüstung gezogen... Nein, nein, es war völlig ungefährlich! Ich mußte nur die Geranien zur Seite schieben, das war alles. Die Tüte mit den Lebensmitteln habe ich mit dem Seil hochgezogen, das wir für die Wäscheleine gekauft hatten! Deshalb konnten sie ja überhaupt unbemerkt das Schloß auswechseln, weil ich weggegangen bin, um Lebensmittel zu kaufen! Sie müssen gewartet haben. Sie müssen mich beobachtet haben. Na, jedenfalls haben wir genug Vorräte...!

Nein, ich stürze nicht ab...! Nein, du brauchst keine Angst zu haben...! Du weißt doch, ich war ein begeisterter Bergsteiger, als ich noch jünger war...

Du mußt ein Kletterseil kaufen... Ein Kletterseil, ja! Du kannst es mir hochwerfen... Weshalb? Zur Sicherheit...! Nein, zu *deiner* Sicherheit! Dann kann ich dich mit dem Seil heraufziehen...! Es gibt ein Geschäft in High Holborn. Wo, sagtest du, bist du jetzt...?»

Es folgt ein langes Schweigen. Ihre Antwort auf diese einfache Frage hat die sprudelnde Kaskade zum Stoppen gebracht. Und als er schließlich seine Sprache wiedergefunden hat, ist seine Stimme völlig verändert. Die wilde Überschwenglichkeit ist verschwunden. Er ist ruhig und nachdenklich.

«Du meinst, hinter dem Rathaus?» fragt er. Und ich weiß

sofort, hinter welchem Rathaus sie steht. Es ist nicht das Rathaus von Oxford, nicht das von Marylebone, von Manchester oder von Mannheim. Es ist das Rathaus von Greenwich. Sie steht in der ersten Telefonzelle, auf die man stößt, wenn man von der Hyde Hill Lane hinunter zum Rathaus geht.

«Aber du bist nicht...?»

Nein, sie ist nicht ins Haus gegangen, hat nicht an der Tür geklingelt, hat ihre Anwesenheit nicht kundgetan.

«Und Millie...?»

Ja, auch Millie. Sie hat sie beide gesehen – Anne und Millie. Wäre Millie dort gewesen, wo sie eigentlich hätte sein sollen, nämlich gemeinsam mit mir bei der Orchesterprobe, hätte Serafin sie nicht zu Gesicht bekommen. Aber sie war nicht bei der Orchesterprobe. Sie war zu Hause, hinter den Fenstern des Hauses vor mir. Und Serafin stand dort, wo ich jetzt stehe, auf dem gleichen Fleckchen Kies auf der gegenüberliegenden Straßenseite.

«Und wie wirkten die beiden...?»

Wieder Stille, während er ihrer Erzählung lauscht. Aber ich glaube nicht, daß sie irgendwie besonders auf Serafin wirkten. Ich stelle mir vor, daß sie sie nur kurz gesehen hat. Sie erhaschte einen flüchtigen Blick auf Millie in der Küche, vielleicht sagte sie gerade etwas zu ihrer Mutter. Aber was sagte sie ihr? Etwas über ihren Vater? Etwas über ihre Gefühle? Wahrscheinlich nicht. Ich nehme an, es drehte sich eher um den Wochenendeinkauf. Oder sie fragte ihre Mutter, ob sie die Wäsche aus der Waschmaschine nehmen soll. Später erschien ihre Mutter einen Moment lang im Wohnzimmer und suchte etwas in der Schreibtischschublade. Und irgendwann kam eine von beiden heraus, um einen Stapel alter Zeitungen zur Mülltonne zu bringen...

«Hör zu, in zehn Minuten fährt ein Zug. Ich treffe dich am Bahnhof Charing Cross...»

Wieder Schweigen. Will sie den Zug nicht nehmen? Was

antwortet sie ihm? Wenn sie so weiter macht, wird sie noch den Zug verpassen...

«Nicht doch, Liebes», sagt er schließlich sanft. «Bitte... Bitte nicht...»

Ich weiß, was sie zum Weinen gebracht hat. Es war nicht der Anblick von Anne oder Millie. Es war der Riß in der dritten Stufe, über den er jeden Abend nachgedacht und den er doch niemals repariert hat. Ich betrachte diesen Riß, während wir beide warten, daß sie mit dem Weinen aufhört. Wenn er doch bloß nie etwas von der kaputten Stufe gesagt hätte! Wenn er sie doch bloß repariert hätte! Diese kaputte Stufe ist mehr, als wir alle ertragen können.

Und plötzlich höre ich in der Dunkelheit Geräusche, ein wildes Schnüffeln und Hecheln. Es ist ein kleiner Hund, der an seiner Leine zerrt. In der dunklen, offenen Haustür erscheint ein helles Sommerkleid. Darauf habe ich also gewartet.

Der Hund läuft auf mich zu und verwandelt sich am Ende seiner Leine in einen *canis erectus*. Sein Gekläff übertönt die Peinlichkeit des Augenblicks. Dann schnuppert er meinen Duft und beruhigt sich so rasch, wie er sich aufgebäumt hat; mein Geruch ist offenbar schon zu einem festen Merkmal der Straße geworden.

«Hallo!» sagt Millies Vater, als wir wortlos mit unserem Spaziergang beginnen. Ich fahre zusammen wie ein reuiger Mörder und taste hektisch nach der Stopptaste. Millie dreht sich stirnrunzelnd zu mir um; ihre Lippen öffnen sich, als wolle sie etwas sagen.

«Kassettenrecorder», erkläre ich. Aber es ist die Keksdose, auf der ihre verständnislosen Blicke ruhen, genau wie Lynns, als ich ihr im Krankenhaus mit der Dose gegenübersaß. «Kassetten», erkläre ich weiter und schüttele die Dose. Die Kassetten klappern glaubhaft hin und her.

Sie schaut zur Seite und schweigt. Auch ich sage nichts. Ich frage mich, ob sie die Stimme ihres Vaters erkannt hat. Aber das ist unwahrscheinlich, extrem unwahrscheinlich, ja unmöglich. Zwei Silben, aus dem Nichts heraus, in der Dunkelheit, durch die Wiedergabe verzerrt, fünfzehn Jahre nach seinem Tod. Doch dieser kurze Gruß aus der Vergangenheit wirft zahlreiche Fragen auf. Wie nah kann ich der Tochter kommen, solange ich eine Dose mit den geheimen Überresten ihres Vaters bei mir trage? Oder sind Vater und Tochter eigenständige Wesen, die unabhängig voneinander in meinen Gedanken existieren können?

Eine andere Stimme beginnt zu sprechen. Diesmal ist es meine eigene.

«Ich finde das alles ziemlich absurd», sagt sie mit plötzlicher, peinlicher Offenheit.

«Was alles?» fragt Millie vorsichtig. Ja, was eigentlich? Ich bin selbst gespannt, es zu erfahren.

«All... *dies*...» sagt meine Stimme. Meine Arme haben sich zur Komplizenschaft entschlossen. Sie machen eine ausholende Bewegung, die die Dunkelheit umschließt, die Straße, den Hund, Millie, mich selbst. Während meine Arme gestikulieren, sind der Kassettenrecorder und die Keksdose zum Mitmachen gezwungen, und die Kassetten klappern in der Dose wie das Geld in einer Sammelbüchse, die wild geschüttelt wird, um die Aufmerksamkeit der Passanten auf sich zu ziehen.

«Aber allein spazierenzugehen kommt mir noch absurder vor», fährt meine seltsam fremde Stimme fort. «Daß ich drüben auf meiner Seite des Parks allein spazierengehe, und du gehst auf dieser Seite.»

Ich habe den Eindruck, daß meine Stimme auf eine Art Erklärung aus ist. Aber das alles wirkt seltsam entfernt. Denn in Wirklichkeit denke ich nicht an Millie – ich denke an Serafin. Wann hat sie sich entschieden, nach Greenwich zu fahren? Irgendwann im Morgengrauen, als sie nach Summerchilds Anruf wach im Bett lag? Oder ist sie in Charing Cross aus der U-Bahn gestiegen und dann, anstatt Whitehall hinunterzugehen, spontan im Bahnhof verschwunden? Vielleicht war ihr gar nicht bewußt, wohin sie eigentlich unterwegs war. Erst als sie in Greenwich auf dem Bahnhof stand, wurde es ihr klar...

Es spricht wieder jemand.

«Ich bin immer mit meiner Mutter spazierengegangen», sagt Millie.

«Und ich immer mit meiner Frau», hätte meine Stimme darauf ganz natürlich antworten können. Aber sie tut es nicht, stelle ich mit Interesse fest. Sie bewahrt taktvolles Schweigen.

Und was wird Serafin tun? Wird sie in den Zug steigen? Wird sie in das Büro zurückkehren? Im Hinblick auf das, was in zwei Tagen geschehen wird, habe ich irgendwie das Gefühl, es wird eine schmerzliche Szene geben, wenn Summerchild sie in Charing Cross abholt – eine Szene, die damit endet, daß sie voller Scham und Reue zurück nach Oxford flieht.

«Aber sie geht jetzt kaum noch aus dem Haus», sagt Millie.

Wieder könnte meine Stimme die Gemeinsamkeit zwischen ihrer Mutter und meiner Frau herausstreichen, tut es jedoch nicht. Statt dessen schlägt sie eine ganz neue Richtung ein. Sie fragt Millie, ob sie sich noch daran erinnert, wie wir dieses getan und jenes gesagt haben, wie eine bestimmte Orchesterprobe verlief, wie unmöglich sich die erste Geige benommen hat... Und während wir weitergehen, denke ich, daß die wichtigste Erkenntnis der Spezialeinheit über das Wesen des Glücks bisher noch gar nicht festgehalten wurde. Sie hat gezeigt, falls es denn überhaupt gezeigt werden mußte, daß es sich mit dem Glück genauso verhält wie mit den Gesetzen der Ökonomie oder den Temperaturverhältnissen im Meer. Man kann die ökonomischen Gesetze für einen begrenzten Zeitraum in kleinen, von der übrigen Welt isolierten Modellprojekten in Szene setzen, und man kann bei Ebbe in den am Strand zurückbleibenden, sonnengewärmten Prielen ein warmes Bad im Meerwasser nehmen. Doch sobald das mit aller Sorgfalt in Gang gebrachte ökonomische Modell mit dem unstrukturierten Chaos menschlichen Handelns in Berührung kommt, sobald die Flut zurückgekehrt ist, bricht die erfreuliche Vorhersagbarkeit der Ereignisse in sich zusammen, das warme Schwimmbecken wird der unergründlichen Kälte des weiten Ozeans einverleibt. Ein Mikro-Glück mag es geben. Ein Makro-Glück, glaube ich, nicht.

Bald stehen wir wieder vor dem Haus der Summerchilds, unsere Runde durch die Dunkelheit ist beendet. Ich glaube, wir haben beide seit einiger Zeit geschwiegen. Aber es wird noch etwas zu sagen sein, es steht noch der Versuch aus, einen gewissen Fortschritt zu erzielen, und ich bin gespannt, wie meine Stimme sich schlagen wird. Gleichzeitig bin ich aber auch mit einer Frage beschäftigt, die sich erst mit einiger Verspätung in meinem Denken eingenistet hat: Warum hat Summerchild «Hallo!» gesagt? Es klang nicht so, als hätte er noch mit Serafin gesprochen. Vielleicht war jemand ins Zimmer gekommen... Aber die Tür war verschlossen...

«Ich würde dich sehr gern wiedersehen», sagt meine Stimme ruhig, aber überraschend herzlich und überzeugend. «Vielleicht könnte ich dich anrufen... Vielleicht hättest du Lust, in ein Konzert zu gehen...» Etwas wird hier ohne Zweifel auf den Weg gebracht. Eine schwierige, einseitige, uneingestandene Beziehung nimmt in dem grauen Schatten von Lynns allgegenwärtiger Abwesenheit ihre ersten vagen Formen an. Sie wird uns beide quälen und strapazieren und uns wenig Freude bringen. Meine linke Hand hält jetzt sowohl den Kassettenrecorder als auch die Keksdose, stelle ich fest, denn meine Hand hat in einem günstigen Moment Millies Hand ergriffen. Es ist ihre linke Hand, denn mit der rechten hält sie die Hundeleine. «Ich weiß nicht», antwortet sie unsicher. «Ich habe sehr viel zu tun...» Aber ihre Hand liegt in meiner, mit der Handfläche nach unten. Sie reagiert nicht auf meine Berührung, aber sie wehrt sie auch nicht ab. Ich lasse den Daumen über die Sehnen ihres Handrückens gleiten.

Ja, denke ich, das Zimmer war abgeschlossen, und folglich war niemand da, den er hätte begrüßen können. Ich habe das lächerliche Gefühl, daß er zu Millie gesprochen hat. Er hat aus dem Kassettenrecorder geschaut und sie die Stufen herunterkommen sehen... Seine Augen ruhen auf uns, denke ich – und während mir dieser Gedanke durch den Kopf geht, bekomme ich eine Gänsehaut, weil ich tatsächlich ein Auge sehe, das auf uns ruht. In dem abgedunkelten oberen Fenster ist etwas zu sehen, eine schemenhafte Gestalt, ein dunkles Gesicht. Es ist ihre Mutter, die uns vom Schatten des Zimmers aus mit der altbekannten mütterlichen Feindseligkeit beobachtet. Wie lange steht sie schon dort? War sie schon am Fenster, ehe Millie herauskam? Hat sie mich beobachtet, wie ich, den Kassettenrecorder am Ohr, auf der Straße stand?

Das Gesicht verschwindet geisterhaft in der Dunkelheit. Sie hat bemerkt, daß ich zu ihr hochschaue. Sie hat es nicht gern gesehen, daß ich mit ihrer Tochter am Gartentor stand, als ich noch ledig war. Sie wird es nicht gern sehen, daß ich jetzt, wo ich verheiratet bin, ihre Hand in meiner halte.

Ich drücke Millies Hand und lasse sie los. «Ich rufe dich an», sagt meine Stimme zuversichtlich, während Millie die Stufen zu ihrer Haustür hinaufgeht. «Grüß deine Mutter von mir.»

Sobald ich um die Ecke gebogen bin, sind diese Dummheiten vergessen, und ich presse wieder den Recorder ans Ohr. «Hallo», sagt Summerchild noch einmal. Aber es ist nicht als Begrüßung gemeint, wie ich jetzt erkenne – es ist eine Frage.

«Hallo?» fragt er wieder. «Hallo?» Er bekommt offenbar keine Antwort. Das Gespräch ist getrennt worden, oder Serafin hat in ihrer Verzweiflung aufgelegt. Er läßt den Hörer auf die Gabel klicken und wartet, und als ich wenige Minuten später an der Telefonzelle hinter dem Rathaus vorbeikomme, kann ich nicht umhin, nachzuschauen, ob sie noch da ist, in ihren Taschen nach Kleingeld wühlt, noch einmal versucht, zu ihm durchzukommen. Aber die Zelle ist leer, und irgendwie macht es das in meinen Augen wahrscheinlicher, daß sie auch damals leer war und Serafin längst auf dem Weg zum Bahnhof war. Er wird sie in Charing Cross treffen, und dort wird es, unter den neugierigen Blicken der Passanten, die zu ihren Vormittagseinkäufen eilen, zu einer verstohlenen Auseinandersetzung kommen – denn ich habe den heimlichen Verdacht, daß ihr Zielbahnhof nicht Whitehall, sondern Oxford heißt.

Ich lenke meine Schritte ebenfalls zum Bahnhof. Das wachsame Auge im dunklen Fenster hat mich an ein anderes feindliches Auge denken lassen, das über die Dächer hinweg langsam näher kommt, durch die offene Dachluke in die kleine Küche schaut, die alten Vorratsreste im Schrank inspiziert, sich in die verstreuten Akten auf dem Fußboden vertieft...

Nein, ich weiß genau, daß kein Auge über die Dächer kommt. So sehr durcheinandergebracht hat mich die ganze Sache noch nicht. Und ich kann mich deutlich erinnern, daß ich die Luke zugezogen habe. Vorräte und Papiere sind in ihren Verstecken bis zum Morgen sicher, werden unentdeckt bleiben, nicht existent. Ich könnte nach Hause gehen, noch einmal nach Timmy schauen und mir in aller Ruhe das letzte Band anhören, während ich erst ein Bad nehme und dann selbst schlafen gehe, um mich morgen früh gleich als erstes an meinen Bericht zu setzen.

Ich erreiche gerade noch den letzten Zug in die Stadt. Er ist voll von zurückkehrenden Sonntagsausflüglern mit ihren erschöpften Kindern und von betrunkenen Jugendlichen. Aber eine ganz ungewohnte innere Regung lenkt mich von meiner Umgebung ab. Ich kann sie nicht genau benennen. Es ist eine Art... Ruhe. Oder Schwerelosigkeit. Oder innere Weite. Als wäre alles in mir nach außen gerichtet. Oder auch nach oben. Auf jeden Fall scheint diese Regung in einer rückwirkenden Verbindung zu den Ereignissen in der Hyde Hill Lane zu stehen. Wenn ich ein anderer Mensch wäre, denke ich, würde ich es vielleicht als einen schwachen Anflug von Glück begreifen.

Draußen in der Dunkelheit drehen sich die erleuchteten Hochhäuser feierlich gegen den Uhrzeigersinn. Fast habe ich das Gefühl, sie zeigten dabei ein leichtes Lächeln.

26

Als ich das Licht in der kleinen Dachkammer anschalte, werden die verstreuten Akten mit einemmal wieder existent. Die Luft ist noch immer stickig und still, kein frischer Zug aus der offenen Dachluke hat sie aufgewühlt, und der vertraute Geruch nach Staub und altem Papier ist nicht mit fremden menschlichen Ausdünstungen vermischt. Noch wird mir der Anspruch auf das Erbe des Königreichs von niemandem streitig gemacht.

Ich stelle die Keksdose und den Kassettenrecorder auf den Tisch zwischen die beiden Fotos. Dann schalte ich das Gerät ein und schiebe das Fenster hoch, um etwas frische Luft hereinzulassen. Auf dem staubigen Platz weit unter mir irren zwei verspätete Touristen hin und her, bleiben unsicher stehen und eilen dann in die entgegengesetzte Richtung davon – lebende Metaphern des menschlichen Wesens. Hinter meinem Rücken geht Summerchild ähnlich unschlüssig im Zimmer auf und ab. Von Zeit zu Zeit stöhnt er oder stößt leise Seufzer der Verzweiflung aus. Er weiß nicht, ob Serafin zurückrufen oder den Zug nehmen wird. Er versucht zu entscheiden, wie lange er auf ihren Rückruf warten soll, ehe er nach Charing Cross eilt. Plötzlich bleiben die Schritte aus. Er hat sich meiner Überzeugung angeschlossen, daß sie nicht anrufen wird. Ich warte auf das übliche Quietschen der Tür, das übliche Getrappel sich entfernender Schritte auf der engen Wendeltreppe... Aber ich höre weder Quietschen noch

Schritte, sondern nur ein paar schwache Geräusche, die ich nicht einordnen kann – Stoff, der über eine harte Oberfläche reibt, ein seltsames Rattern, dann ein Ratschen, und schließlich hartnäckige Stille.

Natürlich, fällt mir ein – die Tür ist verschlossen, und er hat keinen Schlüssel. Er ist gegangen, wie er gekommen ist – durch das Fenster. Ich lehne mich hinaus, um nachzuschauen, wohin er verschwunden ist. Ich klettere aufs Fensterbrett, und meine Kleider, die an der Wand entlangstreichen, geben das Geräusch von sich, das ich schon von der Kassette kenne. Als ich das Fenster hinaufschiebe, ist noch einmal das Rattern zu hören, und während ich ein Bein durch den Spalt zwänge, ratschen meine Schuhe über die Schieferplatten. Ich beuge mich über die Brüstung und sehe fünf Stockwerke unter mir den Garten von Downing Street Nr. 10. Trotz der Dunkelheit kann ich dort unten alles klar erkennen – ich sehe mich selbst als ein armseliges Häuflein gebrochener Knochen, das darauf wartet, am nächsten Morgen vom Sicherheitsdienst gefunden zu werden. Ängstlich ziehe ich mich hinter die Brüstung zurück und versuche, meine Panik unter Kontrolle zu bringen. Summerchild war in jungen Jahren ein geübter Kletterer, ich war es nicht. Vorsichtig strecke ich meinen Kopf ein zweites Mal über den Rand der Brüstung, ignoriere diesmal die schwarze Leere unter mir und lasse statt dessen meinen Blick langsam, Reihe für Reihe, über die Steine gleiten, bis ich beim darunterliegenden Fenster im vierten Stock angekommen bin. Das war Mrs. Padmores Zimmer. Summerchild hat sich also rückwärts über die Brüstung geschoben und dann mit dem Fuß nach dem offenen Schiebefenster geangelt...

Ich ziehe mich wieder hinter die Brüstung zurück. Mein Körper ist von einer krankhaften Elektrizität erfaßt, als sei durch die magnetische Anziehungskraft der Leere unter mir ein geheimnisvoller Stromkreis geschlossen. Trotz seiner jugendlichen Erfahrungen mit der Bergsteigerei scheint mir Summerchild jedes vernünftige Urteilsvermögen, jede normale Einschätzung von Gefahren und Möglichkeiten verloren zu haben. Von einer Brüstung zu baumeln... fünf Stockwerke hoch... in schwärzester Dunkelheit... Nein, nicht in der Dunkelheit! Nur bei mir ist es dunkel, bei ihm ist heller Tag, jeder Polizist, jeder Sicherheitsbeamte rund um den Paradeplatz kann ihn sehen, die Touristen können seinen Sturz begaffen... Aber das möchte ich mir lieber nicht ausmalen. Ich weiß, Summerchild ist sicher in Mrs. Padmores Büro angekommen und schon auf dem Weg nach Charing Cross. Schließlich hat er noch zwei Tage zu leben – und man fand ihn auf einem schäbigen Hinterhof fast eine Viertelmeile von hier entfernt, nicht in den blühenden Rabatten hinter dem Sitz des Premiers.

Mit zitternden Knien steige ich durch das Fenster zurück ins Büro und gehe in die Küche, um mir den Dreck der Brüstung von den Händen zu waschen. Als ich sie gerade trockenschütteln will, glaube ich, im Zimmer hinter mir ein leises Geräusch zu hören. Ich lausche, die Hände in der Luft erstarrt...

Ja, ich höre Schuhe über die Schieferplatten ratschen, höre den Fensterrahmen rattern, höre schweres Atmen... Jemand steigt durchs Fenster herein... Jemand ist im Zimmer... Ich drehe mich um. Wenn ich ehrlich bin, habe ich eigentlich mehr Angst, gar nichts zu sehen, als einen Fremden im Zimmer zu entdecken.

Es gibt nichts zu sehen. Nur das Band im Kassettenrecorder dreht sich und gibt das Atmen eines Menschen wieder, der vor fünfzehn Jahren hier in diesem Zimmer stand. Natürlich! Ich bin dabei, mein eigenes Urteilsvermögen zu verlieren.

Aber ich habe noch immer eine Gänsehaut. Diese unsichtbare Anwesenheit im Zimmer ist so echt wie lebendiges Fleisch und Blut, nur noch viel alarmierender. Wer ist es? Wer schiebt den Stuhl weg, der ganz in der Nähe der Stelle stand, wo ich jetzt sitze? Läßt sich auf den Stuhl fallen...? Schiebt die Papiere auf dem Schreibtisch zurück...? Atmet...? *Atmet!* Dann schließen sich die Stimmbänder über der keuchenden Atemluft, um ein neues Geräusch zu erzeugen – ein merkwürdig langes, unbewußtes Grummeln des Unbehagens, wie ein Mann es ausstoßen mag, wenn er sich im Schlaf umdreht oder in der Abgeschiedenheit der eigenen vier Wände seinen Gefühlen freien Lauf läßt.

Aber natürlich! Mein unsichtbarer Gast befindet sich in seinen eigenen vier Wänden. Er ist hier zu Hause. Denn es ist Summerchild, der mir am Schreibtisch gegenübersitzt. Und er atmet so schwer, weil er sich gerade über die Brüstung nach oben gezogen hat. Er ist zurückgekommen.

Er ist nicht am Bahnhof gewesen. In der kurzen Zeit kann er kaum aus dem Gebäude gekommen sein. Ich verstehe nicht, warum er seine Pläne so plötzlich geändert hat...

Er stöhnt wieder. Die gleiche Mischung aus Qual und Enttäuschung.

Ja... Ich glaube, jetzt verstehe ich ihn. Er hat an der Brüstung gebaumelt und mit den Füßen nach dem heruntergeschobenen Fenster getastet – aber es war nicht mehr da. Jemand hatte das Fenster geschlossen. Erst haben sie ihn aus seinem Büro ausgesperrt, und später ist jemand ins Büro der Schreibkraft gegangen und hat das Fenster zugemacht. Sein Schlupfloch ist versperrt – er sitzt in der Falle.

Die Seufzer sind verklungen. Er hat sich beruhigt. Er sitzt da und denkt nach, genau wie er es in seiner Ausbildung gelernt hat. Er analysiert die Situation. Und da die Situation ziemlich kompliziert ist, wird er seinen ganzen beruflichen Sachverstand aufbringen müssen, um mit ihr fertig zu werden. So erscheint es mir jedenfalls, weil ich selbst auf sehr ähnliche Weise darüber nachdenke, die gleichen Optionen abwäge, bei den gleichen Empfehlungen ankomme.

Es gibt zwei Optionen, unzertrennlich wie ein altes Ehepaar: Ich kann etwas tun, oder ich kann es bleiben lassen. Ich kann Tite anrufen und ihn darum bitten, jemanden zu schikken, der mir die Tür aufschließt, oder ich kann nichts tun und warten.

Wenn ich mir aufschließen lasse, komme ich vielleicht noch rechtzeitig nach Charing Cross, um Serafin vom Zug abzuholen. Doch wenn ich erst einmal draußen bin, kann es sein, daß man mich nicht wieder hereinläßt. Ich werde Serafin sehen, aber wir werden obdachlos sein.

Wenn ich warte, kommt Serafin in Charing Cross an und findet mich nicht auf dem Bahnsteig. In dieser Situation stehen ihr eine ganze Reihe von Optionen offen. Sie kann warten oder nicht warten, zum Büro kommen und an der verschlossenen Tür rütteln, nach Oxford fahren, in ein Kloster eintreten oder nach Saratow zurückkehren. All diese Optionen würden sich auf meine Hoffnungen mehr oder weniger katastrophal auswirken. Aber sie hat noch eine Option, die es uns vielleicht ermöglichen würde, doch noch etwas aus dem gestrandeten Wrack zu bergen: Sie könnte mich anrufen.

Summerchild und ich sind jetzt beide Serafin. Wir gehen bis zum Ende des Bahnsteigs, ohne jemanden zu finden. In unserem gemeinsamen Kopf gehen wir die Liste von Möglichkeiten durch, die sich ihr bieten. Was werden wir tun?

In diesem Moment löst sich meine Serafin von Summerchilds. Meine eilt voller Scham quer durch die Bahnhofshalle und verschwindet im U-Bahn-Schacht, um mit der Bakerloo-Linie nach Paddington und weiter nach Oxford zu flüchten. Summerchilds Serafin läuft zur nächsten Telefonzelle und ruft bei ihm an. Klar ruft sie an. Ganz gewiß ruft sie an!

Im gegenwärtigen Stadium der Untersuchungen bin ich Summerchild, nicht Jessel, und meine Serafin wird anrufen. Also warte ich.

Ich warte schweigend. Da ich jetzt weiß, daß sie anrufen wird, denke ich bereits über die nächsten Schritte nach. Alle meine Pläne sind von offensichtlicher Unvernunft geprägt. Ich werde sie überreden, herzukommen und sich im Gebäude zu verstecken, während ich Tite anrufe, damit sie, wenn er herkommt, um die Tür aufzuschließen, hinter ihm ins Zimmer schleichen kann... Wir werden ihn überwältigen und ihm den Schlüssel abnehmen... Nun ja, zumindest moralisch überwältigen und ihn dazu überreden, uns den Schlüssel freiwillig zu geben... Wir werden uns hier oben verbarrikadieren... Unser Heim gemeinsam verteidigen... Nur noch hinausgehen, um lebensnotwendige Vorräte zu besorgen...

Ich habe offensichtlich jeden Kontakt zur Realität verloren. Nein, habe ich nicht. Ich werde sehr nüchtern und praktisch handeln. «Hör gut zu, Liebes», werde ich ganz ruhig sagen, wenn das Telefon klingelt, «wir können nicht in plötzlicher Panikstimmung am Telefon über unser restliches Leben entscheiden. Wir können unsere Zukunft nicht davon abhängig machen, wieviel Kleingeld du noch hast oder wie laut die Hintergrundgeräusche am Bahnhof sind. Du fährst am besten erst einmal zurück nach Oxford und denkst in aller Ruhe über alles nach, und dann rufst du mich von deinem Telefon im Eßzimmer aus an. Ich werde den ganzen Tag, ja das ganze Wochenende über in der Nähe des Telefons sein und werde nichts unternehmen, ehe ich nicht von dir gehört habe. Wir werden gemeinsam nach einer Lösung suchen.

Und, Liebes», werde ich sagen, «die Sonne scheint. Ich habe die Geranien zurück auf den Fenstersims gestellt. Ich mache einen meiner berühmten Salate zum Mittagessen. Es hat sich nichts verändert.

Und außerdem, Liebes», werde ich gegen das Klicken der Münzen und die Bahnhofslautsprecher mit ihrer ewig gleichen Litanei der Abfahrtszeiten und Zielbahnhöfe anreden. «Außerdem...» Und dann werde ich ihr, in einem atemberaubenden Wettlauf gegen die Zeit, in einem heldenhaften Kampf gegen das Chaos dieser Welt, all das sagen, was ich ihr noch nie gesagt habe. Alles Wahre und Zärtliche, alles Sanfte und herrlich Unvernünftige...

Und so warten wir, Summerchild und ich, warten darauf, daß das Telefon klingelt. Und währenddessen laufen in Charing Cross die Züge ein, strömen die Reisenden auf die Bahnsteige. Wie viele Züge eintreffen und woher sie kommen, kann ich nicht sagen, denn wir warten inzwischen in verschiedenen Geschwindigkeiten – ich mit dem Finger auf der Schnellvorlauftaste, Summerchild ohne den Segen dieser Macht der Gegenwart über die Vergangenheit.

«Hör zu, Liebes», werden wir sagen, «hör gut zu...»

Ein leises Geräusch unterbricht das Summen des Bandes. Irgend etwas ist geschehen. Ich spule zurück und krieche noch einmal in Summerchilds Geschwindigkeit voran. Das Geräusch wird zu einem leichten Klicken. Wieder spule ich zurück und lausche angestrengt. *Klick*... Ja, er hat den Telefonhörer von der Gabel genommen. Er hat das Warten aufgegeben. Er ruft von sich aus an.

Ich habe ja gleich gewußt, daß sie nicht anrufen wird.

Es klickt noch zweimal, wie beim erstenmal, nur nicht ganz so fest. Er drückt die Gabel, um eine Verbindung zu bekommen. Welche Nummer will er drehen? Die ihrer Söhne? «Ist eure Mutter schon zu Hause...?» Sie kann unmöglich schon zu Hause sein? Tites? «Es scheint ein kleines Mißverständnis hinsichtlich des Schlosses in meiner Bürotür zu geben...» Annes? «Bitte, leg nicht auf. Ich habe über alles nachgedacht. Hör mich an...»

Die des Bahnhofs. Ja, das ist am wahrscheinlichsten. «Ist der Zug aus Greenwich pünktlich eingetroffen...?»

Er klickt wieder mit der Gabel. Er drückt immer aufgeregter darauf herum. Dann legt er mit einem Knall den Hörer auf.

Ich verstehe. Sie haben seine Leitung gekappt.

Und auf einmal ist auch die Kassette zu Ende.

Was tue ich in dieser Situation? Tobe ich hilflos im Zimmer herum? Schlage ich verzweifelt die Hände vor die Stirn? Möglich. Doch was immer ich auch tue, ich halte inne und lache laut auf. Ich denke: Deshalb hat sie also nicht angerufen!

Ich mache mir damit selbst etwas vor, aber zumindest schenkt der Gedanke mir ein paar weitere Minuten Glück, die mir doch sicherlich in den letzten Tagen meines Lebens niemand mißgönnen wird. Immerhin war das die Substanz, die wir in unserem kleinen Labor hier oben unter dem Dachvorsprung herauszufiltern versuchten.

Und ich bin wieder Serafin, Summerchilds Serafin. Ich habe versucht, von Charing Cross anzurufen, aber die Vermittlung teilte mir mit, das Telefon der Einheit sei nicht mehr angeschlossen. Ich bin daraufhin sofort zur Kabinettskanzlei geeilt, bin die Flure entlanggelaufen, die enge Wendeltreppe hinaufgehetzt... Jetzt drücke ich auf die Klinke, merke, daß die Tür verschlossen ist, genau wie Summerchild es mir gesagt hat. «Stephen!» rufe ich und hämmere gegen die schwere Holztür. «Stephen, hörst du mich...?»

Aber ich höre sie nicht.

Wie sollte ich auch? Ich sitze längst im nächsten Zug von Paddington nach Oxford und lasse meinen leeren Blick über das Ödland der westlichen Vorstädte schweifen.

Nein, der Sicherheitsdienst hat mich zurückgewiesen! Ja! Wer das Schloß auswechselt und die Telefonleitung kappt, der zieht bestimmt auch meinen Dienstausweis ein!

Ich habe daraufhin... Tja, was habe ich daraufhin getan? Ich glaube, ich bin zur Rückseite des Gebäudes gelaufen. Ja. Ich stehe auf dem Paradeplatz, schaue zu dem kleinen Fenster im fünften Stock hinauf und warte geduldig auf den Moment, in dem Summerchild mir in Gedanken gefolgt ist und aus dem Fenster schaut.

Deshalb steht er jetzt am Fenster, und ich, Jessel, stehe neben ihm. Gemeinsam schauen wir hinunter auf den großen Platz und versuchen, eine vertraute Gestalt zu erspähen, die zwischen den zielstrebigen Passanten langsam hin und her geht und nach oben schaut, den Arm hochreißt und winkt. Aber wir sehen niemanden, auf den diese Beschreibung passen könnte... Was werde ich tun, wenn sie tatsächlich erscheint? Zurückwinken vermutlich. Was könnte ich sonst von hier oben tun? Unhörbar schreien... «Ich liebe dich» auf ein Blatt Regierungspapier schreiben, es zu einem Flieger zusammenfalten und nach unten segeln lassen... nur um zuzusehen, wie der Wind es in die falsche Richtung treibt und es im Garten von Downing Street Nr. 10 dem Premierminister vor die Füße fällt...

Aber sie ist nicht dort unten. Das kann ich ihm selbst aus fünfzehn Jahren Entfernung sagen. Sie hat eine Weile gewartet, und dann ist sie gegangen, um nach einer Telefonzelle zu suchen – sie ruft Alexander an und sagt ihm, wo er sein Mittagessen findet. Früher oder später kommt sie zurück. Sie muß zurückkommen. Ihr steht keine andere Option offen. Die sich überstürzenden Ereignisse haben unsere Situation zwar sehr verkompliziert, aber auch erheblich vereinfacht.

Wir warten weiter am Fenster. Plötzlich erstarre ich. Im fleckigen Schatten der Lindenbäume bewegt sich eine Gestalt... eine Frau... breithüftig und slawisch... Es ist Serafin! Ein ohrenbetäubend lautes Geräusch entfaltet sich im Innern meines Kopfes. «Elizabeth!» bricht eine Stimme aus mir heraus, die ich noch nie zuvor vernommen habe. Die beiden Polizisten, die gerade beim Cadiz Memorial stehen, drehen sich ebenso in unsere Richtung wie ein Mann auf dem Paradeplatz, den ich von einer gemeinsamen Komiteesitzung im Innenministerium wiederzuerkennen glaube. Sie sind erschrocken; in der gesamten Geschichte des Staatsdiensts hat es noch nie jemand gewagt, aus dem Fenster eines Regierungsgebäudes zu rufen! Auch die Frau hat sich umgedreht und schaut zu mir herauf.

Natürlich ist es nicht Serafin. Sie sieht ihr noch nicht einmal ähnlich.

Und natürlich habe ich nicht wirklich gerufen. *So* weit ist es mit mir noch nicht gekommen. Im Gegenteil, der Blick auf die verlorene Welt dort unten hat mich eher still werden lassen. Mir wird erst jetzt so richtig klar, wie isoliert ich doch bin. Keiner meiner Kollegen weiß, daß ich hier bin – sie wähnen mich in irgendeiner Spezialabteilung, ohne die genauen Umstände zu kennen. Niemand wird kommen und diese Tür aufsperren, bis die Organisationsabteilung die Räume eines Tages vielleicht für einen anderen Zweck gebrauchen kann. In dieser abgelegenen Ecke des Gebäudes wird mich niemand an die Tür hämmern hören. Die einzige Möglichkeit, Hilfe herbeizuholen, besteht tatsächlich darin, aus dem Fenster zu schreien.

Außerdem ist es Freitag, sogar schon ziemlich spät am Freitagnachmittag. Wenn ich mich nicht in den nächsten paar Stunden bemerkbar mache, wird außer den Wochenendtouristen bis Montag morgen niemand dort unten sein, dem ich etwas zurufen könnte.

Ich lehne mich aus dem Fenster und entwerfe einen möglichen Redetext. «Hilfe», murmele ich in einem ersten Versuch.

Nein! Eine Neufassung ist dringend erforderlich!

«Entschuldigen Sie», versuche ich es noch einmal. Ja, diese Formulierung ist schon besser. Ich erhebe ein wenig meine Stimme und wiederhole diese beiden Worte. Die beiden Polizisten neben dem Memorial kehren mir gelangweilt den Rücken zu und spazieren in umgekehrter Richtung davon.

Es fällt mir schwer, mir ein noch lauteres vorsätzliches Sprechen vorzustellen, was mich vermuten läßt, daß die

Zeit für einen durchs offene Fenster hinausgebrüllten Bericht noch nicht reif ist. Auf jeden Fall schlägt meine Stimmung um. Ich habe mir soeben klargemacht, daß mir im Grunde wesentlich Schlimmeres passieren könnte, als das Wochenende über hier oben festzusitzen. Ich gehe in die Küche und überprüfe meine Vorräte. Ich bin bestens versorgt. Ja, ich werde hier auf meinem Posten bleiben. Und ich werde keine Entscheidungen treffen, ehe sie mir nicht aufgezwungen werden – das war schon immer die klassische Strategie meines Berufsstands.

Schließlich muß ich langfristig denken. Die Tatsache, daß Serafin noch immer nicht unter dem Fenster aufgetaucht ist, bedeutet, daß sie nicht versucht hat, mich von Charing Cross aus anzurufen. Statt dessen hat sie wahrscheinlich genau das getan, was ich ihr am Telefon geraten hätte – sie ist nach Oxford zurückgefahren, um in aller Ruhe über alles nachzudenken und mich von ihrem Eßzimmer aus anzurufen. Wenn sie feststellt, daß die Einheit keinen Telefonanschluß mehr hat, wird sie nach London zurückkehren, an der Tür hämmern oder unter dem Fenster warten. Aber das wird noch einige Zeit dauern. Ich erwarte sie jetzt frühestens am späten Nachmittag. Womöglich wird es aber noch länger dauern, bis sie all die häuslichen Probleme gelöst hat, die unweigerlich über einen hereinbrechen, sobald man einen Fuß über die Schwelle seines eigenen Hauses gesetzt hat. Ich glaube, sie kommt nicht vor heute abend.

Vielleicht aber auch erst morgen, am Samstag.

Nach diesem inneren Klärungsprozeß sind Summerchilds Mut und Hoffnung zurückgekehrt. Die Inspektion seiner Lebensmittelvorräte hat ihn daran erinnert, daß er noch nichts zu Mittag gegessen hat, und er bereitet sich eine herzhafte Mahlzeit zu. Er hat jetzt keinen Grund mehr, ängstlich zwischen Tür, Telefon und Fenster hin und her zu schwanken. Es würde mich nicht überraschen, wenn er sein Essen mit aufs Dach nehmen und dort im Sonnenschein genießen würde.

Mir bleibt in den unwirklichen letzten Stunden dieser Sonntagnacht, in der ich lebe, nichts anderes übrig, als in meiner Keksdose nach Erfrischungen zu kramen. Das nächste Band – das ist meine Nahrung.

Sorgfältig reihe ich die Kassetten auf, die ich bereits abgehört habe. Es ist nur noch eine übrig.

27

Die letzte Kassette.

Das nehme ich jedenfalls an. Auf dem Etikett ist kein Datum verzeichnet. Vielleicht hat Summerchild die Kassette nie benützt. Das gesamte Band befindet sich auf der linken Spule – entweder wurde die Kassette zurückgespult oder nie abgespielt.

Ich drehe die Kassette unsicher in den Händen. Jetzt, wo das Ende tatsächlich in Sicht ist, verspüre ich die altbekannte Zögerlichkeit vor dem letzten Schritt. Ich will nicht mehr wissen, was geschehen ist. Ich möchte mich davonstehlen und Summerchild dort zurücklassen, wohin ich ihn mit meinen Gedanken begleitet habe – in der Küche, wo er sich mit zufriedener Miene ein verspätetes Mittagessen bereitet, in der sicheren Gewißheit, daß seine Liebste zu ihm zurückkehren wird. Eine Art süße, fiebrige Leichtigkeit beschleicht meine Hände. Sie spielen mit der Möglichkeit, die Kassette durch das offene Fenster zu werfen und dem Ganzen damit ein Ende zu setzen. Das Personal von Downing Street Nr. 10 würde am nächsten Morgen den Unrat im Garten auflesen, und das wäre alles, was von Summerchild übrigbliebe – eine zerbrochene Kassette und ein wirres Knäuel aus herausgequollenem braunem Band.

Vielleicht war es mit dem zerbrochenen Körper und dem Knäuel aus herausgequollenen Därmen gar nicht so viel anders. Genauso geschehen nämlich solche Dinge – mit erschreckender Leichtigkeit. Ich spüre, wie sie sich von meinen Händen in meine Brust, in meinen Bauch, in meine Beine ausbreitet...

Rasch stecke ich die Kassette in das Gerät.

Ich drücke auf «Start», doch was aus dem Lautsprecher dringt, ist Stille – per Mikrophon festgehaltene Stille, ein schwaches, erwartungsvolles Summen, als hätte die Maschine mit allergrößter Spannung darauf gewartet, was Summerchild zu sagen hat.

Aber er sagt nichts. Er hat das Gerät eingeschaltet, weil in ihm offenbar etwas darauf wartet, gesagt zu werden. Es formt sich etwas – ein Bericht, ein Memorandum. Ein Gedicht, ein Bekenntnis. Gedanken und Gefühle ballen sich in Erwartung eines dramatischen Ausbruchs zusammen. Er sitzt da und sieht dem sich drehenden Band zu, hypnotisiert von dem kleinen roten Licht. Kein Wort kommt über seine Lippen. Seine Stimmung ist seit der fröhlichen Vorbereitung des Mittagessens umgeschlagen. Oder vielleicht war das Mittagessen auch gar kein so fröhliches Ereignis mehr. Vielleicht habe ich ihn schon längst verloren.

Eins steht fest: Seitdem ist Zeit vergangen. Wieviel Zeit, das läßt sich schwer sagen. Die Sonne ist hinter den Wolken verschwunden. Oder hinter dem Horizont. Es ist Freitag nacht. Oder auch Samstag nachmittag. Oder Sonntag morgen. Auf jeden Fall ist Serafin nicht gekommen. Und sie wird auch nicht mehr kommen. Selbst Summerchild weiß das inzwischen.

Nein – sie wird kommen! Vielleicht jedenfalls. Sie kann noch kommen.

Das Band dreht sich weiter, und Summerchild weiß immer noch nicht, was er sagen will. Ich drücke auf die Schnellvorlauftaste und halte dann schuldbewußt inne, als hätte ich mich dabei ertappt, an einem Totenbett ungeduldig zu werden. Ich spule zurück und schleiche wieder auf Zehenspitzen voran, in der gleichen Geschwindigkeit, in der er diese Stille durchlebte. Sie ist ungewöhnlich ereignislos. Summerchild geht nicht im Zimmer auf und ab, er murmelt oder seufzt nicht. Er sitzt da und überlegt, was er sagen will, tut buchstäblich nichts anderes als nachdenken, bleibt dabei völlig regungslos, scheint kaum noch zu atmen. Ich lege mein Ohr direkt auf den Lautsprecher. Ich meine, im Hintergrund gelegentlich schwache Veränderungen des sonst so gleichmäßigen Summens zu hören. Vielleicht lehnt er sich auf seinem Stuhl ein Stück weiter nach vorn, vielleicht läßt er seine Hand über die Tischplatte gleiten oder wendet den Kopf, um aus dem Fenster in den Himmel zu schauen. Dann ermüdet mein Ohr, und auch diese winzigen Abweichungen entgehen seiner Wahrnehmung. Mich beschleicht der offensichtlich unlogische, deshalb jedoch nicht weniger beunruhigende Gedanke, daß Summerchild möglicherweise schon tot ist und das Rauschen, das ich zu hören glaubte, von den letzten, unfreiwilligen Bewegungen seiner Leiche stammt.

Ein schwaches Klicken dringt unvermittelt an mein Ohr, danach wieder unheimliche Stille. Ich schrecke auf. Der plötzliche Rückfall ins Nichts hallt in meinem Kopf wider wie eine Tür, die zugeschlagen wird. Das abrupte Ersterben aller Geräusche ist ein Beweis dafür, daß Summerchild noch am Leben ist. Dann ist plötzlich wieder gespannte Erwartung zu spüren – Summerchild schaltet das Gerät ein zweites Mal ein. Doch kaum habe ich mein Ohr an den Lautsprecher gelegt, beginnt erneut die summende Stille. Hört wieder auf. Beginnt erneut. Hört wieder auf. Beginnt erneut...

Diese stummen Sprechversuche haben etwas schmerzhaft Lächerliches – und auch der Optimismus, mit dem jeder neue Versuch gestartet wird, sobald der letzte abgebrochen ist, wirkt grotesk. Bei näherem Nachdenken wird mir jedoch bewußt, daß diese dichte Folge nicht mehr sein kann als eine große Illusion. Es läßt sich nicht mehr ermitteln, wie lange das Gerät jeweils ausgeschaltet blieb. Zwischen *Klick* und *Klick* sind möglicherweise ganze Stunden – ganze Tage – verstrichen.

Also halte ich weiter meine nächtliche Totenwache. Der schwache Atem des Sterbenden ist im Zimmer kaum zu spüren. In der Mitte des Kopfkissens liegt der Kopf meines Vaters so sorgfältig gebettet wie ein Edelstein in einem Samtetui. Sein Gesicht ist mir so vertraut! So schmerzvoll vertraut. Eine Krankenschwester hält einen Spiegel vor seine Lippen, und als ich in den Spiegel schaue, sehe ich, daß es mein Gesicht ist...

Ich erwache mit einer schrecklichen Mischung aus Panik, Verwirrung und Schuldgefühl. Die Stille hat mich geweckt. Die totale Stille. Das Atmen hat aufgehört. Ich habe seinen Tod verpaßt, seine letzten Atemzüge verschlafen...

Ich fummele ungeschickt an dem Kassettenrecorder herum. Ja, das Band ist abgelaufen, das Gerät hat sich ausgeschaltet. Die lang ersehnten Worte sind endlich gesprochen worden, alles hat sich letztlich geklärt, bloß ich habe es nicht mitbekommen. Ich spule das Band zurück und fühle mich dabei so pietätlos, als versuchte ich, einen Leichnam wachzurütteln, um ihm den Abschied noch einmal aufzuzwingen. Aber er atmet bloß. Spricht keinen Segen für seinen geduldigen Begleiter aus der Zukunft, haucht kein letztes *«Rosebud»* ins Mikrophon. Ich höre nichts als summende Stille. Stille, Stille und dann das Ende der Stille.

Mir wird klar, daß ich von diesem letzten Band ohnehin nicht viel Neues hätte erfahren können, auch wenn Summerchild die ganze Zeit gesprochen, ja selbst wenn er eine persönliche Nachricht hinterlassen hätte. Trotzdem macht sich in mir eine bleierne Enttäuschung breit. Ich will wissen, was *geschehen* ist! Ist Serafin wirklich nicht zurückgekommen? Offenbar nicht. Ich wußte gleich, daß sie nicht kommen würde. Und selbst wenn sie gekommen wäre... Es hätte keinen großen Unterschied gemacht. Insgeheim hatte ich die Hoffnung aber wohl doch nicht ganz aufgegeben. Ja, ich hatte geglaubt, irgend jemand könnte irgendwie im letzten Moment noch rettend eingreifen und dafür sorgen, daß das, was geschehen ist, doch nicht geschah.

Vielleicht ist sie ja doch gekommen. Vielleicht hat sie dort unten auf dem staubigen Platz gestanden und darauf gewartet, daß er aus dem Fenster schaut. Vielleicht stand sie dort, während er sprachlos vor dem Recorder saß, stand noch dort, als ich hier saß und ihm zuhörte...

Es gibt keine Möglichkeit, es je herauszufinden.

Oder vielleicht doch? Mir fällt eine Möglichkeit ein. Ich könnte versuchen, Serafin zu fragen. Dort sind die letzten Informationen verborgen – in Serafins Gedankenarchiv. Sie ist noch immer in Oxford – ich habe ihre Adresse in die Akte geschrieben. Ich habe die Telefonnummer – ich könnte versuchen, sie anzurufen...

Ich steige die enge Wendeltreppe hinunter und tauche in die große, dunkle Leere des alten Gebäudes ein. Ich erinnere mich an das Büro, in dem ich das letzte Mal telefoniert habe, und öffne die Tür, kann aber den Lichtschalter nicht finden. Ich habe keine Zeit, ihn erst umständlich zu suchen, ich erinnere mich vom letztenmal, wo das Telefon steht, und vom Flur fällt gerade genug Licht herein, daß ich ihre Nummer wählen kann...

Sobald es am anderen Ende klingelt, hoffe ich inständig, daß sie nicht ans Telefon geht. Es klingelt fünfmal... Ich habe keine Ahnung, was ich sagen soll... Siebenmal... Sie ist nicht zu Hause. Ich werde etwas ruhiger. Neunmal... Zehnmal... Fast bin ich ein wenig enttäuscht... Zwölfmal... Das Telefon steht wahrscheinlich noch immer im Eßzimmer – genau dort, wo es auch stand, als sie ihren ersten Anruf aus Whitehall bekam... Dreizehnmal... Vielleicht ist sie gerade mitten in einem Kolloquium, genau wie damals.

Vielleicht ist es in ihrem Haus ebenso dunkel wie in diesem Büro. Fünfzehnmal... Sie tastet sich über den Flur, stolpert über die Fahrräder, fängt im letzten Moment eine Schreibunterlage auf...

Siebzehnmal... Ich will auflegen. «Hallo?» keucht es mir plötzlich aus dem Hörer entgegen.

Ich reiße den Hörer hastig ans Ohr zurück, doch jetzt bin ich derjenige, der keine Worte hat, denn das atemlose Keuchen und die seltsame Mischung aus Verwirrung und Besorgnis hat bei mir zu einer entsetzlichen Erkenntnis geführt: Ich habe sie mitten in der Nacht angerufen. Sie ist nicht von der anderen Seite des Flurs aus ihrem Arbeitszimmer gekommen, sondern von unten aus ihrem Schlafzimmer. Ich habe das gleiche getan wie Summerchild. Ich frage mich, ob der Gedanke an diesen früheren nächtlichen Anruf jetzt auch in ihrem Gedächtnis wach geworden ist.

«Hallo?» sagt sie wieder, und ich weiß nicht, wie ich gleichzeitig erklären soll, warum ich anrufe und wieso mir jegliches Zeitgefühl abhanden gekommen ist. «Hallo?» sagt sie, und es kommt mir vor, als hätte ich dieser Stimme schon mein ganzes Leben lang zugehört. Ich habe das Gefühl, ihr auf der Stelle klarmachen zu müssen, daß ich viel über sie weiß, daß ich sie verstehe und daß ich mit ihr fühle. Aber wo soll ich beginnen?

«Hallo?» sagt sie geduldig. Sie spürt, daß am anderen Ende der Leitung jemand nach Worten ringt. Die Besorgnis in ihrer Stimme ist einer freundlichen Ermutigung gewichen. Diesen Tonfall kenne ich nur zu gut. Es ist, als würde sie mir gegenüber am Schreibtisch sitzen, sich weit nach vorn lehnen, lächeln und nicken. Es ist, als würde sie mich ermutigen wollen, meine Meinung zu sagen und meine Ideen zu entwickeln. «Hallo?» redet sie mir weiter freundlich zu, und ich verspüre den Impuls, ihr, ehe ich ihr irgendwelche Fragen stelle, alles zu erzählen, was ich weiß. Von meiner Rekonstruktion ihres gemeinsamen Lebens oben in ihrem Büro, von meiner Entdeckung des verlassenen Tals auf dem Dach. Von Summerchild, wie er langsamen, müden Schrittes die ungeteerte Straße heraufkam. Von Millie und Anne. Von Timmy und Lynn.

«Bist du das?» fragt sie, ehe ich den richtigen Anfang finden kann. Deshalb hat sie also nicht schon längst aufgelegt. Deshalb ist sie besorgt, wenn sie mitten in der Nacht einen Anruf bekommt, aber nicht erschrocken – sie hat mit diesem Anruf gerechnet. Ich halte den Atem an. Was glaubt sie, wer ich bin? Jemand vom Fernsehen? Nein... Eine schreckliche, verrückte Idee überkommt mich wie ein kalter Schauer. Sie hält mich für Summerchild.

«Du bist es, nicht wahr...?» fragt sie mit sehr sanfter Stimme.

Es gibt nichts, was ich darauf antworten könnte.

«Sag mir nur, wo du bist... Sag mir nur, daß es dir gut geht...»

Es dauert nicht lange, bis ich meinen plötzlichen Höhenkoller überwunden habe. Jetzt ist mir klar, für wen sie mich hält – für einen ihrer Söhne. Wahrscheinlich für Nicky, der nach all den Jahren noch immer genauso schwierig ist.

«Alex?» fragt sie. «Alex...?»

Alexander war ihr lieber Junge. Der Sohn, der sie beschützte und ihr nie irgendwelche Schwierigkeiten machte.

Ich würde sie gern in den Arm nehmen. Ich stelle mir vor, mein eigener verlorener Sohn riefe mich nächtens an, unfähig, irgendein Wort herauszubringen.

Aber ich habe meine Chance verpaßt. Es gibt nichts, was ich ihr jetzt noch sagen könnte, nichts, was ich sie fragen könnte, falls es denn je so etwas gegeben hat. «Es tut mir leid», höre ich mich jetzt, wo es zum Sprechen längst zu spät ist, sagen. Sie antwortet nicht. «Machen Sie sich keine Sorgen», stammele ich hilflos. «Es wird alles gut.»

Schweigen. «Wer ist da?» sagt sie mit veränderter Stimme.

«Niemand», sage ich. Ja, ich bin niemand. «Nichts. Falsch verbunden.»

Ich lege auf. Vielleicht ist Alexander auf seinen Wanderungen auch in das Heimatland seiner Mutter gekommen? Ist er dort jemandem begegnet, der ihm irgendwelche Hinweise auf die Vergangenheit gab? Ist auf diese Weise die ganze Geschichte wieder an die Oberfläche gekommen? Sitze ich deshalb hier in der Dunkelheit, fast ebenso verrückt wie Summerchild selbst?

Doch als ich dies denke, sitze ich schon nicht mehr. Von einem neuen Gedanken beflügelt, laufe ich, immer zwei Stufen auf einmal nehmend, die Wendeltreppe hinauf. Mir ist klargeworden, daß dort oben trotz allem noch eine Möglichkeit auf mich wartet. Die letzte Kassette ist noch nicht zu Ende – ich habe nur die erste Seite abgehört! Auf der Rückseite könnte noch etwas sein. Es *muß* etwas auf der Rückseite sein. Ich bin mir so sicher, wie ich überhaupt je irgendeiner Sache sicher war.

In meiner Hast stolpere ich über die letzte Stufe und stürze in den Raum wie ein Schleudergeschoß. Ich reiße die Kassette aus dem Gerät, drehe sie um und stecke sie wieder hinein. All meine feinsinnige Zögerlichkeit und mein Bedürfnis, das Ende der Geschichte möglichst lange hinauszuzögern, haben sich zerschlagen. Es wäre mir gar nicht recht, in diesem Augenblick von irgend jemandem beobachtet zu werden, denke ich noch. Ich habe jedes Gefühl für Verhältnismäßigkeit und Würde verloren. Ich bin ein Mann, der von einem unbezähmbaren Verlangen getrieben wird.

Aber ich habe recht. Auf der letzten Seite der letzten Kassette ist tatsächlich etwas. Summerchild hat die Sprache wiedergefunden.

28

Summerchild diktiert einen neuen Bericht. Doch diesmal nennt er weder Geheimhaltungsstufe noch Datum oder Adresse. Seine Sprache ist informell, und seine Stimme hat zu ihrer alten Zögerlichkeit zurückgefunden. Seine Worte schlurfen wieder mit schweren Füßen dahin, als dränge sie nichts danach, in die Welt hinauszuziehen. Er klingt nachdenklich, fast träumerisch.

«Ich nehme an», sagt er, «wir müssen die Einheit als aufgelöst betrachten.»

Er hält inne, um nachzudenken. Ich wünschte, ich wüßte etwas genauer, *wann* er nachdenkt. Ist inzwischen Samstag? Oder Sonntag? Tag? Oder Nacht? Ich wünschte, ich wüßte, *wo* er nachdenkt. Ich stelle mir vor, er sitzt an seinem Schreibtisch und schaut verträumt zum Fenster hinaus... Aber irgend etwas stimmt an dieser Vorstellung nicht. Die Akustik ist anders. Sie ist irgendwie flacher, ohne jede Resonanz.

«Ich weiß nicht genau, an welchem Punkt wir in die Irre gegangen sind. Jeder Schritt kam uns in dem Moment, als wir ihn unternahmen, vernünftig und folgerichtig vor...»

Und jetzt erscheint jedes Wort vernünftig und folgerichtig. Es ist ja gerade diese Vernunft, die den Wahnsinn seiner Worte ausmacht. Warum greift er überhaupt wieder auf die Sprache zurück? Um eine Art letzten Willen zu hinterlassen? Und *wo* diktiert er dieses Dokument? «Er sitzt nicht hier, wo ich sitze, da bin ich ganz sicher», sage ich laut, und die Worte klingen im Vergleich zu seinen voll und rund.

«Ich weiß nicht, wie lange ich noch in diesen Räumlichkeiten bleiben kann», sagt seine seltsam abgeflachte Stimme. «Aber ich möchte die Zeit nutzen, um etwas zu Protokoll zu geben... die Ergebnisse festhalten, zu denen wir kamen, ehe wir aufgelöst wurden... wenn vielleicht auch nur im eigenen Interesse umreißen, was wir erreicht haben. Es werden gedankliche Notizen sein, keine Schlußfolgerungen... Hypothesen... Vorläufige Ergebnisse. Die Leiterin der Abteilung hat mehrere Zwischenberichte geschrieben. Vielleicht könnten wir uns dieses Dokument als...»

Er zögert. Ein seltsames Geräusch hat ihn unterbrochen, es klingt wie das Schnaufen einer alten Dampflokomotive. Dann wird das Ventil wieder geschlossen.

«... einen *endgültigen Zwischenbericht* vorstellen», schließt er, und sofort setzt das Geräusch wieder ein. Die Lokomotive schnauft voran, ihre mächtigen Dampfstöße werden kürzer und schneller. Er ist doch nicht etwa... auf einem Bahnhof? Nach Rußland geflohen...? Ich erinnere mich deutlich an die letzte Dampflokomotive, die ich auf diesem Band gehört habe. Es war Serafin, die sich durch die russische Steppe weinte.

Nein, diesmal handelt es sich um eine andere Art von Lokomotive. Sie wird von Gelächter gespeist. «Ein endgültiger Zwischenbericht» – er hat einen Witz gemacht, und jetzt prustet er vor sich hin. Habe ich ihn jemals lachen hören? Ich glaube nicht. Sein gesamter Charakter verändert sich.

Doch jetzt wird die Lokomotive von einem anderen Transportmittel überholt. Das vorsintflutliche Schnaufen weicht einem viel moderneren Geräusch – einem lauten, heulenden Dröhnen. Ein Flugzeug setzt zum Landeflug an. Jetzt weiß ich endlich, wo sich Summerchild aufhält.

Ich schalte den Recorder aus, um mich zu ihm zu gesellen.

Ich will dort sein, wo er ist, will das sehen, was auch er vor Augen hat. Ich klettere auf das Abtropfbrett, klopfe mit den Fäusten das Dachfenster auf und stelle das Gerät auf den Rand der Luke, genau wie er es damals getan haben muß. Ich steige mit dem linken Fuß auf den Sperrhahn und hieve mich aus der unbeleuchteten Leere dort unten in die kühle, dunkle Weite dort oben.

Einen Moment lang stehe ich in völliger Dunkelheit, geblendet von der Erinnerung an das Licht. Dann grenzt sich der Himmel allmählich von dem Horizont aus Dachgipfeln und Schornsteinen ab. Nach einer Weile sehe ich über mir ein paar Sterne schimmern, ihr Licht gedämpft vom Sommerdunst und dem gelblichen Widerschein der Stadt. Jetzt erscheint vor mir das gesamte Tal. Im grauen städtischen Zwielicht wirkt es auf mich wie eine Mondlandschaft. Ich trage den Kassettenrecorder zum hinteren Ende der breiten Rinne, wo ich Summerchild auf einem der Stühle vermute, auf denen sie die Nachmittagssonne zu genießen pflegten, und drücke wieder auf «Start». Aber das Diktat ist noch immer unterbrochen. Ich höre nichts weiter als das Flugzeug, das allmählich im Westen verschwindet. Ich lausche angestrengt, um der Stille auf dem Band irgendeinen Sinn zu entlocken. Das merkwürdige Summen könnte von entferntem Autoverkehr stammen, ein kurzer, gedämpfter Aufschrei von einem Vogel oder einem Passanten in den Straßen unter mir. Dann höre ich wieder ein Flugzeug, doch es fliegt sehr viel höher als das erste, sein Dröhnen ist weiter entfernt, wird von den Luftströmen am Himmel hin und her getragen und verschluckt. Ich bin mir aber nicht ganz sicher, welche der Geräusche vom Kassettenrecorder kommen und welche aus der Umgebung um mich herum. Ja, es sind alles Geräusche der Nacht. Er sitzt nicht in der Nachmittagssonne. Er sitzt im Dunkeln, genau wie ich. Aber wann? Sonntag nacht? Das könnte sein. Die Geräusche haben eine gewisse Sonntäglichkeit. Ich glaube, meine Welt und seine haben ihre genaue Entsprechung gefunden.

Aber was macht er jetzt? Ich höre ein plötzliches Knacken, ein hohes Quietschen, wie Kreide, die über eine Tafel ratscht. Vielleicht hat sich eine lockere Schiefertafel aus ihrer Verankerung gelöst. Ich glaube, er steigt die Dachschräge hinauf... Ich höre leise, knirschende Geräusche, während die Platten unter seinem Gewicht nachgeben. Das Flugzeug hat ihn abgelenkt – er steigt zum First hinauf, um es im Westen landen zu sehen.

Ich folge ihm ungeschickt auf allen vieren und halte mich auf halber Strecke an der vertrauten Klippe des Schornsteinkopfes fest. Meine Finger stoßen auf die bröselnden Überreste der alten Wäscheleine. Ich höre, wie er sich über mir so leichtfüßig und sicher über den dunklen Hang bewegt wie eine Bergziege. Ich krieche vorsichtig hinter ihm her. Die Höhe hat mir schon bei Tageslicht angst gemacht; in der Dunkelheit, den behende tänzelnden Summerchild über mir, ist es noch schlimmer. Und ich glaube, das ist es auch, was ich ihm mehr als alles andere übelnehme – diese selbstverständliche Leichtfüßigkeit in schwindelerregender Höhe, diese Gleichgültigkeit gegenüber der großen magnetischen Leere unter ihm.

Für ihn mag das noch angehen. Er ist in seiner Jugend auf sämtliche Berge gekraxelt. Die Berge sind seine Welt. Ich stelle mir vor, wie er als Student abends ins Wohnheim geklettert ist. Wie er heimlich das Dach über dem Eßsaal erforschte, den Turm der College-Kapelle erklomm. Ich sehe, wie er, lässig mit Turnschuhen und in die Socken gesteckter Hose bekleidet, von einem mittelalterlichen Sims zum nächsten über nächtliche Abgründe springt und am nächsten Morgen so tut, als sei nichts gewesen – wie er im Schutz der Dunkelheit große Taten vollbringt.

Ja, er war ein erfahrener Nachtkletterer. Natürlich.

Ich bleibe stehen. Er hat wieder begonnen zu sprechen. Die Stimme kommt aus dem Gerät, das in dem Tal unter mir steht, aber sie klingt leise, ist weit vom Mikrophon entfernt, denn er sitzt breitbeinig über mir auf dem First.

Zuerst kann ich seine Worte nicht verstehen. Er spricht wohl eher mit sich selbst, hat aufgehört zu diktieren. Ich glaube, er hat den Kassettenrecorder völlig vergessen. Dann ruft er laut mit jubelnder Stimme: «Aber wir haben es geschafft! Wir haben es gefunden!»

Ich weiß, wovon er spricht – und ich weiß, was er tut. Er *sitzt* nicht auf dem Dachfirst – er *steht* darauf. Er balanciert auf dem schmalen Blech, das die höchste Stelle krönt. Die ganze Regierungswelt liegt zu seinen Füßen, und er hat nichts, woran er sich festhalten könnte, außer der Dunkelheit.

Ich krieche langsam vorwärts, dicht an die Dachplatten geschmiegt. Mir ist fast übel vor Angst.

Jetzt spricht er wieder mit sich selbst. Oder mit der Welt im allgemeinen. Abgerissene Satzfetzen durchdringen die Dunkelheit, während er in alle Himmelsrichtungen zu rufen scheint.

«... haben seine Eigenschaften entdeckt... durchsichtig, schwerelos... voller Licht und Energie... halluzinogen...»

Und jetzt? O ja – er lacht wieder.

«... aber unweigerlich instabil... es zerfällt rasch in ein dichtes, schwarzes, träges Material, das schwierig zu entsorgen ist... nur unter Laborbedingungen... weitere Forschung notwendig... ob man es *en gros* erzeugen kann...»

Ich schiebe mich zitternd nach oben und halte mich mit beiden Händen am Dachfirst fest.

«Leider», sagt Summerchild, «ist es uns nicht gelungen, für weitergehende Studien eine Probe zu konservieren...»

Seine Stimme wird leiser. Als ich vorsichtig über den Dachfirst schaue, begreife ich, was ihn so fasziniert.

Die Stadt hat, seitdem ich das letzte Mal hier oben war, ihr

Inneres nach außen gekehrt. Das ganze Licht kommt jetzt von unten statt von oben, streicht an den Fassaden und Monumenten hinauf, steigt wie schwefliger Dunst aus den Straßenschluchten. Zwischen den glänzenden Tälern wirken die Dächer wie ein zerklüftetes Hochland aus dunklen Schatten. Über dieses Hochland wandert sein Blick. Summerchild beschirmt mit beiden Händen seine Augen gegen das Licht jenseits des Whitehall-Gebirges und verfolgt die komplizierte Kette dunkler Bergrücken erst bis zum Scottish Office, dann bis zum laternenbeschienenen Dach der Horse Guards und schließlich bis zu den Masten und Türmen der Admiralty.

Das ist die Route, die er nehmen wird. In diesen Bergen wird er in diesem Jahr seinen Sommerurlaub verbringen.

Nur, ich glaube, er weiß es noch nicht. Er sucht einfach einen Weg nach unten. Irgendwo in diesem Gewirr aus ineinandergeschachtelten Schrägen muß es einen geeigneten Abstieg geben. Und während er schweigend nach dem Beginn der Route sucht, fällt ihm ein, daß er schon bald im ersten Morgenzug nach Oxford sitzen könnte – oder, es wäre ja immerhin möglich, im ersten Morgenzug nach Greenwich.

Und schon ist er fort! Ich höre, wie er leichtfüßig den Hang hinuntersteigt. Kurz darauf folgt völlige Stille. Er ist über die Brüstung gestiegen und verschwunden...

Nein, noch nicht. Er ist den gleichen Abhang heruntergestiegen, den wir heraufgekommen sind – deshalb wurde das Geräusch auf der Kassette festgehalten –, und dann hat er das Gerät abgestellt. Er nimmt es unter den Arm und klettert in die kleine Küche zurück, nimmt die Kassette heraus und versteckt sie in der Keksdose, in der ich sie gefunden habe. Er möchte, daß eine letzte Spur ihres gemeinsamen Lebens hier oben bleibt.

Aber er wird zurückkommen, unbeobachtet und unbelauscht. Vor mir liegt die Route, die er nehmen wird. Er wird neben mir über den First klettern, vor mir den Abhang heruntergehen und in der Schlucht verschwinden, die die oberen Stockwerke der Kabinettskanzlei vom Scottish Office trennt. Auf dem Dach des Scottish Office brennt eine Art Sicherheitsbeleuchtung, doch in den vergangenen, sorglosen Zeiten, in denen Summerchild seine Wanderung unternahm, herrschte dort sicherlich tiefste Finsternis.

Er wird hinuntersteigen, immer weiter hinab... Aber er wird nicht bis ganz unten kommen. An dem Vorsprung, der die beiden Gebäude miteinander verbindet, meiner Erinnerung nach direkt über dem ersten Stock, wird er erkennen, daß ihm der Weg versperrt ist. Und so wird er den Vorsprung überqueren und den dahinterliegenden Berghang erklimmen, um nachzusehen, ob es dahinter, vom Dach des Scottish Office aus, irgendwo eine Möglichkeit zum Abstieg gibt.

Da ist er wieder. Ich sehe, wie er aus den Tiefen der Schlucht auf der anderen Seite wiederauftaucht. Seine jugendliche Kraft ist zurückgekehrt, seine Nerven und Muskeln sind wachsam und angespannt. Er balanciert von einem unzureichenden Fußhalt zum nächsten, hält sich mit den Fingerspitzen an Ausbuchtungen fest, die so flach sind, daß man sie kaum sehen kann, bewegt sich mit der gleichen wahnsinnigen Logik, die ihn überhaupt hier heraufgebracht hat, Zentimeter für Zentimeter aufwärts und entfernt sich immer weiter von seinem gleichförmigen Leben in den Ebenen. Im Grunde hat diese Wanderung in dem Moment begonnen, als er und Serafin sich von Angesicht zu Angesicht in der kleinen Dachkammer wiederfanden. Mir fällt ein, mit welcher Zielstrebigkeit er sie in diesen Raum manövrierte – wie er ihr erst mit Kilburn und Croydon drohte und sie dann mit in die völlig inakzeptable Northumberland Avenue nahm. Und während er das Dach des Scottish Office erklimmt, wird mir klar, daß dies keineswegs nur zum Nutzen der Abteilung geschah. Die Wanderung hatte schon damals begonnen.

Er geht an der Hinterseite des Gebäudes entlang, dann beugt er sich weit über den Rand, um die Wand unter sich genau zu studieren. Ich kann nicht hinsehen. Ich senke den Kopf und konzentriere mich einen Moment lang ganz auf meine bleigeschwärzte Hand... Als ich wieder aufschaue, hat er es aufgegeben. Er verschwindet auf der anderen Seite des Daches, um es dort zu probieren. Die Zeit verstreicht, und ich beginne, über meine eigene, nervös verkrampfte Haltung nachzudenken, halb kniend, beide Hände an den First geklammert. Ich kann nicht umhin, daran zu denken, daß es Summerchild war, der mich in diese Lage gebracht hat. Und wäre er nicht gewesen, hätte ich auch nicht wieder an Millie gedacht. Früher oder später werde ich selbst noch im Dunkeln die Dächer erforschen und einen Weg nach unten suchen, wo es in Wirklichkeit keinen Weg mehr gibt...

Aber er ist mir weit voraus. Als ich das nächste Mal einen Blick auf ihn erhasche, hat er schon fast das Dach der Horse Guards erreicht. Wie der Fliegende Holländer wandert er unbeirrt weiter und läßt mich mit meinem Krampf und meiner Höhenangst weit hinter sich zurück. Als er auf das Dach der Admiralty klettert, ist die kurze Sommernacht schon fast vorbei. Jetzt gibt es kein Zurück mehr. Als er über dem kleinen Hinterhof steht, der an Spring Gardens grenzt, ist es hell, und er sieht den Abstieg vor sich. Klar wie eine bequeme Treppe liegt er ihm zu Füßen. Er ruht sich aus. Er ist schließlich kein Student mehr, seine Glieder schmerzen, und er ist müde. Die ersten Strahlen der aufgehenden Sonne streifen ihn wie Ikarus. Er könnte jeden Augenblick entdeckt werden. Langsam läßt er sich über den Sims hinab und angelt mit den Füßen nach dem offenen Fenster. Seine Arme sind schwach wie sonnenerwärmtes Wachs...

Ich klettere rückwärts die Dachschräge hinab, noch immer auf allen vieren, wie ein Tier, dem man seine natürliche Umgebung genommen hat, fast zu steif, um mich überhaupt zu bewegen. Die Sterne sind verblaßt, und der Himmel im Nordosten ist so bleich wie meine zittrigen Hände. Ich weiß nicht, wie lange ich hier oben war. Die Kassette ist stumm zu Ende gelaufen, und der Recorder hat sich längst ausgeschaltet.

Ja, das war die Route, die er genommen hat. Mehr gibt es nicht zu erfahren.

Ich lasse mich durch die Dachluke hinab, plötzlich viel zu müde, um noch weiter nachzudenken. So gut ich kann, wasche ich mir den Dreck von den Händen, dann schiebe ich die verstreuten Akten auf dem Fußboden zu einer Art Matratze zusammen, schiebe einen extra Aktenberg unter meinen Kopf und grabe eine Kuhle für meine Hüften. Auf dieser kargen Bergstatt strecke ich mich aus und ziehe mir einen leeren Aktendeckel übers Gesicht, um das Licht der Morgendämmerung fernzuhalten. Doch auf dem halben Weg hinab in die Tiefen des Schlafs wird mir kalt. Ich stehe noch einmal auf, trage bündelweise Papiere herbei und reiße die Kartons auseinander, um mir eine wärmende Decke zu machen. Und mitten in diesem Wirrwarr aus Träumen und Schlaflosigkeit fällt mir eine andere Hypothese ein. Vielleicht hat er gar nicht versucht, nach unten zu kommen. Vielleicht wollte er dort bleiben, wo er war, und die große Expedition über die Regierungsdächer war nichts weiter als eine Begehung seiner Welt...

Aber er ist heruntergekommen, so oder so. Und deshalb hat Serafin, als sie später am Morgen endlich aus Oxford kam – er hat ja immer gewußt, daß sie kommen würde, ist mein letzter zusammenhängender Gedanke, so klar wie das Viereck aus Tageslicht in dem Fenster über mir –, deshalb hat Serafin ihn nicht gefunden.

29

Auf dem Schreibtisch vor mir liegen zwei menschliche Hände. Sie leben, aber sie rühren sich nicht. Die eine hockt da wie ein Krebs, der jeden Moment davonkrabbeln will; die Finger ruhen auf einem frischen Formular für Regierungsvorlagen. Die andere hält einen grauen Regierungskugelschreiber, bereit, das Formular mit einem säuberlichen Eintrag zu versehen.

Ordentlich nach hinten geschoben, um für das Formular Platz zu machen, liegen drei Regierungsakten. *Betrifft* steht auf dem Titelblatt des Aktendeckels, der ganz oben liegt, und rechts daneben steht in den kleinen, akkuraten Buchstaben, die für diesen grauen Stift und diese rosigen Hände so typisch sind: Summerchild. Jenseits des Schreibtisches der schlichte, rotbraune Teppich. An seinem Ende der Aktenschrank, der Kleiderständer, die beiden Stühle und so weiter. Das Jackett eines hellgrauen Sommeranzugs, die Stores. Das Klingeln von Telefonen und gedämpfte Stimmen. «Bartlett», «Kyle», «Gedge» und so weiter. Meine eigene Stimme. «Jessel... Ja... Nein...»

Ich bin wieder in meinem eigenen Büro, bereit, meinen Bericht zu schreiben, und meine Welt ist wieder in klare Gliederungspunkte unterteilt. Mein Anzug ist sogar noch sauberer als sonst an einem Montagmorgen, mein Hemd noch weißer, meine Krawatte noch untadeliger; ich habe sie gerade erst bei einem Herrenausstatter in der Strand gekauft, auf dem Rückweg von meinem Frühstück in einem kleinen Café. Meine abgewetzten Wochenendschuhe, die zu ersetzen ich zu knauserig war, sind sorgfältig unter dem Schreibtisch verborgen.

Auch Summerchild trug einen Anzug am letzten Montagmorgen seines Lebens. So stand es jedenfalls auf meiner Bettdecke zu lesen – neben all den anderen zerknitterten Papieren bestand sie auch aus der Post, die ich am Freitag mit in die Dachkammer genommen, aber noch nicht gelesen hatte, und in einem der Briefumschläge befand sich der amtliche Untersuchungsbericht, den ich Anfang der Woche angefordert hatte: Den Anzug (mittelgrau, gestreift, einreihig) kann ich noch nachvollziehen; er trug ihn, als er am Donnerstagabend aus der Hyde Hill Lane fortging – wahrscheinlich hatte er gar keine anderen Kleider dabei. Aber daß er sich eine Krawatte umgebunden hat... Es hat schon etwas Eigenartiges, sich vorzustellen, daß er das ganze letzte Wochenende seines Lebens in dem kleinen, stickigen Raum in Anzug und Krawatte verbrachte. Aber das wird wohl ein ungelöstes Geheimnis bleiben. Vielleicht hatte er einfach das Gefühl, der Anzug würde nach einer Krawatte verlangen. Vielleicht war er aber auch so mit anderen Gedanken beschäftigt, daß er gar nicht dazu kam, die Krawatte abzunehmen. Oder er ist zunächst ohne Krawatte aufs Dach gestiegen. Vielleicht ist er deshalb noch einmal zurückgekehrt – nicht um die Kassette in die Keksdose zu legen, wie ich zuerst vermutet hatte, sondern um seine Krawatte zu holen. Weil er gar nicht nach Oxford oder Greenwich wollte, sondern irgendwo anders hin – an einen Ort, an dem man eine Krawatte braucht. In Tites Büro, um die Angelegenheit grundsätzlich zu klären. In die Downing Street Nr. 10. Ins Parlament. In den Palast. Am Ende jener Nacht hatte sein Sinn dafür, was in dieser Welt machbar ist, gefährlich nachgelassen. Vielleicht band er sich die Krawatte um, damit er seinem Schöpfer würdig gegenübertreten konnte. Ich sehe deutlich vor mir, wie er vom Dach der Admiralty *abzuheben* versucht...

Vielleicht habe ich aber auch alles gründlich mißverstanden und das Gehörte völlig falsch interpretiert. Vielleicht hat er seine Familie gar nicht verlassen. Vielleicht ist er an jenem Morgen tatsächlich wie immer von der Hyde Hill Lane aus zur Arbeit gefahren, wie Anne es später den Richter glauben ließ. Oder vielleicht... Wohin ist eigentlich der Kassettenrecorder verschwunden? Hat Tite ihn konfisziert? Oder hat Summerchild ihn mit aufs Dach genommen? Vielleicht liegt in Tites Schreibtisch oder in den Tiefen eines unerforschten Luftschachts auf halbem Weg zwischen Kabinettskanzlei und Admiralty eine letzte Kassette, die unzweideutig ein für allemal alles erklärt...

Nein, ich weiß, wo der Recorder ist. Er ist in Oxford, dort, wo er hingehört.

Denn, ja, Serafin ist an jenem Morgen nach London gekommen. Sie hat genauso gehandelt, wie Summerchild es erwartet hat. Sie hat an die verschlossene Tür gehämmert und seinen Namen gerufen, ist zur Rückseite des Gebäudes gelaufen und hat zum offenen Fenster hinaufgeschaut. Eine Stunde oder gar länger stand sie auf dem staubigen Platz, dann ging sie wieder zur Tür, lief anschließend auf den Platz zurück... Endlich sah sie eine Gestalt im Zimmer. Erfüllt von dem Gefühl, das ihrer Untersuchung als Thema diente, lief sie die Flure entlang und sprang die schmale Wendeltreppe empor. Sie drückte auf die Klinke, und die Tür gab quietschend nach. Und da stand er und wühlte in den Unterlagen, die sie gemeinsam geschaffen hatten. Als sie ins Zimmer stürzte, drehte er sich langsam um. Er war plötzlich alt und weißhaarig und völlig verändert.

«Bitte, setzen Sie sich», sagte Tite sanft, schob die Akten zur Seite und zog einen Stuhl heran. «Ich fürchte, es ist etwas Schreckliches geschehen...»

Deshalb ist sie mit dem Kassettenrecorder ihres Sohnes nach Oxford zurückgekehrt und aus allen Berichten verschwunden. Weil Tite ihr klarmachte, daß im Interesse aller Beteiligten alles andere besser war als die Wahrheit.

Meine Hand bewegt sich. «Vertraulich», beginnt sie. «Summerchild.» Sie rutscht weiter zur nächsten Zeile. «Mr. Hurren», schreibt sie auf die linke Seite, «B. Jessel», fügt sie auf der rechten hinzu. Mein Gehirn entwirft gleichzeitig einen eigenen Bericht. «Noch vertraulicher», beginnt es. «Millie», denkt es auf der linken Seite. «Aber Timmy», fügt es auf der rechten hinzu.

Mit zügiger, selbstsicherer Geschwindigkeit fährt meine Hand weiter über das Blatt. Ken Hurren hat um eine kurze Zusammenfassung gebeten, und genau die soll er bekommen. «Die näheren Umstände des Todes von Mr. Summerchild sind noch einmal eingehend untersucht worden», schreibt meine Hand, die soviel besser weiß als ich, wie man diese Dinge in Worte kleidet. «Es konnten jedoch keine Anhaltspunkte für die Verletzung von Geheimschutzvorschriften gefunden werden. Obgleich die Todesumstände durch die gerichtliche Untersuchung nicht eindeutig geklärt werden konnten, deuten alle Indizien darauf hin, daß es sich um einen Unfall infolge einer ziemlich törichten Mutprobe handelte. Mr. Summerchild war nicht mit sensiblen Aufgaben betraut, und es gibt keinerlei Hinweise darauf, daß er zu inländischen oder ausländischen Geheimdiensten Kontakte hatte.»

Das trifft den Kern der Sache, denke ich. Aber Hurren erwähnte noch das Gerücht, nach Summerchilds Tod habe sich eine Person aus seinem beruflichen Umfeld «ins Ausland abgesetzt». Vielleicht Alexander...? Oder vielleicht ist Serafin nach seinem Tod zu einer Reise in das Land ihrer Väter aufgebrochen? Ich sehe sie plötzlich deutlich vor mir, wie sie sich, das Haupt mit einem Tuch bedeckt, vor der schwarzgoldenen Muttergottes in irgendeinem abgelegenen russischen Kloster reuevoll in den Staub wirft...

«Soweit ich feststellen konnte, hat sich im Zusammenhang mit Mr. Summerchilds Tod niemand ins Ausland abgesetzt», schreibe ich.

Was weiter? Nichts weiter. *Der aktuelle Wissensbedarf* – das ist die Formel, nach der die Weitergabe sensibler Informationen im Staatsdienst heutzutage geregelt wird, und es besteht kein Bedarf, etwas über Serafin und Summerchild zu wissen. «Falls an den Einzelheiten des Falles kein spezielles Interesse besteht», schließe ich, «sollten die Originalunterlagen im Sinne einer effizienten Archivverwaltung nunmehr der Vernichtung zugeführt werden.»

Und damit gebe ich den Bericht auf den Dienstweg. Wie Tite vor mir glaube ich, daß dies das Beste ist, was ich für die beiden – ja für uns alle – tun kann.

Ich schaue zu, wie zwei rosige Hände Summerchilds Akte zur Seite schieben und den Regierungsaktendeckel mit der Aufschrift «Gemeinsame Lagebesprechung von Kabinettskanzlei und Finanzministerium, Sunningdale» an sich ziehen. Im Zimmer ist ein leises, vertrautes Geräusch zu hören. Es geht von einem Punkt etwa sechzig Zentimeter über meinen Händen aus. Ein Seufzer, wie mir die Erfahrung sagt.

Montag. Eine neue Woche, ein neuer Bericht.

Michael Frayn

Wie macht sie's bloß?

Roman

Deutsch von Sabine Hübner

320 Seiten. Gebunden

Er ist Literaturprofessor, sie Autorin. Er weiß alles über sie, bevor sie sich das erste Mal sehen. Seit Jahren macht er nichts anderes, als ihr Werk zu interpretieren. Als die lang Verehrte endlich leibhaftig vor ihm steht, verliebt er sich sofort in sie, nicht ahnend, welch tragikomisches Desaster damit seinen Anfang nimmt.

«Dieses bezaubernde kleine Buch ist ein reines Vergnügen.»

Sunday Times

«Eines der wenigen Bücher des letzten Jahres, die mich zum Lachen gebracht haben.»

Anthony Burgess

Rowohlt